LEURS ENFANTS APRÈS EUX

"Domaine français"

DU MÊME AUTEUR

AUX ANIMAUX LA GUERRE, Actes Sud, coll. "Actes noirs", 2014 ; Babel noir n° 147.

ISBN 978-2-330-10871-7

NICOLAS MATHIEU

Leurs enfants après eux

roman

ACTES SUD

Pour Oscar.

Il en est dont il n'y a plus de souvenir,
Ils ont péri comme s'ils n'avaient jamais existé ;
Ils sont devenus comme s'ils n'étaient jamais nés,
Et, de même, leurs enfants après eux.

Siracide, 44, 9.

I

1992

Smells Like Teen Spirit

1

Debout sur la berge, Anthony regardait droit devant lui.

À l'aplomb du soleil, les eaux du lac avaient des lourdeurs de pétrole. Par instants, ce velours se froissait au passage d'une carpe ou d'un brochet. Le garçon renifla. L'air était chargé de cette même odeur de vase, de terre plombée de chaleur. Dans son dos déjà large, juillet avait semé des taches de rousseur. Il ne portait rien à part un vieux short de foot et une paire de fausses Ray-Ban. Il faisait une chaleur à crever, mais ça n'expliquait pas tout.

Anthony venait d'avoir quatorze ans. Au goûter, il s'enfilait toute une baguette avec des Vache qui Rit. La nuit, il lui arrivait parfois d'écrire des chansons, ses écouteurs sur les oreilles. Ses parents étaient des cons. À la rentrée, ce serait la troisième.

Le cousin, lui, ne s'en faisait pas. Étendu sur sa serviette, la belle achetée au marché de Calvi, l'année où ils étaient partis en colo, il somnolait à demi. Même allongé, il faisait grand. Tout le monde lui donnait facile vingt-deux ou vingt-trois ans. Le cousin jouait d'ailleurs de cette présomption pour aller dans des endroits où il n'aurait pas dû se trouver. Des bars, des boîtes, des filles.

Anthony tira une clope du paquet glissé dans son short et demanda son avis au cousin, si des fois lui aussi ne trouvait pas qu'on s'emmerdait comme pas permis.

Le cousin ne broncha pas. Sous sa peau, on pouvait suivre le dessin précis des muscles. Par instants, une mouche venait se poser au pli que faisait son aisselle. Sa peau frémissait alors comme celle d'un cheval incommodé par un taon. Anthony aurait bien voulu être comme ça, fin, le buste compartimenté. Chaque soir, il faisait des pompes et des abdos dans sa piaule. Mais ce n'était pas son genre. Il demeurait carré, massif, un steak. Une fois, au bahut, un pion l'avait emmerdé pour une histoire de ballon de foot crevé. Anthony lui avait donné rendez-vous à la sortie. Le pion n'était jamais venu. En plus, les Ray-Ban du cousin étaient des vraies.

Anthony alluma sa clope et soupira. Le cousin savait bien ce qu'il voulait. Anthony le tannait depuis des jours pour aller faire un tour du côté de la plage des culs-nus, qu'on avait d'ailleurs baptisée ainsi par excès d'optimisme, parce qu'on n'y voyait guère que des filles *topless*, et encore. Quoi qu'il en soit, Anthony était complètement obnubilé.

— Allez, on y va.

— Non, grogna le cousin.

— Allez. S'te plaît.

— Pas maintenant. T'as qu'à te baigner.

— T'as raison…

Anthony se mit à fixer la flotte de son drôle de regard penché. Une sorte de paresse tenait sa paupière droite mi-close, faussant son visage, lui donnant un air continuellement maussade. Un de ces trucs qui n'allaient pas. Comme cette chaleur où il se trouvait pris, et ce corps étriqué, mal fichu, cette pointure 43 et tous ces boutons qui lui poussaient sur la figure. Se baigner… Il en avait de bonnes, le cousin. Anthony cracha entre ses dents.

Un an plus tôt, le fils Colin s'était noyé. Un 14 juillet, c'était facile de se rappeler. Cette nuit-là, les gens du coin étaient venus en nombre sur les bords du lac et dans les bois pour assister au feu d'artifice. On avait fait des feux de camp, des barbecues. Comme toujours, une bagarre avait éclaté un peu après minuit. Les permissionnaires de la caserne s'en étaient pris aux Arabes de la ZUP, et puis les grosses têtes de Hennicourt s'en étaient mêlées. Finalement, des habitués du camping, plutôt des jeunes, mais aussi quelques pères de famille, des Belges avec une panse et des coups de soleil, s'y étaient mis à leur tour. Le lendemain, on avait retrouvé des papiers gras, du sang sur des bouts de bois, des bouteilles cassées et même un Optimist du club nautique coincé dans un arbre ; c'était pas banal. En revanche, on n'avait pas retrouvé le fils Colin.

Pourtant, ce dernier avait bien passé la soirée au bord du lac. On en était sûr parce qu'il était venu avec ses potes, qui avaient tous témoigné par la suite. Des mômes sans rien de particulier, qui s'appelaient Arnaud, Alexandre ou Sébastien, tout juste bacheliers et même pas le permis. Ils étaient venus là pour assister à la baston traditionnelle, sans intention d'en découdre personnellement. Sauf qu'à un moment, ils avaient été pris dans la mêlée. La suite baignait dans le flou. Plusieurs témoins avaient bien aperçu un garçon qui semblait blessé. On parlait d'un t-shirt plein de sang, et aussi d'une plaie à la gorge, comme une bouche ouverte sur des profondeurs liquides et noires. Dans la confusion, personne n'avait pris sur soi de lui porter secours. Au matin, le lit du fils Colin était vide.

Les jours suivants, le préfet avait organisé une battue dans les bois environnants, tandis que des plongeurs draguaient le lac. Pendant des heures, les badauds avaient observé les allées et venues du Zodiac orange. Les plongeurs basculaient en arrière dans un plouf lointain et puis il fallait attendre, dans un silence de mort.

On disait que la mère Colin était à l'hôpital, sous tranquillisants. On disait aussi qu'elle s'était pendue. Ou qu'on l'avait vue errer dans la rue en chemise de nuit. Le père Colin travaillait à la police municipale. Comme il était chasseur et que tout le monde pensait naturellement que les Arabes avaient fait le coup, on espérait plus ou moins un règlement de comptes. Le père, c'était ce type trapu qui restait dans le bateau des pompiers, son crâne dégarni sous un soleil de plomb. Depuis la rive, les gens l'observaient, son immobilité, ce calme insupportable et son crâne qui mûrissait lentement. Pour tout le monde, cette patience avait quelque chose de révoltant. On aurait voulu qu'il fasse quelque chose, qu'il bouge au moins, mette une casquette.

Ce qui avait beaucoup perturbé la population par la suite, ç'avait été ce portrait publié dans le journal. Sur la photo, le fils Colin avait une bonne tête sans grâce, pâle, qui allait bien à une victime, pour tout dire. Ses cheveux frisaient sur les côtés, les yeux étaient marron et il portait un t-shirt rouge. L'article disait qu'il avait décroché son bac avec une mention très bien. Quand on connaissait sa famille, c'était tout de même une prouesse. Comme quoi, avait fait le père d'Anthony.

Finalement, le corps était resté introuvable et le père Colin avait repris le chemin du boulot sans faire de vagues. Sa femme ne s'était pas pendue ni rien. Elle s'était contentée de prendre des cachets.

En tout cas, Anthony n'avait aucune envie d'aller nager là-dedans. Son mégot émit un petit sifflement en touchant la surface du lac. Il leva les yeux vers le ciel et, ébloui, fronça les sourcils. Ses paupières, l'espace d'un instant, s'équilibrèrent. Le soleil pointait haut, il devait être 15 heures. La clope lui avait laissé un goût désagréable sur la langue. Décidément, le temps ne passait pas. En même temps, la rentrée arrivait à toute vitesse.

— Putain…

Le cousin se redressa.

— Tu saoules.

— On s'emmerde, sérieux. Tous les jours à rien foutre.

— Bon allez…

Le cousin passa sa serviette sur ses épaules, enfourcha son VTT, il partait.

— Allez, magne-toi. On y va.

— Où ça ?

— Magne-toi je te dis.

Anthony fourra sa serviette dans son vieux sac à dos Chevignon, récupéra sa montre dans une basket et se rhabilla en vitesse. Il venait à peine de redresser son BMX que le cousin disparaissait sur le chemin qui faisait le tour du lac.

— Attends-moi, putain !

Depuis l'enfance, Anthony lui collait aux basques. Quand elles étaient plus jeunes, leurs mères aussi avaient été cul et chemise. Les filles Mougel, comme on disait. Longtemps, elles avaient écumé les bals du canton avant de se caser parce que le grand amour. Hélène, la mère d'Anthony, avait choisi un fils Casati. Irène était plus mal tombée encore. Quoi qu'il en soit, les filles Mougel, leurs mecs, les cousins, les belles-familles, c'était le même monde. Il suffisait pour s'en rendre compte de voir le fonctionnement, dans les mariages, aux enterrements, à Noël.

Les hommes parlaient peu et mouraient tôt. Les femmes se faisaient des couleurs et regardaient la vie avec un optimisme qui allait en s'atténuant. Une fois vieilles, elles conservaient le souvenir de leurs hommes crevés au boulot, au bistrot, silicosés, de fils tués sur la route, sans compter ceux qui s'étaient fait la malle. Irène, la mère du cousin, appartenait justement à cette catégorie des épouses délaissées. Le cousin avait vite grandi, du coup. À seize ans, il savait tondre, conduire sans permis, faire à bouffer. Il avait même le droit de fumer dans sa chambre. Il était intrépide et sûr. Anthony l'aurait suivi jusqu'en enfer. En revanche, il se sentait de moins en moins copain avec les manières de sa famille. Les siens, il les trouvait finalement bien petits, par leur taille, leur situation, leurs espoirs, leurs malheurs même, répandus et conjoncturels. Chez eux, on était licencié, divorcé, cocu ou cancéreux. On était normal en somme, et tout ce qui existait en dehors passait pour relativement inadmissible. Les familles poussaient comme ça, sur de grandes dalles de colère, des souterrains de peines agglomérées qui, sous l'effet du Pastis, pouvaient remonter d'un seul coup en plein banquet. Anthony, de plus en plus, s'imaginait supérieur. Il rêvait de foutre le camp.

Ils arrivèrent bientôt à l'ancienne voie ferrée et le cousin abandonna son vélo dans les orties. Puis, accroupi sur les rails, il considéra un moment le centre de loisirs Léo-Lagrange, qui se trouvait juste en contrebas du talus SNCF. Le hangar à bateaux était grand ouvert. Il n'y avait pas un chat. Anthony laissa son BMX pour le rejoindre.

— Y a personne, dit le cousin. On va prendre un canoë et on y va.

— T'es sûr ?

— On va pas y aller à la nage.

Et le cousin dévala le talus en sautant à travers les ronces et les herbes folles. Anthony suivit. Il avait peur, c'était délicieux.

Une fois dans le hangar, il leur fallut quelques secondes pour s'accoutumer à la pénombre. Il y avait là des coques de noix, un 420 et des canoës suspendus à un râtelier en métal. Une forte odeur de moisi montait des gilets de sauvetage pendus à des cintres. Par les portes grandes ouvertes, on voyait la plage, le lac étincelant, le plat du paysage, comme un écran de cinéma découpé dans l'ombre humide.

— Viens, on va prendre celui-là.

Ils décrochèrent le canoë que le cousin avait choisi d'un mouvement synchrone, puis ils attrapèrent des pagaies. Avant de quitter la fraîcheur du hangar, ils marquèrent un temps d'arrêt. Il faisait bon. Au loin, une planche à voile traçait un sillon clair à la surface du lac. Personne ne venait. Anthony pouvait sentir ce grisant vertige d'avant les conneries. C'était pareil quand il piquait au Prisu ou commettait des imprudences à moto.

— Allez. On y va, fit le cousin.

Et ils foncèrent, le canoë sur l'épaule, les pagaies à la main.

Dans l'ensemble, le centre de loisirs Léo-Lagrange était fréquenté par des gamins plutôt inoffensifs que leurs parents collaient là en attendant la rentrée. Comme ça, au lieu de chercher les ennuis en ville, ils avaient l'occasion de faire de l'équitation et du pédalo. À la fin, il y avait une fête et tout le monde se roulait des pelles et buvait de l'alcool en cachette ; les plus dégourdis parvenaient même à emballer une mono. Mais dans le tas, il y avait toujours quelques cinglés peu ordinaires, des petits durs venus de la cambrousse et dressés à coups de nerf de bœuf. Si ceux-là vous tombaient dessus, ça pouvait mal se passer. Anthony tâchait de ne pas trop y penser. Le canoë faisait son poids. Il fallait tenir jusqu'à la rive, une trentaine de mètres maxi. L'embarcation lui sciait l'épaule. Il serra les dents. C'est là que le cousin se prit les pieds dans une racine et le nez du canoë planta. Anthony trébucha derrière et sentit sa main se déchirer sur quelque chose de dur, une écharde ou une pointe qui saillait à l'intérieur. Agenouillé, il regarda sa paume ouverte. Elle saignait. Le cousin était déjà debout.

— Allez, on a pas le temps.

— Deux secondes. Je me suis fait mal.

Il avait porté sa blessure à ses lèvres. Le goût du sang emplissait sa bouche.

— Dépêche !

Des voix venaient. Ils repartirent au trot en tenant l'embarcation comme ça pouvait, les yeux fixés sur leurs pieds. Poussés par leur élan, ils entrèrent dans l'eau jusqu'à la taille. Anthony pensa à ses clopes, au walkman dans son sac à dos.

— Monte ! fit le cousin, qui poussait le canoë vers le large. Vite.

— Hé ! gueula quelqu'un derrière.

C'était net, masculin. D'autres cris suivirent, de plus en plus proches.

— Hé, revenez ! Oh !

Anthony se hissa tant bien que mal dans le canoë. Le cousin donna une dernière poussée avant de grimper à son tour. Sur la rive derrière eux, un môme en maillot de bain et deux monos s'égosillaient.

— Rame. On y va maintenant. Allez !

Après quelques hésitations, les garçons trouvèrent la bonne méthode, Anthony ramant à bâbord, le cousin à tribord. Sur la plage, on apercevait tout un fourmillement de gamins surexcités et qui braillaient. Les monos s'engouffrèrent dans le hangar. Ils en ressortirent avec trois canoës.

Heureusement, l'embarcation des cousins fendait la surface du lac avec une netteté réconfortante. Ils pouvaient sentir la résistance de l'eau monter dans leurs épaules et une grisante sensation de vitesse sous leurs pieds. Anthony vit qu'un filet de sang sinuait le long de son avant-bras. Il lâcha la pagaie une seconde.

— Ça va ? demanda le cousin.

— C'est rien.

— T'es sûr ?

— Ouais.

Des gouttes rouges tombées entre ses pieds avaient dessiné une tête de Mickey. Dans sa paume, une mince entaille béait. Il la porta à sa bouche.

— Rame ! fit le cousin.

Leurs poursuivants étaient deux ou trois par embarcation, avec des adultes. Ils n'étaient pas si loin et Anthony se remit à pagayer de plus belle. Sur les eaux noires du lac, le soleil cognait, faisant comme un million d'éclats blancs. Il sentait la sueur dégouliner sur son front, le long de ses flancs. Dans son dos, son débardeur ne faisait plus qu'un avec sa peau. Il était inquiet. Peut-être qu'ils avaient prévenu les flics.

— Qu'est-ce qu'on va faire ?

— Ils nous suivront pas.

— T'es sûr ?

— Rame, putain !

Au bout d'un moment, le cousin changea de direction pour longer la rive. Il espérait comme ça atteindre plus rapidement le Pointu, la mince bande de terre qui coupait le lac en deux. Passé ce cap, ils seraient hors de vue pendant quelques minutes.

— Regarde, fit le cousin.

Sur les plages environnantes, des baigneurs s'étaient levés pour mieux voir et sifflaient ou lançaient des encouragements. Anthony et le cousin avaient l'habitude d'aller toujours dans le même coin, une plage plutôt facile d'accès, qu'on appelait la Déchetterie. Elle était censée se trouver à proximité d'une sortie d'égout, ce qui expliquait son calme, même au plus fort de la belle saison. Le lac en comptait d'autres. Derrière eux, la plage du centre Léo-Lagrange. Là-bas, celle du camping. Plus loin, la plage américaine, où se trouvaient les grosses têtes. De l'autre côté du Pointu, le club nautique, le plus bel endroit, avec des sapins, du sable presque blond, des cabines et un bar comme à la mer.

— Ça y est, on arrive, dit le cousin.

Cent mètres plus loin, sur leur droite, la silhouette d'une cabane en ruine qui avait appartenu aux Eaux et Forêts signalait l'amorce du Pointu. Ils se tournèrent alors pour mesurer la distance avec leurs poursuivants. Ces derniers n'avançaient plus et d'après ce qu'on pouvait voir, les monos étaient en grande discussion. Même de loin, on percevait leur énervement, des dissensions. À un moment, une silhouette se dressa pour faire valoir son point de vue et quelqu'un la fit se rasseoir. Finalement, ils repartirent vers le centre de loisirs. Les cousins échangèrent un sourire et Anthony s'autorisa un doigt d'honneur, maintenant qu'ils avaient le dos tourné.

— Qu'est-ce qu'on fait ?

— À ton avis ?

— Ils vont sûrement appeler les flics.

— Et alors ? Rame.

Ils poursuivirent leur progression tout près du bord, à travers les roseaux. Il était 16 heures passées et la lumière devenait moins cinglante. Des bruits, des coassements montaient de l'entrelacs de feuilles et de branchages qui stagnait le long des berges. Anthony, qui espérait voir des grenouilles, ne quittait pas la surface des yeux.

— Ça va ta main ?

— Ouais. On arrive bientôt ?

— Dix minutes.

— Putain, c'était super-loin en fait.

— Je te l'avais dit. T'as qu'à penser aux culs nus.

Anthony imaginait déjà l'endroit, un peu comme le rayon des films pornos au vidéoclub. Il s'y glissait parfois en cachette, la trouille au ventre, matant tout ce qu'il pouvait avant qu'un adulte ne vienne l'en déloger. Globalement, cette envie de reluquer le corps des filles ne le quittait pas. Dans ses tiroirs et sous son lit, il planquait des magazines et des VHS, sans parler des mouchoirs en papier. Au bahut, tous ses potes étaient à la même enseigne, acharnés. Ils en devenaient débiles, à force. En y réfléchissant bien, la plupart des bagarres s'expliquaient d'ailleurs comme ça. Un regard dans un couloir, ça montait direct, et hop, l'empoignade, à se rouler sur le carrelage en se traitant de tous les noms. Certains mecs arrivaient à se sortir des meufs. Et Anthony avait embrassé une fille une fois, au fond du bus. Mais elle n'avait pas voulu se laisser toucher les seins. Du coup, il avait laissé tomber. Il regrettait, elle s'appelait Sandra, elle avait les yeux bleus et un chouette cul dans son C17.

Il fut tiré de ses ruminations par des bruits d'échappement qui montaient de derrière les futaies. Aussitôt, avec le cousin, ils se figèrent. Ça venait vers eux. Anthony reconnut facilement les Piwi 50 du centre de loisirs, des petites bécanes de cross hargneuses et enfantines. Depuis longtemps, le centre proposait une activité moto. C'est d'ailleurs ce qui faisait son succès, bien plus que le Jokari ou les courses d'orientation.

— Ils font le tour par la route.

— Ils nous cherchent, tu peux être sûr.

— Ils peuvent pas nous voir, normalement.

Tout de même, les cousins ne faisaient pas les malins. Tapis dans leur canoë, ils écoutaient, le cœur battant.

— Vire ton t-shirt, murmura le cousin.

— Quoi ?

— Ton t-shirt. On peut te voir à des kilomètres.

Anthony fit passer son débardeur Chicago Bulls par-dessus sa tête et le glissa sous ses fesses. Le crépitement aigu des bécanes tournait au-dessus de leurs têtes à la manière d'un oiseau de proie. Ils se taisaient, impatients, immobiles. Une odeur douceâtre montait de la végétation qui se décomposait à la surface. Elle se prenait dans leur transpiration, les démangeait. En songeant à tout ce qui grouillait dans ce presque marécage, Anthony eut un frisson.

— On va arriver trop tard, dit-il.

— Ferme-la…

Les motos finirent par s'éloigner, laissant derrière elles un chevrotement vague. Les garçons reprirent leur route avec des prudences de Sioux, passèrent le Pointu, et l'horizon s'ouvrit sur l'autre moitié du lac. La fameuse plage des culs-nus était enfin en vue, à tribord. Elle était grise, encaissée, inaccessible par la route et à peu près déserte. Un bateau à moteur ballottait à une trentaine de mètres au large. C'était complètement nul.

— Putain, y a personne, gémit Anthony.

En réalité, on voyait quand même deux filles, mais elles portaient leur maillot, même le haut. De loin, c'était difficile de se faire une idée, si elles étaient jolies ou quoi.

— Qu'est-ce qu'on fait ?

— Maintenant qu'on est là…

À leur approche, les filles commencèrent à s'agiter. À présent que leurs silhouettes se précisaient, on les devinait très jeunes, mobiles, surtout inquiètes. La plus petite finit par se lever pour appeler en direction du bateau à moteur. Elle siffla entre ses doigts, les pieds dans l'eau, très fort, mais sans succès. Du coup, elle regagna vite fait sa serviette et se colla à sa copine.

— Elles ont la trouille, fit Anthony.

— Pas toi ?

Les cousins accostèrent, mirent le canoë au sec, puis s'installèrent près du bord. Comme ils ne savaient plus quoi faire, ils se mirent à fumer des clopes. Ils n'avaient pas échangé un regard avec les occupantes du lieu. Ils sentaient pourtant leur présence derrière eux, leur hostilité sourde, infranchissable. Anthony avait un peu envie de se tirer, à présent. En même temps, ç'aurait été dommage, après le mal qu'ils s'étaient donné. Il aurait fallu savoir s'y prendre.

Après quelques minutes, les filles déménagèrent leurs affaires à l'autre bout de la plage. Elles étaient super-bien en fait, avec des queues de cheval, des jambes et des fesses de filles, des poitrines, tout. Elles se remirent à crier en direction du bateau à moteur. Anthony jetait des petits coups d'œil. Il était emmerdé de les inquiéter comme ça.

— C'est la fille Durupt, souffla le cousin.

— Laquelle ?

— La petite, avec le maillot blanc.

— Et l'autre ?

Celle-là, le cousin ne la connaissait pas. Pourtant, on ne pouvait pas la louper. De la nuque aux chevilles, elle se résumait d'une ligne, précise, lourde, et sa chevelure nouée très haut produisait en retombant une formidable impression de pesanteur. Des ficelles retenaient son maillot sur ses hanches. Ça devait laisser dans sa peau une empreinte bien nette une fois qu'on les avait dénouées. Ses fesses surtout étaient pas croyables.

— Ouais…, admit le cousin, qui, des fois, lisait dans les pensées.

Les occupants du bateau finirent quand même par réagir. Évidemment, il s'agissait d'un couple, le type d'allure sportive, la meuf d'une blondeur presque désagréable. Ils se rajustèrent en hâte, le sportif tira un grand coup sur le démarreur et aussitôt l'embarcation vira de bord en émettant une longue plainte de mixer. Ils furent là en un rien de temps. Le sportif demanda aux filles si ça allait, elles répondirent que oui. Quant à la blonde, elle regardait les cousins d'une manière, on aurait juré qu'ils venaient de rentrer dans sa piaule en mobylette. Anthony avait remarqué que le sportif portait des Nike Air flambant neuves. Il n'avait même pas pris la peine de les retirer avant de sauter dans la flotte. Il vint vers eux, les meufs derrière. On le sentait bien tenté de faire la loi. Le cousin se leva pour faire front. Anthony aussi du coup.

— Qu'est-ce que vous foutez là ?

— Rien.

— Vous voulez quoi ?

On s'engageait sur une voie périlleuse. Le sportif était certes moins grand que le cousin, mais du genre hargneux, content de soi. Il ne lâcherait pas l'affaire comme ça. Anthony avait déjà les poings fermés. D'un mot, le cousin désamorça la situation :

— Vous auriez pas des feuilles ?

Sur le coup, personne ne répondit. Anthony se tenait de travers, la tête inclinée, une manie qu'il avait prise pour dissimuler son œil triste. Le cousin venait de sortir un paquet d'OCB détrempé et le leur montrait.

— J'ai flingué les miennes dans la flotte.

— Vous avez de quoi fumer ? s'étonna le sportif.

Le cousin tira une petite boîte Kodak de sa poche et fit tinter la boulette de shit qui se trouvait dedans. Tout le monde se détendit d'un coup, surtout le sportif. Ils se retrouvèrent mélangés sans même s'en apercevoir. Le sportif avait des feuilles. Il était tout excité à présent.

— T'as touché ça où ? Y a plus rien en ce moment.

— J'ai de la beuh aussi, dit le cousin. Ça vous intéresse ?

Manifestement, oui. Deux semaines plus tôt, la BAC avait été prise à partie par des mômes de la ZUP et, en représailles, les flics avaient organisé une descente plutôt bien renseignée dans quelques apparts de la tour Degas. D'après ce qui se racontait, la moitié de la famille Meryem avait plus ou moins été mise en taule et depuis, on ne trouvait plus un grat' dans toute la ville. En plein été, c'était la tuile.

Du coup, d'autres filières s'étaient montées en catastrophe. Les grosses têtes faisaient des allers-retours à Maastricht et le cousin avait trouvé un plan au camping avec des Belges. Deux frangins avec des piercings qui passaient leur vie à gober des X en écoutant de la techno. Coup de bol, ils se retrouvaient quinze jours à Heillange pour des vacances en famille. Grâce à eux, une estafette avait fait le trajet depuis Mons avec de la skunk des Pays-Bas et un marocain presque rouge qui vous donnait envie de tremper des cookies dans du lait chaud en regardant des films de Meg Ryan. Le cousin écoulait ça au double du prix normal, 100 balles le gramme, dans le lotissement de la Grappe, et aux environs. Les consommateurs gueulaient bien un peu, mais préféraient encore raquer que se retrouver sobres.

Le soir venu, quand Anthony faisait un dernier tour à vélo dans son quartier, il pouvait renifler l'odeur de cette came si spéciale qui filtrait par les velux entrouverts. Sous les combles, des mômes à peine plus vieux que lui se défonçaient en jouant à *Street Fighter*. Au rez-de-chaussée, leur père regardait *Intervilles*, une bière à la main.

Le cousin alluma un trois-feuilles et le tendit au sportif, qui s'appelait Alex et devenait de plus en plus sympa. Ensuite, ce fut le tour d'Anthony. Il prit quelques lattes et fit tourner. La fille Durupt, Anthony la connaissait de nom. Son père était médecin et elle avait la réputation d'être plutôt téméraire. On disait notamment qu'elle avait flingué la Série 3 de son vieux un samedi soir, ce qui était plutôt remarquable pour quelqu'un qui n'avait même pas la conduite accompagnée. Elle couchait, aussi. En la regardant, Anthony s'imaginait des trucs.

En revanche, cette autre fille sortait de nulle part. En plus, elle s'était assise juste à côté de lui. C'est comme ça qu'il avait constaté les taches de rousseur, le duvet sur les cuisses et cette goutte de sueur qui avait glissé du nombril jusqu'à l'élastique de son maillot.

Le cousin roula tout de suite un autre pet' et Alex lui acheta pour 200 balles de skunk. Tout le monde était vraiment détendu à présent, la bouche pâteuse et le rire facile. Les filles, qui avaient emporté des bouteilles de Vittel, offrirent à boire.

— On était venus pour voir des filles *topless* au départ.

— C'est des conneries. Personne se fout jamais à poil ici.

— C'était peut-être avant.

— Vous voulez qu'on se désape peut-être ?

Anthony se tourna vers sa voisine. C'est elle qui avait posé la question. Elle était surprenante. De prime abord, elle donnait une impression de passivité, d'indifférence presque animale, et à la voir comme ça, dolente, vague, on aurait pu penser qu'elle attendait un train sur le quai d'une gare. En même temps, elle était culottée, marrante, acharnée à prendre du bon temps. Elle s'était d'ailleurs pas mal endormie sur le premier pet'. Elle sentait drôlement bon aussi.

— Hé, écoutez !

Au loin montaient des plaintes de cinquante centimètres cubes, avec leurs accents hauts et leurs reflux graves, les mêmes que tout à l'heure.

— Ils nous cherchent.
— Qui ça ?
— Les mecs du centre.
— Oulaaaah, c'est des chauds cette année.
— Ah bon ?
— C'est eux les incendies.
— Mais non, c'est les grosses têtes.
— Et ils vous cherchent pour quoi faire ?
— Le canoë. On l'a piqué au centre.
— Sérieux, vous avez fait ça ?

Ils se marrèrent un bon moment, à l'abri, raides et complaisants. La chaleur était retombée et quelque chose de doux, une odeur de charbon de bois, de forêt, de sapins trop secs montait à leurs narines. Le déclin du soleil avait fait taire les insectes et il ne restait que le clapotis du lac, la rumeur éloignée de la voie rapide, des éclats de moteurs à deux temps qui par instants déchiraient le fond de l'air. Les filles avaient enfilé des t-shirts et retiré leur haut de maillot. Sous le tissu, on devinait le mouvement de leurs seins. Elles s'en moquaient et les garçons feignaient de s'en foutre également. Anthony avait fini par retirer ses lunettes de soleil. À un moment, il surprit le regard de sa voisine qui cherchait apparemment à comprendre comment marchait ce visage de traviole. Puis, un peu après 18 heures, elle commença à s'impatienter. C'était l'heure de rentrer sans doute, elle s'agitait. Et comme elle était assise en tailleur tout près, son genou finit par effleurer celui d'Anthony. C'est drôlement doux, une fille, on ne s'y fait jamais complètement.

Celle-là s'appelait Stéphanie Chaussoy.

Anthony vivait l'été de ses quatorze ans. Il faut bien que tout commence.

2

Après avoir planqué le canoë, les deux garçons rentrèrent à vélo par le bois du Petit-Fougeray. Comme d'habitude, Anthony s'amusait à slalomer sur la ligne discontinue au milieu de la route. Cette manie horripilait le cousin. Quelques jours plus tôt, alors qu'ils grimpaient la côte près des entrepôts, Anthony s'était retrouvé nez à nez avec un combi Volkswagen. Le type avait été forcé de donner un coup de volant. Quand le cousin lui avait demandé s'il était pas un peu con des fois, Anthony avait répondu qu'il était prioritaire.

— Prioritaire de quoi ? T'étais au milieu de la route.

Parfois, Anthony le rendait dingue. C'était à se demander s'il était tout à fait net.

Mais pour l'heure, la route était déserte et les deux garçons pédalaient vite, face au soleil, poursuivis par leurs ombres. Après les chaleurs de l'après-midi, les bois environnants se laissaient retomber dans un soupir et le déclin du jour faisait comme un compte à rebours. Parce qu'à la fin, Alex le sportif leur avait proposé un truc. Un pote organisait une grosse teuf chez ses parents. S'ils voulaient, Anthony et le cousin pouvaient passer, à condition d'apporter leur matos, bien sûr. Apparemment, les réjouissances devaient se dérouler dans une grande baraque avec piscine. Il y aurait à boire, des filles, de la musique, un bain de minuit. Anthony et le cousin avaient dit OK, on verra si on peut. Décidément, rester cool demandait pas mal de concentration.

Depuis, les choses s'étaient gâtées parce que la fête en question se déroulait à Drimblois. À vélo, ça faisait quand même quarante bornes aller-retour. À moins d'emprunter l'YZ du père. Elle pourrissait au fond du garage depuis des années, sous une bâche. Sauf que c'était même pas la peine d'y penser. Anthony se foutait bien de prendre un combi VW en pleine face. En revanche, quand il s'agissait de son vieux, il ne rigolait plus du tout.

— Il verra même pas, on s'en fout, plaidait le cousin.

— Non, c'est trop tendu, répliquait Anthony. On n'a qu'à tenter en vélo.

— Arrête, il est déjà 7 heures, c'est mort.

— Je peux pas, en vrai. Il me défonce si je prends sa moto. Tu le connais pas.

En réalité, le cousin le connaissait plutôt bien. Patrick Casati était un brave type, mais il suffisait parfois d'une trace de doigt sur la télé pour qu'il se mette dans des états qui faisaient honte à voir. Le pire venait ensuite, quand il se rendait compte. Confus, vitrifié dans sa mauvaise foi, incapable d'excuses, il tâchait de se faire pardonner en parlant doucement et en proposant d'essuyer la vaisselle. La mère d'Anthony avait fait ses valises à plusieurs reprises pour se réfugier chez sa frangine. Quand elle revenait, la vie reprenait comme si de rien n'était. N'empêche, il demeurait entre eux comme une épaisseur, un truc qui ne vous donnait pas vraiment le goût de la vie de famille.

— Y aura ta copine, insista le cousin. Faut qu'on y aille.

— Qui ça ?

— Arrête un peu, tu sais bien.

— Ouais...

Steph était déjà comme une de ces ritournelles qui vous trottent dans la tête jusqu'à vous rendre cinglé. La vie d'Anthony s'en trouvait toute chamboulée. Rien n'avait bougé, et plus rien n'était à sa place. Il souffrait ; c'était bon.

— Elle est grave cette meuf, sans déconner.

— Mais ouais.

Le cousin se marra. Il reconnaissait cette petite tête, la même qu'en cinquième, quand Anthony s'était entiché de Natacha Glassman, une fille avec les yeux vairons et des Kickers. Piqué au vif, Anthony se dressa sur son vélo. Il avait besoin de disperser toute cette énergie. Il partit en danseuse, au beau milieu de la route évidemment.

Le cousin vivait avec sa mère et sa frangine, dans une maison de deux étages, étroite et mitoyenne, avec des géraniums aux fenêtres. Le crépi sur la façade pelait. Arrivés devant, les garçons abandonnèrent leurs vélos dans le gravier et se précipitèrent à l'intérieur. Dans le salon, la mère du cousin était en train de regarder *Santa Barbara*. Elle avait cette manie de pousser le volume de la télé. Le son à fond, la voix de Cruz Castillo prenait une dimension prophétique assez inattendue. Les entendant cavaler dans l'escalier, elle gueula :

— Enlevez vos chaussures avant de monter !

Évidemment, puisqu'il y avait de la moquette à l'étage. En arrivant sur le palier, Anthony jeta un coup d'œil dans la chambre de Carine, la sœur du cousin. Par la porte entrebâillée, il aperçut une silhouette assise par terre, des jambes étendues, en minishort. C'était Vanessa. Aussitôt, les injures sifflèrent, petit puceau, petit vicelard, va te branler. Carine avait dix-huit ans, et avec Vanessa Léonard, sa grande copine qui n'en avait que seize, elles étaient tout le temps fourrées ensemble, à dire du mal, rien foutre et s'imaginer des histoires d'amour tristes. L'été, elles combinaient ces activités avec le bronzage seins nus dans le jardin des Léonard. De temps en temps, le père de Vanessa débarquait à l'improviste. Les filles en rigolaient, mais Vanessa trouvait ça quand même un peu glauque. Elles ignoraient en revanche qu'Anthony, qui habitait le même lotissement, venait parfois les épier à travers les troènes. C'était de vrais serpents, et Anthony se méfiait drôlement. Il battit en retraite avant qu'elles ne s'en prennent à lui physiquement. C'était déjà arrivé par le passé. Elles étaient plutôt coriaces.

Une fois dans la chambre du cousin, il se laissa tomber sur le lit. L'endroit était situé sous les toits, et, malgré le ventilo, il y faisait une chaleur infernale. Aux murs, des étagères de VHS, quelques photos de *Baywatch* et un poster de Bruce Lee, très détendu pour une fois. À part ça, un gros poste de télé avec le caisson imitation bois, un magnétoscope quatre têtes, un aquarium vide où un python neurasthénique avait brièvement vécu. Dans les coins, des chaussettes sales, des magazines de motos, des canettes vides, une batte de baseball. Le cousin roulait déjà un deux-feuilles de beuh.

— Putain…
— Ouais…
— Qu'est-ce qu'on fait ?
— Je sais pas.
Ils restèrent un moment comme ça, fumant à tour de rôle, sans rien faire que penser tandis que le ventilateur dispersait la fumée. Ils se regardaient, la peau moite, nerveux.
— Pour une fois qu'on a un plan.
— Ouais, mais mon père me dégomme si je touche à sa bécane.
— T'as vu cette meuf, sérieux ?
— Je te dis que c'est pas possible.
Anthony était dépité. Le cousin savait faire.
— Tu risques quoi au pire ? Sérieux, y a neuf chances sur dix qu'il s'en aperçoive jamais. Il en a plus rien à foutre de cette bécane.
C'était en partie vrai. Son père ne voulait plus entendre parler de cette moto. Elle lui rappelait trop de souvenirs, des renoncements, ce qui avait pu ressembler à sa liberté. Ça ne changeait pourtant rien à l'interdit qui pesait dessus, au contraire. Mécaniquement, Anthony porta la main à sa paupière droite. Il avait pris un peu de fumée dans l'œil.
— Tu veux quoi ? fit le cousin.
— Comment ça ?
— T'es jamais sorti avec une meuf.
— Si !
— Ton histoire de fond du bus, tu parles. Et la fille Glassman, tu nous as saoulés deux ans avec. Et à la fin, que dalle.
Anthony sentit sa gorge se nouer. Cette meuf, il y avait pensé sans arrêt du CM1 jusqu'à la fin de sa cinquième. En classe, il cherchait toujours la place la plus proche. Quand ils étaient en sport, il la guettait avec des yeux de chien battu. Il avait des K7 à son nom, des compils qu'il se faisait en écoutant la radio : Scorpions, Balavoine, Johnny. Il était allé jusqu'à rôder près de chez elle à vélo. Et résultat des courses, il n'avait même pas osé lui demander si elle voulait sortir avec lui. Finalement, c'est Cyril Medranet qui l'avait emballée, le fils de la prof de maths. Anthony avait voulu lui casser la gueule. Il s'était contenté de

lui piquer son sac à dos pour le jeter dans la Henne. Il s'en était remis, c'était qu'une salope.

— Bon…

Le cousin tira une dernière latte, écrasa le pet', alluma la Mega Drive. Voilà, c'était fini. Anthony en aurait chialé.

— Et puis merde…

Il sauta du lit, quitta la piaule et dévala les escaliers quatre à quatre. La perspective de passer une autre soirée à se défoncer en jouant à *Sonic* alors que les filles allaient boire, se faire draguer et laisser d'autres langues tourner avec les leurs, il préférait encore risquer une raclée. Il partit à fond de train sur son BMX. Il était décidé. Mais au bout de la rue, il aperçut sa cousine et Vanessa qui revenaient de chez Derch avec des sacs remplis de trois-quarts de bière. Il ralentit. Elles se trouvaient en travers de son chemin. Il mit pied à terre.

— Tu vas où ?

— T'es pressé ?

— Hé, regarde-moi quand je te cause.

Vanessa lui avait relevé le menton. Avec la cousine, elles étaient coiffées pareil, les cheveux longs, une mèche rabattue en arrière par une barrette. Elles portaient des débardeurs, un minishort, des tongs et sentaient l'huile de coco. Une chaînette en or brillait à la cheville de Vanessa. Anthony remarqua que sa cousine ne portait pas de soutien-gorge. Elle faisait un bon 95D. Il savait à force de fouiner dans sa chambre quand elle n'y était pas.

— Allez, tu vas où ? répéta Vanessa en coinçant la roue du BMX entre ses jambes pour l'empêcher de filer.

— Je rentre.

— Déjà ?

— Pour quoi faire ?

— Tu veux pas boire un coup ?

— Qu'est-ce que tu regardes ?

— Rien…

Anthony se sentait rougir. Il baissa à nouveau les yeux.

— Espèce de pervers. Tu veux voir si j'ai des marques ?

Et Vanessa lui montra sur sa hanche la peau plus claire. Anthony recula pour dégager sa roue.

— Je dois y aller.

— Allez, arrête ça. Fais pas ton petit pédé.

La cousine, qui avait déjà entamé un trois-quart, se gaussait derrière. Elle vola quand même à son secours.

— C'est bon, fous-lui la paix un peu.

Elle s'enfila une nouvelle gorgée de bière et un peu de liquide brilla sur son menton. Anthony essaya une nouvelle fois de se dégager, mais Vanessa ne le lâchait pas. Elle minaudait.

— Anthony…

Elle tendit une main vers sa joue et le garçon sentit sa paume. La peau de la jeune fille était étonnamment fraîche. Surtout le bout des doigts. Elle lui sourit. Il se sentait tout bizarre. Elle éclata de rire.

— Allez, tire-toi !

Il décampa sans demander son reste.

Pendant un moment, il sentit leurs regards dans son dos et grilla le stop avant de prendre la rue Clément-Hader. Elle était complètement déserte à cette heure-là, et plongeait à pic vers le centre-ville. À l'horizon, le ciel avait pris des couleurs exagérées. Grisé, il lâcha le guidon et ouvrit les bras. La vitesse faisait battre les pans de son débardeur. Il ferma les yeux un instant, le vent sifflant à ses oreilles. Dans cette ville moitié morte, étrangement branlée, construite dans une côte et sous un pont, Anthony filait tout schuss, pris de frissons, jeune à crever.

3

Anthony reconnut tout de suite le rire du père Grandemange. Les voisins devaient encore prendre l'apéro avec ses parents sur la terrasse. Il fit le tour pour les rejoindre. La maison des Casati était construite de plain-pied, sans rien autour, juste la pelouse moitié morte où les pas du garçon faisaient un bruit de papier froissé. Son père, qui n'en pouvait plus de l'entretien et du désherbage, avait tout passé au Round Up. Depuis, il pouvait regarder le Grand Prix le dimanche l'esprit tranquille. Avec les films de Clint Eastwood et *Les Canons de Navarone*, c'était le seul truc ou presque qui lui mettait du baume au cœur. Anthony ne partageait pas grand-chose avec son vieux, mais ils avaient au moins ça, la télé, les sports mécaniques, les films de guerre. Dans la pénombre du salon, chacun dans son coin, c'était le max d'intimité qu'ils s'autorisaient.

Leur vie durant, les parents d'Anthony avaient eu cette ambition : "construire", la cabane pour horizon, et tant bien que mal y étaient parvenus. Il ne restait plus que vingt ans de traites pour la posséder vraiment. Les murs étaient en placo, avec un toit en pente comme dans toutes les régions où il pleut la moitié du temps. L'hiver, le chauffage électrique produisait un peu de chaleur et des factures phénoménales. À part ça, deux chambres, une cuisine intégrée, un canapé cuir et un vaisselier avec du Lunéville. La plupart du temps, Anthony s'y sentait chez lui.

— Tiens voilà le plus beau.

Évelyne Grandemange l'avait vu la première. Elle connaissait Anthony depuis qu'il était tout petit. Il avait même fait ses premiers pas dans leur allée.

— Quand je pense qu'il a fait ses premiers pas dans l'allée.

Son mari confirma d'un hochement de tête. Le lotissement de la Grappe était vieux de plus de quinze ans maintenant. On y vivait comme dans un village, ou à peu près. Le père d'Anthony regarda sa montre.

— T'étais où ?

Anthony répondit qu'il avait passé l'après-midi avec le cousin.

— Je suis repassé chez les Schmidt ce matin, fit le père.

— J'avais tout fini avant de partir…

— Oui. Mais t'avais oublié tes gants. Viens t'asseoir.

Les adultes avaient pris place sur des chaises de camping autour d'une table de jardin en plastique. Ils tournaient au Picon-bière, sauf Évelyne qui buvait du porto.

— Tu sens la vase, remarqua Hélène, la mère d'Anthony.

— On s'est baignés.

— Je croyais que tu trouvais ça dégueulasse. Tu vas choper des boutons. C'est plein d'eau des égouts.

Le père observa que ça ne pouvait pas le tuer.

— Va plutôt te chercher une chaise, dit la mère.

Histoire de rigoler, le père Grandemange lui fit signe de venir s'asseoir sur ses genoux en claquant sur sa cuisse du plat de la main.

— Tu peux y aller, c'est du solide.

Le bonhomme mesurait pas loin de deux mètres, avec des mains dures comme du bois auxquelles il manquait trois phalanges. Pour chasser, il utilisait un fusil spécial qui lui permettait de presser la détente avec l'annulaire. C'était un déconneur impénitent qui ne faisait pas spécialement rire. Anthony connaissait comme ça des tas de mecs qui plaisantaient plus par politesse qu'autre chose.

— Je vais pas rester, de toute façon.

— Tu comptes aller où ?

Anthony se tourna vers son père dont le visage s'était durci. Quand ça se produisait, la peau, soudain, se tendait, prenant un aspect de cuir mat assez beau.

— C'est samedi demain, répondit Anthony.

— Laisse-le donc, c'est les vacances.

Le voisin était intervenu. Le père soupira. Lui et Luc Grandemange avaient travaillé à l'entrepôt Rexel autrefois, un peu après la fermeture des hauts-fourneaux. Ils faisaient partie de cette charrette de départs volontaires reconvertis en caristes *via* le plan de formation. À l'époque, ça leur avait semblé une bonne opportunité ; conduire des engins toute la journée, on aurait pu croire à un jeu. Depuis, Patrick Casati avait eu des démêlés. Il avait perdu son permis et son job le même jour, pour la même raison. Son permis, il avait réussi à le repasser après six mois de galères administratives et un stage à la Croix Bleue. En revanche, le travail était rare dans la vallée et il s'était finalement résolu à créer son propre emploi. Il avait acheté un camion benne Iveco, une tondeuse, des outils, une combinaison avec son nom cousu dessus. À présent, il faisait des bricoles par-ci par-là, au black principalement. Les bons mois, il parvenait à faire rentrer 4 ou 5 000 balles. Avec le salaire d'Hélène, ça suffisait à peu près. L'été représentait la pleine saison et il avait mis Anthony à contribution pour tondre les pelouses, nettoyer les piscines. Cet appoint s'avérait particulièrement utile quand il avait la gueule de bois. Le matin même, Anthony s'était tapé la taille des arbustes chez le Dr Schmidt.

Finalement, le père piocha une bière dans la glacière à ses pieds, la décapsula et la tendit à Anthony.

— Il pense qu'à sortir.

— C'est de son âge, fit le voisin, philosophe.

Son t-shirt laissait passer un peu de son ventre, une masse livide assez repoussante. Déjà, il se levait pour offrir sa place.

— Allez, assieds-toi deux secondes. Raconte-nous.

— Il a encore grandi, non ? fit Évelyne.

Hélène Casati insista à son tour pour qu'il reste un peu, lui rappelant que la maison n'était pas un hôtel-restaurant. À chaque seconde qui passait, c'est un peu de la teuf de Drimblois qui lui échappait.

— Qu'est-ce que t'as fait à ta main ?

— C'est rien.

— T'as désinfecté ?

— C'est rien, je te dis.

— Va te chercher une chaise, dit le père.

Anthony le regarda. Il pensait à la bécane. Il obéit. Sa mère le suivit jusque dans la cuisine. Il fut bon pour un coup d'alcool à 90 ° et un pansement.

— C'était pas la peine, dit-il.

— J'ai un cousin qu'a perdu un doigt comme ça.

Sa mère sortait toujours des anecdotes édifiantes du genre, des imprudences qui tournaient au drame, des destins enviables stoppés net par une leucémie. C'était presque une philosophie de vie, à force.

— Fais-moi voir.

Anthony montra sa main. C'était parfait. Ils purent regagner la terrasse.

Là, ils trinquèrent, puis Évelyne se mit à lui poser des questions. Elle voulait savoir comment ça se passait à l'école, ce qu'il faisait de ses vacances. Anthony répondait évasivement, et elle l'écoutait avec un sourire bienveillant, bruni par la nicotine. Pour faire la soirée, elle avait pris deux paquets de Gauloises. Quand la discussion s'interrompait, on entendait sa respiration, un sifflement rauque, familier, puis elle allumait une nouvelle cigarette. À un moment, le père voulut chasser une grosse guêpe qui butinait des emballages d'Apéricubes. Mais comme elle ne voulait rien savoir, il alla chercher une tapette à mouche électrique. Ça fit bzzz, une odeur de cramé et la bestiole resta sur le dos.

— C'est vraiment dégueulasse, fit Hélène.

Pour toute réponse, le père sécha son Picon et piocha une nouvelle bière dans la glacière. Et ils se mirent à discuter de l'accident qui venait de se produire à Furiani avec le voisin. Pour Luc Grandemange, rien d'étonnant à ce carnage. Les Corses, il les avait vus faire sur les chantiers, et il pouffait. Comme souvent, on parlait de foot, des Corses et des bougnoules. Évelyne se déplaça, elle n'aimait pas quand son mari se mettait la tête à l'envers avec ce genre d'histoires. Il faut dire que les récentes mésaventures de la BAC émouvaient fort dans le lotissement. La ZUP n'était pas si loin. On imaginait déjà des ratons cagoulés incendiant les voitures, comme à Vaulx-en-Velin. Le voisin et le père ne pouvaient que constater la montée des périls et s'imaginaient en ultime rempart.

— C'est vous qui devriez y aller, fit le géant en désignant Anthony du menton.

— On a tout le temps des problèmes avec ces gens-là, convint le père.

— Quand j'étais volontaire aux pompiers, on a eu des interventions à la ZUP. Des petits bicots hauts comme ça qui essayaient de nous piquer les clefs du camion.

— Et alors ?

— Alors rien, on éteignait le feu, qu'est-ce tu veux faire ?

— C'était ça l'erreur.

Ils se marrèrent, mais pas Anthony qui s'était levé pour prendre la tangente.

— Tu vas où ?

Cette fois, c'est Hélène, sa mère, qui l'arrêtait.

— Je dois y aller.

— Avec qui ?

— Avec le cousin.

— Tu as vu Irène ?

Les frangines ne se fréquentaient plus guère. Une histoire d'hypothèque sur la maison qu'Irène occupait et dont les sœurs avaient hérité. Toujours les sous.

— Ouais.

— Et alors ? Comment elle va ?

— Je sais pas. Bien.

— C'est-à-dire ?

— Bah bien quoi.

— Oh là là là, va-t'en, si c'est pour être désagréable.

Le père ne broncha pas. Avec le voisin, ils se versaient déjà un nouveau verre de Picon. Leur colère était fraternelle à la nuit tombée et ils la réchauffaient en se tenant tout proches, complices et féroces.

Anthony en profita pour rejoindre sa chambre, qui était tout de même beaucoup moins cool que celle du cousin. Son père lui avait récupéré un lit à étage constellé de vignettes Panini, des portraits de footballeurs français, argentins, et aussi Chris Waddle dans le maillot de l'OM. Une planche sur des tréteaux lui servait de bureau. Il n'avait même pas une chaise à lui, ce qui ne facilitait pas l'apprentissage des leçons. Déjà qu'il y avait toujours du monde à la maison, un oncle, des potes ou un voisin pour venir boire un coup. Il se mit à fouiller dans son placard à la recherche de vêtements décents. Il ne trouva rien de mieux qu'un jean noir et un polo blanc. Une taille L. Sur la poitrine, on lisait Agrigel. Il se considéra un moment dans le miroir qui se trouvait dans la chambre de ses parents. S'il n'avait pas claqué tout son blé à la fête foraine et au Metro, il aurait pu se payer des sapes décentes. Il faut dire que jusque-là, les problèmes de garde-robe ne l'avaient guère tourmenté. Mais depuis peu, il avait vu les conversations prendre un tour inhabituel au bahut. Les mecs se montaient la tête pour une paire de Torsion ou un t-shirt Waikiki. Contemplant sa malheureuse dégaine dans le miroir, il se promit de faire des économies.

Dans le garage, l'YZ se trouvait à sa place habituelle, coincée dans le fond, derrière la vieille table de ping-pong. Après avoir soigneusement plié la bâche qui la protégeait, Anthony renifla la bonne odeur de carburant, palpa les roues crantées. C'était un modèle de 82, rouge et blanc, qui portait le numéro 16. Son père avait fait un peu de compétition autrefois. Quand il était bien luné, il lui laissait faire des tours dans le quartier. Hélène n'aimait pas ça. Tous les motards finissent pliés sur une glissière de sécurité, inutile d'être statisticien pour savoir ça. N'empêche. Anthony avait la moto dans le sang, même son père le disait. Quand il passait les vitesses, se couchait dans les virages, il était à sa place. Un jour, c'est clair, il aurait sa bécane à lui. Dans sa tête, cette idée fixe se mêlait à des images de bord de mer, de couchers de soleil, de filles en maillot, des morceaux d'Aerosmith.

Il fit rouler l'YZ dans le noir, en veillant à ne pas abîmer l'Opel de sa mère. Puis ouvrit prudemment la porte du garage. Une voix, alors, glissa sur sa nuque.

— Il me semblait bien que j'avais entendu du bruit.

Sa mère fumait une cigarette dehors. Il pouvait la voir dans l'encadrement de la porte, sur le fond bleu du soir. Elle regardait ailleurs, un gilet posé sur ses épaules, les bras croisés.

Anthony ne dit rien. Il avait les mains sur le guidon et un peu envie de chialer. Il pensa à Stéphanie.

Sa mère laissa tomber sa cigarette et écrasa le mégot sous son sabot en cuir.

— T'as pensé au cinéma que nous ferait ton père ?

Comme elle s'était rapprochée, il pouvait sentir son odeur, ce mélange de tabac froid, de shampooing au tilleul, la transpiration, l'alcool qu'elle avait ingurgité. Anthony lui promit de faire gaffe. Il la suppliait.

— Tu sais mon loup…

Elle se tenait toute proche, vacillante. La lumière du lampadaire tombait sur ses cuisses, soulignant d'un trait clair la ligne de sa jambe, son tibia dans la pénombre. Elle humecta son pouce pour effacer un reste de quelque chose sur la joue d'Anthony. Le garçon se déroba.

— Quoi ?

Elle semblait ailleurs. Elle se reprit.

— J'avais ton âge quand on a perdu maman.

Elle posa ses avant-bras sur les épaules de son fils et noua ses mains derrière sa nuque.

— Tu sais, c'est pas toujours marrant la vie.

Anthony se taisait. Il avait horreur de ce genre de conversations, quand sa mère se cherchait des excuses, des alliés.

— Maman, s'te plaît…

— Quoi ?…

Après un moment de flottement, elle l'embrassa sur la joue, manquant de se casser la figure. Elle donnait l'impression de tituber sur des échasses et se rattrapa au mur de justesse. Ça la fit rire. Un rire de gamine, aigu, fuyant.

— Je crois que j'ai un petit peu abusé, moi. Je me suis fait mal en plus.

Elle porta la phalange qu'elle avait déchirée sur le ciment à sa bouche. Elle aspira le sang, regarda son doigt, le porta de nouveau à sa bouche en souriant.

— C'est une histoire de fille, c'est ça ?

Anthony ne répondit pas. Elle sourit encore puis tourna les talons pour regagner la terrasse. Elle marchait droit finalement. Elle était grande, drôlement mince. Dans le lotissement, on disait la salope.

Quand il fut à bonne distance, Anthony démarra l'YZ au kick. Une pétarade suraiguë éclata dans l'obscurité et il fila dans le soir répercuté. Il allait vite, sans casque. Le vent gonflait son polo trop grand. Il faisait encore bon. Très vite, il ne pensa plus à rien. Il roulait.

4

Le cousin monta à l'arrière et ils prirent par la D953. Anthony poussait le moteur, tendant la jambe dans les virages, repartant à fond dans les lignes droites. La vitesse leur tirait des larmes et leur montait dans la poitrine. Ils filaient sur la terre éteinte, tête nue, incapables d'accidents, trop rapides, trop jeunes, insuffisamment mortels. À un moment, le cousin lui demanda quand même d'y aller mollo.

Drimblois était un petit village modèle, avec son église, quelques fermes le long de la départementale, des pavillons plus récents, une vieille baraque de dentiste avec une grille en fer forgé. Il leur fallut à peine vingt minutes pour y arriver. Une fois sur place, ils tournèrent un moment avant de dénicher la maison où avait lieu cette fameuse fiesta. C'était une belle baraque moderne et transparente. De la lumière brillait dans toutes les pièces, la pelouse était vallonnée comme celle d'un golf et, au fond, la piscine brillait d'un éclat turquoise. L'YZ s'immobilisa avec une sorte d'hésitation élastique à côté des autres deux-roues. Anthony posa le pied à terre.

— C'est là.

— Ouais, fit le cousin.

Une odeur de feu de bois, de viande grillée, d'herbe coupée embaumait l'air. On entendait de la musique. Du reggae, peut-être *Natural Mystic*.

— Ça a l'air cool.

— J'ai oublié l'antivol, dit Anthony.

Le cousin venait de descendre de la bécane. Il inspectait les lieux.

— De toute façon, ça risque rien. T'as qu'à la planquer là-bas.

Il désignait une longue ferme aux volets clos. Un peu à l'écart, dix stères de bois attendaient l'hiver. Anthony planqua sa bécane derrière. Tout de même, il n'était pas très rassuré.

Le cousin sortit une petite bouteille de rhum de son blouson et s'en envoya une bonne gorgée avant de la passer à Anthony. Puis il pêcha une canette en métal dans son sac à dos et fit de même. Ils burent comme ça à tour de rôle, puis jetèrent la canette sur le gazon fraîchement tondu. Ça les fit marrer ; ils y allèrent.

Sur la terrasse de l'autre côté, des tas de jeunes gens s'affairaient déjà autour d'une grande table. On y avait posé des salades, des chips, du pain, des bouteilles de vin. Il y avait aussi pas mal d'alcool fort, les bouteilles plantées dans une bassine pleine de glace. De grands types à l'air pimpant s'occupaient du barbecue en buvant de la Sol. Ils appartenaient au Cercle des nageurs ; ça se voyait à leurs épaules, leur air content de soi et surtout aux inscriptions sur leurs débardeurs. Dans la vallée, ces mecs-là représentaient ce qui se faisait de plus cool, des athlètes, des surfeurs du dedans. Ils se tapaient toutes les meufs et personne ne pouvait les blairer. Un truc de rock geignard, genre REM, avait remplacé le reggae.

— Tu connais du monde ?

— Personne, répondit le cousin.

Du coup, il s'alluma une roulée.

En tout cas, tous les convives semblaient contents d'être là. Anthony vit quelques filles dont il aurait bien pu tomber amoureux très vite. De hautes meufs à queue de cheval et petits tops clairs. Elles avaient des dents blanches, de grands fronts et des tout petits culs. Des garçons leur parlaient comme si de rien n'était. Tout roulait d'une manière difficilement supportable. Dans un coin, deux mecs partageaient un cubi de rosé, assis sur de vieux transats. On devinait à leurs t-shirts et à leurs cheveux longs qu'ils aimaient beaucoup *Iron Maiden*.

— Allez viens on se casse, fit Anthony.

— Arrête de déconner. Maintenant qu'on est là.

Ils trouvèrent des bières dans la cuisine et se mirent à boire en faisant le tour du propriétaire. Comme personne ne les connaissait, on les dévisageait bien un peu, mais sans animosité particulière. C'était vraiment une belle maison. Il y avait même un baby-foot sur la mezzanine. Les cousins revinrent régulièrement au frigo pour se ravitailler. Progressivement, les visages devinrent familiers et, l'alcool aidant, ils commencèrent à sympathiser avec des tas de gens.

— Ah putain, vous voilà !

Alex, le sportif, venait de leur mettre le grappin dessus et les secouait amicalement.

— C'est cool que vous soyez venus.

— Ouais, fit le cousin.

— C'est pas mal ici, hein ?

— C'est chez qui ?

— Thomas. Son père est radiologue.

Les garçons accueillirent la nouvelle avec flegme. Alex se tourna vers le cousin :

— On peut se voir deux minutes ?

— Bien sûr.

Anthony se retrouva tout seul. Steph et sa copine n'arrivaient toujours pas et il prit une nouvelle bière pour patienter. C'était la cinquième et ça commençait à tourner pas mal. Il avait envie de pisser aussi. Plutôt que de chercher les chiottes, il descendit vers la piscine et se trouva un coin tranquille. Là-haut, la lune très haute brillait machinalement. Il se sentait bien, libre. Demain, pendant des semaines encore, il n'y aurait pas de bahut. Il respira la nuit à pleins poumons. La vie était pas si mal finalement.

— Salut.

Il eut à peine le temps de se reboutonner, Steph et sa copine arrivaient droit sur lui.

— T'aurais pas vu Alex, par hasard ? demanda Clem.

— Si. Il est avec mon cousin.

Steph portait un jean ajusté, des spartiates en cuir et un débardeur blanc. Sa copine la même chose, dans un assortiment de couleurs différent, et des joncs en or au poignet droit. Elles étaient drôlement belles à deux, encore mieux que séparément. Tout de même, Steph avait quelque chose de pire. Anthony cherchait un truc à dire. Il ne trouva que ça :

— Vous voulez fumer un bédo ?

— Grave, fit Steph.

Le garçon sortit ses feuilles. Il allait s'accroupir là pour rouler, mais Clem le retint.

— Attends. On va pas s'asseoir là, tu viens juste de pisser.

Il rougit, mais les filles n'eurent pas l'occasion de s'en apercevoir, il faisait trop sombre pour ça. Ils descendirent un peu plus bas vers la piscine et fumèrent un joint de marocain sans rien se dire, vite, assis en rond. La musique cognait dur maintenant. Anthony pensa aux voisins. Ils finiraient bien par appeler les flics si ça continuait comme ça. Il le fit remarquer aux filles, qui ne s'en émurent guère. D'autres problèmes plus graves les occupaient. Apparemment, quelqu'un qui aurait dû être là n'était pas encore arrivé. C'était un problème, surtout pour Steph.

— Vous allez à Fourrier ? demanda Anthony.

Elles se tournèrent vers lui, presque surprises de le trouver encore là.

— Ouais.

— Et toi ?

C'est Stéphanie qui avait demandé.

— J'irai à Clément-Hader à la rentrée.

Il mentait, il venait juste de passer en troisième, et avec bien du mal. Comme il ne savait plus trop quoi dire, il cracha entre ses dents. Les filles échangèrent un regard entendu et Anthony eut envie de creuser un trou pour s'y planquer. Elles l'abandonnèrent bientôt pour regagner la terrasse et le garçon les regarda s'éloigner, leurs épaules étroites, leurs fesses prises dans le jean, leurs chevilles pincées, et ces queues de cheval qui ballottaient avec un mouvement élastique et hautain. Il commençait à être bien défoncé et des sensations désagréables, de tournis et de vague à l'âme, avaient remplacé la griserie de tout à l'heure. Il remonta à son tour avec l'idée de se poser un moment sur une chaise. Le cousin lui tomba dessus, radieux.

— T'étais où ?

— Nulle part. Je fumais avec les filles.

— Elles sont là ?

— Ouais.

— Et alors ?

— Ben rien…

Le cousin le considéra une seconde.

— C'est moi qui conduirai au retour.

— Qu'est-ce qu'il voulait, l'autre ?

— C'est la folie. Tout le monde cherche de quoi fumer là-dedans. Je leur ai vendu des barres pour 600 balles.

— Sérieux ?

Le cousin lui montra le blé et Anthony se sentit tout ragaillardi. À tel point qu'il eut de nouveau soif.

— Vas-y mollo quand même, fit le cousin.

Deux bières plus tard, Anthony s'aventura dans le salon. Des tas de couples s'étaient retrouvés là, agglutinés au sol, sur les canapés, occupés à se peloter et se rouler des pelles. Comme les filles ne se défendaient plus, des mains passaient sous leurs t-shirts. On voyait des bras et des jambes s'emmêler, de la peau et des jeans clairs. Des ongles vernis faisaient là-dedans des taches de couleur.

Steph et sa copine étaient là aussi, dans le fond, adossées aux portes vitrées qui donnaient dehors. Avec elles, il y avait trois garçons qu'Anthony n'avait jamais vus. Ils étaient tous assis par terre, l'air moelleux, emmêlés, se touchant par les genoux, le plus grand des trois garçons était même étendu. Mais c'est son voisin qui attirait le regard, un mec avec un cuir, les cheveux sales, vraiment mignon, dans un genre Bob Dylan assez pénible, à la fois prétentieux et négligé. En plus, c'est *Let It Be* qui passait, la déprime. Anthony fit quelques pas dans leur direction. Il aurait bien aimé se mêler à ce petit groupe. C'était impossible, évidemment.

Puis le garçon au cuir sortit une petite fiole de sa poche et, après l'avoir débouchée, il la porta à ses narines pour renifler un grand coup. Ensuite il la tendit à Steph. Ils sniffèrent tour à tour, se fendant successivement de longs rires malades. L'effet semblait quasi immédiat, mais dissipé dans la minute. Très vite, ils retombèrent donc dans cette même torpeur langoureuse. Steph et le type mignon échangeaient des regards, se cherchaient sous la surface. Dans la pièce, il faisait facile 30 °C. Comment ce petit con s'y prenait pour supporter un blouson de cuir par cette chaleur ? Quand la fiole repartit pour une deuxième tournée, Anthony tenta sa chance.

— Salut.

Cinq paires d'yeux se tournèrent vers lui.

— C'est qui ? demanda le plus grand, celui qui était allongé.

Manifestement, Steph et sa copine n'en avaient plus la moindre idée. Le grand se redressa et claqua des doigts. Même assis, on le devinait vraiment balèze, dans un genre benêt californien, t-shirt pastel et pieds nus dans ses Vans.

— Oh. Tu veux quoi ?

Clémence venait de sniffer. Elle se mit à glousser nerveusement en refaisant sa queue de cheval. Steph prit son tour. Elle inspira bien à fond.

— Putain, ça me fait comme un Mister Freeze dans la tête.

Les autres jugèrent la comparaison excellente, c'était exactement ça. Quand le type au cuir eut récupéré sa fiole, il demanda à Anthony :

— Tu veux essayer ?

Tout le monde attendait la suite, l'œil chimique, l'air vaseux.

— C'est quoi ? demanda Anthony.

— Essaie, tu verras bien.

Sans très bien savoir pourquoi, le garçon leur trouvait à tous un air de famille. Ça ne tenait pas à grand-chose, des détails dans leurs fringues, leur attitude, une facilité diffuse. Il n'aurait pas su mettre des mots dessus, mais ça faisait une drôle d'impression, de dette, d'insuffisance, de petitesse. Il avait envie de se faire bien voir. Il prit la fiole.

— Allez, insista blouson de cuir en reniflant dans le vide.

— Fous-lui la paix, Simon, dit Clémence.

Le Californien enchaîna :

— Hé, ça va ? Tu crois que tu vas y arriver ?

L'œil droit à moitié fermé, il singeait son visage asymétrique. Anthony serra les poings, ce qui était encore plus ridicule que le reste.

— Arrête ça, t'es vraiment con ! fit Clem, en poussant l'imitateur du pied.

Puis s'adressant à Anthony, elle s'irrita :

— Tu veux quoi ? Bouge, maintenant.

Mais Anthony ne pouvait plus faire un geste. Il fixait le grand type. Ça le tenait, un vertige. Steph, qui regardait tout ça avec une indifférence bovine, décida que le moment était venu de changer d'air.

— Bon…

Elle s'était levée et s'étirait tel un gros chat. Le grand Californien se mit debout lui aussi. Il dépassait Anthony d'une tête, facile.

— Ça va, on rigole, dit le troisième mec.

— Il tient plus debout de toute façon.

— Tu vas gerber ?

— C'est clair, il va gerber.

— Il est tout blanc.

— Hé !

Anthony ne savait plus où il était. Il porta la fiole à ses narines, plus pour se donner une contenance qu'autre chose, et renifla un grand coup. Aussitôt, sa cervelle fut prise dans un courant d'air, et il se mit à rire. Blouson de cuir récupéra sa fiole. Les autres décampèrent. Et Anthony resta seul, en tailleur, la tête pendante, complètement dans les vapes.

Quand il reprit ses esprits, il était dehors, étendu en travers d'un escalier. Il avait les cheveux trempés et son cousin essayait de lui faire boire un peu d'eau. Clem aussi était là.

— Qu'est-ce qui s'est passé ?

— T'es tombé dans les pommes.

Il resta un moment sans comprendre. Il entendait de la musique, les voix des deux autres, et essayait de garder les yeux ouverts. Et puis Clem se tira et il redemanda ce qui s'était passé.

— T'as picolé comme un trou. T'es tombé, c'est tout.

— J'ai reniflé un truc aussi.

— Ouais, Clem m'a dit.

— Ah bon ?

— C'est elle qui est venue me chercher quand t'es tombé.

— Elle est bien, elle aussi.

— Ouais, grave.

Puis le cousin lui expliqua qui étaient ces deux mecs, le benêt et blouson de cuir. Anthony les connaissait de nom les frères Rotier, des fils à papa fouteurs de merde qui se prenaient pour les seigneurs de la vallée. De fait, leur oncle avait tenu la mairie trente ans d'affilée avant d'être sorti par un cancer du pancréas. Même souffrant, on l'avait encore vu longtemps se balader dans Heillange, sa ville, l'air mauvais, le ventre gonflé sous une ceinture remontée très haut. Ce qui frappait surtout, c'était son faciès aspiré au-dedans, jauni, où roulait cet œil oblique d'oiseau de proie. Il était mort sans lâcher son mandat, édile jusque dans la tombe. Les autres Rotier étaient tous plus ou moins élus, pharmaciens, ingénieurs, commerçants enrichis, médecins généralistes. On en trouvait jusqu'à Paris ou Toulouse. Ils exerçaient ici et là-bas des responsabilités, des fonctions d'encadrement, de direction, des professions nécessaires et protégées. Ce qui n'empêchait pas certains de leurs rejetons de connaître des pubertés difficiles. C'était manifestement le cas de Simon et de son frère.

— Je sais pas ce que j'ai pris.

— Du trichlo, ou du poppers. C'est des cinglés, ces mecs, ils prennent n'importe quoi.

— Ta copine aussi, elle en a pris.

— Je sais, dit le cousin.

— Vous avez beaucoup discuté ?

— Vite fait.

Quand Anthony fut d'aplomb, ils firent deux fois le tour de la maison. Anthony se sentait vraiment schlass. Il avait envie de rentrer.

— On va y aller, non ? Je suis crevé moi.

— Il est même pas minuit.

— Je suis trop mal. J'ai envie de me pieuter.

— Y a plein de chambres au premier. T'as qu'à te reposer une heure ou deux.

Anthony n'eut pas l'occasion d'insister. Alors qu'ils remontaient vers la terrasse, le brouhaha gai que faisaient les convives s'interrompit brutalement et il ne resta que la voix de Cyndi Lauper. Elle chantait *Girls just wanna have fun*. Dans cette soudaine ambiance de mort, ça semblait totalement incongru.

Les cousins approchèrent pour voir ce qui se passait. Tout le monde faisait cercle autour de deux intrus en vestes de survêt, les cheveux rasés sur les côtés et pas trace de fesses dans leur futal. À voir leur tête vindicative, l'air éperdu sur leur face, il était difficile de savoir s'ils allaient attaquer ou venaient de tomber dans un guet-apens. Le plus petit portait une chevalière et une chaîne en or par-dessus le col de sa veste Tacchini. L'autre s'appelait Hacine Bouali.

En voilà au moins un qu'Anthony connaissait. Hacine fréquentait le même bahut que lui. Il occupait principalement sa scolarité à zoner sous l'abri des scooters en crachant par terre. Quand on le croisait dans un couloir, on baissait généralement les yeux. Il avait la réputation d'être dangereux et de taper l'incruste dans les teufs pour boire à l'œil, piquer des trucs, tout retourner et se tirer *in extremis* quand les flics débarquaient. Il n'était évidemment pas le bienvenu. Cinquante personnes le lui signifiaient par leur silence. Finalement, un tout petit mec sortit des rangs pour dénouer la crise. Il était si bien proportionné, si mignon avec sa coupe au bol, on aurait pu le prendre pour un Playmobil.

— On veut pas d'emmerdes, dit-il. Vous pouvez pas rester là.

— Toi, je t'emmerde ! répliqua Hacine.

— On vient pépère, qu'est-ce que vous faites chier ? ajouta son pote.

— Vous êtes pas invités, expliqua Playmobil. Vous pouvez pas rester.

— Allez, on veut pas d'ennuis, ajouta un nageur.

Il avait coiffé la capuche de son sweat et avançait les mains tournées vers le ciel. Il ajouta :

— Tirez-vous, maintenant.

— C'est bon, faites pas vos rats, tenta le pote de Hacine. On boit une bière vite fait, on se casse...

Le nageur fit encore un pas vers eux, écartant les bras en signe de paix. Il portait des tongs, ce qui plaidait plutôt en faveur de sa bonne volonté.

— Allez les mecs. Prenez une canette et barrez-vous. On veut pas d'histoires.

Un ange passa, puis, écartant les bras à son tour, Hacine fit une annonce :

— Je vous baise tous vos mères...

De la graisse tombée sur les braises du barbecue grésilla dans le silence. Les étoiles impassibles brillaient d'un feu égal. Personne n'osa le contredire.

— Allez, c'est pas la peine, fit le nageur. On va pas se battre. C'est bon, maintenant.

— Toi tu commences à me saouler, répliqua Hacine.

— Ouaaah, c'est bon, on fait rien de mal, tenta encore l'acolyte. On veut juste boire un coup, tranquille.

Mais Playmobil ne voulait rien savoir. Déjà que des gens qui n'avaient rien à foutre là s'étaient incrustés, à un moment, il fallait bien dire stop. En plus, ses parents devaient revenir le lendemain, c'était pas possible quoi. Alors Hacine osa le mot raciste. Le nageur claqua des doigts à deux reprises sous son nez.

— Hé réveille-toi. T'es pas invité. Tu te tires, c'est tout. Ça va, maintenant.

— Toi, putain…

Hacine n'eut pas le temps d'en dire plus. Une meuf rousse en robe à fleurs avait paru à la fenêtre du premier étage. Elle cria :

— Je viens d'appeler les flics. Je vous préviens, je viens de les appeler, ils arrivent.

Et elle brandit un téléphone sans fil pour montrer qu'elle déconnait pas du tout.

— Tirez-vous maintenant, s'enhardit Playmobil.

Les deux pique-assiettes semblaient peu de chose quand on y réfléchissait, avec leur dégaine fuyante, ce début de moustache, leurs Nike disproportionnées au bout de leurs maigres guiboles. Il fallait pourtant cinquante personnes, un nageur et les gendarmes pour en venir à bout.

Hacine commença à battre en retraite, en tâchant de ne pas perdre la face, ce qui consistait principalement à se dandiner comme un habitant du Bronx. Bientôt, il se trouva à hauteur du barbecue et, d'un grand coup de semelle, il le fit basculer dans l'herbe. Le truc se fracassa, projetant des braises jusque sur la terrasse. Aussitôt, une nénette qui se trouvait tout près se mit à pousser des glapissements suraigus.

— Vous êtes complètement cons ! cria sa copine.

— Allez, foutez le camp, merde !

— Elle s'est brûlée !

Les intrus furent bien forcés de se tirer en vitesse et pour plus de sûreté, on les suivit jusque dans la rue. Ils prirent leur temps pour traverser le village, se retournant de temps en temps pour crier des injures et faire des doigts. Leurs silhouettes disparurent progressivement, puis on entendit la plainte d'un scoot s'étirer au loin, avant de mourir.

Dix minutes plus tard, la fête reprenait par bouffées. Les gens s'étaient coagulés en petits groupes scandalisés. On se racontait le déroulement des événements en rigolant, on y croyait à peine. La fille qui s'était brûlée pleurnichait encore un peu, mais n'allait pas si mal. Quant à sweat à capuche, il n'avait plus qu'à faire le modeste et ramasser les lauriers. Seul Playmobil restait fébrile. En attendant l'arrivée des flics, il faisait la chasse aux mégots de joint et gueulait qu'on ne l'y prendrait plus.

Plus tard, une camionnette de la gendarmerie finit effectivement par se pointer et on leur raconta ce qui s'était passé. Ils ne parurent pas tellement surpris, ni vraiment intéressés. Ils repartirent comme ils étaient venus.

Les premiers ploufs résonnèrent au fond du jardin et Anthony descendit vers la piscine, qui faisait comme un écran bleu entre les branches. Une dizaine de baigneurs buvaient de la bière et faisaient des sous l'eau. Un couple s'embrassait à pleine bouche contre le rebord. À un moment, une meuf sortit de la flotte, complètement nue, et dansa pour amuser la galerie. Anthony n'en revenait pas. Ces gens-là osaient tout. Elle se fit même applaudir. Elle avait la chatte épilée et presque pas de poitrine, c'était vraiment très beau. En même temps, ça restait tellement loin.

— Tu vas pas te baigner ?

Steph se tenait sous un saule, à quelques pas derrière lui. Elle semblait un peu confuse, les traits brouillés. Une tache de graisse marquait son jean à la cuisse gauche. Comme il ne répondait pas, elle insista :

— Tu vas te baigner ou quoi ?

— Bof, je sais pas.

Elle avait commencé à enlever ses sandales et se retrouva bientôt pieds nus dans l'herbe.

— Ton pote est pas là ?

— C'est mon cousin.

— Ouais, ton cousin. C'est trop bizarre cette fête. J'ai l'impression que ça dure depuis deux jours.

— Ouais, répondit Anthony sans comprendre.

— Il va bientôt faire jour.

Il vérifia sa montre.

— Il est que 3 heures.

— Putain j'ai froid, dit Steph en s'attaquant à la boucle de sa ceinture.

Elle ouvrit son jean et entreprit de le faire glisser le long de ses cuisses, mais le tissu résistait, collé à sa peau. Puis elle fit passer son top par-dessus sa tête. Elle portait un maillot de bain clair, moins sexy que celui de l'après-midi.

— Allez, moi je vais me baquer.

Il la vit s'élancer vers la flotte, les cuisses rapides, les fesses élastiques. Juste avant d'atteindre la margelle, elle prit son impulsion et plongea, les bras tendus. Son corps pénétra dans l'eau avec une exquise facilité. Quand elle reparut, sa bouche était grande ouverte, elle riait, et sa queue de cheval décrivait des cercles mouillés dans le vide. Les baigneurs qui se trouvaient sur les marches se mirent à gueuler. Anthony ne pouvait pas entendre ce qu'ils disaient. À son tour, il retira ses pompes et ouvrit son jean, mais il portait un caleçon avec des parapluies de toutes les couleurs, ce qui le coupa dans son élan. Il tremblotait un peu. Ça caillait, c'est vrai. Sur la terrasse, le volume sonore monta d'un coup et tout le monde dressa l'oreille.

C'était ce truc qui passait en boucle sur M6. En général, ça donnait envie de casser une guitare ou de foutre le feu à son bahut, mais là, au contraire, chacun se recueillit. C'était presque encore neuf, un titre qui venait d'une ville américaine et rouillée pareil, une ville de merde perdue très loin là-bas, où des petits blancs crades buvaient des bières bon marché dans leurs chemises à carreaux. Et cette chanson, comme un virus, se répandait partout où il existait des fils de prolo mal fichus, des ados véreux, des rebuts de la crise, des filles mères, des releuleuh en mob, des fumeurs de shit et des élèves de Segpa. À Berlin, un mur était tombé et la paix, déjà, s'annonçait comme un épouvantable rouleau compresseur. Dans chaque ville que portait ce monde désindustrialisé et univoque, dans chaque bled déchu, des mômes sans rêve écoutaient maintenant ce groupe de Seattle qui s'appelait Nirvana. Ils se laissaient pousser les cheveux et tâchaient de transformer leur vague à l'âme en colère, leur déprime en décibels. Le paradis était perdu pour de bon, la révolution n'aurait pas lieu ; il ne restait plus qu'à faire du bruit. Anthony suivait le rythme avec sa tête. Ils étaient trente comme lui. Il y eut un frisson vers la fin et puis ce fut tout. Chacun pouvait rentrer chez soi.

Vers 5 heures du mat', Anthony fut réveillé par le froid qui tombait dans le jardin. Il s'était endormi sur une chaise longue sans même s'en apercevoir. Il se trouvait sous un arbre. Il éternua à plusieurs reprises et partit à la recherche du cousin.

Dans la maison, un petit groupe continuait à papoter tranquillement au rez-de-chaussée, les cheveux mouillés, confidentiels et la voix rauque. Les filles s'étaient drapées dans de grosses serviettes éponges et se tenaient blotties contre leurs mecs. Une légère odeur de chlore flottait dans l'air. L'aube n'allait plus tarder, et Anthony songea à la tristesse qui suivrait, ce pincement des petits matins blêmes. En plus, sa mère allait le défoncer.

Au premier, il chercha dans la salle de bains, ouvrit les chambres. Les lits étaient pleins, des formes endormies sous les draps, trois ou quatre par plumard. Les deux métalleux avaient trouvé une trappe pour monter sur le toit. Ils étaient là, occupés à boire du vin sous les étoiles. Anthony leur demanda s'ils n'avaient pas vu son cousin.

— Qui ça ?

— Mon cousin. Le grand.

Les métalleux lui proposèrent de boire un coup. Anthony refusa.

— Vous l'avez pas vu, alors ?

— Non.

— T'as regardé dans les chambres ?

— Je viens de faire le tour.

— Alors assieds-toi. Regarde comme c'est beau.

Le métalleux le plus proche désignait un point à l'horizon. Une mince bande ocre montait de terre, infusait le ciel de lumière. La nuit peu à peu devenait bleue.

— Et t'as essayé la cabane de jardin ? fit l'autre. Il avait passé ses mains sous sa nuque et fixait le ciel. Les manches de son t-shirt laissaient passer des touffes de poils clairs, presque roux.

Anthony retraversa la maison. Le salon était vide maintenant et il avait un peu l'impression de visiter une scène de crime. Les canettes, les mégots, un vinyle qui tournait dans le vide et les enceintes qui émettaient ce petit hoquet crachotant des fins de disque. Déjà, le ciel avait pâli. Il fila à travers le jardin. Curieusement, la piscine était impeccable, d'un bleu de cuvette, irradié et factice. Il se posta une seconde sur la margelle, résistant à l'envie de plonger, bercé par le clapotis minimal. Au fond de l'eau, on pouvait voir un bas de maillot, ou une petite culotte. Il pensa à Steph, il ne l'avait plus vue après la baignade. Il s'en foutait de toute façon. Il cracha dans l'eau. Il était crevé, c'est tout.

— Hé !

Il se retourna vivement et trouva le cousin qui lui faisait signe depuis la terrasse. Et il portait un t-shirt qui ne lui appartenait pas. Anthony le rejoignit en traînant des pieds. Ils prirent le chemin de la sortie.

— Il va faire jour. T'étais où ?

— Nulle part, dit le cousin.

— T'as revu Steph ?

— Non.

— C'est quoi ce t-shirt ?

— C'est rien.

Anthony avait mal à la tête. Un coq chanta. Ils arrivèrent derrière le tas de bois où il avait laissé la bécane quelques heures plus tôt. Dans une autre vie quasiment.

L'YZ n'était plus là. Anthony en tomba à genoux.

5

Un peu plus tard dans la matinée, Hacine avait rendez-vous au rez-de-chaussée de la mairie d'Heillange, dans un bureau d'aspect vétuste. Il n'avait presque pas dormi. Il avait froid. Il faut dire que la mairie occupait les locaux d'une ancienne école primaire, ce qui expliquait ses couloirs interminables, les cages d'escalier pleines d'écho et cette fraîcheur de château fort. D'ailleurs, ceux qui travaillaient là ne venaient jamais sans une petite laine. Hacine n'avait pas pris cette précaution et il se les gelait. À force, ça le rendait nerveux. Déjà qu'il aurait préféré se trouver ailleurs.

Face à lui, une jeune femme aux yeux thyroïdiens était occupée à examiner son CV. Elle portait des boucles d'oreilles fantaisie. Par moments, elle faisait un commentaire ou posait une question. Sur ses boucles d'oreilles, on voyait un petit éléphant, ou un chat. C'était difficile de savoir. Sans lever les yeux, elle lui demanda :

— Là, par exemple, t'as voulu dire quoi ?

De l'index, elle pointait un alinéa situé sous la rubrique Centres d'intérêt. Hacine pencha la tête pour déchiffrer.

— C'est de la boxe, dit-il sobrement.

— Ah bon.

Après sa licence, la jeune femme s'était spécialisée en droit du travail, cursus qui se prévalait de taux d'employabilité dignes des années 1960. C'est par là notamment qu'on accédait aux métiers relevant de la gestion des ressources humaines, secteur resté en plein essor depuis trente ans, malgré la notable raréfaction de l'emploi qui avait caractérisé la même période. D'ailleurs, une fois diplômée (bac + 5), il ne lui avait pas fallu deux mois pour trouver un poste. Du coup, elle avait tendance à considérer le chômage comme l'une de ces menaces abstraites dont il est surtout question au JT, type épidémie de paludisme, tsunamis, éruptions volcaniques. Pour l'heure, elle initiait Hacine aux raffinements de la mise en valeur des compétences. Le jeune homme coopérait modérément. La jeune femme reprit. Cette histoire de boxe ne la laissait pas indifférente.

— Et tu le dis comment ?

— Muay-thaï. C'est de la boxe thaïe, quoi…

— Tu crois que c'est bien de mettre ça ?

— C'est du sport, répondit Hacine.

— Ouais, mais tu vois, avec ton profil…

Hacine se renfrogna. Chez lui, ça consistait à adopter simultanément un air dédaigneux et une moue qui le faisait ressembler à un canard. L'ombre de moustache qui agrémentait sa lèvre supérieure finissait de le rendre étonnant.

La jeune femme sourit.

— Tu vois ce que je veux dire ?

— Oui.

— Bon. Et les compétences informatiques, tu peux préciser ?

— Ben les trucs sur l'ordi.

— Tu as un ordinateur à la maison ?

— Oui.

Le garçon avait crocheté ses pieds aux pattes de sa chaise. À chaque fois qu'il bougeait, ça crissait sur le sol de mosaïque. Il tâchait donc de rester tranquille. Combien de temps ça allait durer encore ces conneries ?

— Donne-moi des exemples. Tu sais faire quoi ? Word, Excel ?

— Un peu de tout.

— C'est important de préciser. Tu vois, tu proposes des compétences en fait. C'est ça que tu vends. Par exemple, tu maîtrises les outils de bureautique ?

— Ouais. Je fais du code aussi. Turbo Pascal. Des trucs comme ça.

— C'est bien, ça. C'est super-bien même.

Le compliment le blessa. Elle croyait quoi cette conne, qu'il savait juste appuyer sur le bouton "power" ? Du coup, le verrou se ferma. Dommage. Elle aurait sûrement bien aimé l'histoire édifiante du môme qui va chez Microfun tous les samedis matin. Cette petite boutique située en bas de la côte de la ZUP récupérait du vieux matos informatique pour le refiler à des écoles, des indigents ou le revendre au poids. L'Amstrad 6128 coûtait encore plus de 3 000 balles et ni Hacine ni aucun de ses potes n'avaient les moyens de s'offrir ce genre de matos. Alors ils allaient chez Microfun. Ils passaient des heures à dépiauter des tours d'IBM obsolètes, s'échangeaient des processeurs, des conseils. Son prof de techno de quatrième lui avait même donné un coup de main pour souder certains composants. Il avait fini comme ça par se monter une tour potable, suffisamment puissante en tout cas pour jouer à *Double Dragon*. Depuis, il avait plus ou moins laissé tomber. En y réfléchissant, il avait à peu près tout laissé tomber depuis quelque temps.

— Et donc, t'es allé à Francfort ?

Il confirma d'un signe de tête

— Londres. Et Bangkok.

— Oui.

— T'as pas mal voyagé pour ton âge.

Elle le regardait, avec un sourire aimable, en se tripotant une boucle d'oreille. Peut-être que c'était un sourire narquois, en fait. Elle devait le prendre pour un mytho. De fait, il n'avait jamais mis les pieds à Francfort. Qu'est-ce qu'il serait allé foutre à Francfort ? N'empêche, ça ne l'autorisait pas à douter, la pute.

— Tu parles anglais ?

Il fit un mouvement de tête qui pouvait vouloir dire oui.

— OK. De toute façon, tout le monde met ça, dit la fille, étonnamment ragaillardie.

Le téléphone se mit alors à sonner. Elle laissa planer une main indécise au-dessus du combiné, le temps de trois sonneries. Hacine était de plus en plus tendu. C'était un test ou quoi ?

— Allô oui bonjour. Oui… Bien sûr, oui…

Ses "oui" étaient traînants, maternels. En fait, elle donnait l'impression de s'adresser à un demeuré. Quelque part, Hacine y trouva le motif d'un certain réconfort. Elle parlait comme ça à tout le monde, en fait.

— Bien sûr, monsieur. Mais rappelez-nous à la rentrée à ce moment-là. Oui, voilà…

Elle faisait des mimiques, prenant Hacine à témoin. Les gens avaient de ces questions. Après avoir conseillé à son interlocuteur de voir avec l'ANPE, elle raccrocha.

— C'est toute la journée comme ça…

Il y eut encore quelques questions. Le CV de Hacine comportait tout de même pas mal de mentions suspectes. Certes, tout le monde filoutait, mais il importait de rester modeste. Les voyages transatlantiques, l'anglais *fluent*, les stages dans les ministères ou la passion du bénévolat pouvaient, selon les cas, éveiller les soupçons. Surtout, ce qui l'ennuyait, c'était cette histoire de boxe thaïe.

— Tu vois ? Surtout de là où tu viens.

— Mais pour le job ? fit Hacine. Vous avez un truc ou pas, finalement ?

— Comment ça ?

— Je sais pas. C'est mon père qui m'a dit de venir à la mairie. Il a dit que vous aviez du travail.

— Ah mais non, pas du tout. Ton père est venu voir le maire à sa permanence, je ne sais pas ce qu'il lui a raconté. Nous, on s'occupe juste de l'orientation. On fait de l'aide au retour à l'emploi.

— Donc y a pas de job, en fait ?

— Il doit y avoir un malentendu. Notre rôle, c'est d'aider les gens à se mettre en valeur, reprendre confiance. On les aiguille pour leur CV, trouver une formation. On peut aussi les coacher. En plus, t'as même pas dix-huit ans ?

Hacine en convint. Il était vachement tenté de lui demander ce qu'il foutait là, tout à coup.

— Oui, alors, mineur en plus. On n'a rien là. Et en été, laisse tomber.

Au moment où il se cassait, elle insista pour le raccompagner, puisqu'elle voulait fumer une clope dehors. Et comme ça, il était sûr de ne pas se perdre. Les lieux étaient quasi déserts et dans les couloirs vides, les escarpins de la jeune femme produisaient un claquement managérial assez intimidant. À l'inverse, son attitude était devenue carrément cordiale, limite familière.

Elle était jeune après tout, ouverte d'esprit, y avait moyen de s'entendre. Arrivés sur le trottoir, elle lui serra la main avec un plaisir manifeste. Et puis sans crier gare, son visage s'assombrit.

— J'ai oublié de te demander. Tu checkes ?

Hacine ne comprit pas tout de suite.

— Genre tu sais, les trucs là…

Et comme elle ouvrait la main, il fut bien forcé de taper dedans.

— Parce que j'ai rencontré des employeurs l'autre jour, tu vois ils étaient hyper-décontenancés. Ils ont des jeunes des fois qui checkent au boulot. Avec tout le monde. Tu vois, ça le fait moyennement.

Hacine se demanda si elle se foutait de sa gueule. Apparemment pas.

— Je vais devoir y aller.

— Ouais, bien sûr.

Il aurait pu prendre le bus en face. Avec la 11, c'était direct jusqu'à chez lui. Mais il se dit qu'elle allait vouloir lui tenir compagnie. Il préféra rentrer à pied. Dans son dos, il sentit qu'elle le regardait jusqu'au moment où il tournait le coin de la rue. Heureusement, il avait des poches, il pouvait mettre ses mains dedans.

Sur le chemin, il s'arrêta dans une boulangerie pour acheter un Coca et deux croissants puis il grimpa la côte de la ZUP en avalant son petit-déj'. Il faisait déjà chaud et la fraîcheur du Coca avait quelque chose de miraculeux. Bientôt, il aperçut Eliott qui glandait sur la dalle. Comme chaque année, des forains avaient monté une piste d'autos tamponneuses et une petite cahute qui vendait des gaufres. Hacine et ses potes squattaient là à longueur de journée. Quand il le vit, Eliott lui adressa un signe de la main et Hacine le rejoignit sans se presser.

— C'est quoi cette merde ? fit Hacine en foutant un coup de pied dans la roue du fauteuil d'Eliott.

— J'ai plus de batterie. Le moteur est naze de toute façon. J'ai ressorti le vieux.

— Relou.

— Trop.

— T'as fait comment pour descendre ?
— Je me débrouille, t'inquiète.
Eliott mettait un point d'honneur à ne pas faire chier le monde avec son handicap. Même, c'était plus ou moins devenu un avantage. Une fois, la BAC avait déboulé dans le hall de la tour Manet pour un contrôle d'identité. Eliott était chargé comme une mule et non seulement les keufs ne l'avaient pas fouillé, mais ils l'avaient porté jusqu'à l'entresol pour prendre l'ascenseur. Eliott leur avait fait remarquer qu'il fallait vraiment être con pour coller un escalier juste avant l'ascenseur. Les types avaient admis, emmerdés, à croire qu'ils avaient conçu les plans eux-mêmes.
— T'as des news ? demanda Hacine.
— Rien de neuf. C'est mort de mort. Si on touche pas demain, j'aurai plus rien.
Depuis que les Meryem étaient hors jeu, les problèmes d'approvisionnement en shit atteignaient un niveau critique. Hacine avait même contacté son frangin qui vivait à Paris.
— Et ton frangin ? demanda Eliott, justement.
Hacine haussa les épaules. Ils restèrent un moment silencieux, puis Eliott reprit :
— T'es allé en ville ?
— Ouais.
— Quoi faire ?
— Rien de spécial.
Eliott n'insista pas et Hacine vint s'asseoir sur le muret tout proche.
— Ça chauffe grave déjà.
— Ouais.
Hacine se mit à contempler les décorations qui ornaient le manège. Michael Jackson, des loups-garous, une momie, Frankenstein. C'était criard et beau, avec des ampoules qui mettaient des couleurs à la nuit tombée. Depuis quelques années, les autres attractions ne faisaient plus le déplacement. Hacine aimait bien la barbe à papa.

Progressivement, la température grimpa et les deux garçons allèrent se mettre à l'ombre, sous le préau des boulistes. De là, ils pouvaient voir venir les clients. Depuis deux jours, tous repartaient bredouilles. Alentour, les immeubles se dressaient, indifférents et cubiques. Un peu de poussière lévitait dans la lumière.

Après l'heure du déjeuner, les autres commencèrent à rappliquer. En général, la bande comptait une petite dizaine de mecs. Il y avait Djamel, Seb, Mouss, Saïd, Steve, Abdel, Radouane et le petit Kader. Tous habitaient le quartier. Ils se levaient tard, descendaient à pied ou venaient en scoot. Ils restaient un moment, retournaient à leurs histoires, revenaient. Il se produisait ainsi une rotation continue de visages familiers, un roulement de copains qui rompait la monotonie du trafic. Quoi qu'il en soit, dans l'après-midi, on comptait en permanence cinq ou six garçons qui patientaient interminablement sous le préau, adossés au mur, assis sur un muret, crachant par terre et fumant des joints. Il y avait aussi les grands qui venaient taper la discute. Une poignée de main, la main sur le cœur, quelques mots vite fait, la famille, ça va ça va, bien ou quoi. La plupart s'étaient rangés. Ils faisaient désormais de l'intérim, avaient un petit CDI chez Carglass ou Darty. Sami venait d'ouvrir son kebab près de la gare. On lui demandait comment ça va les affaires. Même s'il faisait bonne figure, on devinait l'anxiété, cette continuelle hantise de la banqueroute. Lui qui avait été le plus important grossiste de la vallée, il roulait désormais en 205. Mal à l'aise, les garçons promettaient de passer plus tard et Sami repartait bosser, ses poignées d'amour boudinées dans un t-shirt de l'OM, avec ses deux gosses et son crédit. Ensuite, les petits revenaient de la piscine, passaient en biclou. On se charriait vaguement, mais grosso modo, il n'y avait quand même pas grand-chose à foutre en attendant l'ouverture du manège. Souvent, la chaleur et l'ennui vous montaient à la tête comme un alcool. Il arrivait même qu'on en vienne aux mains, par langueur, par désœuvrement. Puis le calme retombait, l'assommoir.

Bientôt, le petit Kader arriva sur son scoot. Il ne portait pas de casque et conduisait en claquettes. Il fit une roue arrière pour la forme. Seb aussi était là, sa casquette 49ers enfoncée jusqu'aux oreilles.

— Alors, qu'est-ce qu'on fait ?

— Qu'est-ce tu veux faire ?

— Je sais pas. On bouge.
— T'as qu'à bouger, toi.
— Non mais ce soir ? Qu'est-ce qu'on fait ? Sérieux.
— On se prend un pack.
— Ouais.
— Vous me cassez les couilles avec vos packs. Dehors comme des clochards.

Puisque Hacine avait parlé, il n'y avait plus rien à dire. Depuis le début des vacances, il était d'une humeur de dogue. On pouvait le comprendre. Son scoot avait rendu l'âme en juin, et depuis il devait marcher comme un galérien. Ça avait commencé avec l'allumage. Et puis tout à coup, cylindres, pistons, segments, les bougies, tout était parti en couille. Avec cette pénurie de shit en prime, ça devenait vraiment compliqué de mener une vie raisonnable. Hacine cracha entre ses incisives. Plus personne ne bronchait. Eliott prit sur lui de rouler un splif.

Un peu après 15 heures, le temps devint comme une pâte, grasse, étirable à l'infini. Chaque jour, c'était pareil. Dans le creux de l'aprèm, un engourdissement diffus s'emparait de la cité. On n'entendait plus ni les enfants ni les téléviseurs par les fenêtres ouvertes. Les tours mêmes semblaient prêtes à s'affaisser, hésitant dans les brumes de chaleur. Par instants, une mob kitée pratiquait une incision bien nette dans le silence. Les garçons clignaient des yeux et essuyaient la sueur qui venait noircir leurs casquettes. Au-dedans, la nervosité marinait sous son couvercle. On était somnolent, haineux, et ce goût acide du tabac sur la langue. Il aurait fallu être ailleurs, avoir un travail, dans un bureau climatisé peut-être bien. Ou alors la mer.

De son côté, Hacine se faisait du mouron. Depuis le matin, il n'avait pas vu dix clients. De nouvelles sources d'approvisionnement avaient dû voir le jour. L'offre et la demande obéissaient à des lois magnétiques et s'étaient sans doute trouvées ailleurs, comme des amants contrariés. Si la pénurie se prolongeait, Hacine et ses potes seraient de la baise, ils perdraient tout. Et il avait beau laisser entendre que son frère pourrait les dépanner, dans le fond, il n'y croyait pas. Ce fils de pute faisait du biz pour de vrai, avec des mecs de Bobigny, il vivait en région parisienne et n'était plus venu à Heillange depuis trois ans facile. Il ne retournait pas les coups de fil. Il ne fallait pas compter dessus. Si ça continuait, il faudrait s'adresser aux grosses têtes. Ces gens-là avaient toujours des combines, des filières. Mais l'idée ne lui plaisait pas du tout. Dealer avec ces gens-là, c'était vraiment chaud. Ils étaient capables de tout. Ils baisaient entre eux, des dégénérés, rien que d'y penser, Hacine se sentait mal.

Il remuait tout ça dans sa tête quand Fred se pointa. C'était un de ces foncedés authentiques, toujours mou, toujours affable. Hacine ne pouvait pas le blairer. Surtout que ce déchet se permettait d'être familier parce qu'il avait jadis connu les cousins Bouali, ceux qui, les premiers, avaient organisé les circuits du shit à Heillange dans les années 80.

— Salut mon frère, dit Fred.

— On a rien. Tire-toi.

Tout se déroula comme d'habitude. Fred fit la sourde oreille, Hacine devint de plus en plus monosyllabique. Fred se mit à supplier, un grat' juste un grat'. Des insultes fusèrent. À la fin, il y eut des menaces et Fred consentit à décamper, misérable et lent. La sobriété était sa hantise. Il n'avait rien trouvé à faire de sa vie, ni métier, ni femme, ni crime. Hébergé chez sa mère, il durait pauvrement. Grâce à Dieu, cette dernière alimentait une copieuse pharmacie où Fred se consolait quand il n'avait plus rien à fumer. Les médecins ici étaient complaisants. Toute la vallée était en soins palliatifs, quelque part.

— Il paraît qu'il a le *dass* en plus, fit Eliott, en regardant l'invertébré disparaître.

— C'est des conneries.

— Il est en train de crever, ça se voit.

— Ben qu'il crève, ce fils de pute.

Vers 17 heures, la fille des autos tamponneuses se pointa avec sa mère qui tenait le stand de gaufres. Les deux femmes passaient leur temps à ingurgiter des churros et des bonbons, le cul vissé à leur siège et, curieusement, la mère était aussi sèche que la fille était grasse. Une fois le groupe électrogène allumé, la piste s'illumina. La mère fit chauffer ses moules, lança la barbe à papa. Une odeur caramélisée se répandit sur la dalle. Il y eut de la musique.

De leur côté, les garçons étaient repassés chez eux et sentaient le gel douche, leurs cheveux brillaient, certains avaient un peu forcé sur le déo. Ils se donnaient des airs ennuyés, revenus de tout, mais paraissaient principalement fébriles. Enfin, elles arrivèrent. Deux par deux, ou alors par petits groupes. Des filles aux yeux baissés, riant sous cape, avec de longs cheveux noirs et qui lançaient des œillades obliques. Elles prirent place de l'autre côté de la piste, sur les bancs ou accoudées à la barrière de sécurité. Elles venaient des autres quartiers d'Heillange, ou de Lameck, Étange, voire de Mondevaux pour celles qui avaient pris le bus. Elles avaient le droit parce que c'était les vacances et à condition de ne pas rentrer trop tard. Dans le quartier, on ne draguait pas, parce qu'une meuf était fatalement la sœur ou la fille de quelqu'un. Mais ces visiteuses étaient autorisées. Elles débarquaient chaque jour grâce à ce bout de fête foraine. Il fallait profiter.

Hacine se dirigea le premier vers la caisse. Il prit dix jetons pour 20 balles. Derrière sa vitre, la fille était déjà en nage. Quand elle reconnut la chanson que diffusaient les haut-parleurs, elle monta le son. C'était un titre de Bryan Adams assez gnangnan et sa mère leva les yeux au ciel. Elle venait de lancer ses premières gaufres et s'éventait avec un journal de petites annonces. Les autres garçons faisaient déjà la queue pour prendre des jetons. C'était parti.

Une fois ses dix premiers jetons dépensés, Hacine en acheta dix de plus. Il tourna en rond pendant près de deux heures. Ses potes lui rentraient dedans. Il faisait de même. Et tout ce temps, il ne fit que penser à cette fille qui se trouvait sur le bord avec deux copines, celle avec les créoles et la french manucure. Elle le suivait du regard. À chaque fois qu'il regardait dans sa direction, elle détournait la tête. Tous les jours, ils espéraient quelque chose. Ça ne venait pas. Il ne savait pas son nom, rien. Il n'en avait parlé à personne. Un peu avant 20 heures, elle s'en alla. Elle ne restait jamais très longtemps.

Hacine quitta la piste, regagna le muret où se déroulait sa vie, dégoûté. Eliott lui demanda c'était quoi le problème.

— Rien, me casse pas les couilles.

En plus, Saïd et Steve avaient réussi à faire monter des meufs dans leur petite bagnole. Des baltringues pareils. Hacine cracha entre ses incisives. Le petit Kader le regardait. C'était la connerie à ne pas faire.

— Quoi ?

— Rien.

— Qu'est-ce que tu regardes ?

— Mais rien.

— Arrête de me regarder comme ça, fils de pute.

Ça dura. Le petit Kader fut bien forcé de baisser les yeux. Au-dessus de leur tête, le ciel était pris dans la mâchoire que dessinaient les tours. Sur les façades, les fenêtres creusaient des yeux étroits, des bouches malades. On sentait la bonne odeur des gaufres et Freddy Mercury chantait *I Want to Break Free*. Hacine finit par se tirer. Le petit Kader était vert, il s'était fait mettre à l'amende pour rien du tout.

— Ouaaah, je sais pas ce qu'il a. Déjà hier, on était à une teuf. Il était comme un ouf.

— Comment ça ?

— Je sais pas. Il a niqué le barbecue. Il a traité tout le monde de fils de pute.

— Il a raison. C'est tous des fils de pute.

— Ouais, grave.

Ils se marrèrent. N'empêche, par moments, c'était à se demander s'il était pas un peu dingue.

Hacine descendit la côte de la ZUP sur l'YZ, plein gaz, le buste penché. Il s'enfila dans le centre-ville à fond de troisième. Le jeu consistait désormais à ne plus freiner. Il suffisait pour cela d'anticiper les virages et de remettre les gaz en fin de courbe. Le petit moteur crépitait rageusement dans les ruelles. Sur son passage, les gens ne voyaient rien qu'une silhouette maigre, deux bras filiformes sortis d'un t-shirt extra-large. Aussitôt, ils tiraient de cette vision et de la gêne occasionnée des conclusions politiques. Dans la poitrine de Hacine, un cœur de dix-sept ans était pris dans les barbelés. Il était évidemment exclu pour lui de s'arrêter aux feux. Il n'en pouvait plus. La mort devenait par instants un sort enviable.

Il se retrouva bientôt sur la départementale qui s'étirait toute droite vers Étange et choisit de s'arrêter en bordure d'un champ où reposaient d'énormes ballots de paille. Il abandonna la bécane et partit à travers les chaumes desséchés. Il allait d'un bon pas, la lèvre moite, ses bras nus ballant le long du corps. Sur sa langue, un goût de pièce de cuivre. Il s'ouvrait la route dans un frottement sec, laissant derrière lui un sillage aplati. Il poursuivit jusqu'à la fatigue puis s'adossa dans l'ombre d'un ballot. Il tira alors son Zippo de sa poche et se mit à jouer avec. Il l'ouvrait du pouce et l'allumait sur son jean. Le soleil avait faibli et diffusait maintenant sur la campagne une lumière enrobante et douce. C'était un vieux briquet couleur bronze, comme au Viêtnam. Il l'avait pris à un môme pendant les épreuves du brevet. Chaque année, les élèves de troisième de Hurlevent, un bahut privé du centre-ville, venaient passer leur exam à Louis-Armand. Il fallait les voir débouler avec leurs pulls Benetton. Les parents les déposaient en lançant des regards inquiets sur les bâtiments publics et gris. On se serait cru sur le quai d'une gare après la conscription. Cette tradition républicaine de l'examen délocalisé remontait à un moment déjà. Les premières éditions avaient d'ailleurs été riches en rapines diverses et autres vexations compensatoires. Mais cette lutte des classes de basse intensité ne rapportait plus guère. Les nantis de Hurlevent s'étaient passé le mot et laissaient désormais leur montre de communiant à la maison ; et on n'allait quand même pas leur tirer leur Tann's. La dernière fois, Hacine s'en était pris à un groupe de chevelus en t-shirt de rock. C'est ainsi qu'il s'était approprié le Zippo et deux capodastres. La flamme bleue sentait bon le pétrole et il alluma un brin de paille à ses pieds. Celui-ci s'embrasa aussitôt. Malgré la tentation, Hacine étouffa le feu sous sa semelle. Ce goût de pièce de cuivre se répandait dans sa gorge. Une acidité lui venait dans la poitrine et il sentit sa bouche se remplir de salive. Il alluma son briquet une nouvelle fois. La balle de paille s'embrasa dans un grand crépitement de chaleur, un soupir de fumée. Les flammes montaient, aiguës, voluptueuses. L'odeur était merveilleuse. Il fit quelques pas en arrière pour mieux voir. Déjà, le feu courait sur le sol, allait chercher plus loin sa pitance. Hacine respirait à pleins poumons. Il commença à éprouver ce calme sidérant qui venait à chaque fois. Il pouvait enfin rentrer chez lui. Quand la moto démarra, on aurait pu croire que toute la vallée flambait dans son dos.

— T'as fumé, encore ? fit le vieil homme.

Ne trouvant pas ses clefs, Hacine avait dû sonner pour que son père lui ouvre et ce dernier se trouvait là, debout, pieds nus dans ses savates, habillé tout en jean, le col fermé jusqu'en haut. Dans son visage ridé, les yeux étaient illisibles. Sous son nez, un buisson de poils blancs avait échappé au rasage. Il y voyait de moins en moins.

— Mais non, répondit Hacine. Ça va ? Je peux rentrer ?

— Tu sens la fumée. Tu fumes ?

— Je te dis que non !

Le père fronça les sourcils et se pencha pour renifler le t-shirt de son fils. Il grommelait, mais libéra quand même le passage. Une fois à l'intérieur, Hacine retira ses Nike. Un bruit de cocotte-minute venait de la cuisine. Ça sentait les patates.

— Des gens, ils ont vu ton frère, dit le père, gravement.

Sa voix était grumeleuse, basse et belle. Les mots y baignaient comme des cailloux dans un tamis.

— Ils ont rêvé.

— Ils disent qu'ils l'ont vu.

Le garçon se tourna vers son père dont la pupille avait pris un contour hésitant, une couleur opaline qui signalent d'ordinaire la vieillesse. Il n'avait pourtant que cinquante-neuf ans.

— Pourquoi ils diraient ça, s'ils l'ont pas vu ?

— Je sais pas, moi. Ils ont confondu.

— On m'a dit qu'il était là.

— C'est des conneries. Arrête avec ça, gémit Hacine.

L'homme semblait soucieux. Il n'avait plus vu son fils aîné depuis longtemps maintenant. Hacine sentit son cœur se serrer. Lui et son père étaient coincés dans le couloir étroit. Au mur, on trouvait des miroirs, de vieilles photos, des objets de là-bas, et sur le sol, l'alignement de leurs chaussures. Hacine reprit la parole :

— Qu'est-ce qu'on mange ?

— Comme d'habitude. Allez, viens.

Le père retourna à ses fourneaux. Il fit revenir deux steaks hachés dans la poêle, puis monta le volume de la radio que couvrait le grésillement de la viande. Ensuite, il coupa le feu sous la cocotte et ils passèrent à table. Le père buvait de l'eau, le fils se servit un verre de grenadine. Il ne faisait pas encore nuit, mais la température était déjà plus supportable. On sentait l'odeur du café qui était resté au chaud toute la journée. Ils ne se parlaient pas, mangeaient un coude sur la table. Le téléphone sonna et Hacine courut dans le salon pour répondre. C'était sa mère. Elle appelait de là-bas. Ils échangèrent quelques mots, mais c'est elle surtout qui parlait. Elle lui disait qu'il faisait chaud. Elle était contente de le voir bientôt. Elle lui demanda s'il était sage. Ensuite, le père prit le combiné et discuta quelques minutes avec son épouse, en arabe. Hacine alla s'enfermer dans sa piaule pour ne pas déranger.

Plus tard, son père vint le trouver.

— Tu es allé la mairie ?

— Ouais.

— Y avait le travail ?

Même s'il vivait là depuis bientôt trente-cinq ans, le père continuait à parler ce français relatif, alors même qu'il avait contracté l'accent grossier de la vallée. À chaque fois qu'il ouvrait la bouche, Hacine avait envie de se planquer.

— Mais non, mais y avait pas de travail.

— Pas de travail ? Elle m'avait dit c'est bon.

L'homme pénétra dans la chambre pour en avoir le cœur net.

— Non. T'as pas compris. Elle est juste là pour aider les gens qui cherchent du boulot. Mais ils ont rien. Ils servent à rien.

— Comment ça ?

— Elle m'a aidé sur mon CV, c'est tout. Elle sert à rien, je te dis.

— Ah bon ?

Les sourcils du père se rejoignirent et il marmonna quelque chose d'inaudible en arabe. Sous sa moustache, on devinait à peine le mouvement étroit de ses lèvres brunes. Hacine lui demanda de répéter.

— Il faut travailler, déclara le père, soudain solennel.

— Ouais. Faut du boulot aussi.

— On trouve. Si tu veux, tu trouves, répliqua le père, archiconvaincu.

— C'est ça. Au fait, j'irai faire les courses lundi matin. Y a plus rien dans le frigo.

— Oui, c'est bien.

Le vieux était très fort pour lui faire la morale, mais quand Hacine remplissait le frigo, il n'y avait plus de sermon. Le garçon s'était levé. Il annonça qu'il sortait.

— Pour aller où ?

— Je sais pas. Nulle part.

— Comment ça nulle part ?

— Je rentre pas tard.

— Tu rentres toujours tard.

Hacine avait déjà quitté la pièce. Dans le couloir, il se dépêcha d'enfiler ses pompes et son blouson, mais il n'échappa pas à un dernier conseil.

— Si tu fais les conneries, gare.

Hacine promit et rejoignit ses potes sur la dalle. Kader faisait un peu la gueule. Hacine le taquina juste assez pour remettre les compteurs à zéro. Puis ils se mirent à glander en observant le ballet des autos tamponneuses. Eliott roula un petit deux-feuilles, il ne lui restait presque plus rien. À six, c'était un peu juste. Au lieu de détendre l'atmosphère, ça crispa tout le monde.

— Qu'est-ce qu'on fait ? fit Saïd.

C'était la question rituelle, la même dix fois par jour.

— Je sais pas.

— On bouge.

— On bouge où ?

— On bouge, on verra bien.

— Vas-y, t'endors pas.

Chacun tâchait de tirer le plus possible sur le joint. Mouss fut de la baise, il se contenta d'écraser le mégot dans la poussière.

Bientôt, les foraines coupèrent le courant et les derniers clients se dispersèrent dans l'obscurité. Les deux femmes partirent à leur tour, avec la caisse, adressant un signe d'au revoir aux garçons. Les immeubles composaient maintenant un paysage de lignes droites semées d'éclats bleus. L'âge de la cité se dissolvait dans la nuit. Ne restaient que des masses, des arêtes, des fenêtres illuminées, encore l'ennui.

— Putain, cette déprime…

— Sa mère, qu'est-ce qu'on fait ?
— Venez on s'en fout, on fait un truc.
— Refais un pet' au moins.
— Non, là j'ai presque plus rien.
— Tu touches demain, ça va.
— On verra demain.
— Fais pas ton fils de pute, on s'en fout.
— Demain, c'est tout.

La journée tirait à sa fin. Lundi, Hacine verrait pour revendre la bécane. Il connaissait un ferrailleur. Il en tirerait bien 500 balles.

6

Quand les cousins arrivèrent chez Anthony, la matinée était déjà bien entamée. Ils se sentaient sales, abattus. En plus, le père les attendait au volant de sa camionnette. Le voisin était là lui aussi, en short et Birkenstock, un gobelet de café fumant à la main. Les apercevant qui rappliquaient, il éclata de rire, mais c'était plus pour dédramatiser qu'autre chose. Sur l'autoradio de la camionnette, une voix nasillarde répétait "Stop ou encore".

— Vous étiez où les guignols ?

Le père regarda en l'air par-dessus ses Vuarnet, comme s'il cherchait à déduire l'heure de la course du soleil. Les garçons s'étaient immobilisés à bonne distance, les bras ballants.

— Ah ben, ils sont beaux tes oiseaux, fit le voisin.

Le père se racla la gorge et prit une bouteille de flotte qui se trouvait à portée de la main sur la banquette. Il en avala peut-être la moitié avant de la reposer. Apparemment, ce n'était pas la grande forme non plus. Il s'éclaircit encore la voix et toussa.

— Ça fait des plombes que j'attends. T'étais passé où ?

— C'est samedi, fit Anthony.

— Et alors ? Ça t'autorise à passer la nuit dehors ?

Les garçons avaient marché longtemps pour revenir de Drimblois, levant le pouce à chaque fois qu'une bagnole passait. Au total, ils ne s'étaient pas dit cent mots de tout le trajet. Anthony commençait à avoir un peu la gerbe.

— C'est que des mômes, dit le voisin avec bonhomie. C'est pas bien grave.

— Ouais, fit le père. Je crois que je vais m'occuper de mes affaires, si ça te dérange pas.

Le voisin comprit le message et le père sauta de la cabine de son Iveco. Il portait ses pompes de sécu, un bermuda en jean, un débardeur qui laissait voir ses bras nus. Il chercha ses clopes dans ses poches et les garçons virent les deltoïdes et les tendons faire des nœuds sous sa peau bronzée.

— Je vais y aller, moi, dit le voisin.

Le père fit mine de ne pas avoir entendu. Après avoir allumé sa clope, il revint à Anthony.

— Alors ? T'as une explication ?

— Bon, je vous laisse, dit encore le voisin.

Il peinait à maintenir son sourire. Il leva sa main aux doigts coupés pour dire salut.

— Ouais. Le bonjour à Évelyne, dit le père.

Il n'y manquerait pas. Il s'éloigna en traînant la savate. La circonférence de ses mollets était absolument scandaleuse. Une fois, il avait fait une prise de sang et s'était découvert un taux de cholestérol surhumain. Il n'en avait pas dormi pendant trois jours, mais ne s'était pas calmé sur la charcuterie pour autant. Il fallait bien mourir un jour, de toute façon. Le père enleva un brin de tabac du bout de sa langue. Anthony pouvait se voir dans ses lunettes de soleil, déformé et pas très fringant.

— Alors ?

— On était chez des copains. On avait un peu bu. On a préféré dormir là-bas.

Un sourire ambigu se dessina sur les lèvres du père, qui s'adressa alors au cousin.

— Je pense qu'on t'attend chez toi.

Les deux garçons prirent le temps de se taper dans la main, et le cousin décampa à son tour. Anthony se retrouvait tout seul avec sa gueule de bois, sous le soleil et le regard du père.

— C'est quoi vos salamalecs ? Vous vous serrez la main comme des bougnoules maintenant ?

Anthony ne moufeta pas. Il pensait au vide au fond du garage.

— Allez monte, dit le père. On a du boulot.

— Je peux pas prendre une douche d'abord ?

— Monte, je te dis.

Anthony obéit. Son père prit le volant. Le camion s'ébranla tandis qu'Anthony s'accoudait à la fenêtre pour prendre l'air.

— Mets ta ceinture. J'ai pas envie de prendre une prune en plus.

À la sortie du lotissement, le père était déjà en quatrième et roulait à près de 80. C'est à peine s'il leva le pied pour passer les ralentisseurs situés en amont de l'école primaire qui jouxtait la caserne des pompiers. Anthony sentit son estomac se soulever et se dit qu'il allait dégueuler. Il fallait qu'ils s'arrêtent, au moins deux minutes, prendre l'air. Il se tourna vers son vieux. Mais ce dernier fixait la route, ses mains carrées rivées au volant, une clope entre l'index et le majeur. Sur ses lunettes de soleil, le ciel glissait sans fin. Ils quittèrent la ville et Anthony dû attendre encore dix minutes pour trouver le courage nécessaire.

— Faut que tu t'arrêtes.

Le père le regarda.

— T'es pas bien ?

— Non.

Effectivement, le garçon était blanc comme un linge. La camionnette s'immobilisa sur le bas-côté dans un gémissement hydraulique. Anthony sauta de l'habitacle. Il n'avait pas fait trois pas qu'il rendait tout ce qu'il avait dans l'estomac. Quand il se redressa, il était en nage. Il prit son polo pour s'essuyer le visage et la bouche. Le pansement sur sa main droite était noir de crasse. Devant lui, la départementale qui menait vers Étange, Lameck, Thionville, et plus loin vers le Luxembourg, s'étirait à perte de vue. Une Fiat Panda passa en trombe, puis il vit venir de très loin un petit vieux en mob qui tractait un chariot. La rumeur nasillarde s'amplifia, le petit vieux passa, impérial, les yeux rivés sur l'horizon, un casque bol sur la tête. En le suivant du regard, Anthony trouva le rétro de la camionnette. Il y vit la mâchoire du père, son cou, l'épaule nervurée de muscles, les premiers cheveux grisonnants dans sa nuque. Il cracha pour se débarrasser du goût amer dans sa bouche et regagna le camion.

— Ça va mieux ? demanda le père.

— Ouais.

— Tiens.

Anthony prit la bouteille de flotte et but longuement. Le camion repartit. Sur le bitume, la chaleur faisait déjà se lever des miroitements flous. Bizarrement, ils ne revirent pas le petit vieux sur sa mob, à croire qu'il s'était complètement volatilisé.

À la radio, l'animateur souhaitait de bonnes vacances aux aoûtiens, et bon courage aux juillettistes qui allaient reprendre le taf lundi. Puis les premières notes de *J'aime regarder les filles* montèrent dans l'habitacle.

— Tu sais pas ce qu'elle mijote ta mère, des fois ?

— Comment ça ?

Le père retira ses lunettes et passa ses mains sur son visage, sa nuque. Puis il lâcha brièvement le volant pour s'étirer. Leur camionnette filait maintenant à bonne allure à travers les prés, des champs de colza qui n'arboraient plus ce jaune brutal d'avant la récolte. Des lignes à haute tension raturaient par instants la souplesse du paysage.

— Elle a remis ça ce matin. C'est toi aussi, fouteur de merde, à pas rentrer de la nuit.

— Qu'est-ce qui s'est passé ?

— Rien, fit le père, sèchement.

Puis après un silence, il ajouta :

— En tout cas, si elle veut partir, c'est pas moi qui la retiendrai.

Ils poursuivirent leur route. À la maison, les disputes pouvaient partir sur n'importe quoi, le regard d'un homme, le programme télé, un mot de travers. Hélène savait appuyer là où ça faisait mal. Son père n'avait pas les mots. Anthony se dit que si jamais il levait encore la main sur elle, il le tuerait. Il en avait presque la force maintenant. Il se sentait ramollo et avait un peu envie de chialer. Et la moto, putain.

Quarante minutes plus tard, ils arrivèrent devant une grande maison paumée dans un lieudit qui s'appelait La Grange. On se demandait un peu ce qu'elle foutait là, avec sa façade symétrique et son toit d'ardoise, son cadran solaire et le gravier blanc autour. Dans le coin, il n'y avait que des fermes, longues, abandonnées pour la plupart, des bois, des vestiges de petits commerces, des carcasses de véhicules agricoles.

— C'est chez qui ? demanda Anthony.

— Je sais pas. C'est une agence immobilière qui m'a demandé. Faut tondre, tailler la haie, que ce soit nickel. Ils vont la vendre.

Un panneau accroché à la grille le contredisait, c'était marqué "Vendu". Depuis quelque temps déjà, des bleds fantômes situés à proximité de la frontière connaissaient ainsi un regain de vie inespéré. Le mérite en revenait au Luxembourg qui, souffrant depuis toujours d'un manque chronique de main-d'œuvre, venait tout naturellement puiser chez ses voisins les bras et les têtes qui lui faisaient défaut. Des tas de gens se retrouvaient comme ça à faire la route chaque jour pour occuper leurs emplois étrangers. Là-bas, les paies étaient bonnes, les protections minces. On menait ainsi des existences à cheval, travaillant d'un côté, vivant de l'autre. Et sous l'effet de cette perfusion transfrontalière, des territoires moribonds revenaient à la vie, une école était sauvée, un boulanger s'installait au pied d'une église zombie, des maisons champignonnaient soudain en pleine campagne. Tout un monde sourdait de terre, comme par magie. Et chaque matin, tous les soirs, des processions de travailleurs migrants aux yeux cernés bondaient les trains, s'agglutinaient sur les routes, allaient chercher plus loin les moyens de leur subsistance. L'économie, souterrainement, avait trouvé les nouvelles voies de son développement.

Le père s'occupa des haies pendant qu'Anthony tondait la pelouse. Bientôt, étourdi par le ronron de la tondeuse, le garçon oublia ses ennuis. Quand le soleil fut assez haut, il retira son polo et ses chaussures. Des brins d'herbe se prenaient dans sa sueur, sur son torse et son visage. Ça le démangeait, mais s'il commençait à se gratter, il ne pourrait plus s'arrêter. Il poussait et tirait le lourd engin bourdonnant, contournait les arbres sans plus penser à rien. De temps en temps, en regardant ses pieds nus dans l'herbe sèche, il se disait qu'il pourrait bien glisser. Après tout il faisait chaud, il était crevé, c'est comme ça qu'arrivent les accidents. Son pied partirait tout droit sous la lame qui continuerait à faire ses trois mille tours par minute sans faiblir. Bizarrement, cette idée le requinqua. Souvent, le sang ressemblait à une échappatoire.

Vers 3 heures, le père l'appela pour manger. Anthony avait presque fini et remontait vers la terrasse avec un agréable sentiment de devoir accompli, en sueur, couvert d'herbe. Le père lui fit signe d'attendre et le rejoignit.

— Suis-moi.

Ils contournèrent la maison pour arriver devant le garage. Là, le père brancha un tuyau d'arrosage à un robinet qui sortait du mur et après quelques crachotements, l'eau jallit sur le sol avec un beau débit régulier.

— Déshabille-toi, dit le père.

— Comment ça ?

— Déshabille-toi, je te dis. Tu vas pas manger dans cet état.

— Je vais pas me foutre à poil comme ça.

— Discute pas. T'as qu'à t'imaginer que je suis pas là.

Le garçon retira son jean et son caleçon, protégeant ses parties avec ses mains.

— Tu crois que j'en ai quelque chose à foutre de ton bigoudi ?

Le père commença à le rincer. Pour donner plus de pression, il obturait l'extrémité du tuyau avec son pouce. L'eau sortait vive, cinglante. Au début, ce fut désagréable et même assez humiliant, et puis progressivement, Anthony s'habitua et l'eau fraîche fit son effet. Le père insista sur la nuque, la tête, que ça lui éclaircisse les idées.

— Alors ?

— Quoi ?

— Ça fait pas du bien ?

— Si.

Le père ferma l'arrivée d'eau et enroula le tuyau.

— Bon. On mange vite fait et après tu me fileras un coup de main pour finir les haies.

Ils regagnèrent la terrasse et le père lui donna son sandwich. Beurre saucisson sec. La glacière qu'il avait emportée était à moitié pleine de canettes.

— Tu veux boire un coup ?

— Ouais.

Le père le servit et ils s'installèrent dans la pelouse, à l'ombre d'un cerisier. L'odeur de l'herbe coupée était délicieuse. Au-dessus de leurs têtes, la lumière jouait à travers le branchage. Ils burent leur bière en échangeant quelques mots. Avant de manger son casse-croûte, le père en vida une deuxième. Il était content de l'avancement des travaux.

— Rien de tel qu'un feignant quand il s'y met.

Anthony sourit. Il était assez content lui aussi finalement. Il goûtait maintenant le calme de la campagne. La nourriture était bonne et la fatigue aussi. Il aimait bien bosser au grand air. Il aimait bien quand le vieux était satisfait. Ça n'arrivait pas si souvent.

— J'aurais pas dû te raconter tout ça tout à l'heure.

Son vieux se trouvait juste là, assis, très calme. Il toucha sa joue mal rasée et ça produisit un beau bruit d'homme, rassurant et doux. Il parlait de ses histoires avec Hélène. Il avait dû déconner pas mal et déjà se repentait.

— Ça va aller de toute façon.

Le père se racla la gorge et se mit à chercher ses clopes. C'était tout pour aujourd'hui. Puis il se leva, ramassa ses gants, ficha une cigarette entre ses lèvres.

— Bon… Quand faut y aller…

Et Anthony le regarda retourner bosser, ses gants à la main, de la fumée qui lui sortait par les narines. À des moments comme ça, il en oubliait presque ce dont il était capable.

Il leur fallut encore trois bonnes heures pour finir la haie. Avant de quitter les lieux, ils prirent le temps de fumer une dernière cigarette en contemplant le résultat de leur travail. C'était du bon boulot, la maison était propre, tout était net, rafraîchi et Anthony serait bien resté là, à profiter du silence et de la présence tranquille de son père. Mais ils avaient encore de la route pour rentrer. Ils remballèrent le matos et refermèrent la grille. Anthony avait presque oublié toute cette histoire. La teuf de Drimblois semblait remonter à très loin dans le passé. C'était drôle comme on oubliait facilement les choses une fois qu'on était occupé. Le drame s'était dilué dans l'effort, la sueur. Il ne se sentait presque plus coupable. Puis il pensa à sa mère. Elle avait eu toute la journée pour ressasser tout ça. Il n'osait pas imaginer son état.

Sur le chemin du retour, il finit par s'endormir, la tête appuyée contre la vitre qui vibrait doucement. Quand il se réveilla, ils étaient presque arrivés. Le père décida de crever l'abcès tant qu'ils étaient seuls.

— Alors, qu'est-ce que t'as fabriqué cette nuit ?

— Je t'ai dit, on était à une fête.

— Et ?

— Rien. C'était une fête quoi.

— C'était où ?

Drimblois était trop loin. S'il disait la vérité, le père voudrait savoir comment ils avaient fait pour y aller. Qui les avait ramenés.

— En ville, dit Anthony.

— Chez qui ?

— Je sais pas trop. Des petits bourges.

— Tu les connais d'où ?

— Le cousin.

Après un silence, son père lui demanda s'il y avait des filles.

— Ouais.

Il se passa près d'une minute avant que le père reprenne la parole.

— En tout cas, c'est la dernière fois que tu découches comme ça. Ta mère était à moitié cinglée ce matin. Si tu me refais un coup pareil, je m'occuperai de ton cas.

Anthony regarda son père. C'était un visage d'homme fatigué qui buvait trop et dormait mal, trompeur comme la mer. Anthony aimait ce visage.

Ils trouvèrent Hélène assise dans sa cuisine, sous le néon, occupée à feuilleter le programme télé en fumant une cigarette.

— Ça sent bon, fit le père en tirant une chaise pour s'asseoir. Qu'est-ce qu'on mange ?

Hélène tapota sa cendre, puis écrasa sa cigarette. Elle fumait des Winston. Il devait y avoir quelque chose comme vingt-cinq mégots dans le cendrier. Anthony n'osait même pas la regarder. Elle portait ses lunettes de vue, ce qui n'était jamais très bon signe.

— Des patates, dit-elle. Avec des œufs et de la salade.

— Parfait, fit le père. Puis s'adressant à Anthony : T'as rien à dire ?

Anthony savait comme elle devait être dévorée au-dedans. Il sentait son hostilité par-dessus la table. Ce visage pincé, les lèvres disparues.

— Je m'excuse, dit-il.

Le père enchaîna.

— Tu sais qu'il a dégueulé à l'aller ?

— De toute façon, c'est fini les sorties, dit la mère.

Elle avait voulu dire ça d'une manière lapidaire, mais sa voix, au milieu, s'était éraillée. Le père lui demanda si ça allait.

— Ouais. Je suis fatiguée.

— Tu vois ? dit le père, en prenant son fils à témoin.

— Moi aussi je suis claqué, dit Anthony. Je vais aller me coucher.

— Tu vas manger déjà, dit le père. Quand on bosse, faut manger.

Il n'y avait rien à répliquer. Anthony se mit à table et la mère les servit. Les pommes de terre étaient fondantes, les œufs visqueux et salés. Anthony avala la nourriture à toute vitesse. De son côté, le père semblait d'excellente humeur, comme souvent lorsque la journée était derrière. Ou qu'il avait quelque chose à se reprocher et préférait oublier. Il se mit à parler des chantiers à venir. Pour l'été, c'était presque bon, il ne manquait plus grand-chose pour faire un plein temps. Il se prenait presque à croire que les affaires étaient florissantes. Il demanda à sa femme s'il restait quelque chose à boire. Elle alla lui servir du vin dans un grand verre, directement au cubi.

— C'est toujours celui du barbec ?

— Oui.

— Il est bon, faudra en reprendre.

— C'est peut-être pas la peine d'acheter le pinard par cinq litres.

Le père s'envoya une bonne rasade, puis soupira d'aise. Anthony avait fini son assiette. Il se leva.

— Attends deux secondes, fit le père.

Anthony se figea. Sa mère avait commencé à transvaser ce qui restait de pommes de terre dans un tupperware. Même de dos, rien qu'à voir ses gestes, on devinait son inquiétude.

— Y a un bon film ce soir à la télé.

Et prenant le programme pour être sûr, il ajouta :

— *De l'or pour les braves*. Y a trois sept.

— Non, répondit Anthony. Je suis mort. Je vais me pieuter.

— Ah ces jeunes…

Une fois dans sa piaule, le garçon se déshabilla en vitesse et se mit au lit sans même avoir pris de douche. Il espérait s'endormir vite, tout oublier. Il éteignit la lumière, ferma les yeux. À l'autre bout du couloir, il pouvait entendre ses parents discuter en faisant la vaisselle. Le vieux avait dû reprendre un verre. Ça se devinait au débit de sa voix, rapide, légèrement geignard. Sa mère se contentait de répondre par oui ou non. À un moment, elle dut l'envoyer balader et Anthony entendit merde, ça va pas recommencer et puis plus rien. Ensuite, quelqu'un alluma la télé dans le salon. Presque aussitôt, il reconnut les pas de sa mère dans le couloir. Elle entra sans frapper.

— Alors, c'est quoi ça ? Qu'est-ce qui s'est passé ?

Elle parlait très bas. Comme Anthony restait allongé sans réagir, elle ferma la porte et vint s'asseoir sur son lit.

— Qu'est-ce que vous avez fait avec la moto ?

Elle le secoua.

— Anthony…

— Je sais pas.

— Comment ça ? C'est quoi ces histoires ?

C'était trop long, trop compliqué. Anthony voulait dormir ; c'est ce qu'il lui dit.

Alors la mère frappa. Sa main s'abattant d'en haut, bien à plat, sur le visage du fils, de toutes ses forces. Dans la petite chambre aux volets clos, la gifle résonna comme une amorce. Anthony se redressa et attrapa le poignet de sa mère avant d'en prendre une autre. Son oreille bourdonnait.

— Mais hé, t'es complètement folle !

— Tu te rends compte ? fit-elle. Mais est-ce que tu te rends compte ?

Sa voix était à peine audible. Elle parlait pour elle. Ou à Dieu peut-être.

— J'y suis pour rien, gémit Anthony. Quand on est sortis, elle était plus là.

— Mais comment c'est possible ? Qu'est-ce qu'on va faire ?

Quelque chose craqua alors dans la maison, un bruit sec, de poutre, ou bien de pas, et la mère se raidit, détournant brusquement la tête en direction de la porte.

— M'man…

Il dut l'appeler une deuxième fois pour l'arracher à sa stupeur. Quand elle revint à lui, elle avait les yeux grands humides, éperdus, ses mains tremblaient.

— Je suis désolé, m'man.

Elle s'essuya très vite les joues, renifla, tira sur le bas de son t-shirt. Elle s'était levée.

— Qu'est-ce qu'on va faire ? demanda Anthony.

— Je sais pas. On va la retrouver. On a pas le choix.

Et avant de quitter la chambre, elle laissa tomber une dernière phrase.

— Sinon cette famille est foutue.

7

Anthony comptait beaucoup sur le cousin pour s'en sortir ; il avait tort.

Le dimanche, il chercha à le joindre toute la journée, il passa même chez lui, sans résultat. Le lundi, rebelote, le cousin resta introuvable.

En y réfléchissant, ce n'était pas nouveau. Le cousin n'était pas très fiable. Mais le temps pressait et Anthony savait qu'il n'y arriverait pas tout seul. À chaque fois qu'il se rendait dans le garage, il constatait le vide sous la bâche et restait planté devant en se demandant s'il devait fuguer ou se tirer une balle.

Heureusement, sa mère avait remis la main sur une vieille boîte de Xanax, elle en prenait avant de dormir, et restait dans les vapes jusqu'au lendemain midi. Le dimanche matin au petit-déj', elle était restée indécise pendant cinq minutes devant un placard ouvert, sans savoir si elle voulait prendre des biscottes ou du pain de mie. Et le lundi, elle était repartie bosser sans ses lentilles, et sans talons surtout. Cet état de semi-coma n'avait pas échappé à Patrick, mais une fois pour toutes, il avait réglé le problème des états d'âme d'Hélène : elle était compliquée.

Le cousin reparut finalement le mardi. Anthony le trouva chez lui, en caleçon, torse nu dans la salle de bains. Il sortait de la douche et se mettait du gel dans les cheveux.

— T'étais où ? Ça fait trois jours que je te cherche.

— J'étais occupé.

Anthony n'en revenait pas. C'était abusé de s'en foutre à ce point-là. Le cousin finit de se préparer tranquillement. Il se brossa les dents, passa un t-shirt. Finalement, ils montèrent à l'étage. La piaule était particulièrement en ordre. Le cousin mit de la musique, comme d'hab. Il n'était pas midi, trop tôt pour fumer. Anthony n'osait même pas s'asseoir. Il attendait, les mains dans les poches.

— Arrête de faire la gueule, dit le cousin. Assieds-toi.

— Je suis trop dans la merde. Je sais pas quoi faire.

Le cousin se coupait les ongles par la fenêtre ouverte. Des oiseaux pépiaient, tout proches. Le mec de la météo avait annoncé un record de chaleur, mais un peu d'air soulevait les rideaux et la température restait très supportable. Anthony se laissa tomber sur le lit et se mit à fixer le plafond.

— On la reverra pas, ta bécane, dit le cousin au bout d'un moment.

— Comment ça ?

— Elle est partie à l'heure qu'il est.

— Partie où ?

D'un geste elliptique, le cousin évoqua des contrées lointaines. Il existait des circuits qui, passant par Marseille, allaient jusqu'en Algérie et même au-delà. Il avait vu ça dans *Le Droit de savoir*. Des mecs te dépiautaient ta Peugeot en moins de deux et tu retrouvais les pièces détachées jusqu'à Bamako. Anthony voulait bien le croire, mais ça n'avait rien à voir avec l'YZ de son vieux.

— Et qu'est-ce que tu veux qu'on fasse ?

— Je sais pas. On a qu'à aller voir le Grand.

Le cousin souffla sur le rebord de la fenêtre pour chasser les petits bouts d'ongles qui s'y étaient déposés, puis il se tourna vers Anthony. Depuis le début, il ne l'avait pas regardé en face une seule fois.

— Ça servira à rien. Faut que tu le dises à ton vieux, c'est tout.

Pour Anthony, c'était inimaginable.

Une fois, sur l'autoroute, alors que son père doublait un camion, il s'était fait chahuter par une grosse berline allemande qui arrivait derrière. L'autre devait rouler à 200 et il avait lancé des appels de phare de très loin pour que le père se rabatte. Hélène et le môme s'étaient retournés pour voir. C'était une voiture vraiment prodigieuse, noire, ronflante, galbée comme un obus. Une Mercedes sans doute, Anthony ne se souvenait plus. Mais au lieu de se rabattre, le père avait levé le pied pour se maintenir à la hauteur du camion. Pas un muscle de son visage n'avait bougé. Il avait tenu au moins cinq minutes comme ça. C'était long, en Lancia, avec un V6 au cul.

— Patrick, arrête ça, avait fait la mère.

— Ta gueule.

La tension était montée si fort qu'il avait fallu entrouvrir pour désembuer. L'épisode avait ruiné le début des vacances. Au retour, la famille avait emprunté l'itinéraire bis.

Alors Anthony cuisina le cousin. Il insista. C'était leur seule chance. Le cousin finit par céder. Ils iraient voir le Grand.

Vers 14 heures, ils se retrouvèrent donc devant l'Usine. Le vent était retombé et la vallée était devenue une véritable poêle à frire. L'air semblait épais, le bitume collant. Tout poissait. Un peu avant qu'ils arrivent devant le rade, le cousin avait annoncé la couleur :

— Je te préviens. On fait fissa. J'ai pas envie d'y passer la journée.

— OK.

— On rentre dans le rade, on se casse.

— D'accord.

— Et c'est moi qui parle.

Le café de l'Usine se trouvait face au H4, le haut-fourneau qui avait tenu le plus longtemps, dans une rue à double sens, toute droite, et qui menait au cimetière. Le cousin entra le premier. À l'intérieur, la température avoisinait les 35 °C et les types au bar semblaient fondus dans le décor. Ils étaient cinq. Anthony les connaissait tous par leur prénom. La porte se referma sur eux et sembla moucher une bougie.

— Salut les jeunes, fit la patronne.

Les garçons lui rendirent son bonjour tandis que leurs yeux s'accoutumaient à la pénombre. Trois ventilos brassaient l'air dans un ronron soporifique. Les consommateurs étaient juchés sur des tabourets, à boire de la bière, sauf Rudi qui préférait la banquette en skaï du fond. C'était une drôle d'idée vu qu'il portait un short.

Les garçons avancèrent vers le bar, pas très fringants. Des regards aux paupières lourdes se détournèrent. On renifla.

Certains tentèrent un mouvement pour être poli. Dans l'ensemble, l'ambiance rappelait assez le musée Grévin.

— Alors quoi de neuf ? demanda la patronne.

— Rien de spécial.

Le cousin s'était accoudé au zinc et se pencha pour lui faire la bise. Anthony restait un pas derrière. Il se sentait mal à l'aise et finit par se rendre compte que Rudi l'épiait depuis sa banquette. Ce dernier respirait vite, la bouche entrouverte, l'air ahuri comme toujours. Un épi planté au sommet de son crâne renforçait encore cette impression d'hébétude. Ce jour-là, il portait un t-shirt Castorama flambant neuf, d'un bleu assez magnétique. Tout à coup, il gueula :

— Il fait chaud !

— Oh ! fit la patronne avec autorité.

Rudi sursauta et prit une gorgée de sa bière. Il regardait maintenant dans le vide, toujours haletant. On disait qu'il avait fait une méningite étant petit.

— Faites pas attention, conseilla la patronne.

Puis s'adressant à Anthony, elle lui demanda s'il faisait le fier ou quoi. Non, non, répondit le garçon, avant de lui faire la bise à son tour.

— Et ton père, ça va ? On le voit plus.

— Ouais, il est occupé.

— Tu lui passeras le bonjour.

— Ouais.

— Tu lui diras qu'on aimerait bien le revoir.

Ça ne risquait pas avec l'ardoise qu'il avait laissée.

— Bon, je vous sers quoi, les hommes ?

— On venait juste voir le Grand, fit le cousin. Il est pas là ?

— Manu ? Il doit jouer au billard derrière.

Elle cria : "Manu !" Avec son accent, on entendait "Manou !" Elle était de Schiltigheim à la base. Les clients restèrent sans réagir. À tour de rôle, ils prenaient une petite gorgée de bière et se replongeaient dans leurs pensées, économes et lymphatiques.

Après un deuxième appel, le Grand finit par se pointer, une queue de billard à la main.

— Y a du monde pour toi, dit la patronne.

Mais Manu avait déjà vu les garçons et se pressait pour leur serrer la main.

— Ah tiens ? dit Manu, découvrant des dents d'une blancheur minérale, toutes factices. Te revoilà, toi ?

— Ouais, fit le cousin.

— Je te croyais mort. Qu'est-ce que tu fabriques en ce moment ?

— Rien de spécial. C'est les vacances. C'est tout.

— Ah bon ?

Ils échangèrent encore quelques paroles du même ordre, acides, à double sens, et puis le Grand commanda trois bières. Avec le cousin, ils avaient pas mal traficoté pendant un temps, et puis les choses, progressivement, s'étaient effilochées. Le cousin surtout avait pris ses distances, parce que Manu était bizarre, malsain, possessif et presque toujours défoncé à la coke. On sentait entre eux un passif compliqué. Quand Manu eut fini de l'asticoter, il se tourna vers Anthony et lui demanda des nouvelles de son vieux.

— Ça va. Tranquille.

— Il a trouvé du boulot ?

— Il a monté sa boîte.

— Une boîte de quoi ?

— Il est paysagiste maintenant.

Manu apprécia la nouvelle. Cathy avait déposé trois Kro décapsulées sur le comptoir. Des gouttes perlaient sur les bouteilles comme en plein soleil. Anthony sentit la salive lui remplir la bouche. Le Grand paya et distribua les bières. Ils trinquèrent au succès du père. La fraîcheur de la bière les traversa de part en part. C'était vif, vert, on aurait dit le printemps.

— Rien de meilleur, fit Manu.

Sa canette était presque vide déjà.

— On voulait te parler, dit le cousin.

— Ah ouais ?

Et le Grand se mit à rigoler, de cette drôle de manière qu'il avait. On aurait dit qu'il jappait. Avec ces dents impeccables dans son visage moite.

— On peut sortir ? demanda le cousin.

— On est aussi bien là.

Depuis longtemps, Manu avait pris ses quartiers au café de l'Usine. Il habitait tout près, y passait sa vie, jouant au billard, aux fléchettes, assis sur son cul, à picoler et voir des copains. Il se sentait chez lui à tel point qu'il avait proposé à Cathy de donner un coup de main pour rafraîchir les lieux. Cette dernière avait refusé, même si le rade végétait dans son jus depuis près de dix ans, sans coup de peinture ni clim, à peine le ménage.

C'était un endroit historique. Les habitués disaient l'Usine, les autres n'y venaient pas. On y buvait en silence jusqu'à 17 heures, puis plus hardiment par la suite. On était alors malade, drôle ou méchant selon son tempérament. Cathy cornaquait son monde sans faiblir. Les flics ne venaient pas, puisqu'elle savait faire avec les ivrognes. De temps en temps, quand elle était d'humeur, elle mettait un CD de Joe Dassin et on devinait alors, engloutie sous le fard, la jeune fille qu'elle avait été.

— Je préférerais quand même qu'on sorte, insista le cousin.

— Bon…

Ils finirent leur bière avant de lever le camp.

— À tout de suite, fit Manu.

Rudi, qui n'avait rien perdu de la scène, s'anima tout à coup, tirant sur son col et levant les mains.

— Vous allez où ?!

Une fois de plus, il avait parlé trop fort et la patronne lui conseilla de se calmer, faute de quoi il faudrait qu'il aille picoler ailleurs.

— Nulle part, répondit Manu. On revient tout de suite.

— Je peux venir ? demanda Rudi, inquiet.

— Bouge pas. On revient, je te dis.

— Attendez…

Rudi avait commencé à s'extirper de la banquette, ce qui n'allait pas sans mal.

— Je t'ai dit de rester là, fit le Grand. Je reviens, c'est pas la peine de paniquer.

Les habitués profitaient du spectacle sans espérer grand-chose. Manu se tenait près de la porte. Il avait quand même une drôle de dégaine, avec son jean serré et ses Docs. Son t-shirt Jack Daniel's était plein de trous de boulette, et plus sombre aux aisselles. Ce qui étonnait surtout, c'était cette coupe de footballeur, les cheveux plus longs sur la nuque, presque rien sur les tempes. On aurait eu du mal à lui donner un âge. La patronne promit de veiller sur Rudi qui se rasséréna.

Dehors, Manu et les garçons furent cueillis par la lumière. Le Grand fronçait si fort, on ne voyait plus ses yeux.

— Alors, c'est quoi votre petit secret ?

Le cousin allait se jeter à l'eau, mais le Grand leva la main.

— Vous entendez ?

La rue passait devant eux, déserte, bordée de médiocres maisons en briques. Les rares vitrines étaient passées au blanc d'Espagne. De l'autre côté, le haut-fourneau dressait sa carcasse résonnante dans un frémissement de chaleur. Tout autour proliféraient une jungle de rouille, un dévalement de tuyauterie, de briques, de boulonnage et de treillis d'acier, tout un fatras d'escaliers et de coursives, de tuyaux et d'échelles, de hangars et de cabines désertées.

— Hein ? insista le Grand.

En effet, à intervalles irréguliers, on percevait des cling et des dong lointains.

— C'est quoi ?

— Des mômes qui jouent avec des frondes. Ils sont complètement à la masse. Ils se canardent avec des billes en acier. C'est une vraie passoire là-dedans. Tout va s'écrouler un beau jour.

— Personne peut les empêcher ? demanda le cousin.

— Pour quoi faire ?

Un siècle durant, les hauts-fourneaux d'Heillange avaient drainé tout ce que la région comptait d'existences, happant d'un même mouvement les êtres, les heures, les matières premières. D'un côté, des wagonnets apportaient le combustible et le minerai par voie ferrée. De l'autre, des lingots de métal repartaient par le rail, avant d'emprunter le cours des fleuves et des rivières pour de lents cheminements à travers l'Europe.

Le corps insatiable de l'usine avait duré tant qu'il avait pu, à la croisée des chemins, alimenté par des routes et des fatigues, nourri par tout un réseau de conduites qui, une fois déposées et vendues au poids, avaient laissé dans la ville de cruelles saignées. Ces trouées fantomatiques ravivaient les mémoires, comme les ballasts mangés d'herbes, les réclames qui pâlissaient sur les murs, ces panneaux indicateurs grêlés de plombs.

Anthony la connaissait bien cette histoire. On la lui avait racontée toute l'enfance. Sous le gueulard, la terre se muait en fonte à 1 800 °C, dans un déchaînement de chaleur qui occasionnait des morts et des fiertés. Elle avait sifflé, gémi et brûlé, leur usine, pendant six générations, même la nuit. Une interruption aurait coûté les yeux de la tête, il valait encore mieux arracher les hommes à leurs lits et à leurs femmes. Et pour finir, il ne restait que ça, des silhouettes rousses, un mur d'enceinte, une grille fermée par un petit cadenas. L'an dernier, on y avait organisé un vernissage. Un candidat aux législatives avait proposé d'en faire un parc à thème. Des mômes la détruisaient à coups de lance-pierre.

— L'autre jour, les pompiers sont venus, expliqua le Grand. Ils ont retrouvé un gosse moitié crevé. Il en avait pris une en plein dans la tempe.

— Ah ouais ?

— Ouais.

— Et alors ?

— Je sais pas, je lis pas le journal.

— C'était qui ?

— Un de ces mômes bizarres d'Hennicourt. Apparemment ça pissait le sang quand ils l'ont trouvé.

— Ils sont increvables. Il a dû s'en sortir.

Ce sarcasme, habituel quand on parlait des grosses têtes, ne fit pas marrer Manu. Son vieux avait bossé chez Metalor du certif jusqu'à son accident. Ses oncles aussi avaient passé leur vie là-dedans. Et son grand-père. C'était la même histoire pour les Casati et la moitié des gens dans la vallée. La voix monotone reprit :

— Bon les gars. Qu'est-ce que vous voulez ?

— C'est les Bouali.

— Et ?

— Tu les connais. T'es bien avec tout le monde, toi.

— Je connais rien du tout. Je les vois jamais moi, ces gens-là. C'est quoi comme problème ?

Le cousin lui expliqua en deux mots. Cette teuf et la visite de Hacine. La disparition de la moto. Leurs soupçons. En apprenant pour la bécane, le Grand siffla avec admiration.

— Eh ben, quand ton vieux va savoir ça…

— T'es sûr que tu peux pas leur parler ?

— Pour dire quoi ? Vous savez même pas si c'est eux.

Dit comme ça, toute l'initiative prenait un tour complètement ridicule, évidemment. Le cousin baratina un peu pour la forme, puis la conversation se tarit d'elle-même. À nouveau, on entendit le tintement grave que faisait l'usine sous les billes d'acier. Une main en visière, le Grand essayait de voir quelque chose. Puis il y renonça.

— Bon. Je vous paie un coup, ça sera toujours ça.

Les garçons pensaient qu'il allait leur offrir une autre bière à l'Usine, mais au lieu de ça, il les invita à venir chez lui. Il vivait juste à côté. Il fallait prendre la direction du cimetière. Les garçons n'osèrent pas refuser.

Sur le chemin, Anthony repensa à ces mômes à moitié timbrés qui dézinguaient l'usine. Ils vivaient tous dans des bourgs minuscules tassés le long de départementales désertes avec des fermes croulantes, des bureaux de poste abandonnés, et des réclames pour Monsavon sur les murs. On ne savait pas pourquoi, mais tous ceux qui habitaient dans ce coin-là avaient plus ou moins la même dégaine, avec ces têtes hors de proportions, la boule à Z et les oreilles décollées. L'hiver on ne les voyait guère, mais aux beaux jours, ils débarquaient en ville avec leurs bagnoles bricolées, leurs mobs surbruyantes. Quand on les croisait dans le centre, ils rasaient les murs. Mais dans leur élément, ils n'avaient pas tellement de limites. On racontait qu'ils mangeaient du chien, du hérisson. Anthony en avait côtoyé certains en primaire. Jérémy Huguenot, Lucie Kreper, Fred Carton. Ils n'étaient pas tellement méchants, mais durcis déjà, orgueilleux et cogneurs. Après le CM2, on ne les voyait plus. Sans doute qu'ils allaient s'agglutiner dans les filières spécialisées en attendant l'âge légal. Ils menaient ensuite des vies marginales, d'allocations et de menus larcins, familles tuyaux de poêle qui faisaient le coup de poing et accouchaient de temps en temps d'une force de la nature qui foutait la frousse à tout le canton.

L'appart de Manu était situé sous les toits et il y faisait encore plus chaud que dans le rade.

— Installez-vous, fit le Grand en désignant le clic-clac.

Puis il ouvrit grand les fenêtres. Les garçons étaient déjà en nage.

Dans un panier posé par terre, un petit clebs dormait d'un sommeil haletant. Sur les poutres apparentes, on trouvait quelques livres de poche, des objets de déco africains, un *dreamcatcher* pendait dans un coin. À part ça, il n'y avait pas grand-chose, un gros fauteuil orange et une affiche de *Subway* sur un mur. Une punaise avait sauté et l'angle supérieur droit cornait.

Manu revint de la cuisine américaine avec un pack de canettes du Aldi. C'était des 50, de la pisse, mais elles sortaient du frigo. Il en choisit une, abandonna les autres sur la table basse et se laissa tomber dans son fauteuil.

— Buvez tant que c'est frais.

Les garçons obéirent. La bière était glacée. Un délice.

Après avoir reposé sa canette, Manu fit pivoter le fauteuil pour pouvoir gratter la tête du petit clébard qui dormait toujours dans son panier. C'était un petit bâtard fauve et noir au museau pointu. Sous les caresses, l'animal soupira et Manu lui versa un peu de bière dans son écuelle.

— Tu veux pas boire un coup ?

Il rapprocha la gamelle du chien, qui ouvrit un œil équivoque avant de laper à deux ou trois reprises. Puis il laissa retomber sa tête dans le fond du panier.

— La pauvre bête. Avec cette chaleur, il dort toute la journée.

Après ça, il alluma la chaîne hi-fi. Un type se mit à chanter *Je peux très bien me passer de toi*. C'était un bon titre et Manu monta un peu le son.

— C'est bien chez toi, fit le cousin. Je savais pas que t'avais voyagé ?

— Tu parles. Les trois quarts des trucs viennent de Saint-Ouen. À un moment, j'y allais sans arrêt. Les mecs me refilaient toujours des tas de merdouilles.

Manu s'envoya une longue gorgée de bière et prit soin de reposer sa canette sur l'auréole qu'elle avait laissée sur la table basse.

— Mais bon, je suis bien, là. J'ai une piaule pour ma fille. C'est pas loin du centre. Je m'en fous. Sauf l'été. On crève.

Les cousins étaient au supplice sur le clic-clac. Le truc était dur comme du bois. Le Grand sirotait en les regardant, manifestement satisfait de constater leur inconfort.

— Ça va ?

— Ouais.

Puis, soudain sérieux, il se pencha vers eux :

— Vous savez, moi, les Bouali, je connaissais les cousins surtout, quand je bossais à L'Escale. Saïd, on était en taule en même temps. Si je lui ai parlé deux fois, c'est le bout du monde. Mais les petits, que dalle. Je me tiens peinard, maintenant..

Tout en causant, il s'était mis à fouiller sous la table basse. Il y avait là tout un bordel, des films, des magazines, des emballages de bouffe, un biberon avec un fond de lait caillé. Les cousins se cherchèrent du regard. Ils commençaient à regretter d'être venus.

— Tiens, la voilà.

Manu avait trouvé ce qu'il cherchait, une petite boîte à rustines en métal. Il l'ouvrit et fit tomber deux grammes de coke sur la table basse. Elle était grumeleuse et légèrement rosée. Anthony n'en avait jamais vu auparavant. Sa bouche s'assécha aussitôt. Manu préparait déjà trois rails bien symétriques. Il se servait d'une carte à jouer, un 8 de carreau.

— Hé Manu, tenta le cousin, on va pas taper de la coke, nous. C'était vraiment cool, mais on va rentrer, là.

Le chien ouvrit alors sa gueule et bâilla. Voyant à quoi son maître était occupé, il se leva d'un bond et s'ébroua gaiement. Une bouffée d'angoisse monta dans la poitrine d'Anthony. Le petit clébard se tenait sur trois pattes seulement ; la quatrième n'était qu'un moignon noirci. Il vit la bestiole sautiller jusqu'à son maître. Ce dernier prit un peu de coke au bout de son doigt mouillé et le présenta au chien, qui lapa de bon cœur. Même, il aboya. Manu se mit à rigoler, prenant les cousins à témoin.

— Il est marrant, hein ?

— Ouais, fit Anthony.

— Sérieux Manu, essaya encore le cousin. On va y aller. Moi, j'ai un truc, en plus.

— Mais si. Même le chien en prend.

Le grand roula un post-it et s'envoya son trait de coke d'un coup. Le truc faisait facile dix centimètres.

— À vous.

Il tendit le post-it à Anthony. Ce dernier dégoulinait littéralement.

— Attends, fit le cousin, on…

— Me faites pas chier.

Pendant ce temps-là, le petit corniaud grognait, tournant en rond dans son panier à toute vitesse dans l'espoir de choper sa queue.

— Putain, quel crevard ! fit Manu.

Il se marrait, le cabot tournait, survolté et opiniâtre, les garçons arrivaient à peine à y croire.

— Allez calme-toi maintenant, fit le Grand. Oh ! Et il claqua sèchement l'arrière-train du petit clebs qui gémit et se coucha. À chaque fois, c'est le même cinéma. Il veut goûter, et après il est à moitié cinglé.

Il revint à ses invités, renifla à plusieurs reprises, sourit et ses dents synthétiques reparurent. Anthony se dit que cette gueule lui rappelait quelqu'un. Mais ouais, c'était l'Inca dans *Les 7 Boules de cristal.*

— Putain, mais quelle chaleur bordel !

Et Manu fit voler son t-shirt. En dessous, il était sec comme un coup de trique. Même assis, son bide ne faisait pas un pli. Il revint à Anthony, implacable :

— Bon allez zou. C'est l'heure mon pote. Vas-y. Tu renifles, un grand coup, schlack !

Anthony s'agenouilla devant la table. Son front dégoulinait et sa poitrine était tellement comprimée, il se dit qu'il allait tourner de l'œil.

— Tu vas voir. Ça va te faire du bien.

Le garçon introduisit la paille dans sa narine droite, il inhala fort. Quand il se redressa, la peur avait disparu. C'était fait. Il était même assez fier de lui, finalement.

— Héhé ! fit le Grand. Alors ?!

Anthony clignait des yeux. À part l'irritation des muqueuses, rien. Il reniflait. Il pinça son nez entre le pouce et l'index. Sourit. Passa sa langue sur ses lèvres.

— Oh putain…

Le Grand s'esclaffa.

— T'as vu ça ?!

L'adolescent n'aurait pas su décrire cette sensation. Ça n'avait rien à voir avec la picole, ni avec la fumette. Il se sentait maître de lui, affûté comme un bistouri. Il aurait pu passer son bac en candidat libre. Et Steph paraissait incroyablement accessible tout à coup.

Le cousin s'exécuta à son tour. Quand il releva la tête, il souriait. Les deux garçons se retrouvaient de l'autre côté, à bon port tout compte fait. Et ça faisait drôlement du bien.

Dès lors, l'après-midi prit une allure affolante.

Manu fit encore trois rails, il dénicha une bouteille de Pastis et servit de grands verres avec des glaçons. Anthony parlait parlait parlait, à toute vitesse, du sens de la vie, de la coke, et il remerciait le Grand, il était tellement content d'être là, sérieux c'était cool, il voulait remettre ça, il osa le dire. Et tout en parlant, il jouissait de sa précision, de son élocution millimétrée, de cette incroyable célérité que prenaient ses pensées. Causer ressemblait à une course de patins à glace. Dans les virages, l'impression de vitesse était phénoménale.

Bientôt, Anthony retira son t-shirt. Le cousin grinçait des dents. Il finit par se mettre torse nu lui aussi. Manu voulut leur faire écouter un truc. Il chercha longtemps en actionnant les touches "avance rapide" et "play" sur la chaîne hi-fi. En réalité, il cherchait un morceau de Janis Joplin où elle suppliait Dieu de lui offrir une Mercedes Benz, mais il devait se trouver sur une autre cassette, et il laissa finalement tomber. À un moment, Anthony regarda sa montre et fut surpris de constater qu'il était à peine plus de 15 heures. Il avait pourtant l'impression d'être là depuis des plombes. Le chien s'était rendormi. Il demanda ce qui était arrivé à sa patte.

Manu regagna son fauteuil, soudain maussade, et se mit à carboniser les quelques poils frisés qui lui poussaient sous le nombril avec sa clope. Une désagréable odeur de roussi se répandit dans la pièce.

— C'était un accident.

— Une bagnole ?

— Non. Un connard dans une fête. Le clebs s'était endormi sur le canapé. L'abruti s'est assis dessus.

— Oh merde…

— Il lui a cassé la patte en quatre endroits différents. Personne m'a prévenu. Le temps que je m'en rende compte, c'était foutu. On a dû lui couper.

— Non…

— Il a chouiné pendant des heures, la pauvre bête. Personne n'a levé son cul.

Il tira intensément sur sa cigarette, à tel point qu'on entendit le tabac crépiter. Le récit avait pas mal plombé l'ambiance. On aurait dit que désormais, la présence du petit clebs interdisait d'aller bien. Anthony se sentait la tête lourde. Il vit que le cousin remettait son t-shirt.

— Tu veux vraiment la récupérer ta bécane ?

— Quoi ?

Avant de répondre, le Grand profita de son effet. Il prit une nouvelle latte, profonde, les joues creusées, l'œil rond, giratoire, un corbeau.

— Ta bécane. Si c'est Hacine qui l'a piquée, t'as pas trente-six solutions mon pote.

Il se leva et passa dans la cuisine. Les garçons l'entendirent fouiller un moment sous l'évier. Quand il revint, titubant, son épaule cherchant le mur, il tenait un paquet. Il le lança dans leur direction, mais il avait mal calculé son coup et le truc tomba lourdement sur le sol.

— Vas-y. Regarde.

— C'est quoi ? fit le cousin.

— À ton avis ?

Effectivement, la forme générale du paquet ne laissait pas beaucoup de doute sur son contenu.

— Allez.

Anthony se leva pour ramasser le flingue et défit l'emballage, de vieilles pages de *L'Équipe*. L'arme était encore emmaillotée dans un chiffon. C'était un MAC 50. Il le prit dans ses deux mains et le contempla. C'était super-beau.

— Il est chargé, dit Manu.

La chose impressionnait vraiment par sa densité, la largeur des vis fichées dans la poignée, l'impression de robustesse et, pour tout dire, son caractère extrêmement rudimentaire. Anthony fit passer son pouce sur les rainures creusées dans le métal de l'extracteur. Le cousin s'était levé pour venir voir. Lui aussi la toucha.

— Fais voir.

Anthony lui céda l'objet, à regret.

— C'est lourd.

Le Grand avait retrouvé son fauteuil et fumait une énième clope. Il semblait sur le point de se trouver mal. Il tenta un sourire et, d'un geste dédaigneux, fit tomber sa cendre dans le vide.

— Il est clean. Je vous fais une fleur.

Le cousin reposa l'arme sur la table basse. Anthony regrettait de ne pas l'avoir empoignée. Ça le démangeait maintenant. Il aurait voulu la tenir et voir ce que ça faisait. Cette possibilité au bout du bras.

— On va y aller, fit le cousin.

— Ah ouais ? Et tu comptes aller où ?

— C'est bon Manu…

Sous l'œil du Grand, une veinule battait à toute vitesse. D'une chiquenaude, il balança son mégot au hasard à travers la pièce.

— Tu manques pas d'air, petit con…

Le cousin faisait signe à Anthony de le suivre vers la sortie.

— Tu te pointes chez moi, tu bois mes bières, tu tapes ma coke gratos. Tu te crois où, sans déconner ?

— Écoute, dit le cousin, les mains levées dans un geste d'apaisement, c'était cool, on va y aller maintenant.

— Tu bouges pas de là, toi.

Le Grand eut alors un haut-le-cœur qui le prit au sternum et lui brûla tout l'œsophage. Il se débattit brièvement, le menton planté dans la poitrine, les yeux fermés. Quand il les rouvrit, ses pupilles étaient tellement dilatées, on aurait dit le lac, noir, impassible, sans fond. Anthony frissonna. Le flingue était resté entre eux, sur la table basse. Le Grand se pencha pour l'empoigner.

— Tirez-vous, maintenant.

Il tenait l'arme avec un genre de dédain bizarre, entre ses cuisses largement ouvertes, le poignet cassé.

— Ça va aller ? demanda le cousin.

L'autre était livide et de lourdes perles de sueur s'étaient mises à dégringoler le long de ses tempes. Il renifla.

— Barre-toi, je te dis.

Au moment où Anthony passait à sa hauteur, le Grand l'attrapa, sa longue pogne maigre se refermant sur son biceps. Elle était brûlante et ce contact avait quelque chose de révoltant. Anthony pensa au sida. Il savait bien que ça ne se chopait pas par la peau, ils le disaient assez à la télé. Mais il y pensa quand même et un frisson lui passa sur la nuque tandis qu'il se dégageait.

— Petit con, va…

Les cousins sortirent en claquant la porte derrière eux. Sur le palier, l'air était frais. Ils dégringolèrent les escaliers à toutes jambes. Anthony se demandait ce qui avait pu arriver au mec qui s'était assis sur le petit clébard.

8

Les deux garçons rentrèrent à pied en prenant par le centre, puis par les Blonds-Champs. Ce qui leur restait d'ivresse annulait les distances et ils firent le trajet sans même s'en rendre compte. Pourtant, la chaleur restait forte et on pouvait encore éprouver le poids de la ville, son odeur de goudron fondu, de poussière sèche, son lent plongeon vers le soir.

Anthony marchait un peu en arrière, partagé et silencieux. D'un côté, il était content d'avoir pris de la coke chez le Grand, c'était un fameux cap quand même. Il aurait d'ailleurs bien aimé pouvoir le crier sur tous les toits. De l'autre, ses emmerdes n'allaient pas en s'arrangeant. Et le cousin marchait devant, à grandes enjambées, sans rien dire. Qu'est-ce qu'il pouvait bien penser ? Il boudait ou quoi ? Cette vie intérieure des autres était décidément quelque chose de déplorable.

— Hey ! Qu'est-ce que j'ai fait, sérieux ? Tu fais la gueule ou quoi ?

Pour toute réponse, le cousin accéléra le rythme, si bien qu'Anthony dut se mettre à trotter pour ne pas se faire distancer. S'agissant d'un mec qui venait de se défoncer comme un Rolling Stone, ça la foutait mal.

— Attends ! Mais attends-moi, putain !

Au moment où ils s'apprêtaient à gravir la rue Clément-Hader, son humeur changea. Il sentit s'abattre sur lui ce malaise flou, encore une fois, l'envie de rien, le sentiment que ça ne finirait jamais, la sujétion, l'enfance, les comptes à rendre. Par moments, il se sentait tellement mal qu'il lui venait des idées expéditives. Dans les films, les gens avaient des têtes symétriques, des fringues à leur taille, des moyens de locomotion bien souvent. Lui se contentait de vivre par défaut, nul au bahut, piéton, infoutu de se sortir une meuf, même pas capable d'aller bien.

Au moins, en arrivant devant chez le cousin, il eut la satisfaction de retrouver son BMX là où il l'avait laissé, contre le mur. Les garçons restèrent un moment sans se parler. C'était l'heure du second souffle, entre 15 et 17 heures. Le cousin ne l'invitait pas à entrer. Anthony ne se résignait pas à partir.

— Mais c'est quoi le problème ?

— Il faut que tu le dises à ton vieux. C'est fini, c'est tout.

— Je peux pas faire ça.

— Tu vas répéter ça combien de temps ? Tu veux quoi ? Aller la chercher avec un flingue ?

Le cousin avait dit ça avec une ironie mauvaise. Jamais les années entre eux n'avaient paru plus épaisses.

— Allez salut..., dit le cousin

Et il rentra chez lui.

Anthony resta seul un moment. Autour de lui, le pâté de maisons demeurait cruellement inchangé, avec son bâti normé, ses arbres secs, les grilles à hauteur d'homme. Sur le trottoir, des enfants avaient écrit leurs noms à la craie. Des prospectus débordaient des boîtes aux lettres.

Finalement, il monta les trois marches qui menaient à la porte et pénétra à son tour dans la petite maison. Le cousin n'avait pas eu le temps d'aller bien loin, sa mère l'ayant alpagué alors qu'il traversait le couloir. Comme d'habitude le son de la télé prenait toute la place. Anthony s'avança et le voyant paraître dans l'encadrement de la porte du salon, Irène consentit à baisser un peu le volume.

— Bah, t'en fais une tête, dit-elle.

Elle était étendue sur le canapé, sa télécommande à la main. Sur l'écran, un détective américain prenait la route de Santa Monica et le petit salon aux volets clos était plein de lueurs californiennes.

— Qu'est-ce qui va pas ? Vous vous êtes disputés ou quoi ?

Les garçons ne bronchèrent pas. En général, il était préférable de ne pas apporter d'eau au moulin d'Irène, son humeur dépendant trop des cachetons qu'on lui prescrivait sur le moment. Elle se mit donc à débiter tout ce qui lui passait par la tête. Où était sa fille pour commencer ? Elle était censée lui faire sa teinture. Le cousin l'ignorait. Puis ce fut le tour de ses factures, ses histoires de voisinage, le boulot, sa colopathie, le linge, le repassage, la télé, tout. De temps en temps, elle revenait à la grande histoire de sa vie et disait "ma dépression". Elle employait alors un ton qu'elle aurait pu utiliser pour dire "ma fille" ou bien "mon chien". Ce mal avec lequel elle composait depuis des années était devenu une sorte de compagnie, une présence. Son ancien employeur lui faisait des ennuis. Après un an d'absence, le salaud voulait la licencier. Cela dit, elle ne s'inquiétait pas plus que ça. Le médecin l'avait rassurée. Au pire, elle contacterait l'inspection du travail. En même temps, elle comprenait son boss. Il devait faire tourner la boîte. Mais bon, ces salauds se faisaient assez de blé sur le dos des gens comme elle, elle n'allait pas commencer à les plaindre.

Puis quelque chose se produisit sur l'écran, elle monta le son et les oublia. C'était fini. Le cousin en profita pour grimper à l'étage. Anthony le suivit.

C'était drôle quand on pensait à ce que sa tante avait été autrefois. Quand il était petit, elle faisait la compta pour une société de transport spécialisée dans les produits frais. À chaque fois qu'elle leur rendait visite, elle apportait des cargaisons de Danette, des Liégeois, des yaourts. La date était à peine passée. À l'époque, elle sortait avec ce type barbu, Bruno, un chauffeur routier. Sa mère les invitait souvent à la maison avec les cousins. À chaque fois qu'ils venaient, c'était la fête. Les dîners s'éternisaient bien après minuit et Anthony finissait toujours par s'endormir sur le canapé, bercé par la conversation des adultes. Son père avait sorti les alcools. Les mots prune et mirabelle étaient écrits à l'encre bleue sur des étiquettes de cahier d'écolier. L'odeur des Gauloises, les hommes qui retiraient un brin de tabac du bout de leur langue. Les blagues de Toto. Les femmes papotant dans la cuisine. La cafetière qui roucoule à 1 heure du matin. Les bras du père qui l'emportait dans son lit.

Une fois, alors qu'ils étaient dans sa chambre, le cousin avait sorti un petit catalogue bizarre, marqué René Château et plein de photos de filles toutes nues. Ils avaient regardé ça en cachette, la porte fermée, mais Carine avait insisté pour voir aussi, sans quoi elle irait tout dire aux adultes. Anthony avait dix ans, le cousin douze. En feuillant le truc, ils avaient fait mine de ne pas être plus surpris que ça, mais cette affaire de poils entre les jambes laissait quand même assez circonspect. Carine leur avait montré. Elle, elle n'avait pas de poils, mais une fente bien nette au milieu qui donnait envie de savoir. Anthony avait dû baisser son pantalon lui aussi. C'était loin tout ça.

Les garçons n'étaient pas dans la chambre du cousin depuis dix minutes, hostiles, muets, mal à l'aise, qu'on sonnait en bas. C'était inhabituel. On ne voyait jamais grand monde chez les Mougel, à part Anthony et Vanessa. Et eux ne sonnaient pas. Le cousin se pencha par la fenêtre et dit aux visiteurs de monter.

— C'est qui ? demanda Anthony.

Déjà, des pas résonnaient dans l'escalier. Le cousin, contrarié, faisait mine de remettre un peu d'ordre dans sa piaule. Anthony posa une nouvelle fois la question :

— Non mais alors, c'est qui ?

Le cousin soupira.

— Tu peux pas rester. Faut que t'y ailles.

Et là, Clémence parut sur le pas de la porte, Steph était juste derrière. Anthony porta machinalement deux doigts à son œil triste. C'était quoi ce délire ?

— Salut, fit Clem.

Elle portait un chignon, du noir autour des yeux et laissait dans son sillage une odeur sucrée, comme de la barbe à papa. De son côté, Steph faisait ostensiblement la gueule. Maintenant qu'ils étaient quatre dans la piaule, la pièce semblait minuscule, et spécialement moche. Le cousin, à qui ça n'avait pas échappé, frappa l'oreiller pour lui donner un peu de volume, planqua des fils qui traînaient par terre. Clémence vint le trouver et ils s'embrassèrent du bout des lèvres. Anthony était sur le cul. Une bise pop. Il se tourna vers Steph.

— Ben quoi ? dit-elle.

Ben rien. Les tourtereaux allèrent se percher sur le rebord de la fenêtre. Leurs silhouettes se découpaient à contre-jour sur l'éclat vif du dehors. Ils étaient jeunes et beaux à faire peur.

Les cinq minutes qui suivirent furent assez pénibles. Steph ne faisait aucun effort, Anthony n'osait pas et les deux autres auraient préféré être tout seuls. Cet imbroglio diplomatique se traduisait par un silence crispé, des évitements, les soupirs de Steph. Le cousin finit par prendre la main de Clémence pour l'entraîner dehors.

— Vous allez où ? ronchonna Steph.

— On revient.

— Vous êtes sérieux là ?

— On revient tout de suite. Vous avez qu'à faire un pet'.

Le couple disparut et Anthony se retrouva tout seul avec Steph. C'était tellement flippant, inespéré, magnifique. Une fois encore, il porta ses doigts à son œil droit.

De son côté, Steph s'était mise à examiner les VHS sur les murs. La tête penchée, elle décryptait les titres. De temps en temps, elle levait un sourcil navré. Les manches très courtes de son t-shirt blanc laissaient voir une cicatrice de BCG sur son épaule gauche. Il aurait suffi qu'Anthony tende la main pour la toucher. Elle avait un peu l'air d'une gamine dans sa salopette-short, ses mollets ronds, le pli à son cou, les frisottis dans la nuque. Elle ramassa un magazine et commença à s'éventer. Dans cette fournaise, sa peau se couvrait de reflets moites. Elle était négligente et lourde. Du genre à manger avec les doigts et les lécher ensuite. Elle se laissa tomber sur le lit et, appuyée sur les coudes, croisa les jambes. Son pied droit se balançait dans le vide, sa basket se déchaussa. Anthony vit que ses cuisses en se pressant sur la couette changeaient d'aspect, prenant une épaisseur nouvelle, émouvante et criblée.

— Oh ! fit Steph, qui avait surpris son regard.

Le garçon piqua un fard et se gratta la tête. Il annonça qu'il allait faire un pet'.

— Et sa mère ? demanda la jeune fille.

— Ça risque rien. Elle monte jamais.

— T'es sûr ?

— Je te promets. Ça risque rien.

Cette réponse ne la rassura pas totalement. Anthony trouva les feuilles et du shit dans le petit bureau et commença un collage. Ce qu'il aurait fallu, c'était parler de sa petite visite chez Manu.

Ça semblait le moyen le plus sûr pour lui prouver qu'il était un vrai mec. Mais Steph avait d'autres préoccupations.

— Mais sa mère, là ? Elle bosse pas ?

Anthony ne savait pas quoi répondre à ça.

— Elle a des problèmes de santé.

— Genre ?

— Le cœur.

C'était passe-partout, et Steph s'en contenta. Anthony venait de finir le joint. Il le tendit à Steph.

— Tiens.

— Non, c'est bon…

Franchement, Steph se demandait comment sa copine avait pu l'entraîner là-dedans. Cette baraque était ignoble. À combien ils pouvaient vivre là-dedans ? Ça sentait le chien en plus, et la moquette était dégueulasse. Surtout, elle pensait à la folle en bas qui les avait accueillies. Elle leur avait demandé si elles étaient majeures avant de leur taper une clope. C'était spécial, quand même.

Dès la première taffe, Anthony sentit sa bouche devenir toute sèche et pâteuse, et il regretta d'avoir proposé de rouler un pet'. En même temps, il était peu probable qu'il se trouve en situation de rouler une pelle à Steph dans l'heure qui venait. À maints détails, comme ce bracelet, la manière dont elle se tenait, ses cheveux intacts, la qualité de sa peau, il devinait à travers elle un monde refermé et coquet. Il s'en faisait une idée confuse, envieuse, des maisons l'été, des photos de famille, un livre ouvert sur un transat, un grand chien sous un cerisier, le genre de bonheur *clean* qu'il voyait dans les magazines chez le dentiste. Cette meuf était imprenable.

— Tu sais s'ils sortent ensemble depuis longtemps ?

— Non, fit Steph. De toute façon, je m'en fous.

Il lui tendit le joint une nouvelle fois.

— Je t'ai dit non. Il fait trop chaud, ça me dégoûte.

Steph constata l'effet de ses paroles, et s'en voulut presque d'avoir été si cassante. Il était marrant quand même ce môme, avec son œil fermé. Ça la changeait de Simon. Rien que d'y penser, elle en était malade. Elle sauta sur l'occasion pour reprendre son petit plaisir d'amoureuse mal tombée, se rouler dans son dépit, faire rissoler sa peine. Au fond, elle aurait voulu ne penser qu'à ça toute la journée. C'est d'ailleurs plus ou moins ce qu'elle faisait. Anthony l'interrompit :

— Mais qu'est-ce qu'ils foutent ?

— À ton avis ?

— Je comprends pas pourquoi il m'a rien dit.

— Clem me fait tout le temps des plans comme ça.

— C'est-à-dire ?

— Je sais pas… Qu'est-ce que je fais là, par exemple ? Sans déconner ?

— C'est clair, admit le garçon.

Cette sincérité amusa Steph. Elle laissa tomber ses Converse sur le sol et se mit en tailleur sur le lit. Cette queue de cheval, décidément, tourmentait beaucoup Anthony.

— Allez, donne-moi ton truc, dit la jeune fille en montrant le joint.

Elle le ralluma et prit trois bouffées rapprochées. À partir de là, la situation se détendit assez nettement. Steph se laissa aller sur le lit, les yeux au plafond. Comme ça, Anthony pouvait regarder ses jambes, le duvet blond sur ses cuisses et la netteté du tibia. Très haut, presque sur la hanche, on devinait un bleu couleur d'arc-en-ciel. Sa main droite pendait dans le vide ; le joint brûlant entre l'index et le majeur.

— Et toi, t'as une copine ?

Surpris, Anthony répondit que oui. Steph se tourna pour vérifier sur son visage s'il disait vrai. Elle se moqua.

— Quoi ? fit le garçon.

— T'as quel âge ?

— Quinze, mentit encore Anthony.

— T'as déjà embrassé une fille au moins ?

— Oui.

— Et comment tu fais ?

— Comment ça ?

— Tu fais tourner la langue dans quel sens ?

Ce débat avait beaucoup occupé Anthony au cours de l'année scolaire écoulée. Sur ce point, les avis divergeaient. Lui avait néanmoins choisi son parti, celui de la majorité. Il répondit donc qu'il fallait suivre le sens des aiguilles d'une montre.

Un air d'espièglerie passa sur le visage de la jeune fille et Anthony se renfrogna.

— Et toi ? fit-il bientôt.

— Moi quoi ?

— T'as un copain ?

Steph soupira. C'était compliqué et elle préférait ne pas en parler. C'est pourtant ce qu'elle fit, et avec prolixité. Anthony apprit comme ça qu'il existait un type trop mignon qui se conduisait mal, mais qui restait trop mignon malgré tout. Des fois, il voulait bien ; d'autres fois, il faisait comme si Steph n'existait pas. Elle le comprenait, quelque part. Il était compliqué. D'ailleurs, il lisait Camus et *L'Herbe bleue*. Il la rendait complètement dingue en tout cas. Très vite, Anthony regretta sa curiosité. Il finit par reprendre le pet' et se consola dessus. Steph poursuivait son monologue, contente de pouvoir réchauffer sa peine en la frottant au regard d'un autre. Tandis qu'elle parlait, Anthony la contemplait à son aise. Il voyait sa poitrine se soulever et devinait sous son t-shirt le relief d'un soutien-gorge. Elle avait étendu ses jambes, croisant les chevilles sur le pied de lit. Cette position accusait le triangle de son bas-ventre. Au bout d'un moment, elle finit par se taire. Anthony remarqua alors qu'elle se balançait doucement sur son cul. Il avait besoin de la toucher. Il descendit pour chercher quelque chose à boire.

Il démoulait des glaçons pour leurs Coca quand sa tante déboula dans la cuisine.

— C'est qui ces filles ?

Trois glaçons se brisèrent sur le carrelage, s'émiettant dans toute la pièce.

— Oh putain ! Tu m'as fait peur.

— C'est qui ? Je les connais pas, moi, ces gamines.

— C'est juste des copines.

Anthony avait entrepris de réparer les dégâts avec de l'essuie-tout. Sa tante le regardait faire, flegmatique, sa télécommande à la main.

— Et elles sortent d'où ?

— Comment ça ?

— Elles viennent ici pour se droguer ?

— Mais non. C'est juste des copines.

Il rangea le bac à glaçons dans le congélo et prit les Coca pour remonter. Sa tante faisait barrage, en biais dans l'encadrement de la porte, l'épaule contre le chambranle. Narquoise, elle le regardait venir.

— C'est ta copine, la grosse ?

— Elle est pas grosse, dit Anthony.

En fondant, les glaçons produisaient de subtils tintements dans le verre. Le garçon sentait le froid monter progressivement dans ses mains. Comme souvent quand il était mal à l'aise, il avait un peu envie de pisser.

— Ouais enfin, elle a intérêt à faire gaffe à ce qu'elle mange. Et elles habitent où vos copines ?

— J'en sais rien.

— Elles sont mignonnes en tout cas. Tu leur diras de dire bonjour, la prochaine fois.

Anthony et Steph ne restèrent plus seuls très longtemps après ça. Les deux autres remontèrent, frais comme des roses, même pas décoiffés. C'était à se demander ce qu'ils avaient bien pu faire. Puis les filles repartirent comme elles étaient venues, sur leur scoot. Clem fit un petit signe avant de démarrer ; Steph rien du tout.

9

Le jeudi matin, Hélène se leva tôt. Son fils avait fini par lui raconter toute l'histoire dans le détail. Elle avait retourné le problème dans tous les sens. Elle avait pris sa décision. Elle se rendit donc dans la chambre d'Anthony, ouvrit la fenêtre et les volets en grand et vint s'asseoir sur le rebord du lit. On entendait des oiseaux au-dehors et, plus loin, la rumeur de l'autoroute. Une belle journée s'annonçait. Elle avait réfléchi longuement à la formulation de ses phrases. Il lui semblait que tout l'avenir de sa famille dépendait de leur solidité.

— On va aller chez ce garçon. Je vais parler à son père. Je vais parler à ton copain. Je suis sûre qu'on peut s'arranger.

— T'es complètement folle, dit Anthony.

Il tâcha de la dissuader, mais c'était peine perdue. Une fois qu'elle avait un truc en tête, il n'y avait plus rien à faire. Elle partit au travail à l'heure, pomponnée, avec cinq centimètres de talon et du bleu sur les paupières. À présent qu'elle avait pris une décision, son inquiétude s'était presque entièrement dissipée. Toute la matinée, Anthony ressassa le truc en se perçant des points noirs devant le miroir de la salle de bains. Elle vint le chercher en début d'après-midi, comme convenu. Il ne desserra pas les dents de tout le trajet. Il lui avait expliqué dix fois que ça ne servait à rien de discuter avec ces gens. Hélène n'était pas de cet avis. On allait parler entre adultes, tout irait bien. Elle avait confiance. Pas au point de se garer au bas des tours, quand même. Ils finirent le chemin à pied.

La ZUP où vivaient les Bouali n'avait rien de très impressionnant. Elle n'était pas comme ces immenses cités-dortoirs, dédales de sommeil de Sarcelles, ou Mantes-la-Jolie. Elle comptait une dizaine de blocs à peine, de faible hauteur, qui, vus du ciel, dessinaient un motif en quinconce. S'y ajoutaient trois tours plus hautes, d'une quinzaine d'étages, dont la fameuse tour Manet.

Depuis quelques années, cette ZUP des Trente Glorieuses s'était beaucoup dépeuplée et les derniers locataires avaient trouvé tout naturel d'étendre leur domaine personnel aux appartements laissés vacants. Ils s'étaient ainsi constitué de jolis F5 à coups de masse. Deux cuisines, deux salles de bains et une chambre pour chaque môme. Les loyers, eux, restaient inchangés. À l'office HLM, on feignait d'ignorer ces privautés immobilières. Ces tours, on n'en ferait rien, de toute façon. Entre les paraboles et le linge qui séchait, on voyait le crépi se déchirer, la rouille gagner les balcons, dégouliner des tuyaux d'évacuation, s'emparer des façades en coulures brunes. Ceux qui l'avaient pu étaient partis depuis longtemps déjà, pour le Luxembourg, l'Île-de-France, ou le bled s'ils avaient leurs annuités. Les plus chanceux étaient parvenus à s'offrir un pavillon, fruit de vingt ans de sacrifices. Ces immeubles mités signaient au fond l'échec d'un monde et de ses architectes. Bientôt, ils tomberaient, et pas dans un bel écroulement comme à la télé. On les dépècerait au bulldozer, mur après mur, selon une méthode d'insecte. Les bâtiments éventrés laisseraient voir des tapisseries à fleurs, des barres de fer et du formica, des placards ouverts, comme à Londres pendant le Blitz. En deux semaines, ce serait réglé. Cinquante années de vie parties en gravats. Vivement, pensaient les planificateurs. En attendant, ça fourmillait encore petitement, des familles anciennes, installées là depuis trente ans facile.

Avant de monter, Anthony et sa mère hésitèrent sous les arcades de la tour Picasso, en face de la tour Cézanne. Le garçon avait envie de pisser et de se laver les mains. Dans ses paumes, les lignes de vie et de chance étaient noires de crasse. Il se sentait transpirant et ballonné.

— Arrête de gigoter comme ça, fit sa mère.

— J'ai envie de pisser.

— Moi aussi. Retiens-toi.

Pour se donner du courage, elle prit un Tic-Tac.

— Allez, feu.

Anthony gémit, mais elle traversait déjà la rue. Il était 15 heures et des brouettes. Un peu plus loin sur leur droite, des mômes jouaient sur une aire de jeu, oscillant sur des pandas à ressorts. Assises sur des bancs, des mères exténuées les regardaient faire. Certaines agitaient un landau où sommeillait un nourrisson. Quand Anthony et sa mère traversèrent la rue, elles regardèrent dans leur direction et virent passer une grande femme brune sur des semelles compensées et un garçon avec un sac sur le dos. On aurait dit des voleurs.

Dans le hall, la mère et son fils furent surpris par la fraîcheur du béton. Ils empruntèrent les escaliers. Le silence était total. Sur les marches, leurs semelles produisaient de désagréables couinements que réverbérait la cage d'escalier. Ils s'arrêtèrent au troisième et consultèrent les noms sur les sonnettes. Les Bouali habitaient le premier appartement à droite.

— Alors ?

— Vas-y.

La mère sonna et un son grêle monta les étages jusqu'en haut. Dans ce silence de tombeau, on avait l'impression que tout l'immeuble avait soudain la chair de poule.

— C'est bon, arrête ! fit Anthony en lui saisissant le bras.

L'écho de sa voix les glaça. Entre ces murs, chaque bruit les dénonçait. Ils attendirent une réaction, mais rien ne vint. Anthony et sa mère se trouvaient seuls en territoire ennemi, avec leur trouille et leur audace qui s'amenuisait à toute vitesse.

Alors un bruit de métal monta de la serrure. Des mécanismes compliqués jouèrent derrière la porte qui s'ouvrit sur un homme de petite taille, tout vêtu de jean et qui portait la moustache. La mère voulut sourire. Anthony baissait la tête. Dans la lumière jaune du couloir, la silhouette de M. Bouali paraissait déformée, la tête forte et les mains trop lourdes. Son visage était marqué de rides profondes, concentriques, où ses yeux faisaient comme deux miroitements affaiblis. Il les observait, paisible, doucement interloqué.

— Bonjour monsieur, fit Hélène sur un ton d'excuse.

L'homme se taisait, curieux et dispos. Quand Hélène demanda si Hacine était là, les plis de son front se creusèrent encore.

— Non. Il est pas là.

— Vous savez s'il rentre bientôt ?

— Vous voulez quoi ?

Dans leur dos, Hélène et son fils éprouvaient le vide de la cage d'escalier, la verticalité silencieuse de l'immeuble, une présence nombreuse, mobile, un fourmillement sourd. Tout un peuple désœuvré se trouvait là aux aguets, tenu par des postes de télé, des drogues et des divertissements, la chaleur et l'ennui. Un rien suffirait à l'éveiller. Hélène répondit qu'elle voulait lui parler. C'était important.

— Qu'est-ce qui se passe ? demanda l'homme.

— Je préférerais en parler quand votre fils sera là, monsieur.

La politesse d'Hélène avait quelque chose de suspect. Elle rappelait la distance calculée d'un notaire, ou l'intonation du médecin qui apporte de mauvaises nouvelles.

— Il est pas là, répéta l'homme en repoussant déjà la porte.

Hélène opposa sa main ouverte, puis son épaule.

— C'est important. Je dois vraiment lui parler, monsieur Bouali.

— Qu'est-ce qu'il a fait ?

À travers l'écorce, Hélène avait senti un vacillement. Elle demanda s'ils pouvaient entrer un moment. M. Bouali ne savait pas. Il était inquiet. Avant tout, il ne voulait pas qu'on l'emmerde. Hélène insista.

— Non, fit l'homme, laissez-moi.

À l'étage du dessus, une porte s'ouvrit et des voix jeunes, typées, résonnèrent. Il y avait aussi un bruit de chaîne, des halètements, un chien qui grognait. Anthony poussa franchement la porte et entraîna sa mère.

— Viens…

— Qu'est-ce que vous faites ? Vous n'avez pas le droit.

L'homme avait chancelé sous la poussée des intrus. Il les regardait sans y croire.

— Vous êtes fous. Sortez.

Anthony referma la porte sur eux et tira le verrou. Tous trois se trouvaient maintenant pris dans l'exiguïté du couloir. L'homme pouvait sentir les effluves que dégageait la chevelure d'Hélène. C'était un frais parfum de tilleul, piquant, une bouffée de femme. Il en resta tout chose. Elle le fixait avec des yeux ronds, son index sur les lèvres, le suppliant de se taire. Les voisins descendirent avec leur chien. Ils parlaient en arabe, assez gaiement. Anthony avait de plus en plus envie de pisser. Quand les autres se furent éloignés, il demanda :

— Vous avez des toilettes ?

La question désamorça le vieil homme. Il lui dit de prendre au fond du couloir à droite. Hélène en profita pour tout lui raconter. Elle l'avait remâchée longtemps son histoire et elle la dévida sans effort, en insistant là où il fallait. Ainsi, elle prononça le mot "voleur" à deux reprises, mais d'une voix suave, consolatrice. Progressivement, la physionomie de l'homme changea. Il se sentait horriblement vieux et responsable tout à coup. Avec Rania, ils avaient quitté un pays pauvre et trouvé à Heillange un asile relatif. À l'usine, il avait obéi quarante ans, ponctuel, faussement docile, arabe toujours. Parce qu'il avait vite compris que la hiérarchie au travail ne dépendait pas seulement des compétences, de l'ancienneté ou des diplômes. Parmi les manœuvres, il existait trois classes. La plus basse était réservée aux noirs, aux Maghrébins comme lui. Au-dessus, on trouvait des Polonais, des Yougoslaves, des Italiens, les Français les moins dégourdis. Pour accéder aux postes situés plus haut, il fallait être né hexagonal, ça ne se pouvait pas autrement. Et si par exception un étranger devenait OS ou accédait à la maîtrise, il demeurait toujours une aura de soupçon autour de lui, un je-ne-sais-quoi qui lui donnait tort d'avance.

Le fonctionnement de l'usine n'avait rien d'innocent. On aurait pu penser de prime abord que l'efficacité décidait de la répartition des hommes, de l'emploi de leur force. Que cette logique-là, que cette brutalité-là, celle de la production et de la marche forcée, suffisait. En réalité, derrière ces totems qu'on brandirait toujours plus haut à mesure que la vallée serait moins compétitive, il se trouvait tout un imbroglio de règles tacites, de méthodes coercitives héritées des colonies, de classements apparemment naturels, de violences instituées qui garantissaient la discipline et l'échelonnement des humiliés. Et tout en bas, on trouvait Malek Bouali et les siens, frisés, bicots, bougnoules, négros ; ces mots s'employaient largement. Au fil du temps, le mépris qu'on avait pour lui et ses semblables s'était fait plus dissimulé, il n'avait jamais disparu. Il avait même été promu. Mais il restait au fond de son ventre comme un ragoût de colère qui avait brûlé quarante ans. Peu importait à présent. Il touchait son chômage et avec la prime de licenciement de Metalor, il faisait construire une petite maison au pays. Rania était partie devant. Ils avaient tellement travaillé. Et leurs fils qui, depuis tout petits, savaient plus, comprenaient mieux. Qu'est-ce qu'il s'était passé ?

Malek s'éclaircit la voix.

— Je vais faire le thé.

Il se dirigea vers la cuisine, abandonnant Hélène dans le petit couloir. Bientôt, elle entendit des bruits de placard, l'eau qui coulait, le brûleur de la gazinière.

Ils burent leur thé en silence, dans de petits verres dorés et brûlants qui faisaient des ronds dans la toile cirée. Leur hôte ne disait pas grand-chose. Les yeux fixés sur son verre, il ressassait des idées noires. En attendant, Hélène se passionnait pour son visage, méditatif, creusé comme un champ, ses mains de travail. Cet homme, curieusement, lui rappelait son père.

— Vous vous trompez, dit-il. Hacine est pas comme ça.

Il la regardait de ses yeux sans indulgence. Il ne mentait pas. Il ne s'intéressait pas non plus à la vérité. Il se contentait de faire son métier de père ; plus tard il le ferait avec Hacine, c'était prévu. Devant cette obstination, Hélène reprit une fois encore l'exposé des faits et l'homme écouta. Puis de ses deux mains, il lissa la toile cirée, posa sur elle ses pupilles voilées. Elle avait les épaules nues, elle était belle. Rien n'était simple ici-bas.

— Vous venez m'insulter chez moi…

— Je crois qu'on n'en est plus là, dit Hélène.

Dehors, un merle chantait avec entêtement. Anthony se dit que si le vieux tentait quoi que ce soit, il lui arracherait la tête. Depuis le départ, il trépignait, les cuisses impatientes, les talons battant sous sa chaise. Il se demandait quand Hacine allait rentrer et imaginait le cours des événements. Il se racontait tout le temps des histoires comme ça, de règlement de comptes, de coups de poing dans la gueule. Mais Malek Bouali se contenta de fermer les yeux.

— Et elle est où cette moto ? J'ai pas de moto chez moi.

— Je ne sais pas, admit la mère.

— Alors ?

— Je veux parler à votre fils. Je vous le dis depuis le début.

— Il est pas là.

— Je suis désolée. Je partirai pas sans la moto.

— Vous allez partir maintenant, fit l'homme de sa voix encombrée, caillouteuse. Tout de suite.

Hélène et lui se mesuraient par-dessus la table. Ils étaient dans le dur à présent. L'éducation est un grand mot, on peut le mettre dans des livres et des circulaires. En réalité, tout le monde fait ce qu'il peut. Qu'on se saigne ou qu'on s'en foute, le résultat recèle toujours sa part de mystère. Un enfant naît, vous avez pour lui des projets, des nuits blanches. Pendant quinze ans, vous vous levez à l'aube pour l'emmener à l'école. À table, vous lui répétez de fermer la bouche quand il mange et de se tenir droit. Il faut lui trouver des loisirs, lui payer ses baskets et des slips. Il tombe malade, il tombe de vélo. Il affûte sa volonté sur votre dos. Vous l'élevez et perdez en chemin vos forces et votre sommeil, vous devenez lent et vieux. Et puis un beau jour, vous vous retrouvez avec un ennemi dans votre propre maison. C'est bon signe. Il sera bientôt prêt. C'est alors que viennent les emmerdes véritables, celles qui peuvent coûter des vies ou finir au tribunal. Hélène et l'homme en étaient là, à sauver les meubles.

— Quand Hacine rentrera, je vais lui parler, promit l'homme. Si c'est lui, il rendra la moto.

Hélène décida de le croire. Même, elle éprouva une fugitive tendresse pour ce vieux type humilié et décent.

— Vous pouvez me faire confiance, dit-il encore, en se levant.

Il ramassa les trois verres, les déposa dans l'évier puis, la main tendue, leur indiqua le chemin de la sortie. Chacun marquait les distances avec une minutie protocolaire. Sur le pas de la porte, on se serra la main.

Une fois seul, Malek Bouali s'adossa au mur. Ses lèvres avaient commencé de trembler. Il sentit que ses jambes l'abandonnaient. Il porta sa main à sa bouche, mordit fort, la salive coula.

Plus tard, il enfila ses souliers et descendit à la cave. Dans son box, on ne trouvait pas grand-chose, à part des valises et ses outils. En tout cas, il n'y avait pas de moto. Il prit son temps, empoigna une pelle, puis choisit une pioche. Il essaya un marteau. Il pesait chaque outil, évaluait sa prise, maniait l'objet sous l'ampoule pendue au plafond. Enfin, il arrêta son choix. Après avoir calé la pioche contre le mur, il scia le manche à ras du fer. Ensuite, il remonta chez lui avec son manche de pioche, s'installa devant la télé et regarda les JO. Les Américains raflèrent tout. 200 mètres masculin et féminin, et Carl Lewis devança finalement Mike Powell au saut en longueur. Le manche de pioche demeurait à portée de main. Le temps passa et la nuit vint. L'homme s'assoupit un peu avant 22 heures et fut réveillé par le retour de son fils. Il regarda sa montre et grommela quelque chose en arabe. Pour se lever, il dut prendre appui sur ses genoux.

— C'est toi ?

— Ouais ouais.

Le jeune homme se déchaussait dans le noir. Il était un peu défoncé et espérait que son vieux n'allait pas encore le saouler avec ses remontrances. T'étais où, tu faisais quoi, t'as pas vu ton frère ?

— Je t'ai attendu.

— J'étais avec des potes. Je suis crevé, je vais aller me coucher.

Hacine sentit le déplacement d'une silhouette dans son dos, se tourna et vit que son père levait le manche de pioche au-dessus de sa tête. Il n'eut pas le temps de prononcer une parole, le manche s'abattit sur son crâne en rendant un son étonnamment creux. Puis un deuxième coup partit à la volée et l'atteignit au coude. Le garçon s'affaissa sur le lino, se protégeant du mieux qu'il pouvait avec ses mains. Les coups continuèrent à tomber et la douleur se répéta sur ses phalanges, ses flancs, le bas de son dos. Il pouvait entendre sa propre voix qui suppliait. Son père ne disait rien. Il soufflait et prenait son temps, appuyant chaque coup, lui donnant un poids de travail.

Quand ce fut fini, le père enferma Hacine dans sa chambre. Ce dernier put alors constater les dégâts dans l'armoire à glace.

Son arcade était bien amochée et il avait des bleus un peu partout. Il arrivait à peine à bouger ses doigts. Il s'allongea avec précaution sur son lit. Il avait tellement mal partout qu'il se mit à rigoler nerveusement. Bientôt, un murmure inhabituel monta de la pièce voisine. Il colla son oreille contre le mur. Dans sa chambre, le père priait. C'est dire si la situation était grave. Hacine tira le drap jusque sur sa tête. Il se creusa longtemps les méninges pour savoir ce que le vieux lui reprochait. Il avait mal, il avait honte. Il finit par s'endormir. À un moment dans la nuit, il voulut aller pisser, mais trouva la porte fermée à clef. Il dut se soulager dans sa corbeille à papier. Le matin à 6 heures, son père vint le trouver. Ils eurent une discussion d'homme à homme. Le vieux lui expliqua que s'il recommençait, il le tuerait de ses mains. Hacine ne trouvait rien à y redire. En revanche, il allait retrouver ce petit pédé et son cousin. C'était clair et net.

10

Quand Steph se réveilla, la maison était déjà vide. Elle se rendit pieds nus dans la cuisine. Elle était encore tout ensommeillée, et de mauvaise humeur. Sa mère avait laissé un mot sur la table. Elle lui demandait d'allumer le four à midi moins le quart et lui rappelait de prendre un rendez-vous chez l'orthodontiste. Le post-it était collé sur son bol. À la fin du mot, sa mère avait dessiné un petit cœur.

Steph se servit un jus de fruits puis se rendit sur la terrasse avec un vieux numéro de *Voici* sous le bras. Elle ne portait rien qu'un boxer trop large et son débardeur Snoopy. Elle se mit à feuilleter le magazine en sirotant son verre. Johnny, Julia Roberts, Patrick Bruel, toujours la même chose. Avec Clem, elles aimaient bien les deux princesses monégasques, elles les appelaient les moules, ces deux idiotes accrochées à leur rocher. Les meufs n'avaient rien d'autre à foutre et elles n'étaient même pas capables de se trouver un mec potable.

Justement, le téléphone sonna et c'était forcément Clem à cette heure-là. Steph avait oublié de prendre le sans-fil. Elle aurait pu se lever et courir. En même temps, elle était bien. Sur l'herbe verte, on voyait encore briller les dernières gouttes de rosée. L'air doux s'alourdissait progressivement. Bientôt, elle sentirait la chaleur peser sur son ventre, suffocante et jaune. Un bruit de moteur s'éleva chez les voisins. Les Vincent étaient pourtant absents, partis à Ramatuelle pour trois semaines comme chaque année. Le bruit s'amplifia et elle aperçut bientôt un homme mince qui poussait une tondeuse. Steph pouvait voir les muscles de ses épaules jouer sous sa peau, son dos large et nervuré. Elle ramena un pied sur sa chaise et se mit à le tripoter machinalement. Elle s'était verni les ongles la veille au soir. Elle passa son index entre deux orteils et le porta à ses narines. Cette odeur discrète et douceâtre, l'odeur familière de son corps. D'ailleurs, elle en profita pour renifler ses aisselles. La nuit, elle se réveillait en nage, les cheveux collés au front et sur les tempes. Tout ça parce qu'elle ne pouvait pas dormir sans drap. Elle avait essayé, mais c'était alors tous les monstres de son enfance qui sortaient de sous son lit.

Le type qui tondait la pelouse des voisins faisait une pause à présent. Après avoir allumé une clope, il retira son débardeur et le laissa pendre sur la barre de direction de la tondeuse. Sa poitrine était sèche, noueuse. On y voyait des dessins bleus. Steph pensa à Serge, lui aussi avait un tatouage. Quand il se baignait, on le voyait sur son épaule, un hippocampe tout délavé. Mais le moins qu'on puisse dire, c'est que Serge n'avait pas ce genre de physionomie sculptée par le travail. Il passait ses journées le cul vissé dans son fauteuil du conseil général et quand il en bougeait, c'était pour aller déjeuner avec des collègues, ou des prestataires qui réglaient des additions de dix lignes dans l'espoir de lui refourguer des solutions informatiques. Serge faisait bien un peu de VTT le dimanche, avec le père de Steph justement, mais après dix bornes, les deux hommes n'avaient rien de plus pressé que de prendre l'apéro à l'ombre. Loin là-bas, l'homme écrasa sa cigarette contre sa semelle et glissa son mégot dans sa poche. Puis il se remit au boulot. Son dos était noirci par le soleil et au sommet de son crâne, ses cheveux commençaient à se clairsemer. Steph sentit une goutte de transpiration glisser le long de son flanc droit. Pourtant, le parasol était ouvert. Elle avait confusément envie de quelque chose, peut-être de sucre. Elle se pinça à la cuisse, fort. Le téléphone se remit à sonner. Après un soupir, elle se décida à aller répondre. Dans son dos et sur ses cuisses, la chaise de jardin avait laissé des marques rectangulaires.

Clémence ne prit même pas la peine de lui dire bonjour.

— Alors ?

Ce qu'elle voulait, c'était des nouvelles de la soirée qui s'était déroulée la veille. Serge et sa femme étaient venus bouffer à la maison. À chaque fois, c'était l'occasion de grands délires mythomanes pour les deux filles.

— Alors quoi ?

— Fais pas semblant, comment ça s'est passé avec Porco Rosso ?

— Bah rien, dit Steph.

— C'est ça ouais ! Parle donc, effrontée.

Steph gloussa.

— Il t'a montré sa queue ?

— Mais arrête, t'es complètement tarée.

— Je suis sûre qu'il te l'a montrée.

— Il m'a juste dit de faire attention.

— Quel sale pervers !

Les filles se mirent à rigoler. Serge Simon était devenu leur tête de turc depuis qu'un soir, après avoir ingurgité deux whiskys et l'équivalent d'une bouteille de rosé, il s'était permis de demander à Steph si elle s'épilait le pubis. Tout le monde s'était offusqué autour de la table, pour la forme, parce qu'au fond, la question méritait tout de même d'être posée. Serge l'avait lu dans *VSD* : toutes les jeunes filles se rasaient la chatte désormais. Oooooh ! avait fait le père de Steph, mais de toute façon, il était encore plus bourré que son copain.

Steph connaissait Serge Simon depuis qu'elle était toute gamine. C'était un vieil ami de la famille. Il venait prendre l'apéro, allait chasser avec son père. Les deux hommes partageaient la propriété d'un bateau amarré en rade de Mandelieu-la-Napoule. Serge avait deux filles. La plus grande finissait pharma à Lyon. L'autre se trouvait aux États-Unis où elle prétendait étudier, mais passait surtout du bon temps sur un campus comme on en voit dans les films, avec leurs pelouses repeintes et leurs hauts bâtiments historiques et flambant neufs ; sans compter tous ces athlètes plus cons et séduisants les uns que les autres. C'est en tout cas de cette manière que Stéphanie se représentait les choses.

Deux ans plus tôt, Serge Simon la taquinait encore en lui pinçant le nez et en lui racontant des blagues Carambar. Pour son quatorzième anniversaire, il n'avait rien trouvé de mieux que de lui offrir un couteau suisse. Mais depuis quelque temps, un curieux renversement s'était produit dans leurs rapports. Par moments, Steph le surprenait en train de mater ses jambes, ou fouillant ses yeux. Pas spécialement malsain, mais bloqué, en arrêt. Dès qu'il se savait surpris, le gros homme se ressaisissait et lâchait ce drôle de rire encombré. Elles en avaient fait un gimmick avec Clémence. *Héhein…* Un rire de poitrine, poussif, QI de cinq, tout en bite.

C'est en tout cas ce que les filles se racontaient.

La veille au soir, Serge était donc venu dîner à la maison avec Myrielle, sa femme. Et en général, quand elle était là, il se tenait à carreau. Raison pour laquelle Steph avait mis du vernis à ses orteils, et un débardeur super-échancré. À part ça, l'adolescente n'avait rien fait de spécial pour l'aguicher, et pas prononcé un mot de la soirée. Elle s'était contentée de faire la gueule, se balader dans la maison comme un petit mec, pieds nus, en débardeur, rien à foutre.

C'était drôle maintenant, quand les hommes lui parlaient. Ils adoptaient cette voix de basse, inductive et ourlée. Serge le premier. À chaque fois, c'était le même cinéma. Après le dessert, Steph sortait de table et à un moment dans la soirée, il la retrouvait. Il passait la tête dans le salon, ou entrebâillait la porte de sa chambre. Bonne nuit cocotte. C'est ça, ouais. Stéphanie avait un peu la trouille, mais en même temps, elle ne détestait pas sentir sur elle ce regard d'homme achevé.

Avec leurs corps empâtés, leurs épaules de bête, ils vous tournaient autour, leur haleine de cigarette, forts, des poils partout et leurs mains épaisses, écœurants et sexy, c'était trop bizarre. L'adolescente s'en méfiait et les cherchait confusément. Elle pensait aussi à ce qu'ils pouvaient faire, avec leurs grosses bagnoles allemandes et leurs cartes de crédit. Des types qui nourrissaient une famille, payaient des écoles de commerce hors de prix à des rejetons quasi demeurés, avaient un bateau dans un coin, donnaient leur avis et pensaient que devenir maire de leur village ne serait pas une mauvaise idée, avec leurs maîtresses, leurs dettes, leur cœur de veau prêt à exploser, leurs petits whiskys entre potes et leurs chemises Ralph XXL, toute cette puissance réduite à que dalle parce qu'une jeune fille.

Qu'est-ce qu'ils allaient s'imaginer ?

Renifleurs et fats, ils présumaient la première fois, et s'en émouvaient jusqu'à la colère. Eux qui couraient vers le terminus, avec leurs affaires dispensables et leurs responsabilités cancérigènes. Un jour, ces gamines aérodynamiques, leurs seins pointus, leurs jambes sorties du moule trois secondes plus tôt, seraient au lit avec des garçons. Elles ouvriraient leurs cuisses et prendraient dans leur bouche des sexes roses. L'imminence de cet événement les laissait ahuris, inconsolables. L'innocence finirait noyée de sueur et ils auraient aimé, une fois encore, détenir le privilège d'abolir un peu de cette blancheur. Les lignes à peine tendues des jeunes filles les tourmentaient si fort, et leurs ventres plats, leur peau comme de la peinture automobile, eux qui avaient tout gagné pour se rendre compte que le commencement seul comptait.

Steph se trouvait maintenant sur le balcon, à l'ombre. Accoudée à la rambarde, elle continuait à papoter avec Clémence. Quand elles n'étaient pas réunies, les deux filles passaient leur temps au téléphone. Régulièrement, des disputes éclataient d'ailleurs entre Steph et sa mère qui soutenait que ces communications finiraient par les mettre sur la paille. Le père, d'instinct, défendait sa fille. La mère s'en prenait alors au père. La rivalité de la mère et de la fille exigeait d'être départagée, et le père, magnanime, ou couard, se défilait. On finissait par ne plus se parler, chacun filant dans un coin de la baraque, heureusement spacieuse. Le père surtout s'organisait des retraites lointaines pour s'éviter des ennuis. Ainsi, son atelier s'était progressivement mué en bureau et commençait à ressembler à une studette. Un devis avait même été dressé pour une cabine de douche jouxtant le garage. Ce projet, hautement politique, avait fait l'objet d'un veto maternel. Admettant la démesure de ses intentions, le père s'était rabattu sur un chiotte chimique. C'était bien aussi.

— Tu veux faire quoi cet aprèm ? demanda Clémence.

— Je sais pas.

— Tu parles…

— Ouah je sais pas. Il me calcule même pas en ce moment…

— Tu rigoles. Il est fou de toi. Il te veut. C'est trop évident.

— Tu crois ? Je crois pas, fit Steph, dégustant sa fausse modestie.

— Genre…

Ce mec, Steph n'en pouvait plus. Avec Simon, ils étaient déjà dans la même classe en CE2. C'était alors un bon élève prétentieux et turbulent, qui portait des 501 et des Kickers. Depuis, il avait pas mal changé. Désormais, il avait son cuir et fumait sans arrêt. Il avait l'air triste. Grâce à lui, Steph avait découvert Leonard Cohen et les Doors. Elle les écoutait en boucle. C'était trop beau.

— Alors ?

Clem s'impatientait.

— On n'a qu'à aller au parc.

— T'es sérieuse ?

— Ben quoi d'autre ? fit Steph, placide.

— On y est allées hier.

— Je te préviens direct, moi je retourne pas chez ton mec.

— Ouais, j'avoue, admit Clem.

Cette visite chez le cousin n'avait pas laissé à cette dernière un souvenir impérissable. C'était ça l'emmerdant avec les *bad boys* : bien souvent, ils vivaient comme des manouches. Cela dit, il était vraiment super-mignon le cousin, et c'était à peu près le seul à avoir du shit dans cette putain de ville. Clem avait envie de le revoir.

— Et sa mère, ricana Steph. Non mais sérieux, tu l'as vue ? Le délire !

Clem ne releva pas. Le soir même, elle et le cousin devaient se retrouver du côté de la centrale électrique désaffectée. Ils s'y étaient vus plusieurs fois déjà. Il n'osait pas grand-chose pour l'instant, mais elle était confiante. Rien que d'y penser, elle frissonna.

Les deux filles restèrent quelques secondes comme ça sans rien se dire. Chez elle, Steph marchait de long en large. Elle sentait sous ses pieds les aplats glacés du carrelage. C'était agréable par cette chaleur. Elle retourna sur la terrasse. L'homme à la tondeuse était parti. Il ne restait qu'un tas d'herbe fraîchement coupée. Elle renifla l'odeur qui allait avec, délicieuse, printanière.

— Pfff, je déteste tellement cette ville, dit Steph.

— Moi j'adore.

— Vivement qu'on se tire.

— Encore deux ans.
— On n'y arrivera jamais.
— Si tu continues à glander comme ça au bahut, fit Clem, c'est clair que je vais me casser toute seule.
— Qu'est-ce que tu ferais sans moi ? T'arriveras jamais à les baiser tous.
— Faudrait déjà que t'arrives à baiser Simon.
— Ouais, admit Steph, déprimée. Bon, on se retrouve au parc…

Le parc, c'était le skatepark construit tout récemment par la municipalité du côté de la caserne des pompiers, à la sortie de la ville. On y trouvait une rampe, trois barres et deux murets. Les lieux étaient fréquentés par une faune disparate de fils à papa et de petits voyous notoires. On y skatait pas mal, on y picolait encore plus et quand les temps étaient cléments, on y trouvait du bon shit et quelques meufs vraiment canons. Sur sa planche, Simon avait un style flegmatique qui ne l'empêchait pas de réaliser les meilleurs *ollies* de la ville, à tel point qu'il négligeait à peu près toutes les autres figures. Il portait des Vans trouées, un jean qui laissait voir son caleçon et un t-shirt différent chaque jour.

— On y est allées quatre fois cette semaine, soupira Clémence.
— Et alors ?
— Je sais pas… C'est toujours pareil.
— Ouais, j'espère que cette grosse pute de Christelle sera pas là.
— Mais c'est personne cette meuf. Il s'en tape.
— Tu crois ?
— Mais grave !

Et Steph reprit la parole, excitée, désespérée, bavarde jusqu'à l'étourdissement. Il lui fallait y revenir encore, décortiquer chaque rencontre avec Simon, leur moindre geste, la plus petite inflexion, comme la veille, l'avant-veille, comme demain. Décidément, Clémence était bonne copine. Elle la relança pendant presque quarante-cinq minutes. Pour finir, elle lui annonça qu'elle passerait la prendre vers 15 heures, comme d'hab.

Steph s'était préparé des lasagnes et elle déjeuna seule devant une redif de *Cap Danger*. Puis elle monta dans sa chambre. Elle se sentait un peu triste, lasse. Tout la faisait chier parfois, même cette piaule qui était pourtant le résultat d'une drôle d'épopée. À l'origine, sa chambre de petite fille se trouvait face à celle de ses parents. À partir de douze-treize ans, elle les avait tannés pour en changer. Différentes solutions s'étaient alors offertes à l'imagination, la plus onéreuse consistant à aménager les combles. C'est celle-ci qui avait été retenue. Malheureusement, l'hiver, la température y tombait sous zéro et montait à quarante pendant l'été. Isolation, ventilation, climatisation, ça faisait tout de suite dans les 15 000 balles. Enfin, désormais Steph avait son chez-soi, avec vue imprenable, et le petit coin garni de coussins près de la fenêtre en appentis, comme en Amérique. Sans oublier sa salle de bains personnelle.

Pour tromper son ennui, la jeune fille se dit qu'elle allait essayer de bouquiner un peu. Tout le monde la tannait avec ça : il fallait lire. Dans sa bibliothèque, on trouvait surtout des trucs obligatoires pour le bahut, Zola, Maupassant, *Le Malade imaginaire*, Racine. Elle en avait d'autres aussi, qu'elle aimait mieux. Depuis un mois maintenant, elle essayait de rentrer dans cette drôle d'histoire du *Grand Meaulnes*. C'était tout de même très vaporeux et hésitant leur amourette. En même temps, elle ne pouvait pas dire qu'elle détestait. Il planait là-dessus un climat qui lui convenait, par moments, quand elle était fatiguée, qu'elle avait trop mangé. Elle ouvrit le tiroir de sa table de nuit et y trouva des Balisto. Elle en prit un, le glissa entre ses lèvres et sentit le chocolat fondre sur sa langue tandis qu'elle reprenait sa lecture. Il faisait chaud dans la pièce dont les fenêtres ouvertes laissaient passer un peu d'air en soulevant un rideau pastel. Elle ingurgita encore deux Balisto avant de s'assoupir. Vingt minutes plus tard, elle se réveilla brûlante, un goût désagréable dans la bouche. Le klaxon du scoot de Clem râlait dehors. Pourtant, il n'était même pas 14 h 30.

— Je me suis tirée vite fait, expliqua Clem. Mon père m'a encore pris la tête avec ses histoires de prépa.

— Tu veux plus faire de prépa ?

— Mais si, mais on est le 6 août. Je m'en bats les couilles.

Steph se marra. Clem était rigolote, avec ses airs bourges, son côté racaille, son audace et ses insolences. N'empêche qu'elle passait en terminale avec seize de moyenne. Steph n'en était pas là.

— En revanche, je suis partie en speed, j'ai complètement zappé de te prendre un casque.

— Ah bah super.

— Ouais, désolée. Allez, monte.

Steph enfourcha le scoot et prit sa copine par la taille. À cinq mètres de distance, il était difficile de les distinguer. Elles portaient le même genre de vêtements, les mêmes tongs, des queues de cheval. Le scooter émit une plainte nasale tandis qu'il les emportait.

À cette heure-là, on ne croisait pas grand monde sur la route. Les salariés étaient à leurs bureaux, à leurs machines, ou au camping. Les vieux restaient au frais chez eux. Il n'y avait guère que les ados pour chercher l'aventure par cette chaleur. Cela étant, la vitesse adoucissait l'air, rendait le vent soyeux. Les filles pouvaient sentir cette caresse sur leurs pieds nus. Steph regardait la route par-dessus l'épaule de sa copine. Glissant à la surface des départementales, microscopiques et lancées, les filles se sentaient libres et comptaient en silence les promesses que leur devait la vie.

Quand elles arrivèrent, Simon, son frère et leur drôle de pote chevelu qui s'appelait Rodrigue étaient assis à l'ombre de la rampe de skate. Il y avait là aussi une meuf qu'on n'avait jamais vue.

— C'est qui ?

— Je sais pas.

Pendant que Clémence mettait la béquille, Steph refit mécaniquement sa queue de cheval.

Tout le monde se dit salut, même cette meuf qui souriait. L'ambiance n'était pas des plus fraternelles. Steph regardait la nouvelle avec une méfiance sournoise. Les filles n'osaient pas s'asseoir.

— Vous faites quoi ? demanda Clem.

— Rien de spécial.

Romain, le frère de Simon, tenait un trois-feuilles à peine allumé.

— Vous avez du shit finalement ?

— C'est Anne, expliqua le garçon, en désignant la meuf sortie de nulle part.

— Elle est belge, ajouta Rodrigue, comme si ça expliquait tout.

— Ah ouais ?

Steph lui sourit de son mieux. Les filles n'arrivaient toujours pas à s'asseoir. Elles se tenaient debout comme deux gourdes.

— Elle est au camping avec ses cousins. Ils fument non-stop, c'est des oufs.

— Cool.

— Tu viens d'où ?

— Bruxelles, répondit Anne.

— Super, dit Steph.

Elle détaillait ses jambes, son visage. Elle la trouvait bien latine, la garce, pour une Bruxelloise. Ses yeux clairs juraient presque avec la couleur de sa peau. Quant à sa coupe de cheveux, c'était le grand n'importe quoi. Alors que Steph et ses copines portaient toutes des cheveux longs, avec des barrettes, des chouchous, des cheveux qui étaient leur trésor et qu'elles bichonnaient à longueur de temps, cette meuf arborait une coupe de keuponne assagie, moitié frange, moitié Patti Smith. Et naturellement, zéro soutif sous son t-shirt bleu. Steph en aurait chialé.

Du coup, quand Rodrigue lui tendit le joint, Steph ne se fit pas prier. Après la teuf de Drimblois, elle s'était pourtant juré de lever le pied. Cette soirée lui avait laissé un goût amer, pour ce qu'elle s'en souvenait. Elle avait picolé, fumé, pris du poppers et à un moment, alors qu'elle comatait sur le canapé, Simon était venu la rejoindre. Il lui avait soufflé des choses personnelles à l'oreille, des compliments, des confidences. Flattée et faible, elle s'était laissé faire. Et puis, tout à coup, elle avait découvert qu'il l'embrassait. Plus tard, ils s'étaient retrouvés dans une chambre à l'étage. Simon la tenait par la taille, la nuque. Ses mains étaient partout en même temps. Elle avait été surprise par ses baisers. Ils étaient pleins d'un jus vif, sucré, vraiment délicieux, comme une pêche trop mûre. Tandis qu'elle fourrageait dans ses cheveux, il s'en était pris à son soutif. Il était drôlement adroit. Il avait pincé la pointe de ses seins et elle s'était sentie mollir d'un coup, devenue liquide, une mare. Peut-être bien qu'elle avait dit non, ce n'était plus très clair dans sa tête. Elle se souvenait de la chaleur de Simon sur sa joue, dans son cou, sa poitrine gonflée, le bruit de la ceinture qui s'ouvre. Le garçon avait passé la main dans son jean et elle avait ouvert les cuisses, et soupiré tandis qu'il cherchait à travers sa culotte le renflement mouillé de sa chatte. Puis le jeune homme avait écarté le coton, trouvé le flou des lèvres. Steph s'était saisie de son poignet pour le guider. Elle soufflait par les narines, pressée, toute tiède. Elle voulait le sentir à l'intérieur. Mets tes doigts. Branle-moi. À la fin, Simon lui avait montré son index et son majeur, la peau fripée comme s'il sortait du bain. Ensuite, elle ne savait plus trop. Elle avait fini par se baigner, un peu triste, contente, avec cette sensation dégoûtante, comme lorsqu'on a trop bouffé et qu'on regrette. Depuis, rien, il l'ignorait. Ça faisait chier.

Simon et Rodrigue skataient torse nu pendant que les filles et Romain glandaient en haut de la rampe, les jambes ballant dans le vide. Le choc répétitif des *trucks* parcourait toute la structure et leur cognait la poitrine. Romain s'était mis à brancher Steph sans vergogne. Ces tentatives la gonflaient d'autant plus qu'elle confirmait l'indifférence de Simon, sans quoi son frangin ne se serait pas permis. Du coup, elle se sentait moche, suante, assiégée. Et obligée de faire bonne figure en plus, avec cette Belge horriblement nouvelle qui se trouvait là, mince comme pas permis. À un moment, Romain tenta de lui passer une main dans le dos. Elle lui conseilla d'aller se faire foutre.

— Pour qui tu te prends ? fit le garçon, piqué au vif.

Tout le monde l'avait entendu se faire rembarrer, et vu la gueule qu'il tirait, il était clair qu'il n'allait pas en rester là. Du coup, Clem s'en mêla.

— Arrête ça, dit-elle. Mais genre, tout de suite.

Elle était sortie avec Romain en cinquième et conservait de cette triste expérience un genre d'ascendant alternatif. Si elle n'en abusait pas, si elle frappait vite et bien, elle pouvait le remettre à sa place sans trop de problème. Cette fois, elle avait sans doute exagéré en le taclant de manière aussi expéditive. Il se leva et se rendit à l'autre extrémité de la rampe. Là, les jambes écartées, il se mit à pisser dans le vide.

— T'es dégueulasse sérieux !

— Non mais, gros, arrête ça.

Il prit son temps, secoua ostensiblement les dernières gouttes avant de refermer sa braguette.

— T'as rien à me dire.

— T'es un dégueulasse, fit Clem. En vrai, ça se fait pas.

— Ah ouais ? Et se taper des cassos, ça se fait ?

Touché. Clem blêmit. Comment il savait ça ? Et les autres, est-ce qu'ils étaient au courant ? Comme personne ne bronchait, elle présuma que son histoire avec le cousin était connue de tous. Les boules. Elle se promit d'y mettre un terme très vite. Dès qu'elle aurait obtenu ce qu'elle voulait, en tout cas.

Anne proposa alors de faire un joint pour détendre l'atmosphère. Ça partait d'un bon sentiment, mais Steph refusa, et Clem aussi, par solidarité essentiellement. En plus, il commençait à se faire tard. Steph veillait toujours à ne pas rentrer trop déchirée chez elle. Sa mère avait l'âme douanière et un chronomètre à la place du cœur. Si Steph avait l'œil injecté et n'était pas rentrée pour 19 heures, il fallait se farcir des litanies sur le respect et l'avenir. Un retard de cinq minutes prenait des dehors prémonitoires. On en déduisait sa ruine future, des grossesses non désirées, des hommes pris de boisson, des carrières en cul-de-sac, pire ! Un cursus de socio s'achevant par un concours administratif. Pourtant, sa mère elle-même n'avait pas fait tellement d'étincelles à la fac de droit. Elle s'était rattrapée en épousant un concessionnaire Mercedes qui avait l'exclusivité dans toute la vallée et des ramifications jusqu'au Luxembourg. Chez Stéphanie, on compensait la brièveté des parcours académiques en se racontant des histoires de force du poignet, de fait tout seul, de valeur travail. Le récit, sans être totalement inexact, enjolivait tout de même assez la réalité historique. Pour bâtir son petit empire automobile, le père de Steph avait heureusement pu compter sur un legs familial, plutôt bienvenu après trois échecs en première année de médecine.

— Bon !

Simon venait d'atterrir tout près. Il se tenait là, une main sur son skate à la verticale, le futal bas, son ventre musclé luisant de transpiration. Steph leva les yeux. Il avait les joues vives, les cheveux trempés.

— On y va ?

C'est à la Belge qu'il s'adressait. Elle répondit d'accord avec son gros accent et puis se leva, lymphatique et très grande, prenant le temps d'essuyer la poussière sur son cul. Sous son t-shirt, ses seins ballottaient librement. On voyait qu'elle avait des mamelons larges et gonflés. Steph bouillait.

— Vous allez où comme ça ? fit Rodrigue, taquin.

Anne tourna le dos. Simon, qui s'essuyait les aisselles avec son t-shirt, ne répondit pas davantage. Il quitta la rampe le premier, puis aida la jeune fille à descendre.

— Amusez-vous bien, fit encore Rodrigue.

Steph baissa les yeux, le nez plein de picotements. Ça montait, c'était pénible, chaque fois c'était la même chose. Et Clem qui la fixait en plus. Elle tint bon, se concentrant sur le jonc qu'elle faisait tourner à son poignet. Dès que ce fut jouable, elle se leva à son tour.

— Tu te casses aussi ?

— Attends, je te ramène, proposa Clémence.

— Non c'est bon, fit Steph.

— Non, mais attends, je vais te ramener.

— Je te dis que c'est bon.

— Tu vas pas rentrer à pied comme une conne.

— Lâche-moi, ça va !

Clémence comprit qu'on était au bord. Elle n'insista pas davantage.

Steph partit à travers cette zone vague qui reliait le skatepark aux anciennes cités ouvrières. C'était une étendue herbeuse et vallonnée qui ne servait à rien sinon à larguer un frigo hors d'usage ou faire du VTT. Il fallait facile une demi-heure de marche pour atteindre le centre-ville. Le lac se trouvait à l'autre bout du monde. Sa maison, pas tellement plus près. Steph s'en foutait. Elle suivait le petit chemin de poussière qui sinuait à travers ce territoire sans fonction, bercée par le frottement répétitif de ses pas, le cœur comme une enclume. Elle se contenait, mais le chagrin, le dépit faisaient des vagues de plus en plus grosses. Elle voulut courir, mais elle s'y prenait comme une vraie godiche et finit par se ramasser de tout son long dans la poussière. Une fois debout, elle constata que ses mains saignaient un peu. Alors, les digues cédèrent d'un coup et elle se mit à chialer pour de bon, un vrai chagrin moche, avec de la morve, des hoquets et le maquillage qui fout le camp. Elle en avait le souffle coupé. À la fin, elle se retrouva soulagée, avec une impression de grande fatigue. Un bruit de moteur la surprit dans cet état. Elle se tourna pour voir. C'était l'autre con.

11

Après leur visite chez les Bouali, Anthony et sa mère se dépêchèrent de quitter la ZUP pour rejoindre la voiture. Pour ça, il fallait traverser un paysage de parkings, de parterres et de buttes herbeuses, avec du mobilier urbain tagué, des mères à poussettes, des cyclomoteurs qui ne faisaient rien que tourner en rond. Des habitants accoudés à leur fenêtre les guettaient sans dire un mot. Au loin, on voyait le viaduc qui enjambait une partie de la vallée. Des voitures filaient dessus à 130 kilomètres-heure, vers Paris, ou à l'opposé.

— Tu vois, on a bien fait, dit Hélène.

Elle était plutôt contente du déroulement des opérations. Entre elle et ce vieux type, quelque chose était passé.

— T'es pas d'accord ?

La tête enfoncée dans les épaules, Anthony marchait sans dire un mot. Il faisait sa mauvaise tête, comme s'il avait honte. Et puis cette démarche de racaille, elle l'aurait baffé.

— Arrête un peu ton cinéma. C'est quoi cette manière de marcher ?

Le garçon la foudroya du regard :

— On la reverra jamais, cette moto. C'est mort. Elle est au bled à l'heure qu'il est.

— Tu peux pas dire ça. C'est débile ces histoires.

— Mais redescends un peu sur terre, putain !

— On a fait ce qu'il fallait.

Il leva les yeux au ciel. Une nouvelle fois, la mère se retrouvait face à un étranger. Dire que dix ans plus tôt, il lui faisait des colliers de nouilles pour la fête des Mères. Ç'avait toujours été un bon gamin pourtant. Évidemment, il n'en faisait pas lourd à l'école, et puis il était du genre bagarreur, mais dans l'ensemble, elle savait à quoi s'en tenir. Quand il était tout petit, elle lui chantait *La Rivière au bord de l'eau.* Il adorait la confiture de myrtilles et ce dessin animé avec le petit Indien, Zachari, ou quelque chose comme ça. Elle pouvait encore se souvenir de l'odeur de sa tête quand il s'endormait sur ses genoux, le samedi soir, devant la télé. Comme du pain chaud. Et un beau jour, il lui avait demandé de frapper avant d'entrer dans sa chambre, et à partir de là, les choses s'étaient précipitées d'une manière assez inattendue. Maintenant, elle se retrouvait avec cette demi-brute qui voulait se faire tatouer, sentait des pieds et se dandinait comme une racaille. Son petit garçon. Elle s'énerva pour de bon.

— Petit con ! Tu veux que je te rappelle qui c'est qui l'a prise cette moto au départ ?

Anthony la défia du regard, presque haineux.

— On peut pas faire confiance à ces gens. C'est ça que tu veux pas comprendre.

— Arrête un peu avec ça ! On dirait ton père.

Curieusement, cette parole flatta le garçon.

— Je sais ce que je dois faire de toute façon, dit-il.

— Comment ça ?

Ils descendaient maintenant la côte qui menait vers le centre-ville. En bas, un rond-point desservait trois routes. L'une d'elles permettait de regagner le lotissement de la Grappe, où vivaient les Casati. Les autres menaient en ville ou vers l'autoroute. Anthony hâta le pas pour distancer sa mère. Hélène l'attrapa au col. Elle l'aurait tué.

— Pourquoi t'es comme ça ? glapit-elle. J'en ai marre ! J'en ai marre, tu m'entends ?

— Lâche-moi, fous-moi la paix !

Il se dégagea brutalement et Hélène fut alors saisie par la laideur de son fils. Depuis des mois qu'elle voyait s'accomplir sur lui les transformations de la puberté, elle avait accumulé pas mal de dégoût en elle, comme un méchant secret. Il avait l'air bête, il faisait la gueule sans arrêt. Son œil malade, qui lui donnait autrefois une bouille attendrissante, ressemblait maintenant à une infirmité. Et puis par moments, dans ses gestes, ses intonations, elle reconnaissait l'autre. Le père.

— J'en peux plus de toi ! Tu m'entends ?!

Une voiture qui montait vers la ZUP ralentit à leur hauteur. C'était des jeunes. Ils klaxonnèrent gaiement.

— Vous avez besoin d'aide, madame ?!

Anthony profita de la diversion pour la planter là. Il partit en sprint. Le jeune type dans la bagnole demanda :

— Vous voulez qu'on vous ramène ?

— Ah foutez-moi la paix ! répliqua Hélène avec un geste comme pour chasser un moustique.

Anthony dévala jusqu'au rond-point, prit sur la gauche. Ce n'était pas la route qui ramenait chez eux.

Il courut comme ça un moment, mais il ne savait pas où aller et n'avait pas l'intention de rentrer. Il en voulait à la terre entière. Il n'y a pas si longtemps, il lui suffisait de se taper des popcorn devant un bon film pour être content. La vie se justifiait toute seule alors, dans son recommencement même. Il se levait le matin, allait au bahut, il y avait le rythme des cours, les copains, tout s'enchaînait avec une déconcertante facilité, la détresse maximale advenant quand tombait une interro surprise. Et puis maintenant, ça, ce sentiment de boue, cette prison des jours.

S'il se souvenait bien, la première fièvre l'avait pris pendant un cours de bio. La prof articulait des mots extraterrestres, du genre monozygotes ou scissiparité, et tout à coup, il s'était dit qu'il ne pouvait plus. Capucine Meckert au premier rang. La couleur du linoléum. Son voisin de paillasse. L'odeur de soude et de savonnette qu'on respirait dans les labos du dernier étage. Ses ongles rongés. Cette énergie incessante qui lui brûlait la peau. Il ne pouvait plus, c'est tout. Il avait cherché la pendule sur le mur. Il restait encore une bonne demi-heure de cours et cette demi-heure, soudain, avait pris une amplitude océanique. Alors, il avait tout foutu en l'air, trousse, livres, cahiers, même le tabouret.

Dans le bureau du dirlo, ça ne s'était pas si mal passé. M. Villeminot n'ignorait rien du fonctionnement de ces mômes enfermés à longueur d'année, en proie à leurs hormones, cornaqués pour obtenir de vains brevets qui les destinaient à des formations plus ou moins prestigieuses, mais qui toutes agissaient comme autant de laminoirs d'où l'on sortait accompli ou bien brisé, c'est-à-dire disponible. M. Villeminot ne s'offusquait plus de ces coups de sang, des pelles qu'on se roule dans les coins, des consommations clandestines de drogues et d'alcool. Il se contentait d'appliquer le règlement, sans colère, sans indulgence, mécaniquement. Anthony en avait été quitte pour trois jours d'exclusion, cette incartade venant après pas mal d'autres.

Dès lors, la vie avait pris un drôle d'aspect. Il arrivait à Anthony de se lever le matin encore plus crevé que la veille. Il dormait pourtant de plus en plus tard, surtout le week-end, ce qui faisait enrager sa mère. Quand les copains le vannaient, il prenait la mouche, répliquait avec ses poings. Sans cesse, il avait envie de cogner, de se faire mal, de foncer dans les murs. Alors il partait faire du vélo avec son walkman sur les oreilles, en se repassant vingt fois la même chanson triste. Soudain, en regardant *Beverly Hills* à la télé, de hautes mélancolies le prenaient. Ailleurs, la Californie existait, et là-bas, c'est sûr, des gens menaient des vies qui valaient le coup. Lui, il avait des boutons, des baskets trouées, son œil foutu. Et ses parents qui régnaient sur sa vie. Bien sûr, il contournait les ordres et défiait constamment leur autorité. Mais tout de même, ces destins acceptables restaient hors de portée. Il n'allait quand même pas finir comme son vieux, bourré la moitié du temps à gueuler devant le JT ou à s'engueuler avec une femme indifférente. Où était la vie, merde ?

À force de marcher, Anthony avait naturellement dérivé vers les marges de la ville. Jusque loin, on voyait maintenant un panorama navrant de buttes épaisses, d'herbes jaunes. Là-bas, une carcasse de caddy abandonné. Pour ceux qui avaient de l'imagination, ça pouvait sembler romantique. Anthony n'était pas de cet avis. Il allait rebrousser chemin quand il aperçut Steph.

Aussitôt, son cœur s'emballa.

Elle était toute seule sur le petit chemin qui menait au nouveau skatepark. À cette distance, on la devinait plus qu'autre chose. Mais la queue de cheval, les fesses, il n'y avait pas de doute possible. Un petit deux-roues arrivait derrière elle, lent, cahotant, avec son chevrotement caractéristique. C'était l'autre abruti, Romain Rotier, au guidon de son minuscule Chappy.

Steph s'immobilisa pour l'attendre. L'espace entre eux se réduisait vite. Dégoûté, Anthony devinait déjà la suite.

Mais c'est tout l'inverse qui se produisit. Visiblement, Steph n'avait aucune envie de parler avec ce con et leur conversation dégénéra presque aussitôt. La jeune fille voulut reprendre sa route, mais l'autre ne voulait rien savoir. Il la poursuivit en slalomant, jouant de l'accélérateur pour se maintenir à sa hauteur. Il s'éloignait puis revenait lui couper la route. C'était horripilant, même à regarder. Quand il klaxonna, Anthony n'y tint plus et fonça tête baissée.

Il n'avait pas pensé que la distance était si importante. Il dut courir presque une minute pour les rejoindre et les deux autres eurent tout le temps de le voir venir. C'était un curieux spectacle, ce garçon traversant le paysage à brides abattues, court sur patte, increvable et tout en épaules. Romain mit le Chappy sur la béquille et prit son casque par la jugulaire, prêt à toute éventualité. Steph constatait son inquiétude. Elle se demanda si Anthony allait lui sauter directement à la gorge. Ça ne semblait pas exclu. Il arriva enfin, poussiéreux et hors d'haleine. Il souriait.

— Qu'est-ce que tu fous là ? lui lança Romain, la bouche tordue.

Anthony tâchait de reprendre son souffle, les mains sur les cuisses. En plus, il se trouvait face au soleil et ne voyait pas très bien. Malgré cela, il comprit tout de suite que Steph venait de pleurer. Son visage était tout en désordre, ses yeux cernés et rouges.

— Ça va ? dit-il.

— Ouais.

— Y a un problème ?

— Mais non. C'est bon.

Elle avait répondu avec humeur. Romain s'en amusa.

— Tu crois quoi neuneuil ? Qu'elle a besoin de toi ?

— Qu'est-ce que t'as dit ?

Il y eut quelques échanges du même niveau, du genre qu'est-ce que tu crois, pour qui tu te prends. Romain avait fait deux pas en direction d'Anthony et on sentait que l'idée de lui foutre un coup de casque en pleine gueule faisait son chemin. Anthony, justement, n'attendait que ça. Mais Steph coupa court :

— Vous me saoulez tous les deux. Je rentre.

Et ils virent qu'elle rentrait effectivement, les laissant seuls, avec leur orgueil et le vide pour public. C'était un peu triste, du coup. Romain remit son casque.

— T'as de la chance pour cette fois.

Il rejoignit sa bécane et adressa un doigt à Anthony avant de repartir comme il était venu, peeeeet petpetpet peeeeet, puis le bruit s'estompa, Romain disparut dans un maigre nuage de poussière.

De l'autre côté, la zone, étouffée de calme, faisait ses vagues immobiles et le soleil en glissant produisait sur la vallée un riche effet de nuances mordorées, de dorures brunes. La silhouette de Steph avait déjà beaucoup rapetissé. Le garçon se dit qu'il allait la suivre. Il n'avait pas l'intention de la rattraper, il voulait seulement la suivre un peu. Il se mit donc en route et l'escorta en silence, en prenant garde de laisser entre eux une bonne centaine de mètres. Bientôt, la jeune fille constata qu'elle n'était pas seule. Elle s'immobilisa. Anthony fut bien forcé de la rejoindre.

— Qu'est-ce que tu fais ?

— Rien.

— Pourquoi tu me suis ?

— Pour rien.

— Tu veux me dire quelque chose ?

— Non.

— T'es un pervers ou quoi ?

— Mais non.

— Ben alors ?

— Alors, rien.

Pourtant, il continua à la suivre. Steph se sentait de plus en plus lasse, déprimée. Elle n'avait pas envie qu'on la voie en ville avec ce reuleuleuh. Elle ne voulait pas non plus se retrouver toute seule chez elle. Le soir venant, une anxiété vague monta. Ils se trouvaient maintenant le long de la départementale qui allait vers Étange. Steph marchait sur le bord de la route, dans l'herbe morte. Lui l'imitait, trente mètres derrière. Une nouvelle fois, elle le laissa venir.

— Tu vas me suivre comme ça jusqu'où ? T'en as pas marre ? T'as pas autre chose à foutre ?

Il haussa les épaules. À présent, elle parlait sans animosité, plus pour le taquiner qu'autre chose.

— T'espères quoi en fait ?

— Rien. Je voulais discuter, c'est tout.

— Et ça t'arrive souvent de suivre des meufs comme ça ?

— Jamais.

— Tu te rends compte que t'es flippant, hein…

Il tâcha de trouver un sourire rassurant.

— Je voulais pas te faire peur.

— Ouais… Bon.

Elle sembla alors chercher quelque chose dans le paysage. À force de parcourir le coin à pied, à vélo, en scoot, en bus, en bagnole, elle connaissait la vallée par cœur. Tous les mômes étaient comme elle. Ici, la vie était une affaire de trajets. On allait au bahut, chez ses potes, en ville, à la plage, fumer un pet' derrière la piscine, retrouver quelqu'un dans le petit parc. On rentrait, on repartait, pareil pour les adultes, le boulot, les courses, la nounou, la révision chez Midas, le ciné. Chaque désir induisait une distance, chaque plaisir nécessitait du carburant. À force, on en venait à penser comme une carte routière. Les souvenirs étaient forcément géographiques. Steph eut une idée.

— Ça te dit de boire un coup ?

Ils revinrent sur leurs pas pour prendre la route en lacet qui grimpait vers le *point de vue*. Celle-ci était bordée d'arbres et de jolies maisons construites récemment par des gens qui bossaient au Luxembourg. À mesure qu'on progressait vers le sommet, la végétation gagnait en densité, et l'ombre aussi. Steph et Anthony marchaient côte à côte, se cherchant du coude. Peu à peu, la fatigue du dénivelé montait dans leurs jambes. Ils allaient en silence. Anthony était content. Il avait souhaité tout ça tellement fort.

Bientôt, ils purent entrevoir la silhouette de la Vierge qui se dressait là-haut. C'est la famille Wendel qui avait payé pour ce monstre de piété qui, du haut de ses dix mètres, veillait sur le sommeil des ouvriers. Des décennies plus tard, la tête inclinée et les bras ouverts, elle continuait à bénir Heillange. Quand on se trouvait à ses pieds, c'était tout de même très impressionnant.

— Y a un obus qui l'a touchée pendant la guerre, fit Anthony.

— Je sais bien, répondit Steph.

C'était leur histoire à tous. Steph lui demanda de patienter deux secondes et disparut derrière le socle. Levant les yeux, le garçon trouva les traits bienveillants de la statue, le lourd drapé de sa robe, l'aspect lisse du métal où la rouille commençait son lent travail de sape. Quand la jeune fille reparut, elle tenait une bouteille de vodka.

— C'est quoi ?

— On est venus picoler ici l'autre jour. On avait laissé une bouteille.

— Cool.

Elle dévissa le bouchon, qui émit un craquement neuf, et porta la bouteille à ses lèvres.

— Elle est chaude, dit la jeune fille en grimaçant.

— Fais voir.

Anthony but à son tour. C'était vraiment infect.

— C'est ignoble, hein ?

— Grave.

— Repasse voir la bouteille.

Steph s'envoya encore une bonne rasade avant de se rendre vers la table d'orientation qui s'arrondissait face au vide. Elle grimpa dessus pour s'asseoir et regarder le paysage, les jambes ballantes. Anthony la rejoignit d'un bond. Elle lui tendait déjà la bouteille.

— Ça fait quand même du bien.

— Ouais.

Au loin, on voyait couler la Henne, tortueuse et scintillante. Il se faisait tard, décidément, dans la vallée. Sur le visage d'Anthony, des lueurs rasantes soulignaient des imperfections, un peu de duvet sur la lèvre, un bouton à l'aile du nez. À son cou, une veine palpitait. Il se tourna vers Steph. Tous deux ne représentaient rien dans cet espace qui n'était déjà pas grand-chose. Un affluent passait à travers une vallée où des hommes avaient construit six villes et des villages, des usines et des maisons, des familles et des habitudes. Dans cette vallée, des champs géométriques, de blé ou jaune colza, découpaient des patchworks méticuleux sur un relief d'ondes. Des reliquats de forêts couraient entre les parcelles, joignaient des hameaux, bordaient des routes grises où passaient dix mille poids lourds par an. Parfois, sur le vert mordant d'un vallon, un chêne poussait tout seul, semblable à une tache d'encre soufflée.

Dans cette vallée, des hommes étaient devenus riches et avaient construit de hautes maisons qui dans chaque bled narguaient l'actualité. Des enfants avaient été dévorés, par des loups, des guerres, des fabriques ; à présent, Anthony et Steph étaient là, constatant les dégâts. Sous leur peau courait un frisson intact. De même que dans la ville éteinte se poursuivait une histoire souterraine qui finirait par exiger des camps, des choix, des mouvements et des batailles.

— Tu voudrais pas sortir avec moi ?

Steph faillit éclater de rire, mais la gravité du garçon l'en dissuada. Il fixait le paysage sans ciller, têtu et beau. La vodka avait fait son petit effet et Steph ne le trouvait plus si petit, au fond. Et puis l'habitude modifiait ce visage qu'elle voyait maintenant de profil, sans cette inexactitude de la face. Il avait de longs cils bruns, des cheveux emmêlés et noirs. Elle oubliait de se méfier. Se sentant observé, le garçon se tourna vers elle. L'œil à demi clos reparut. Elle sourit, embarrassée.

— Pourquoi tu me demandes ça ? dit-elle.

— Je sais pas. T'es belle.

La lumière peu à peu faiblissait. Il ne fallait pas rentrer surtout. Anthony se dit qu'il allait prendre sa main. Le devinant, elle s'éloigna un peu.

— T'habites où ?

Il lui montra.

— Et toi ?

— Là-bas.

Elle fixait la juxtaposition touffue des toitures, l'entrelacs des vies dans le creux, sous le pont. Elle était venue là cent fois et connaissait ce panorama sur le bout des doigts. Elle y trouvait tout de suite des repères. Elle mesurait comme tout ça était insuffisant.

— Je vais me casser. Dès que j'ai le bac, je me tire d'ici.

— Tu veux aller où ?

— À Paris.

— Ah bon ?

Pour Anthony, Paris était un truc abstrait et creux. Paris c'était quoi ? *7 sur 7*. La tour Eiffel. Les films de Belmondo. Un genre de parc d'attractions, en plus prétentieux. Il ne comprenait pas très bien ce qu'elle irait foutre là-bas.

— J'irai, je m'en fous.

Pour Steph, en revanche, Paris était noir et blanc. Elle aimait Doisneau. Elle y allait à Noël avec ses parents. Elle se souvenait des vitrines et de l'Opéra. Elle serait parisienne un jour.

Ils burent encore et puis elle annonça qu'elle devait rentrer.

— Déjà ?

— Il est presque 8 heures. Ma mère va me défoncer.

— Tu veux que je te raccompagne ?

Elle prit un peu d'élan et jeta la bouteille très loin vers la ville. L'objet décrivit une longue courbe d'une beauté balistique. Ils la suivirent tous deux des yeux avant qu'elle ne disparaisse à quelques dizaines de mètres en contrebas, dans un froissement de feuillage.

— Non, dit Steph, ça va aller.

Après son départ, Anthony regarda le soleil tomber. Il ne pleura pas, mais c'est pas l'envie qui lui manquait.

12

Hélène Casati avait pris un jour exprès, comme elle le faisait de temps en temps. Dans ces cas-là, elle faisait comme d'habitude, levée la première, à 6 heures, et puis le petit-déj' en écoutant Europe 1. Elle aimait bien les chroniques de Philippe Aubert. Il était marrant et savait parler des femmes, surtout de Mathilda May.

À la maison, une routine très précise régulait les occupations du matin, décidant de l'usage de la cuisine, de la salle de bains, des toilettes. L'objectif était d'éviter les face-à-face, parce que personne ne se levait du bon pied chez les Casati. Pourtant, les repas sont des moments privilégiés dans une vie de famille. C'est ce que disait Mme Dumas, l'assistante sociale qu'on leur avait assignée après l'accident. Hélène se souvenait de cette grosse femme énergique qui parlait sans desserrer les dents. Quand elle s'asseyait dans leur cuisine, ses cuisses prenaient des proportions vraiment affolantes. Elle prodiguait alors ses conseils et se faisait montrer les comptes. Hélène détestait la voir fourrer son nez dans leurs affaires.

— Je fais de la compta, vous savez.

— Je sais bien, répondait Mme Dumas. Mais on doit pouvoir améliorer ça.

Mme Dumas souriait, appliquée, toujours égale, dépiautant les souches de carnets de chèques en portant régulièrement son index à sa bouche. Elle était vraiment à son affaire. Le juge l'avait mise là pour le bien de l'enfant. Jusqu'à un certain point, Hélène pouvait comprendre cette mesure. Même Patrick faisait des efforts. Les événements s'étaient enchaînés tellement vite.

— Vous êtes conscients que vous avez besoin d'aide ?

Le couple répondait oui. Dans le bureau du juge, Anthony avait ses habitudes dans le petit coin des jouets. Une fois, il s'était plaint de ne pas retrouver le schtroumpf à lunettes. Un autre gamin avait dû l'embarquer.

Évidemment qu'ils avaient besoin d'aide. En attendant, cette Mme Dumas vous rendait cinglé avec son sourire infatigable et cette bienveillance qui n'en finissait pas. Hélène pensait ne plus avoir la moindre indulgence de réserve pour son mari, mais le comportement de l'assistante sociale les avait presque réconciliés. La grosse femme n'avait de cesse de détailler ses habitudes, le nombre de canettes, les clopes chaque jour, ses copains, ses fusils, la moto, les mots qu'il employait devant le gosse, même sa manière de bouger. Elle rectifiait chaque manie, pour faire fonctionner cette famille comme il faut. On progresse, on progresse, répétait Mme Dumas, son leitmotiv juste avant de blâmer et prescrire. Le père et la mère pliaient, bien obligés. Vous parlez de quoi pendant les repas ? Vous demandez à votre femme comment s'est passée sa journée ? Les joues de Patrick s'enflaient. Qu'est-ce qu'il pouvait répondre à ça ? Vous pouvez aller au musée aussi, c'est gratuit pour les chômeurs.

Quoi qu'il en soit, les Casati avaient dû expérimenter ces petits-déjeuners partagés, limite civiques et à l'américaine, avec céréales et fruits frais. Hélène se souvenait encore du bruit que faisait Patrick en aspirant son café. Elle revoyait le môme remuant son muesli. Il n'aurait pas été plus dégoûté si on lui avait donné de la boue. À la fin, elle lui avait dit d'aller boire son Nesquick devant la télé. Elle et Patrick s'étaient retrouvés seuls, incapables de dire un mot, humiliés.

Une autre fois, Hélène avait organisé une visite à Europa-Park. Pour supporter les queues aux manèges, cette chaleur et tous ces cons, le père avait bu continuellement, peut-être cinq litres de bière en tout. C'était l'avantage des parcs d'attractions allemands, on trouvait de la Spaten à la pression dans tous les coins. Au retour, c'est Hélène qui avait pris le volant et ils avaient dû s'arrêter cinq fois pour que Patrick puisse soulager sa vessie sur le bord de la route. Anthony avait été content de sa journée. Il était petit encore, il ne se rendait pas compte.

Quand cette période de surveillance administrative avait pris fin, Mme Dumas avait rendu un rapport qui n'était pas très favorable, mais le juge des enfants gérait près de cent cinquante dossiers par an, et des cas autrement plus dramatiques. On leur avait donc foutu la paix. Au fond, ce qui chagrinait Hélène, c'était de voir que cette histoire de mauvaise chute, inventée de toutes pièces, était devenue la vérité pour tout le monde. Même Anthony soutenait cette version quand on lui demandait. Mais Hélène avait la mémoire dure.

Hélène avait bien failli l'annuler, sa fameuse journée en célibataire. Déjà, parce qu'il y avait eu un orage la veille et que ça ne servait à rien de poser des jours en cachette si c'était pour finir enfermée dans une salle de ciné. Et puis cette histoire de moto la rendait à moitié folle. Depuis une semaine qu'elle avait disparu, elle y pensait le jour et la nuit, sursautant à chaque fois que Patrick ouvrait une porte. Cette bécane ne valait pourtant rien, et ne servait plus. Ils n'avaient même pas les moyens de l'assurer. Mais elle savait qu'au moment où Patrick découvrirait le pot aux roses, il perdrait complètement les pédales. Quand on pensait qu'il avait voulu aller chez les voisins avec une manivelle parce qu'ils tardaient à leur rendre la machine à raclette.

Mais elle avait besoin de cette journée, un peu d'air.

Elle était donc partie la première, alors que Patrick était sous la douche et qu'Anthony dormait encore. Au volant de sa vieille Opel Kadett, elle avait pris la direction de Guérémange. C'était un peu comme faire le mur, elle était tout excitée. Elle filait maintenant sur la départementale. Dans le pare-brise, de minces nuées rehaussaient le bleu du ciel. Là, un avion en partance traçait sa ligne aussitôt dissoute. Elle baissa la vitre pour respirer la bonne odeur du pétrichor, une odeur mouillée et noire et qui rappelait la rentrée des classes, une odeur de lendemain et de nostalgie. Il allait faire très beau aujourd'hui, ils l'avaient dit à la radio.

Elle fit un premier arrêt au Carrefour pour s'acheter de quoi manger, du pain, une tomate, une bouteille d'eau minérale et *Femme actuelle*. Puis elle reprit la route. En arrivant sur le parking de la piscine, elle regarda sa montre. Il n'était même pas 10 heures. Elle avait toute la journée devant elle. Elle se sentait loin, libre, c'était parfait. Elle régla son ticket à la caisse. La femme qui se trouvait là était une ancienne copine d'école. Elles s'étaient reconnues et échangèrent un sourire entendu, ça suffisait. Puis Hélène alla s'enfermer dans une cabine. Là, elle enfila son maillot deux pièces. Elle l'avait acheté deux ans plus tôt, mais ça allait, il restait bien dans l'air du temps, échancré sur les cuisses, jaune et qui remontait assez haut sur le ventre. Il valait mieux être un peu bronzée pour porter un truc pareil. Hélène l'était tout l'été. Pour finir, elle se fit un chignon, noua un paréo autour de ses reins, prit son sac et hop, elle fila vers le bassin en plein air, ses lunettes de soleil en guise de serre-tête. Ses pieds touchaient à peine le sol. Même, elle fredonnait.

La piscine de Guérémange était un modèle du genre, creusée dans les seventies, longue de cinquante mètres, avec des plots en béton et des dalles de gravillons, décatie et moderne, deux mètres de profondeur tout au bout. Tôt le matin, il n'y avait pas grand monde, à part les acharnés qui faisaient des longueurs avant l'heure d'affluence. Hélène se choisit une chaise longue d'où elle pouvait voir venir les baigneurs qui sortaient des vestiaires. Au passage, elle adressa un petit signe à un couple de sexagénaires indéboulonnables. La femme tricotait tandis que l'homme lisait un journal déplié à ses pieds. Ils passaient là le plus clair de leurs étés, huilés des pieds à la tête, caramélisés et grisonnants. Après l'heure du déjeuner, ils s'autorisaient une petite sieste en plein cagnard et on apercevait alors leur voûte plantaire, qui donnait une idée assez exacte de leur couleur d'origine. Ces deux-là venaient d'un monde presque achevé, où les bains de soleil se concevaient comme thérapeutiques. Ils ne buvaient pas, ne fumaient pas, se couchaient tôt et chaque jour flambaient en plein soleil.

Hélène dénoua son paréo, étendit sa serviette et s'allongea. Un soupir d'aise se fraya un chemin entre ses lèvres. Elle essaya de ne plus penser à rien. Son long corps s'étalait sous ses yeux, apparemment lisse. Elle le considéra sans indulgence, inspectant ses fesses, ses cuisses, faisant émerger un peu de peau d'orange du plat de la main. Mais quand elle relâchait, la surface reprenait son aspect irréprochable. Sa peau, peu à peu, était devenue une étendue complexe, une mémoire. Au jour le jour, les changements étaient indécelables. Et puis un matin, elle constatait une variation, un aspect fripé, une veinule grenat apparaissait sans prévenir. Son corps en secret semblait mener une vie bien à lui, une insurrection lente. Comme beaucoup de femmes de son âge, Hélène s'astreignait à des régimes saisonniers. Un pacte étrange s'établissait entre elle et son corps, les privations devenant une monnaie légale dans cette économie du retour en arrière. Il suffisait d'échanger de la souffrance contre de la vitalité, du vide contre du lisse, de la continence contre de la plénitude. Pour tout dire, ça marchait moyennement. Elle toucha son ventre, tapota l'intérieur de son nombril avec son index, ce qui produisit un petit bruit mat et rond. Elle sourit et se leva. Le temps passait, et alors ? Son cul rentrait toujours dans ce 501 troué qu'elle avait retrouvé au fond de son armoire. Les mecs continuaient à se retourner sur son passage.

Dans le bassin, les mouvements des nageurs provoquaient un lointain froufrou d'écume, un remous scintillant et bleu. En arrivant au bout, les plus aguerris exécutaient une culbute brutale, rejaillissant ensuite sous l'eau, tendus et flous. Hélène pouvait sentir le lent nappage du soleil sur ses pommettes et son nez, la douleur sur ses cuisses. Elle avait chaud, elle était bien. Elle se leva pour rejoindre le bord, les pieds en équilibre sur la margelle. Elle tendit les bras par-dessus sa tête. En théorie, le bonnet était obligatoire. Elle plonge.

Dans l'eau fraîche, Hélène nage le crawl, des gestes appris il y a trente ans à l'école municipale. En retrouvant leur répétition idiote, elle renoue avec un bien-être sans question. Très vite, un peu de chaleur monte de ses articulations, de ses épaules. L'effort produit son territoire abrité, où elle se love avec bonheur. Elle sent son ventre se creuser, ses épaules qui tirent. Chaque bouffée d'air qu'elle prend à la surface est un baiser.

Après une longueur, elle s'arrime au mur pour reprendre son souffle. Le million de reflets hésitant à la surface lui pique le visage. Elle bat des paupières pour chasser les gouttes qui perlent de ses cils. Sous la brise, sa peau se hérisse. C'est un plaisir miraculeux. Tout ce qui signale l'existence de son corps la remplit de joie.

Car chaque jour, tout conspire contre ce corps. Son mari qui ne la baise plus. Ce fils pour lequel elle se ronge les sangs. Le travail qui l'affadit à force d'immobilité, de tâches dénuées de sens, de mesquineries toujours reconduites. Et le temps évidemment, qui ne sait rien faire d'autre.

Alors elle résiste. Quand elle avait dix-sept ans, c'était déjà la même histoire. Avec sa frangine, elles aimaient bien danser. Elles se tapaient des mecs, séchaient les cours. Elles s'achetaient des soutifs pointus. Elles écoutaient *Âge tendre* à la radio. Dans le quartier déjà, on disait les salopes, parce qu'elles refusaient la règle du compte-gouttes, celle qui fixe les étapes, la bonne mesure. Hélène avait le plus beau cul d'Heillange. C'est un pouvoir qui vous échoit par hasard et ne se refuse pas. Les garçons ont alors des yeux de veau, ils deviennent sots, prodigues, vous pouvez les choisir, les échelonner, aller de l'un à l'autre. Vous régnez sur leurs désirs imbéciles et dans cette France de la DS et de Sylvie Vartan, où les filles étaient cantonnées aux fiches cuisine et aux rôles de midinette, c'était presque déjà la révolution.

Le plus beau cul d'Heillange.

C'est ce que lui dit Gérard, un soir qu'il la raccompagne chez elle. C'est un costaud avec une canadienne en cuir. Il la porte comme un rien et elle adore cette légèreté des bras de Gérard. Il a vingt ans et bosse dans un atelier de ferronnerie. Le samedi, il vient la prendre avec sa *bb sport*. Il la sort et ils font l'amour dans les coins, debout derrière la buvette, dans la campagne le dimanche après-midi, là où ça peut. Gérard est ambitieux. Après son service militaire, il compte partir. À chaque fois qu'il se reboutonne dans un champ de colza, il lui détaille son plan de carrière. Il ira faire des chantiers à l'étranger, ils auront des mômes, des vacances à la mer, ils feront construire une maison avec trois chambres. Quand il est en verve, il énumère même les outils accrochés dans son atelier hypothétique, qui jouxtera le garage, celui aux deux voitures. L'hiver, il y aura un feu de cheminée. Avec un peu de chance, ils iront même au ski, ça dépendra. Allongée sur le dos, les yeux perdus dans le bleu, Hélène écoute. Entre ses cuisses, elle sent quelque chose de chaud qui coule. Elle espère que ce n'est pas ce qu'elle croit. Elle lui demande. Il a pris ses précautions, pas de problème. Est-ce que ça serait si grave après tout ? Non. Une famille, deux bagnoles, vivre là, ce sera bien.

Hélène est repartie pour cinquante mètres. Ses jambes déjà lui font mal. Elle manque de souffle et se sent vieille. Mais après cet engourdissement déprimant des dix premières longueurs, elle sait qu'un second souffle viendra qui chassera ses idées noires. Il faut surmonter le froid et l'asphyxie, et cette lassitude qui est comme une boue. Il faut tenir, persévérer dans l'absurde répétition des longueurs. Les pensées lui passent à travers la tête, des souvenirs, le vague à l'âme. La natation est un sport d'endurance, donc d'ennui. Elle fixe le fond du vieux bassin, auquel il manque de petits carreaux de faïence. Le soleil frappe l'eau selon un angle aigu qui produit des éclairs, des ombres, des éblouissements. Chaque traversée recèle ses étapes. Hélène nage.

La première fois qu'elle rencontre Patrick, il a la jambe plâtrée. Elle a dix-huit ans et porte une robe vichy. Une cousine se marie, Hélène a mis des talons, ce qui n'est pas son habitude et lui donne l'air un peu gourde, une maladresse de girafon. Les autres filles jasent dans son dos. Avec sa sœur, elles font bloc. Hélène a l'habitude de voir les autres filles l'envier et médire. Avec ce cul, ce visage, cette chevelure de scandale, elle sait qu'elle menace des équilibres mineurs, des positions et des conforts. Hélène pourrait par exemple, si elle le souhaitait, mettre Bernard Claudel dans son lit, alors qu'il sort avec Chantal Gomez depuis presque dix-huit mois et qu'ils se marieront l'année suivante. On dit la salope, ce qui signifie qu'elle est une menace et qu'elle peut régler certains problèmes à l'aide de son corps. Le terme salope détermine ici une puissance injuste qu'on lui envie et qu'on voudrait juguler, par précaution, de crainte de voir certaines choses auxquelles on tient devenir soudain fragiles, du sable. La morale, en l'occurrence, poursuit un projet politique qui ne dit pas son nom, celui de contenir les possibilités de désordre que recèle Hélène. De restreindre les effets de sa beauté. De rabattre cet excès de pouvoir dont elle dispose grâce à son cul.

Gérard n'a pas pu venir à cette noce au cours de laquelle Hélène rencontre Patrick. Il ne voit donc pas ces regards qu'ils échangent. Avec cette jambe immobile, Patrick est bien embêté.

Il ne peut pas danser, il reste dans son coin. Il a l'air triste, ou songeur, ce qui lui donne un petit côté Mike Brant assez craquant. Quand la noce se dispersera, Hélène trouvera le moyen de monter dans la Simca qui ramène Patrick chez lui. Après ça, il faudra se revoir en cachette, concilier les familles, s'assagir. Ce sera facile. L'amour peut tout à ce moment-là de leur vie. Plus tard encore, ils prendront un petit appartement et feront des projets. Une famille, deux bagnoles, vivre là, ce sera parfait.

En tout cas, Hélène ne reverra plus Gérard. Elle apprendra vingt ans plus tard qu'il est effectivement parti travailler à l'étranger, en Tunisie, en Égypte, jusqu'en Inde. Devenu soudeur de haut vol, il sera employé par des entreprises aéronautiques, nucléaires ou agroalimentaires. Peu à peu, celles-ci deviendront plus puissantes que des États et garantiront à Gérard des conditions de vie et des protections qu'octroyaient jadis des nations battant monnaie et déclarant des guerres. Hélène apprendra que Gérard s'est installé en Paca, dans un village pas très loin de Martigues, où il a fait construire une villa de deux étages avec une piscine et qu'il conduit une Audi. Qu'il s'est marié à une Antillaise aux cheveux courts, ce qui ne l'a pas empêché de voter pour le FN une ou deux fois. Deux enfants, des copains, des calculs rénaux, un voisin qui l'emmerde avec la hauteur de la haie, Gérard ne s'ennuie pas. Hélène apprendra qu'il a contracté la passion des voyages. Ce qui signifie qu'une fois par an, il va vérifier sur place l'existence de paysages qu'il a vus à la télé. Vegas, Madagascar, le Viêtnam. Hélène apprendra tout ça à l'occasion d'un enterrement. C'est toujours là qu'on croise de vieilles connaissances.

Hélène sent venir ce second souffle qu'elle attendait. La difficulté s'amenuise, laissant la place à un sentiment ample, de délassement et de regain. Elle se dit qu'elle peut faire encore mille mètres sans problème. Ensuite, elle se sentira mince et ragaillardie. Il suffisait de surmonter ce moment ingrat où le corps renâcle et l'esprit s'ingénie. À présent, tout va bien. Hélène a bientôt quarante ans. Il arrive encore qu'on dise la salope, mais c'est plus rare. Elle a de beaux restes et ne voit pas pourquoi elle devrait cacher ses jambes, son ventre ou bien son cul. Surtout, elle veut encore sa part d'amour. À cette pensée, elle sourit dans l'eau qui garde le secret de son appétit invariable pour les hommes. Parfois, quand elle est en voiture, il lui arrive de devoir s'arrêter en catastrophe sur le bord de la route pour se caresser et jouir très vite, tandis qu'un semi-remorque de trente-deux tonnes passe en trombe et secoue l'Opel Kadett. Dans son ventre, tout est encore là, intact, son besoin de mains et de regards, et entre ses jambes la possibilité d'un plaisir qui échappe au règlement intérieur du bureau, au code de la route, à son contrat de mariage et à la plupart des autres lois. On ne lui enlèvera pas ça.

Hélène a couché quelque temps avec un collègue du boulot. C'était un garçon sans histoires qui portait des chemisettes Eden Park et des pantalons à pinces. Elle le voyait passer quand il allait prendre son café. Il avait de jolies fesses et des cheveux, ce qui, passé un certain stade, tient lieu de tout. À la fête de Noël, elle avait trop bu et, au moment de dire au revoir, elle l'a plus ou moins embrassé sur la bouche. Ils ont commencé à se tourner autour. Un soir, au moment des bilans de fin d'année, elle est restée plus tard et il a attendu, enfermé dans son bureau. Ils ont fini par se trouver et se sont embrassés à pleine bouche. Hélène avait presque oublié. Comme des gamins, des pelles accélérées et fébriles, avec les doigts qui s'accrochent et le cœur paniqué. Elle a sorti sa queue de son pantalon à pinces. Il est rentré presque aussitôt dans sa chatte. Debout, vêtus, agités et maladroits, une minute a suffi. Dès le lendemain, ils sont allés à l'hôtel. Dans le feu de l'action, il l'a baisée sur la moquette. L'idée n'avait rien pour déplaire à Hélène. En revanche, elle a déchanté en constatant les brûlures sur ses genoux. Patrick n'a même pas fait gaffe, mais par la suite, il n'a plus été question de baiser à quatre pattes par terre comme ça.

Hélène se dit que trente longueurs, c'était bien déjà. Elle rejoint le bord, avec au cœur ce sentiment si plaisant du devoir accompli. Pendant qu'elle nageait, des gamins sont arrivés, seuls ou par deux, des garçons et des filles entre quinze et dix-sept ans. Ils se sont installés sur les degrés de béton qui font des gradins le long du bassin. Elle en connaît certains de vue. Dans le coin, on finit toujours par reconnaître un visage. En les regardant, Hélène a comme un pincement. Ils bavardent, ils sont de bonne humeur, insouciants et parfaits. L'eau et les heures d'entraînement ont fabriqué ces corps faits pour la vitesse. Les filles et leurs cuisses fuselées, leurs épaules larges. Les garçons avec leurs têtes d'enfant perchées sur des bustes de culturistes.

Bonne joueuse, Hélène sourit et rejoint sa chaise longue. Elle se laisse sécher au soleil. L'entraîneur est arrivé et distribue ses consignes aux nageurs, qui vont ensuite s'aligner derrière les plots. Les premiers plongent. Les autres suivent, synchroniques et dociles, soulevant à peine quelques gouttes quand ils pénètrent dans l'eau. Elle observe leurs longues coulées sous-marines. Bientôt, les deux lignes sont encombrées de leurs battements réguliers. Ils vont vite, sous le soleil, ils sont jeunes, et mourir n'existe pas.

Hélène se plonge dans son magazine et laisse vagabonder son esprit. Il est plus de 11 heures et les abords de la piscine commencent à fourmiller de monde. Après le déjeuner, elle somnole un moment sous le parasol. Vers 15 heures, une sorte de torpeur s'abat sur le bassin. La chaleur est accablante. Pour se rendre aux toilettes, il faut marcher sur la pointe des pieds. Les gens cherchent l'ombre. Dans l'eau, un magma d'enfants qui éclabousse et s'époumone.

Un peu avant 16 heures, ce grand type aux yeux clairs arrive, avec sa drôle de dégaine, encombrée, roulante, genre John Wayne ou Mitchum. Hélène ne l'attendait pas spécialement, mais elle espérait quand même un peu sa venue. Il va déposer ses affaires sur les gradins avant de se baigner. Hélène est une habituée de la piscine et lui aussi. Une fois, avec Line, elles se sont bien amusées à le mater et à imaginer des trucs, son métier, son nom, sa voix, les bruits qu'il fait pendant l'amour, s'il a des gosses et ses petites manies, ce genre de chose. Elles lui ont même trouvé un surnom, Tarzan. Ce grand corps robuste et maladroit. Hélène le regarde nager un moment puis l'oublie. Quand il ressort du bassin, elle observe ses longs bras, ses épaules larges, l'eau qui ruisselle sur son ventre. Il jette alors un regard dans sa direction et un grand vide se fait dans l'estomac d'Hélène. Elle revient précipitamment à son magazine. Elle voudrait se cacher. Il va venir. Il vient. Évidemment pas. Il a regagné sa place et se sèche avant de quitter la piscine. Une prochaine fois. Elle est ridicule et s'amuse comme une gamine.

La parenthèse était finie.

En rentrant, Hélène se sentait encore légère comme une plume. Elle conduisait lentement, peu pressée d'arriver, un coude dehors. À la radio, une chanson triste de Dalida. Elle aurait dû organiser ça plus souvent, ces escapades lui faisaient un bien fou. En passant devant la maison de ses beaux-parents, elle se souvint d'un réveillon avec toute la famille, d'après-midi passés à table. Ils étaient morts depuis pas mal de temps maintenant. Tout était là, chaque rue épelait son histoire, chaque façade énonçait un souvenir. Elle glissa devant la caserne des pompiers, contourna l'école primaire, et son regard fut attiré par un long filet de fumée noire qui montait au loin. À mesure qu'elle approchait de la maison, elle le vit grossir et commença à renifler des effluves de plastique fondu et de carburant brûlé. Un pli soucieux s'était creusé entre ses sourcils. C'était tout près de chez eux. Elle se mit à prier pour qu'il ne soit rien arrivé. Une fois dans le lotissement, elle traversa deux pâtés de maison avant de découvrir un attroupement de voisins. Tous regardaient le feu. C'était la moto qui cramait, cassée, fondue, reconnaissable entre mille.

Hélène tira sur le frein à main et sortit de la voiture sans même prendre la peine de refermer la portière derrière elle. Ses jambes la soutenaient à peine. Les gens la regardaient venir. Elle avait une mine superbe, ses cheveux flambaient, électrisés de chaleur, devenus fous après sa baignade. Sur son passage, quelqu'un précisa que c'était encore un coup de ces petits bicots. Une voix l'appela :

— Hélène !

Évelyne Grandemange venait de s'extirper du petit groupe des curieux, son éternelle Gauloise à la main. Elle portait un chemisier blanc sur lequel la fumée avait laissé un sombre coup de langue. Elle était complètement catastrophée, tremblante. Elle bafouillait.

— Votre mari vous cherche partout. Il a pris le camion. Il vous cherche partout.

Hélène pensa à son fils et se précipita vers sa voiture.

— Attendez ! dit Évelyne Grandemange. Qu'est-ce qu'on va lui dire ?

— Je reviens tout de suite, promit Hélène.

— Les pompiers arrivent, attendez.

Mais Hélène était déjà repartie. Elle devait retrouver Anthony. Elle était tellement paniquée, il lui fallut presque une minute avant de passer la seconde.

13

Pour démarrer un scoot quand on n'a pas la clef, un tournevis suffit. Anthony avait piqué le sien chez Romand, l'atelier de réparation situé rue du Général-Leclerc. Il y passait de temps en temps pour regarder bosser les mécanos. Didier l'autorisait parfois à prendre une bécane pour faire un tour. C'est comme ça qu'il avait pu conduire une CBR 1000. Ces engins-là vous envoyaient directement sur la lune.

En attendant, il marchait dans le centre-ville, son sac à dos sur les épaules, son tournevis dans la poche. Il allait vite, le regard fixe. Il était passé chez Manu et celui-ci avait paru ravi de le dépanner. Je te l'avais bien dit, avec ces gens-là, t'as pas trente-six solutions. Dans son dos, le poids du MAC 50 ne faisait aucun doute.

Après avoir longé le boulevard Sainte-Catherine, il prit par la rue Michelet. Au bout, il vit ce qu'il cherchait. Des deux-roues alignés sur un trottoir. Il y en avait toujours devant le Metro. En approchant, il compta trois scoots et une mob. Seule la 103 bénéficiait d'un antivol. Dans ses poches, il lui restait un billet de 50. Il se dit qu'il pouvait aussi bien faire une dernière partie de flipper avant d'y aller. Il poussa la porte du Metro.

À l'intérieur, deux rangées de bornes d'arcades et des joueurs, Des joueurs, jeunes, surtout des mecs, qui s'escrimaient précipitamment dans une atmosphère irrespirable. Au fond, un vaste miroir prolongeait la perspective et reprenait le chatoiement enfumé des écrans électroniques. Le proprio se trouvait à mi-chemin, dans une espèce de cage vitrée. Son job consistait pour l'essentiel à faire de la monnaie en fumant des Marlboro ;

les ados venaient d'ailleurs autant là pour fumer à l'abri des regards que pour jouer à *Shinobi*. L'endroit était plutôt clairsemé à cette heure, mais le samedi après-midi, ou après les cours, c'était la cohue. Anthony demanda des pièces de 5 et se dirigea vers les flippers qui se trouvaient tout au bout. Il se voyait venir dans le miroir, une silhouette courte dans le battement bleu des écrans. Il mit 20 balles dans le *Famille Addams* et joua brièvement, mal, la tête ailleurs, les billes coulant les unes après les autres. Il acheta encore cinq crédits, avec le même résultat. Après avoir essuyé ses mains sur son jean, il hésita un moment. Deux meufs surmaquillées sirotaient du Coca près de l'entrée. Un type inscrivait ses initiales dans les High Scores d'*Arkanoïd*. Là-bas, deux garçons s'excitaient sur un jeu de baston japonais, muets, en nage. Le plus petit pianotait à une vitesse véritablement phénoménale et, de temps en temps, une goutte de sueur glissait le long de son nez avant de s'écraser par terre. La musique s'interrompit le temps de changer le CD et on entendit alors le ronron puissant de la soufflerie. Anthony fit une dernière partie tout aussi calamiteuse en écoutant les Beach Boys, puis asséna un coup de latte dans le flipper, qui tilta en clignotant avec ostentation. Il n'avait plus une thune. Il se sentait nerveux, irrésolu. Son ventre le faisait souffrir depuis des heures maintenant.

Il faut dire que depuis la veille au soir, les choses avaient pris un tour assez définitif. Anthony se prenait une petite frite à l'Antalya quand sa mère avait déboulé de nulle part. Avec sa bagnole, elle n'avait pas hésité à faire demi-tour et à traverser le terre-plein pour le rejoindre. Au passage, elle avait failli emporter une partie de la terrasse du Turc et deux clients.

— Monte !

— Qu'est-ce qui se passe ?

— Monte, je te dis !

Anthony avait obéi en vitesse. Sa mère le cherchait depuis un bon moment déjà. Elle était défaite, les cheveux n'importe comment. Son sac à main était renversé par terre. Un rétro de la bagnole pendait dans le vide. Il avait bien envie de lui demander ce qui se passait, mais elle manœuvrait pour reprendre la route, la direction de l'Opel était super-dure, tout le monde la regardait, pour un peu elle se serait mise à chialer.

Plus tard, elle annonça :

— On va aller chez ma sœur. Y a plus de moto. Ils l'ont brûlée.

Elle lui raconta tout et pour Anthony, ce fut presque un soulagement. Le monde du fait accompli n'était pas sans avantage, après tout. Au moins, cette hantise de la catastrophe n'avait plus lieu d'être. Il fallait maintenant s'organiser, gérer l'intendance, penser à l'argent, aux vêtements, à la nourriture, où on allait dormir. Après une semaine d'apnée, ça ressemblait presque à du mieux.

En leur ouvrant la porte, Irène n'en était pas revenue. Depuis le temps que les frangines ne se parlaient plus. Elle leur avait offert un thé et du cake. Au fond, le rôle de l'hôtesse magnanime était sa chance, elle ne donnait jamais mieux sa mesure que dans le mélodrame. À un moment, le téléphone s'était mis à sonner et, autour de la table, on s'était dévisagé longuement sans rien dire. Puis le cousin avait pris sur lui de fermer les volets du rez-de-chaussée. Ça donnait l'impression d'attendre une tempête tropicale. Mais le père n'était pas venu. Le téléphone avait sonné encore et encore. Irène avait fini par débrancher la ligne. Vers minuit, une paix lourde était tombée sur la maison et on avait pu manger un morceau, du blanc de poulet, un peu de fromage, des abricots tout gonflés d'un jus qui laissait le menton et les mains collants. Il faisait encore chaud et, progressivement, la nuit s'était enroulée autour d'eux, ils s'étaient mis à bailler malgré l'angoisse. Il fallait dormir un peu. Irène avait déplié le canapé et installé un matelas par terre dans le salon. Hélène n'avait pas pu fermer l'œil. Elle avait retourné tout ça dans sa tête des heures durant, sans trouver d'issue souhaitable.

Au matin, la famille s'était réunie au grand complet dans la cuisine pour le petit-déjeuner. Hélène et son fils ne disaient rien. Ils ne pouvaient ni partir ni rester. Tels des réfugiés, ils dépendaient maintenant de la bienveillance révocable d'une puissance étrangère. Or Irène avait son idée de la suite des événements : il fallait appeler les flics, des associations, un avocat. Délectée et venimeuse, elle disait en parlant de son beau-frère "ce salaud", "cette brute", "le fumier". Hélène ne répliquait pas. L'air sombre, elle se contentait de tourner sa cuillère dans son café. Peu à peu, elle s'accoutumait à l'ampleur des dégâts et construisait des solutions administratives et pratiques à son malheur. Au bout d'un moment, Anthony avait quitté la pièce, attrapé son sac à dos et s'était tiré par la fenêtre de la salle de bains.

À présent, il se dévisageait dans le grand miroir glauque du Metro. Une paix étrange flottait dans sa poitrine. C'était l'heure. Machinalement, il toucha son œil droit et prit la direction de la sortie.

Dehors, il choisit le scoot le plus rapide, un BW's avec un pot Pollini. Les abords étaient déserts, il fallait faire vite. Il commença par retirer le carénage à l'aide du tournevis, puis comme l'une des vis lui résistait, il planta l'outil pour faire levier, et le plastique céda avec un craquement désagréable. Une nouvelle fois, il vérifia que personne ne venait. La rue étroite dressait cinq cents mètres de murs indifférents. Un peu de sueur trempait ses mains. Il fit jouer son tournevis dans le neiman puis empoigna le guidon pour briser sa résistance d'un coup sec. Il n'avait plus qu'à actionner le kick. Il donna un coup franc et le moteur se mit aussitôt à japper. Les gaz en passant par le pot kité rendaient un son coupant, suraigu. Ce bruit familier alerta le propriétaire du BW's, qui sortit du Metro en courant.

— Hé !

C'était un mec en pantalon de survêt et casquette, un de ces lascars rustiques qui croisent sur les départementales périphériques, ados malingres, hardis, laids à faire peur et enragés de bruit, qui font le malheur des retraités et le contingent des lycées professionnels. D'autres joueurs sortaient à leur tour de la salle de jeu en renfort. Anthony tourna la poignée de l'accélérateur à fond et laissa tout le monde sur place. Comme la rue Michelet était toute droite, il poussa le moteur jusqu'à ce que l'aiguille vienne flirter avec les 80 kilomètres-heure. Arrivé au bout, il décéléra pour négocier son virage avant de filer vers la ville haute. Son cœur battait court. Au moins, il ne se posait plus de questions. Au loin, un feu passa au rouge et il fut tenté de l'ignorer. Il jugea plus avisé d'attendre le vert. Il comptait les secondes. Une voix le surprit là.

— Qu'est-ce que tu fous ? C'est quoi ce scoot ?

C'était Vanessa, la grande copine de sa cousine. Elle venait vers lui, une paire de patins à glace sur l'épaule, et se mit à inspecter son deux-roues. Le feu passa au vert. Elle arborait son petit air narquois habituel, toute proche, une jambe fléchie, l'air danseuse.

— Tu l'as tiré ? C'est ça ?

— Non.

Le moteur tournait au ralenti, dans un ronronnement neutre. Constatant l'état du carénage, la jeune fille s'esclaffa.

— Mais grave ! Tu l'as tiré. J'y crois pas !

Contrairement à ce qui se passait d'ordinaire, Anthony resta de marbre. Vanessa chercha sur son visage dévié une explication à cette surprenante placidité. Il s'en foutait, tout simplement. Du coup, elle se troubla. Anthony découvrait comme l'indifférence est un puissant adjuvant quand il s'agit de plaire aux gonzesses.

— Mais qu'est-ce que t'as ? dit-elle.

— Rien.

Il n'avait jamais remarqué comme elle avait les yeux sombres, dorés, incitatifs. Il lui demanda ce qu'elle foutait là avec des patins en plein mois d'août.

— Je viens de les faire réparer.

Ils étaient lourds et elle les posa par terre. Comme elle se penchait, le garçon aperçut dans l'échancrure de son débardeur un peu de son soutien-gorge. Son ventre se serra.

— Et tu vas où avec ton scoot volé ?

— Nulle part.

— Tu voudrais pas me ramener ?

— Je peux pas.

— Vas-y ramène-moi, c'est super-lourd. Je vais me taper trente minutes de marche sinon. J'ai l'épaule toute niquée.

En effet, les lacets avaient laissé dans sa peau une morsure plate. Anthony fit quand même non de la tête. Il en avait gros sur la patate tout à coup. Pour une fois que Vanessa était sympa. Et sa peau était drôlement brune.

— Mais dis-moi ce qu'y a…

— Rien du tout, répéta Anthony. Je dois y aller.

Le feu était repassé au rouge. Elle fronçait les sourcils. Il se rappela sa main, la fraîcheur de ses doigts une autre fois qu'elle lui avait touché la joue.

— Anthony, attends deux secondes…

Elle connaissait son prénom alors. Il mit les gaz. Le scoot repartit dans une plainte étirée, ascendante, un crève-cœur.

Tout se succédait désormais dans une précipitation sans retour et le garçon pilotait selon son cœur, pire que rapide, sentant monter dans ses bras la moindre imperfection du bitume. De part et d'autre de son champ de vision, les façades ne faisaient plus qu'un bandeau gris et il jouissait de ce sentiment panique de ne plus être qu'un point en mouvement. Quand il conduisait, il ne pensait plus, se contentant d'être mobile, cherchant la pointe extrême de son élan. Dans son ventre, sa poitrine, ses membres, il retrouvait les limites de son engin. Sa volonté même se muait en trajectoire. Dès lors, la chute devenait illusoire, l'accident virtuellement impossible. Anthony roulait.

Malheureusement, la ZUP se trouvait au sommet d'une côte vraiment balèze et, dans la montée, le scoot se mit à peiner, faisant d'autant plus de bruit qu'il allait moins vite. Pour effacer ce sentiment d'enlisement, Anthony tourna un moment au pied des tours, mais quelque chose de son allant s'était brisé. Bientôt, il aperçut la dalle avec son manège peint, ses arbres torpillés de chaleur. Sous le préau, une bande de jeunes amollis glandait. Anthony mit un pied à terre. Il les regardait de loin. Tout était calme, le moteur du scoot tournait rond, il repartit au ralenti, ses semelles rasant le sol poussiéreux.

De leur côté, les garçons somnolaient à moitié, la tête dans le gaz. Le matin même, Eliott avait enfin touché deux sav' de marocain, archi-coupé mais fumable. Après des semaines de disette, c'était un peu Noël en plein été. Du coup, on s'était défoncé non-stop depuis 10 heures du mat', tout le monde était là, une dizaine de mecs, démontés et fusionnels. Eliott bricolait un six-feuilles en longueur, la joie.

— C'est quoi ça ?

Seb s'était avancé le premier pour voir qui était ce drôle de petit mec qui se ramenait sur son scoot. Il n'avait pas poussé l'aventure jusqu'à abandonner l'ombre du préau. L'autre venait au ralenti.

Seb voulut passer sa langue sur ses lèvres. Sa bouche était pleine de carton. Les yeux comme des fentes, il répéta sa question :

— Hé… C'est qui ce fils de pute ?

— C'est ta mère.

— Non, sérieux…

Progressivement, la petite bande dut se rendre à l'évidence, cette silhouette n'était pas là par hasard.

— Hacine…

— Quoi ?

— Le mec, là… Viens voir.

— Mec de quoi ?

Le scoot venait toujours. Hacine se leva. Avec ce soleil, impossible de savoir qui était dessus. En tout cas, le mec en question ne portait pas de casque, et il était petit. Plutôt râblé. Hacine était d'humeur indolente, amicale. Il avait envie de rentrer chez lui pour boire un Coca, se coller devant la télé tranquille. C'était tellement bon d'avoir de nouveau du matos. Rien que d'y penser, son cœur s'allégea encore un peu. Pendant ce temps-là, ses yeux s'étaient progressivement accoutumés à la lumière trop vive qui baignait la dalle. La silhouette se précisait. Sa figure parut. Merde.

— Mais c'est qui, putain ? fit Eliott.

— C'est un ouf, sérieux. Regarde-le. C'est un ouf.

Hacine quitta le préau et alla droit sur Anthony. Bientôt, il ne resta plus entre eux que quelques mètres. La bande n'en pouvait plus. Des injures fusaient en trois langues. Déjà, certains prenaient l'initiative de quitter le préau à leur tour.

— T'oses venir ici, dit Hacine, platement.

Anthony fit glisser la bretelle de son sac, l'ouvrit, y plongea la main.

— Oh oh oh ! fit une voix.

La main d'Anthony avait reparu, armée du MAC 50. Tous les garçons refluèrent sous le préau.

— Mais c'est qui, putain ? glapit Eliott qui, sur son fauteuil, se sentait super mal barré tout à coup.

Anthony braquait le pistolet droit devant lui, l'œil gauche fermé.

— Fais pas le chaud, dit Hacine, aussi calme que possible.

Le soleil le frappait en plein visage, mais il distinguait parfaitement la tête carrée d'Anthony, son poing fermé, la gueule du pistolet. Alentour, les immeubles observaient la scène avec un détachement plastique. Hacine sentait venir la peur. Elle lui donnait de mauvais conseils, le pressant de supplier ou de courir. Mais depuis l'enfance, l'expérience lui avait enseigné que dans son monde, le prix de la lâcheté était plus élevé que celui de la douleur. En prenant la fuite, en s'évitant un coup de poing, on se condamnait au sort lamentable de victime. Il était encore préférable d'affronter son risque, quitte à le regretter plus tard. Cette leçon-là, apprise cent fois, tenait encore Hacine debout face au MAC 50.

Anthony releva le percuteur et, sous son index, il sentit la détente devenir d'une sensibilité presque sexuelle. Il restait calme, le moteur du scoot vibrant doucement sous ses fesses. Quelqu'un cria d'une fenêtre. S'il tirait à cette distance, il ne pouvait pas le louper. Il suffisait d'une pression minuscule. Il en résulterait un bruit mat et l'expulsion d'une pointe de métal de huit grammes qui ne mettrait pas un trentième de seconde avant de percuter la boîte crânienne de Hacine. À partir de ce point d'entrée d'un diamètre approximatif de dix millimètres, le projectile brûlerait une part non négligeable des tissus gélatineux qui permettaient à Hacine de respirer, de manger des Big Mac et de tomber amoureux. Au terme de son périple, presque inentamé, ce projectile abandonnerait sa tête en laissant derrière lui une béance rouge, imprécise, un froissement de chair et d'os. C'est cet enchaînement mécanique et anatomique qui organisait maintenant les rapports entre les deux garçons. Même s'ils n'étaient pas en mesure de le formuler avec ce degré d'exactitude, tous deux le comprenaient. Anthony soupira. Il allait le faire, il devait bien ça à son père. Une goutte de sueur passa dans son cou. C'était maintenant.

Le scoot, alors, cala.

Curieusement, ce changement insignifiant rendit son geste inimaginable. Anthony sentit son bras mollir. Il était trempé des pieds à la tête. Il ne pouvait pourtant pas en rester là. Hacine se tenait toujours devant lui, flamboyant, honteux, plus très loin de se pisser dessus. Anthony ne trouva rien de mieux à faire : il lui cracha au visage.

Pour repartir, il dut utiliser le tournevis, ce qui donna lieu à un moment de bricolage assez pénible. Hacine n'osait pas s'essuyer. Il sentait la salive, sur son nez, sa bouche. Puis Anthony prit la fuite, enfin. Sous le préau, personne n'avait bronché. Tout cela était tellement impardonnable.

II

1994

You Could Be Mine

1

Anthony trouva Sonia dans la réserve. Il aurait dû se douter qu'elle serait là, c'était le pire endroit pour se planquer. Ses écouteurs sur les oreilles, elle écoutait du rock, les yeux fixés sur ses ongles rongés, dans sa bulle. Elle ne l'avait même pas entendu rentrer.

— Qu'est-ce que tu fabriques ? Ça fait une demi-heure que je te cherche.

Comme elle ne réagissait pas, il claqua des doigts sous son nez.

— Oh, je te parle…

Elle consentit alors à lever les yeux. D'ordinaire, elle n'avait déjà pas très bonne mine, mais là, c'était la catastrophe, les yeux rouges, des cernes, plus de maquillage.

— Qu'est-ce qui t'arrive encore ?

— Rien.

— C'est Cyril qui t'a fait chier ?

— Non.

À quatorze ans, Sonia n'avait pas le Bafa, pas son brevet de surveillant de baignade, pas son bac, pas le permis, même pas l'âge légal pour bosser ; autrement dit, elle ne servait pas à grand-chose et n'avait rien à faire là. C'est son père qui avait insisté pour qu'on lui trouve un job. Il était trésorier de l'association qui gérait le club nautique et Cyril, le gérant, n'avait pas pu faire autrement. Alors elle rendait des services, faisait un peu de vaisselle au bar, passait des messages, trimballait essentiellement son humeur mortifère d'un bout à l'autre de la plage, écoutant sans arrêt des trucs comme Barbara ou Depeche Mode, de quoi se remonter le moral.

Apparemment, elle sortait d'une année difficile, faite de grosses difficultés en maths et de peines de cœur à répétition. Ses parents étaient inquiets, pour les maths surtout. Anthony l'aimait bien, cette meuf. Elle était futée, assez marrante, super-jolie malgré ses efforts, avec des yeux acier, une bouche excessive, et on pouvait bien discuter avec elle. Mais depuis deux ou trois jours, elle partait complètement à la dérive, se fourrait dans les coins en attendant que ça se passe, incapable de sourire, plus pâlotte encore que d'habitude, maigre à faire peur.

— C'est un mec ? C'est ça ?

Elle fit non de la tête. Qu'est-ce que ça pouvait être d'autre, en même temps ? Anthony craignait surtout qu'elle se soit amourachée de Cyril, le gérant. C'était une vraie buse, mais il avait de l'allure et pouvait peut-être impressionner des gamines avec son côté poivre et sel et sa Breitling. C'était bien le genre de vieux mec retors qui tombe des minettes pour surmonter un début de calvitie. À cette idée, Anthony perdait tous ses moyens. Elle n'avait que quatorze ans, bordel.

— Allez viens. Reste pas là. Va y avoir plein de passage aujourd'hui.

Elle prit la main qu'il lui tendait et le suivit jusqu'au bar en traînant les pieds. Elle avait quand même pris la peine de baisser le volume de son walkman, Anthony apprécia l'effort.

— Tu veux boire quoi ?

— Rien.

— Arrête un peu ton cirque. Tu vas pas t'ouvrir les veines, alors stop.

La jeune fille haussa les épaules. Elle s'ouvrait les veines si elle avait envie.

Anthony prit le Schweppes dans le frigo, lui versa un verre et but directement à la bouteille. Elle était ouverte depuis un moment, il ne restait plus tellement de bulles. Au moins, c'était frais.

Depuis le matin, Anthony n'avait pas arrêté de courir. C'était une de ces journées d'étouffement. Tout était lourd, stagnant, le ciel bas, et les rares frémissements d'air n'apportaient rien que des odeurs de vase, de plantes grasses ou de carburant.

— Tu peux pas nous faire un coup de Calgon maintenant. Cyril est hyper-stress. Avec sa fiesta de ce soir, on dirait qu'il va faire le Parc des Princes.

Sonia fixait le petit panneau "Licence IV" au-dessus du percolateur. Un frémissement passa sur son visage, c'était peut-être un sourire. Non, ses yeux commencèrent à se remplir.

Anthony était désolé tout à coup. Il chercha une solution.

— Écoute, t'as qu'à aller te planquer dans un bungalow. Personne ira te chercher là-bas.

Puis après un moment, il tenta :

— T'es amoureuse ?

La physionomie de la jeune fille changea brutalement. La question la scandalisait à tel point, elle en oubliait d'être malheureuse.

— T'es vraiment une baltringue par moments, fit-elle avec mépris. T'as quel âge sans déconner ?

— Oh ça va, fit Anthony en remballant la bouteille de Schweppes et le verre qu'elle n'avait pas touché. Je m'en fous moi, hein.

— Mais t'as des amis ? Tu parles à des gens ? T'es allé à l'école, au moins ?

Anthony lui adressa un doigt et un sourire. Sonia comptait poursuivre, mais Cyril déboula.

— Hé vous, là, oh !

Il venait de l'extérieur, pressé, en jean clair et Sebago, Romain Rotier sur ses talons. Aussitôt, Sonia se rembrunit.

— Vous faites quoi là, les touristes ?

— Rien. On faisait juste une pause.

Cyril se mit alors à débiter un de ces discours managériaux dont il avait le secret. Il en faisait un usage fréquent et quasi thérapeutique, se soulageant ainsi de son impuissance foncière, puisque ne sachant rien faire exactement, il était toujours condamné à dépendre du travail accompli par d'autres moins bien rémunérés que lui. C'était son drame de chef, son enviable sujétion. Un jour, ça lui vaudrait un ulcère, il en avait conscience. Cette fois, il fut question de challenge et d'investissement personnel. Sonia et les deux garçons subirent silencieusement. Ils avaient l'habitude.

Tout de même, Anthony se demandait ce qu'il pouvait bien se passer entre Cyril et la jeune fille. À la manière dont il l'ignorait, quand on voyait la gueule qu'elle tirait en sa présence, on pouvait effectivement se poser la question. Anthony espérait qu'il n'y avait rien. Il tenait à ce job, et n'avait aucune envie de faire des remous. Déjà, le matin, il ne commençait pas avant 10 heures du mat', ce qui était un avantage majeur de cet emploi. Ensuite, il s'occupait surtout de sortir les bateaux des hangars. C'était physique et mal payé, mais il croisait là des tas de gens bien élevés qui lâchaient de surprenants pourboires. Le reste du temps, il flânait sur la plage, draguait des filles à papa avec Romain ou se tapait des bières dans la réserve en attendant que ça se passe. En plus avec Romain, ils s'entendaient comme larrons en foire. Ç'avait d'ailleurs été la bonne surprise. Anthony avait le souvenir d'un grand con arrogant et menaçant. En réalité, une fois qu'on le connaissait, il était plutôt cool. En deux ans, il avait encore pris de l'envergure et faisait maintenant son mètre quatre-vingt-dix. C'était un branleur fini, mais quand il s'y mettait, il n'avait pas son pareil. Anthony l'avait vu remonter tout seul des bateaux de trois cents kilos dans le dénivelé qui menait au hangar, c'était assez sidérant. Et puis il était généreux, toujours de bonne humeur, il claquait sans arrêt du blé et connaissait tout le monde. Anthony adorait rôder en ville dans l'Audi Quattro de son père. Ils faisaient les kékés, les Gun's à fond, vitres ouvertes, ils étaient les rois.

Quand Cyril eut fini son recadrage, il espéra qu'on s'était compris. Anthony répondit que ouais, Romain qu'il n'y avait pas de souci.

— Je voudrais te parler, fit Sonia.

— De quoi ?

— Juste cinq minutes.

— J'ai pas le temps, là.

— C'est important.

Cyril se souvint que Sonia avait un père et se tourna vers les garçons.

— Tous les deux, vous allez m'installer les chaises, les tréteaux, les tables. Et vérifiez que les horticulteurs font bien ce que je leur ai demandé. Je leur avais dit des bougainvilliers pour décorer la guinguette, ils m'ont mis des clématites.

— De toute façon, il va pleuvoir, fit Romain.

— Quoi ?

— Non, rien.

Cyril fit signe à Sonia de le suivre et ils s'enfermèrent dans son bureau. Anthony resta un moment à fixer la porte. Une plaque posée à hauteur d'homme précisait : "Privé".

Malgré la chaleur, les garçons se démenèrent et tout fut bientôt prêt. Sur la pelouse qui séparait la plage du club-house, ils avaient installé des tables pour le buffet, et dix rangées de chaises en plastique. La guinguette ferait office de bar. Faute de bougainvilliers, et puisque les clématites ne convenaient pas, on avait mis des feuilles de palmier, c'était très bien aussi.

Plus tard, deux camionnettes arrivèrent pour livrer la bouffe. Cyril avait naturellement fait appel à Bellinger, le meilleur traiteur de la vallée, qui possédait une boutique à Heillange, une autre à Étange et nourrissait des ambitions du côté du Luxembourg. Habillés de blanc, impeccables et comme talqués, ses commis se mirent à faire des allées et venues pour décharger des plateaux de fruits de mer, des crudités, de la charcuterie, des fruits frais, des pains surprises, et toutes sortes de petits machins en verrines à déguster à la cuillère. Il y en avait pour un régiment et M. Bellinger lui-même avait fait le déplacement. Ce soir-là, le nouveau président de l'association prenait ses fonctions et on attendait du beau monde, le club nautique rassemblant tout ce que la ville comptait de juristes, de médecins, d'entrepreneurs et de fonctionnaires influents. Le traiteur veillait donc au grain. Ce n'est pas aujourd'hui qu'on romprait la chaîne du froid.

De leur côté, Anthony et Romain s'occupèrent de décharger les boissons avec des diables. Pour le champagne, on avait prévu dix caisses de Mumm. Il y avait également un vin blanc de Moselle qui se buvait glacé, du bordeaux, du sancerre, des eaux minérales, du Coca, des jus de fruits. Vers 16 heures, tout fut en place et les garçons s'autorisèrent une pause clope à l'ombre des pins. Sonia n'avait pas reparu et de gros nuages glissaient maintenant à la surface du lac. L'air piquait. On se sentait moite, démangé, impatient. Même les commis avaient pris une allure malpropre.

— Ça va péter, fit Anthony, en présumant l'orage.

— Tiens, au fait, j'ai parlé de toi, hier soir.

— À qui ?

Mais Anthony savait pertinemment à qui et son rythme cardiaque s'accéléra brièvement.

— Steph. Je l'ai vue à l'Algarde hier. Elle bouffait avec ses parents.

Anthony fixait le ciel en mordillant un brin d'herbe, en appui sur ses coudes, les jambes croisées. Il pouvait sentir sa propre odeur et ce délassement doux d'après l'effort. Le temps était si couvert, on aurait pu croire que la nuit allait tomber.

— Et alors ?

— Alors rien. Elle va sûrement passer ce soir.

— Cool.

Romain se marra.

— Ouais, cool. Elle se souvenait bien de toi.

— Ah ouais ?

— Ouais. Elle a demandé comment t'allais.

— Sérieux ?

— Mais non, blaireau.

— T'es con…

Puis après un instant, Anthony demanda :

— Elle vient sûr ?

— Je pense. Son père avait l'air d'y tenir, en tout cas.

— Ah oui, son père, c'est vrai…

Anthony avait presque oublié. Le père de Steph n'était autre que Pierre Chaussoy, le nouveau président de l'association qui gérait le club. Il s'était présenté aux municipales l'année précédente et avait pris une sérieuse dégelée au premier tour. Puis il s'était dégoté une place au conseil municipal, dans l'opposition, et cherchait depuis à approfondir son implantation dans le tissu associatif local. Anthony songea qu'il avait besoin d'une bonne douche.

— Je vais aller me laver. Je pue la transpi.

— Attends. On a encore les 420 à rentrer.

Romain pointait deux embarcations presque immobiles au milieu du lac.

— On va prendre le Zodiac. Ils arriveront jamais à rentrer tout seuls. Y a zéro vent.

— Ouais, fit Romain. Je conduis.

— Ça m'étonnerait, fit Anthony.

Et ils dévalèrent la pente jusque sur la plage en se poussant des épaules et du coude. Anthony finit dans la flotte. Romain prit la barre.

Les premiers invités arrivèrent un peu après 18 heures. Ils venaient par couples, ou seuls, plus rarement avec des enfants. La plupart étaient vêtus de couleurs claires. Pour les accueillir, Cyril avait passé une élégante veste parme. Vu la météo, on avait dû louer des tentures *in extremis* pour protéger le buffet en cas d'orage. Il avait fallu monter tout ça à la hâte et Anthony n'avait pas eu le temps de se laver. Il s'était simplement rafraîchi dans la cuisine et avait passé un t-shirt propre. C'était très insuffisant.

Dehors, des flambeaux disposés ici et là diffusaient une puissante odeur de citronnelle. Les nappes, les chaises, les tentures étaient blanches. Des seaux à champagne attendaient leurs bouteilles. L'ensemble donnait une impression d'ordre et de propreté. Un peu de musique montait des enceintes. Cyril avait fait venir un DJ du Luxembourg. Une fois qu'il ferait nuit, on danserait. Tout semblait rouler, en somme. À part peut-être le mètre cube de glace pilée prévu pour les plateaux de fruits de mer qui fondait déjà à vitesse grand V. Anthony guettait l'arrivée de Steph avec une impatience croissante. Quand il aperçut Sonia, il lui sauta dessus.

— Hé, t'étais où encore ? Tout va bien ?

— J'ai démissionné.

— Mais non ?

— Bah si. J'arrête. Je me casse. Finito.

Elle ne semblait pas de meilleure humeur pour autant.

— Et tu pars quand ?

— Tout de suite.

— T'es grave. T'aurais pu m'en parler.

— Y a rien à en dire.

Elle avait quand même pris soin de se changer pour la soirée et portait un petit top à fleurs et un diamant à chaque oreille.

En revanche, elle avait gardé son casque de walkman autour du cou. Et ses Docs.

— T'es bien, comme ça, fit Anthony.

— Merci.

— Ça change du noir.

— J'avais compris.

— Tu restes un peu ?

— Ouais. Je dois encore voir Cyril pour un truc.

— C'est quoi le délire avec lui ?

Elle haussa les épaules. Y avait pas de délire.

— Bon allez, salut, dit-elle.

— Te barre pas sans me dire au revoir, insista Anthony.

— C'est ça, t'inquiète.

Elle remit ses écouteurs et déguerpit.

Pierre Chaussoy et son épouse arrivèrent un peu après 19 heures. Lui était passablement bedonnant, affable, les traits vifs, le cheveu plat et gris. Tandis qu'il parlait et souriait, on aurait dit qu'un marionnettiste tirait des fils accrochés à sa figure, laquelle était alors prise de tressaillements circonflexes. À ses côtés, Caroline Chaussoy éblouissait avec modération, baguée, faussement blonde, le genou épais, mais un visage de Suédoise toujours net et qui respirait le grand air. Cyril leur tint la jambe un moment puis ils s'adonnèrent à de plus significatives poignées de main. Deux serveurs avaient commencé à circuler avec des coupes de champagne. Cyril vint trouver Anthony :

— Ça avance pas. Trouve-moi ton copain, et faites le service au buffet. Essayez de leur faire boire de l'eau. Ils sont déchaînés.

En effet, les convives parlaient déjà fort, se tenaient par le bras, riaient hors de propos et leurs verres à peine servis se trouvaient aussitôt vides. Tout baignait dans un bain d'électricité difficilement supportable et le ciel bas faisait par là-dessus un dangereux couvercle. Quant à la glace pilée, elle s'était presque complètement liquéfiée et dégoulinait abondamment du buffet en laissant le carré des crustacés à l'état de marécage. Les buveurs qui approchaient se trempaient les pieds. Quelques femmes s'étaient même déchaussées pour profiter de la fraîcheur.

Anthony et Romain se mirent à remplir des coupes. Ils proposaient aussi de la Badoit, mais personne n'en voulait. Bientôt, Caroline Chaussoy vint se chercher un verre. Reconnaissant Romain, elle s'exclama :

— Je ne savais pas que tu travaillais ici.

— Hé oui.

— En même temps, c'est pas si mal pour passer l'été.

Romain approuva par politesse et lui tendit une coupe.

— Ah, c'est parfait ça ! se réjouit la femme blonde.

Anthony aurait bien voulu être présenté. Romain n'y songea pas. En revanche, il eut la présence d'esprit de demander à sa mère si Steph arrivait bientôt.

— Oh tu sais, avec elle…

Ils bavardèrent encore quelques instants, principalement de connaissances communes, puis un crachotement jaillit des enceintes. Le nouveau président venait de grimper sur la petite estrade prévue à cet effet.

— S'il vous plaît ! dit-il.

Le murmure des conversations s'interrompit. Pierre Chaussoy demanda une fois de plus le silence, les mains en l'air, et la foule s'organisa rapidement pour l'entendre.

— Je serai bref. Pour commencer, je voulais vous remercier d'être tous venus malgré l'orage qui s'annonce.

Ce remerciement en préfigurait d'autres. Le discours se poursuivit, adroit, familier, avec ses moments choisis, ses clins d'œil, ses mains tendues. Par instants, un bon mot autorisait un sourire et les spectateurs immobiles et moites osaient un coup d'œil à leur voisin. Cyril s'était choisi une place au dernier rang, d'où il inspectait les visages avec une anxiété profonde. De temps en temps, il approuvait la parole présidentielle d'un mouvement de tête. Un peu à l'écart, Caroline Chaussoy écoutait en faisant tourner un bracelet d'or gris autour de son poignet. Tout à coup, Anthony crut voir un écureuil qui se faufilait. C'était Sonia. Il la chercha du regard, elle avait déjà disparu.

Le président avait promis d'être bref ; il mentait. Au lieu de ça, il retraça l'histoire du club, un temps menacé, sauvé, renfloué, aujourd'hui florissant. Ce destin, naturellement, s'inscrivait dans un panorama plus vaste, national, économique, global.

Il prononça les mots désindustrialisation, enjeux et moderne. On applaudit.

— Hé !

Cyril venait de se poster derrière Anthony et lui prenait le bras. Il semblait totalement paniqué.

— T'as vu la glace ? dit-il. Ça dégouline de partout, les crevettes dégringolent, c'est dégueulasse. Faut me nettoyer ça. Va vite chercher des seaux en cuisine. Tu peux foutre tous les fruits de mer à la poubelle. C'est mort pour ce soir. Allez !

Anthony fila. Sur l'estrade, Pierre Chaussoy s'était mis à chercher dans sa poche le petit morceau de papier où il avait noté quelques idées.

— Oui… Ce que je voulais vous dire surtout, c'est que le temps du deuil est fini. Ça fait dix ans maintenant qu'on pleure Metalor. À chaque fois qu'on parle d'Heillange, c'est pour évoquer la crise, la misère, la casse sociale. Ça suffit. Aujourd'hui, nous avons le droit de penser à autre chose. À l'avenir, par exemple.

De nouveau, les gens applaudirent. Anthony, qui n'était pas totalement indifférent à ces arguments, s'arrêta sur le chemin de la cuisine pour entendre la suite. Après tout, lui aussi en avait ras le bol de toute cette mémoire ouvrière. Elle donnait à ceux qui n'avaient pas vécu cette époque le sentiment d'être passés à côté de l'essentiel. Elle rendait par comparaison toute entreprise dérisoire, toute réussite minuscule. Les hommes du fer et leur bon vieux temps faisaient chier depuis trop longtemps.

Le président poursuivit. Au fond, le club nautique était un parfait exemple des possibilités de la vallée. De récents travaux de rénovation avaient également redonné de sa superbe au camping, qui faisait quasiment le plein désormais. L'année suivante, on y construirait un complexe aquatique avec piscine à remous, toboggan et bassin de vingt-cinq mètres. Les lubies productivistes n'avaient plus lieu d'être. L'heure était aux loisirs. C'était propre et rémunérateur, tout le monde y trouverait son compte. La vallée de la Henne bénéficiait d'ailleurs d'atouts majeurs dans cette course au divertissement. L'été, elle se prévalait d'un remarquable taux d'ensoleillement. Son lac, ses forêts, ses paysages en valaient bien d'autres. Elle avait par ailleurs hérité d'une infrastructure autoroutière de première importance. Sa proximité avec des pays plus riches, comme le Luxembourg et l'Allemagne, constituait une aubaine indiscutable. Sans parler de cette tradition d'hospitalité éprouvée, puisqu'on avait jadis accueilli tout ce que le continent et la Méditerranée comptaient de crève-la-faim pour faire fonctionner ces fameuses usines. Il évoqua encore les Pays-Bas, la Belgique et la Suisse qui, au fond, n'étaient pas si éloignés et pouvaient fournir une clientèle admirablement solvable. On pouvait aussi compter sur des subsides de la région, de Paris et de Bruxelles. Les zones sinistrées avaient des droits sur la générosité nationale. Des rapports prouveraient bientôt ses dires. Les subsides suivraient. Ce programme avait de quoi séduire. On applaudit encore, longtemps. Le parterre d'importants réunis ce soir-là était las de la mélancolie ambiante. Après tout, eux n'avaient aucune raison de désespérer. Les dévastations qui trente années durant avaient redessiné le monde du travail, la nature des emplois et les fondements de la richesse hexagonale, ils en prenaient acte, empathiques mais pleins d'allant. Désormais, il fallait foncer. L'intendance suivrait.

— Salut.

Au moment où Stéphanie passait la porte, Anthony se trouvait devant le bar, un seau de glace pilée dans chaque main.

— Salut, dit-il.

Comme Romain s'était volatilisé, il avait dû s'occuper de tout nettoyer tout seul. Il avait jeté pour 4 000 balles de fruits de mer, l'équivalent d'un mois de salaire. L'odeur lui en était restée sur les mains. Pour remballer ce qui restait de glace, il lui avait fallu cinq allers-retours ; il était trempé à présent.

— J'arrive trop tard ? demanda Steph, en entendant le boucan au dehors.

— Non. Ils ont commencé tôt, c'est plutôt ça.

Le discours du président avait en effet libéré des puissances d'optimisme inattendues. On s'amusait désormais d'une manière quasi politique, ce qui n'allait pas sans excès. Un allergologue avait vomi, une directrice des services, jeté son verre par-dessus son épaule. Et il ne restait plus une goutte de champagne. Cyril, lui, avait pris son parti de ces désordres. Au moins, les gens s'amusaient.

— Tu bosses ici, alors ? tenta Stéphanie.

— Ouais.
— C'est marrant.
— Quoi ?
Elle prit son temps.
— T'as grandi.
C'était agréable à entendre, même si elle le traitait un peu comme un gamin. Ils ne trouvaient pas grand-chose à se dire. Ils se regardaient.
— T'es à la fac, maintenant ? dit Anthony.
— Non, dit-elle, je viens de passer le bac.
— Tu l'as eu ?
— Avec mention.
Elle avait fait un vague mouvement de la main censé exprimer la dérision de la chose. N'empêche, elle était fière. Et Anthony la trouvait encore plus belle qu'avant. Son visage avait perdu cet aspect joufflu, enfantin. En revanche, elle conservait son incroyable chevelure et sa fameuse queue de cheval. Ses yeux paraissaient plus grands, elle devait se maquiller autrement, mieux. En plus, elle portait un chemisier sans manches, blanc, échancré, qui laissait voir le sillon entre ses seins. Anthony faisait de gros efforts pour la regarder bien en face.
— Je vais peut-être y aller, dit la jeune fille.
— Ouais. À plus tard.
— Ouais. À plus.
Quand elle passa devant lui, il pensa à l'odeur des crevettes et retint bêtement sa respiration. Il espéra un dernier regard avant qu'elle ne passe la porte. Mais on n'était pas au cinéma.

À partir de là, la soirée du jeune homme consista essentiellement à chercher Steph parmi les invités en prétextant de ramasser les verres vides. À chaque instant, il entrevoyait sa queue de cheval, devinait une épaule, surprenait ses yeux, son visage, la trouvait où elle n'était pas. Il la reconstruisait de toutes pièces, à partir de rien, fabulait complètement, puis la croisait par hasard, dans le tourment de la fête. Rapidement pompette, Steph ne tarda pas à se prêter au jeu. Le ventre d'Anthony était plein d'étincelles. Elle lui renvoyait ses regards. Un sourire. Le sillon entre ses seins brillait comme un soleil.

De son côté, le fameux DJ du Luxembourg avait tenté d'intéresser les convives à diverses musiques, en vain, personne n'avait envie de danser. Il faisait trop chaud, on était las, et puis bourré. Un peu de vent faisait maintenant des plis moirés sur les eaux sombres du lac. On espérait toujours l'orage. L'alcool aidant, des hommes habituellement sanglés dans leurs ambitions s'autorisaient des propos à l'emporte-pièce. Leurs femmes, souvent, tâchaient de les modérer, sans succès. Plus tard, dans la voiture, ce serait l'heure du débrief. En rentrant, il y aurait peut-être une dispute, une douche, ou on baiserait en faisant gaffe de ne pas réveiller les enfants. Ça resterait une agréable soirée.

Passé minuit, les choses avec Steph se précipitèrent. Elle s'était mise à le chercher elle aussi. Elle faisait des mines, ils s'étaient frôlés. Il faut dire qu'il n'y avait pas d'autres jeunes de leur âge à cette soirée. Anthony bénéficiait d'une exclusivité toute temporaire, miraculeuse. Il fallait en profiter. À un moment, elle était même venue le trouver dans la cuisine où il faisait un peu de vaisselle. Dans la lumière crue du néon, Anthony l'avait vue comme jamais auparavant. Le duvet sur ses cuisses, la peau luisante, l'armature du soutien-gorge et, sous le fard, un bourgeonnement minime d'acné, sur le front et aux pommettes. La réalité brute de ce corps imparfait lui avait fait encore plus envie.

— Tu fais quoi après ? avait dit Steph.

— Rien de spécial.

— Tu pourrais me ramener ? J'ai pas arrêté de picoler. Il paraît qu'il y a des flics partout, maintenant.

— Oui, bien sûr.

Elle avait dit tout ça avec une neutralité désarmante, en appui sur sa jambe droite, un peu déhanchée. Les ongles de ses orteils et de ses mains étaient peints. C'était quand même dingue ces détails, là où allait se nicher le soin des meufs, leur envie d'être belle, leur soif de plaire. Tout ça concourait à un ballet nuptial du fond des âges. L'espèce entière dépendait de ces méticulosités, en fin de compte.

— Tu finis dans combien de temps ?

— Une demi-heure, si c'est bon pour toi ?

— Ouais, une demi-heure, c'est bien.

— Cool.

— À tout à l'heure.

En la voyant quitter la cuisine, le garçon avait regardé son cul, ses hanches, et s'était mis à flipper pour de bon. Tout s'avérait tellement possible, et restait si fragile en même temps. Cette fenêtre de tir devenait la chance d'une vie. Et il puait la crevette et le Paic citron. Cette douche devenait indispensable.

Après avoir vérifié que Cyril ne le fliquait pas, il se pressa donc vers les bungalows. On disait les bungalows, mais en réalité, il s'agissait plutôt de vestiaires améliorés, trois cabanes en bois situées un peu en retrait, près de la route, avec toilettes, douches et, pour faire joli, une terrasse munie de chaises longues. Ça donnait à l'ensemble un côté safari qui enchantait la clientèle. Anthony avait emporté un morceau de savon et un torchon propre pour se sécher. Il n'avait malheureusement plus de t-shirt de rechange, ce qui l'inquiétait tout de même assez. Il se dépêchait et se mit bientôt à courir. L'impatience lui était montée à la tête.

Mais une lumière, au loin, le freina.

Elle filtrait par les embrasures du premier bungalow et découpait dans l'ombre le contour d'un volet, d'une porte. Il approcha prudemment. Personne n'avait rien à faire là. Il pensa aux grosses têtes. À des rôdeurs. Il aurait pu faire demi-tour, mais sur le coup, la lâcheté ne semblait pas une option raisonnable. Il approcha à pas feutrés. Écouta à travers la porte close. Il voulut ouvrir, mais le loquet était tiré.

— Qui est là ?

Il insistait sur la poignée, faisait branler la porte, mais le loquet tenait bon. À l'intérieur, il entendit des pas, des murmures, des froissements, toute une inquiétude qui bruissait confusément.

— Ouvrez ! insista Anthony.

Il gueulait plus pour se donner du courage qu'autre chose. Il glissa le morceau de savon dans le torchon pour en faire un genre de fronde, mais ça ne pesait pas bien lourd.

— C'est bon, deux secondes, fit une voix.

La porte s'ouvrit alors sur Romain. Sonia se trouvait dans son dos. Elle gardait les yeux baissés.

— C'est quoi ce délire ? fit Anthony.

— Quoi ?

Romain n'était plus si sympa tout à coup.

— Elle a quatorze ans. T'es con ou quoi ?

— Reste calme, OK…

— Putain, mais c'est quoi ton problème ? fit Anthony.

Romain avança droit sur lui et le repoussa fermement.

— Calme, je t'ai dit.

Sous le choc, Anthony avait reculé de deux pas. Il en ressentait encore la vibration dans tout le corps. Cette puissance l'avait surpris et humilié. Sa colère monta.

— Je vais rentrer, dit alors Sonia, voyant que les choses prenaient un mauvais tour.

— Je te ramène, dit Anthony.

— Ça m'étonnerait.

Comme elle se tirait, Anthony voulut la suivre. Aussitôt, la main considérable de Romain l'attrapa à l'épaule.

— Tu restes là.

Puis de son autre main, Romain lui prit la nuque, comme un chiot. Anthony se débattit, rua, vexé, soudain hors de lui. Il voulut frapper Romain au visage. Mais ce visage se trouvait loin, trop haut, il était pris, voyait mal. Romain lui rendit une gifle qui s'abattit sur l'œil. Aussitôt, Anthony sentit des larmes monter, lui piquer le nez.

— Arrêtez ! cria Sonia.

C'était trop tard, l'orgueil avait pris le pas. Anthony rua de plus belle. Il cherchait les yeux, la bouche avec ses doigts. Il voulait mordre. Les deux garçons tombèrent à la renverse et se mirent à échanger des coups au hasard. Mais ces coups ne portaient pas. Ils manquaient de recul, de précision. Ils étaient parés par le sol et l'obscurité. Anthony et Romain roulaient par terre, Sonia braillait. Tout cela donnait en fin de compte un spectacle assez ridicule de deux corps entravés, à contretemps. Anthony mordit au hasard. Alors Romain le souleva et l'abattit sur le dos. Son poing tomba à deux reprises.

— Vous êtes cinglés ! Arrêtez !

Le goût du sang inonda la bouche d'Anthony. C'était un goût de métal, un goût vif comme l'iode, comme l'éther, un goût révoltant qui l'apaisa.

La lumière du bungalow s'éteignit.

Il pensa à Steph. Il fallait encore la ramener.

2

Hacine conduisait un break Volvo et si on lui avait demandé de quelle couleur il était, il n'aurait pas su répondre.

Il rentrait.

Deux ans plus tôt, ils étaient partis avec son père. La voiture était pleine à ras bord. Ils avaient emporté du parfum, du café, des savonnettes, des vêtements achetés chez Kiabi pour les petits cousins et quelques Levi's pour les revendre sur place. Sur le bateau, le père lui avait coupé les cheveux. Il avait sorti des habits neufs de sa valise, et des chaussures en cuir. Hacine devait se faire beau.

De l'autre côté de la Méditerranée, sa mère les attendait. Elle avait pris son fils dans ses bras. C'était embarrassant à son âge, d'autant que la famille attendait un peu à l'écart, au complet, l'effrayante galerie de portraits. Tout de suite, Hacine les avait trouvés laids et poussiéreux, comme sortis d'une tombe, un air de reproche jusque dans les rides, les vêtements, la fausse robustesse des corps et cette manière de le dévisager.

La maison que son père faisait construire au bled depuis des années n'était toujours pas finie. Ils avaient visité le chantier. C'était ridicule. Des ébauches de mur, des bouts de tuyaux, des tringles d'acier dressées dans le vide. Chaque corps de métier avait son excuse. Le temps manquait, sans parler de la météo et puis les autorités. Il fallait toujours un permis supplémentaire, donner un bakchich inattendu. Le père de Hacine ne disait rien. C'était sa faute. Il aurait dû être là pour superviser les choses. Même en France, il fallait cornaquer les artisans, sans quoi les délais s'allongeaient à perte de vue et l'on n'en finissait pas d'attendre que le menuisier tienne ses promesses ou que le plombier démontre son existence. Cette maison sans toit était une mise en accusation. Le père vivait loin de sa femme. Il vivait comme un célibataire.

Du coup, ils s'étaient retrouvés à dix dans l'appartement de son oncle et, franchement, l'endroit n'était pas tellement plus abouti. Là aussi, on trouvait des fils qui sortaient des murs, des trous dans les escaliers. L'eau coulait épisodiquement. On gardait d'ailleurs les baignoires bouchées en permanence, au cas où. Une nuit, une voix avait crié "ça y est !". Il y avait eu des gémissements dans les tuyauteries et des crachats aux robinets. L'eau avait coulé, brune, un mince filet, puis elle s'était éclaircie, devenue lisse et tiède, sous le regard ravi des gosses, qui l'épiaient comme un miracle.

Deux ans plus tard, Hacine rentrait.

Aux abords de Niort, il quitta l'autoroute pour prendre un café dans une petite station Total. Il était 18 heures passées et il avait roulé depuis le matin, sans s'arrêter, sans prononcer une parole, en respectant scrupuleusement le code de la route. Quand l'envie de pisser était devenue trop forte, il s'était soulagé dans une bouteille de flotte qui roulait maintenant sur le tapis de sol, côté passager.

Il revenait seul, du fric plein les poches, toujours jeune, le cœur sec. Son visage avait pris un tour moins hésitant. Il n'avait plus cette ombre de moustache sur la lèvre et coiffait ses cheveux en arrière à présent. Il portait une coûteuse chemise Armani et un pantalon blanc. Sa ceinture à elle seule représentait la moitié d'un smic.

Il fit un plein de sans-plomb, jeta sa bouteille de pisse et alla se garer devant la cafétéria. Par les baies vitrées, on apercevait un présentoir de cartes postales, des rayonnages de magazines, des bacs réfrigérés pleins de boissons et de sandwichs insipides. Deux types en uniforme s'affairaient derrière le bar. La porte s'ouvrit et une jeune fille de vingt ans sortit de la station. Elle passa à côté de la Volvo sans un regard, blonde, en espadrilles, des petits seins, un short en jean. Les espadrilles étaient écrasées au talon et ses cheveux emmêlés faisaient comme de la paille. Elle rejoignait un 4 × 4 Mercedes. Dans le rétroviseur, Hacine pouvait voir les pompes à essence, l'éclat jaune des lumières artificielles, les camions aux soupirs hydrauliques, le ballet des voitures aux réservoirs secs, les automobilistes las fixant le défilement des litres et des francs. Au-dessus de la ligne d'horizon, un peu de jour finissait, raturé par les lignes électriques. Le logo Total trônait là, rouge, orange et bleu. Le 4 × 4 manœuvra pour reprendre la route. Il était immatriculé en 75. Une Parisienne, songea le jeune homme.

Puis il pénétra dans la station, alla s'installer au comptoir et commanda un café. L'un des types en uniforme lui demanda s'il voulait du sucre.

— Un café, répéta Hacine.

Chaque mot lui coûtait. Le type en uniforme le servit sans broncher.

Là-bas, le soir sur les terrasses, les gens bavardaient interminablement en buvant des cafés minuscules. Hacine avait passé comme ça des heures admirables avec ses oncles et ses cousins. Le café de la station-service n'avait qu'un très lointain rapport avec l'âpre mixture du bled. Il renifla et porta ses yeux vers l'extérieur. Il se sentait cadenassé, bleu. Il se leva et demanda s'il y avait un téléphone.

— Là-bas, fit le garçon en désignant un coin d'ombre entre les chiottes et les distributeurs automatiques.

Hacine paya son café, il n'avait pris qu'une gorgée, puis gagna l'endroit indiqué. Il glissa cinq pièces dans la fente et composa un numéro compliqué. Une voix éraillée lui répondit. Le jeune homme demanda des nouvelles de sa mère. Oui, il faisait bonne route. Tout allait bien. Il demanda des nouvelles de ses chats. La voix le rassura encore. Hacine respirait calmement. La voix éraillée s'était tue. Il raccrocha et resta un moment sans bouger. Ce vide ne le surprenait plus. Il reprit le volant. Il avait encore pas mal de route.

Quand son père avait quitté Tétouan, il lui avait demandé de prendre soin de sa mère et de surveiller les travaux. Il comptait sur lui. Hacine avait promis. Il aurait préféré que son père reste là et s'en occupe lui-même.

— Et si tu refais les conneries, je te tue avec mes mains, avait dit le père.

C'était des paroles de plomb, lourdes, sincères, sans valeur. Il les avait dites trop souvent. Quand les flics avaient débarqué chez eux après cette histoire de moto, par exemple. Ils s'étaient montrés très corrects, cela dit, les flics. Assis sur sa chaise, le père de Hacine avait pris cet air buté et digne qu'il affichait chaque fois qu'il avait affaire aux autorités, le même qu'à la CAF. À un moment, un flic lui avait demandé ses papiers et il avait sorti son gros dossier rouge avec les élastiques. Les titres de séjour, la naturalisation, le contrat de travail, tout était là, trois décennies de preuves patiemment collectées. Bon bon, avait fait le mec. Ensuite, ils avaient voulu visiter les caves avant d'embarquer Hacine. De toute façon, ils n'avaient rien contre lui, à part deux-trois barres de shit et un couteau planqué entre les ressorts de son plumard. Ils l'avaient gardé au commissariat pendant cinq heures. C'était à la fois long et expéditif. Hacine n'avait rien dit, pas un mot. Il était reparti libre. Le lendemain, son père annonçait leur départ pour Tétouan.

C'était quand même marrant. Les hommes de la génération de son vieux avaient quitté le Maroc parce qu'ils ne trouvaient rien à y faire, et qu'aucun de leurs problèmes ne trouvait de solution sur place. Et maintenant, c'était devenu la terre promise, le lieu parfait des origines, là où le mal était lavé après les corruptions et les déveines hexagonales. Quelle connerie…

À partir de là, Hacine n'avait plus eu le temps de rien. Lui et son vieux avaient fait les magasins. Ils avaient rempli la voiture de gros sacs tricolores et puis s'étaient farci deux jours de voyage. À mi-chemin, ils avaient dormi sur une aire d'autoroute, à quelques kilomètres de Perpignan. Trois ou quatre heures de mauvais sommeil, en sous-vêtements, portes ouvertes, des serviettes de bain étendues sur les sièges de la bagnole. Le garçon se souvenait encore du va-et-vient des semi-remorques qui faisaient la navette entre la France et l'Espagne. Leur grondement sourd et les phares qui balayaient la nuit. Les touristes assommés de fatigue qui prenaient un café et frissonnaient brièvement dans l'air climatisé, avec leurs enfants aux paupières collées, des ados qui lisaient des magazines de basket, la *dream team* avait tout gagné aux JO de Barcelone et Michael Jordan était un demi-dieu.

À l'aube, il avait trouvé son père debout au sommet d'une butte, en short et sandales, occupé à contempler la circulation encore fluide.

— On va repartir, avait dit le vieux de sa voix grumeleuse et monotone.

Il avait les traits tirés, et son ventre faisait un rebond ovoïde sous sa poitrine creuse. Sur ses épaules, dans son dos, le poil noir avait blanchi. On aurait dit un fou échappé de l'hosto, un retraité qui ne trouvait plus son chemin. Hacine avait considéré cette faiblesse un moment. Il avait dit non.

— Je demande pas ton avis.

— J'irai pas. J'ai rien à faire là-bas.

L'homme s'était tourné vers son fils. Et son visage avait clos le débat. De ce côté-là, il n'y avait aucune faiblesse.

— La honte que j'ai eue, c'est la dernière fois. Tu feras comme je dis.

Pendant les mille bornes jusqu'à Gibraltar, c'est à peine s'ils avaient échangé deux mots. Et puis après le bateau, ils étaient arrivés à Ceuta et il avait fallu parlementer longtemps avec les douanes marocaines. Hacine était resté dans la voiture à remâcher son dépit. Il faisait peut-être 50 °C. Des milliers de voitures, et les gens qui arrivaient, par vagues, s'agglutinaient, debout, gueulant, leur passeport tendu à bout de bras. Une ambiance d'exode, de misère, des palabres sans fin, toute cette merde.

Le reste n'avait été qu'une question d'habitude. Il avait notamment fallu s'habituer à cette présence permanente, les oncles, les cousins, même la nuit. Et la chaleur. Pendant des semaines, il avait dormi en slip sur le carrelage pour trouver un peu de fraîcheur, avec autour les ronflements, ces souffles d'homme, cette odeur prenante, sexuelle, mélange de pieds, de queue, de sueur et de nourriture. L'appartement était minuscule. Il fallait tout partager, même l'air, même un mètre carré.

Il avait aussi fallu endurer les reproches de sa mère, qui le houspillait sans cesse parce qu'il se montrait paresseux, fuyant, retors et menteur. Elle pensait à ce qu'on allait dire de lui dans le quartier et craignait pour sa réputation. Je les emmerde, pensait le garçon. Tu me rendras folle, disait la mère. Elle voulait le battre, mais il était trop grand. Plusieurs fois, il était allé se cacher dans la cage d'escalier pour pleurer.

Heureusement, il y avait la mer, la brutalité neutre du bleu, la plage et le mouvement languide du feuillage, l'air brûlé sur son visage. Heureusement, il y avait eu Ghizlane, sa cousine.

En réalité, c'était la fille d'un voisin, mais en la présentant comme une cousine, on lui avait tout de suite fait comprendre qu'il ne fallait pas y compter. Dès la première rencontre, ils s'étaient épiés. Elle était ronde, molle, les yeux couleur d'ambre, pleine de malice et de détours, calculeuse et illettrée. Ses cheveux n'avaient jamais vu une paire de ciseaux et elle faisait tout un opéra de cette chevelure infinie. Selon les jours, elle les coiffait en tresses, en nattes, construisait des chignons ou les laissait tomber comme une crue. Dès qu'elle entrait quelque part, cette sauvagerie envahissait tout, vous cascadait jusque dans la bouche et on en retrouvait ensuite sur les tapis et les fauteuils, et cette odeur de miel, de bête et d'argan qui vous entêtait des heures. Ils ne s'étaient pas parlé trois fois au total et Hacine, en définitive, n'avait fait que l'attendre. Toute une année, il avait rêvé au plein de son ventre, à ses seins involontaires que ses vêtements ne suffisaient jamais à masquer. C'est elle qui lui avait offert deux chatons tigrés, en cachette. Et puis sans prévenir, du jour au lendemain, elle était mariée, à Yazid, un instituteur. Ils étaient partis vivre à Fès.

Cette déconvenue venait après d'autres. Elle précipita le garçon dans une autre passion. Puisque dans la vie, tout allait en s'amenuisant, vous échappait, finissait en poussière, il résolut de s'enrichir. Le profit seul semblait pouvoir tenir la mort à distance. Contre cette perpétuelle hémorragie de la vie, il fut pris d'une rage d'accumulation. Or, à Tétouan, il n'existait pas trente-six moyens pour gagner de l'argent. Il s'y consacra tout entier.

Poitiers, Tours, Orléans. Cette route qui menait d'Heillange à Gibraltar, son père l'avait parcourue trente fois avant lui, tout au long de sa vie. À présent, c'était son tour de nourrir une histoire compliquée avec le Maroc. On l'y avait envoyé pour laver une faute, apprendre à vivre et devenir un homme. Il en revenait avec 45 kilos de résine de cannabis.

Arrivé à hauteur de Troyes, il se perdit en cherchant le point de rendez-vous. Il dut reprendre l'A26 vers le sud puis de nouveau l'A5. Une bonne heure s'écoula comme ça, sans anxiété ni impatience. Il avait tout son temps. Le break suédois filait pesamment, son énorme calandre constellée d'insectes morts. Ce genre de bagnole vous faisait facilement croire que la vie est éternelle.

Il faisait déjà presque nuit quand il trouva la ZAC des Plaines-Devant. Il repéra les lieux en roulant au ralenti, fenêtre ouverte. L'endroit donnait un sentiment de nouveauté élémentaire. De grands hangars montés en deux jours voisinaient avec des hôtels neutres. Des restaurants franchisés attendaient la clientèle d'un hypermarché monstrueusement étendu. À part ça, des jardineries, deux magasins de jouets, un spécialiste de surgelés, deux de hi-fi. Une route serpentait là-dedans, joignant des ronds-points qui organisaient des rotations logiques entre les nombreux parkings. Un peu d'herbe occupait des espaces de transition incommodes. Hacine roulait au ralenti, égrenant mentalement le nom rassurant des enseignes : Saint-Maclou, Darty, Carglass, Kiabi, Intersport. Dans le silence rare du soir, ces boutiques désertées prenaient un aspect dramatique, un air de sépulcre assez beau. Le ciel pesait là-dessus de toute son infinité. Le garçon fumait une Winston filtre et écoutait *Girl from Ipanema* à la radio. On n'a pas toujours la chance d'avoir des moments comme ça.

Il finit par déboucher sur le parking de l'hyper Carrefour, vaste comme une plaine. Les derniers consommateurs sortaient par les portes automatiques avec leur caddie plein. Hacine immobilisa le break à bonne distance. L'atmosphère était douce, et la rumeur de l'autoroute toute proche produisait un agréable ronron. Il se sentait un peu las, bercé, finalement pas si mal. Un couple en Fiat Panda traversa le parking en diagonale. Là-bas, une cafétéria restait ouverte. À travers les fenêtres rayées de reflets blancs, on apercevait des silhouettes, les banquettes, le bulbe orange des vieux abat-jours en plastique. Le soleil plongeait derrière le centre commercial. Une tristesse mercantile montait de terre.

À l'entrée du magasin, un vigile lui conseilla de se dépêcher, c'était presque l'heure de la fermeture. Il se rendit jusqu'au rayon jardinerie où il se choisit une pioche et une scie égoïne. Dans les allées désertes, ses semelles émettaient un petit couinement répétitif. Un fond de musique classique anesthésiait les consommateurs qui s'étaient attardés. Il ne restait que deux caisses ouvertes. Il paya en répondant poliment à la caissière.

Une fois dehors, il trouva un paysage qui n'avait plus rien à voir. La nuit s'était précisée et la plaine, à perte de vue, était semée de points lumineux, chaque lampadaire réchauffant son étincelle dans l'indigo du soir. Les phares rouges et jaunes des voitures signalaient de lentes transhumances. Le néon des enseignes, vert, vif, glacé et bleu, faisait comme du givre. Des publicités brillaient d'un jour mat et sot. Et tout ce fourmillement de lumières vous donnait des idées imprécises sur le sort des hommes, la vacuité de la vie. Hacine cala la pioche sur le parechoc arrière de la Volvo et la scia à ras du fer. Puis il rangea la scie dans le coffre, déposa le manche sur le siège passager. Il avait rendez-vous là le lendemain matin, à 8 heures. Un dimanche. Il avait le temps. Il avait la dalle.

Il se rendit au drive et commanda un McNuggets, un Coca et une grosse frite qu'il mangea dans sa caisse en écoutant le journal de 22 heures. Il y fut question du Hamas, de Balladur et de Yann Piat. Et de foot évidemment. Les quarts de finale du jour opposaient l'Italie et l'Espagne, le Brésil et les Pays-Bas. Il aimait bien le Brésil, comme tout le monde.

Ensuite, il se dégota une piaule dans un hôtel automatisé. Avant d'aller se coucher, il hésita à prendre la came avec lui, mais après tout, elle était aussi bien dans le coffre et il se voyait mal faire les allers-retours. Sa chambre était équipée d'un chiotte individuel, mais les douches se trouvaient au fond du couloir. Il s'y rendit en emportant son manche de pioche. Il avait besoin de se familiariser avec l'objet. Un routier qui se brossait les dents le regarda passer dans le miroir sans rien dire. L'eau était brûlante et Hacine en profita longtemps. Après ça, il fuma un joint et s'endormit devant la télé.

Au réveil, il ne se souvenait pas d'avoir rêvé. Le shit faisait ça. Voilà des années qu'il croyait ne plus faire de rêves.

Il attendait devant l'hyper Carrefour depuis dix minutes quand un utilitaire blanc parut à l'autre bout. Il était encore tôt, et la Volvo stationnait seule en plein milieu du parking. Les ZAC n'ont pas lieu d'être un dimanche et ce même vide régnait à des kilomètres à la ronde. La camionnette décrivit une ample courbe avant de le rejoindre et se gara tout contre. Le conducteur était un petit rebeuh passe-partout, avec un blouson clair et des lunettes aviateur. Il regarda Hacine de haut et lui demanda :

— Alors c'est toi ?

— Y a quoi là-dedans ? fit Hacine en désignant l'arrière de la camionnette.

— Rien.

Ils se jaugèrent sommairement. Le petit rebeuh avait bien noté la présence du manche de pioche sur le siège passager. De la techno sortait de son autoradio, un truc de bourrin hyper-rapide, et lui-même mâchait son chewing-gum à une vitesse affolante, et la bouche ouverte. On voyait tout de suite qu'il se prenait pour un de ces petits cons branchés qu'on voit à Ibiza. Hacine lui fit signe de baisser un peu le son, qu'on puisse s'entendre.

— T'es drôlement jeune, observa le type.

— Et ?

— Je sais pas. Je t'imaginais pas comme ça.

Hacine ne lui demanda pas ce qu'on avait bien pu lui raconter. Il devinait sans mal. À Tétouan, Algésiras ou sur l'A9, il avait surpris pas mal de monde. Pendant quelque temps, il avait même détenu un record. Gérone-Lyon en moins de trois heures avec 500 kilos de marchandise dans le coffre. Il fallait pour ça une Audi S2 et ne pas tenir outre mesure à sa vie.

— Alors ? fit Hacine, comme l'autre continuait de le jauger avec incrédulité.

— On va se garer un peu plus loin. C'est pas la peine de faire ça en plein milieu.

La camionnette démarra au ralenti et Hacine suivit. Ils roulèrent un moment à travers la ZAC déserte. Il n'y avait pas un chat. Tout était fermé. À chaque rond-point il fallait rétrograder et ralentir. Les minutes devenaient élastiques et Hacine se mit à stresser. Il empoigna brièvement le manche de pioche. Il lui tenait bien en main. Il avait son idée. Bientôt, le clignotant de la camionnette annonça un virage sur la droite et ils se retrouvèrent à l'arrière d'une Halle aux Vêtements. L'endroit se trouvait à l'abri des regards. Entre les containers en métal et l'empilement de cartons vides, il y avait juste assez de place pour leurs deux véhicules. Le type sauta de sa camionnette en laissant tourner le moteur. Hacine se gara en marche arrière, cul à cul et ouvrit le hayon. Puis ils s'armèrent de tournevis et commencèrent à démonter les garnitures et le fond du coffre de la Volvo.

— Tu t'appelles comment ?

— Hacine.

— Moi, c'est Bibi.

Ils travaillaient vite, chacun avait l'habitude. Tout de même, Hacine n'appréciait pas beaucoup de se trouver là.

— Y a jamais personne, le rassura Bibi. Franchement, à quoi ça sert de louer un garage, et de se faire chier ?

Effectivement, il n'y avait pas un bruit, pas une bagnole, aucun client à des kilomètres à la ronde. Des dizaines de millions de francs de marchandise reposaient là en vain, canapés cuir, téléviseurs, cornets de glace et jacuzzis, attendant muettement que la vie reprenne, à l'abri dans leur boîte en fer. Hacine avait du mal avec ce sentiment de mort et d'abondance.

Ils transbahutèrent la came en quelques minutes, des petits pavés de 1 kilo, il y en avait une bonne quarantaine, soigneusement découpés et emballés dans du plastique étanche. Ils les rangeaient dans des bidons d'essence trafiqués et qui s'ouvraient comme des boîtes de conserve. Quand ils étaient pleins, Bibi complétait avec de l'essence. Hacine garda cinq pavés pour lui.

— Qu'est-ce que tu vas en faire ? demanda Bibi.

— À ton avis ?

Bibi venait de prendre une Marlboro et tendait son paquet à Hacine.

— Tu fumes pas ici, fit ce dernier.

— L'essence ? Ça risque rien.

— Tu fumes pas, je te dis.

Bibi fronça les sourcils, mais rangea ses clopes.

— Et pourquoi t'es venu ici avec une charrette pareille ? Je croyais que t'étais pilote.

— C'est fini la vitesse.

L'autre fit une moue dubitative. Des bolides de 400 CV traversaient la France chaque semaine, avec à leur bord des tonnes de shit marocain, défiant les radars, la police et le sens commun. Plus de 200 kilomètres-heure tout le long, ces mecs étaient de vrais cinglés et suscitaient l'admiration de toutes les petites mains qui, à travers le pays, profitaient de la revente au détail de ces cargaisons supersoniques. Dans chaque ville, chaque cité, chaque immeuble, cent mecs se considéraient comme des as de la route et des millionnaires en puissance, Bibi le premier. Aucune chance que ça s'arrête.

— Et tu vas où maintenant ?

— Je rentre chez moi, fit Hacine.

— Bon…

Il n'y avait rien à ajouter. Ils se serrèrent la main. Avant de reprendre le volant, Bibi voulut quand même savoir.

— Et ton bâton, là, c'est pour quoi faire ?

— De la place.

3

Anthony avait quitté le club nautique la bouche en sang. Il s'était presque enfui, oubliant son casque derrière lui. Et depuis, il roulait machinalement, sans savoir où aller, aussi vite qu'il pouvait.

Pourtant, il n'était plus aussi tête brûlée qu'auparavant. Longtemps, il avait aimé les déplacements de pure provocation, longer des trottoirs, faire des roues arrière, slalomer entre les bagnoles, prendre la voie de gauche pour se rabattre au dernier moment. Il roulait alors pour tomber, cherchait le contact, la chaussée. Il conservait d'ailleurs de cette période une brûlure au côté droit qui courait de la cheville à la hanche et brunissait son coude. Le bitume, au moins, proposait une limite.

À présent, quand il voyait des mômes faire la même chose, il ne comprenait plus. La période des conneries semblait derrière lui, les cambriolages avec Steve Mourette et la picole frénétique, quand il se mettait la tête à l'envers dans le petit parc au bout du lotissement. De temps en temps, il croisait encore ce môme de sixième à qui il avait pété le bras, ce qui lui avait valu d'être viré du bahut. L'autre se faisait un point d'honneur à ne pas baisser les yeux. Anthony était désolé.

Maintenant, quand il prenait sa 125, il recherchait au contraire à s'effacer. Chaque jour, il refaisait des itinéraires choisis, méticuleux, sélectionnés pour leur géométrie, les sensations qui s'y succédaient, les possibilités offertes à son élan et aux manœuvres compliquées qu'il aimait. De chez sa mère au club nautique, du bahut à chez son vieux. Il en existait un autre, qui filait du Leclerc à la vieille centrale électrique en passant par le centre-ville. Celui-là cumulait les plaisirs de la ligne de fuite et des angles droits. Dans la répétition de ces trajets, il visait la perfection du geste, une fluidité matinale, un effilement pur. L'aérodynamie confinait à la disparition ; au bonheur.

Mais pour le moment, on n'en était pas là. Il avait la tête pleine, et ruminait, infoutu de quitter les abords du lac, parcourant les bois et la route comme un hamster dans sa roue. Sans le savoir, il dessinait une orbite imbécile autour de la présence de Steph. Elle était là, quelque part. Il ne se résignait pas à la quitter. En plus, il commençait à faire un peu frisquet, et il regrettait de s'être tiré sans prendre son sweat. Tout s'était passé tellement vite. Il avait la chair de poule, et sentait monter une fatigue énervée.

C'est là qu'il passa pour la deuxième fois devant le centre de loisirs Léo-Lagrange. Une idée lui vint. Il décéléra, hésitant, puis s'arrêta un instant. Dans le rétro, il vérifia son visage. Du sang avait séché sur son menton. Il tâcha de l'effacer avec un peu de salive. Il n'avait pas très bonne mine. Ça irait.

Il laissa sa bécane à demi planquée dans les bois, puis se fraya un chemin jusqu'au petit camping. Depuis deux ans, le centre de loisirs proposait une activité nature et découverte, avec rando, apprentissage de la faune et de la flore, feux de camp et nuit sous la tente. Un genre de scoutisme laïc encadré par des moniteurs plus ou moins hippies. Cette novation attirait un ensemble de mômes étonnamment disparate, du petit cassos tatoué à l'amoureuse de poney en socquettes. L'expérience durait deux semaines, il fallait faire sa tambouille et la vaisselle, caca dans les bois, et on avait le droit de posséder un couteau. À la fin, les gamins en ressortaient notablement éreintés, grandis, avec un sac plein de linge sale et des souvenirs pour toute une vie.

En débouchant dans la clairière aménagée exprès, Anthony devina une dizaine de tentes et un foyer où fumaient encore quelques braises. Plus bas, une immense masse noire aimantait toute l'obscurité de la nuit : c'était le lac. Il s'avança à pas de loup, inquiet, puis s'accroupit près du feu mal éteint pour se réchauffer les mains. Assis sur ses talons, il se chercha des repères dans le noir. Par cette nuit sans lune, c'était pas facile. Le campement était pris entre le mur de la forêt et les profondeurs du lac. Tout était calme, uniforme, pas une feuille ne bougeait. L'orage qu'on avait rêvé toute la soirée n'était finalement pas venu. Il faudrait encore attendre et il demeurait dans l'air une tension diffuse, l'impression sourde de se trouver pris au piège.

Heureusement, il y avait les tentes, et dedans des ados mal lavés, bien vivants, entortillés dans leurs sacs de couchage et distribués par sexe. Il s'avança. Il valait mieux ne pas se gourer, ou ce serait le scandale. Il dénicha enfin la tente qu'il cherchait, qui se trouvait un peu à l'écart, plus petite. Il s'agenouilla devant et gratta la toile de l'index.

— Pssst.

Il insista.

— Hé… Pssst. T'es là ?…

Il gratta plus fort. Et un petit cri femelle résonna à l'intérieur.

— Chut ! C'est moi…

— Qui ça ?! fit une voix qui n'avait rien de rassurant.

Anthony se sentait enfermé dehors. Dans son dos, le bois dressait sa présence glauque. Il se retourna. Rien. Il n'aurait pas osé tendre le bras, pourtant. Il faisait de plus en plus noir. Dans les bois, il devinait une présence nombreuse, oblique, une noirceur d'humus, un grouillement si vieux, tellement indifférent. Il frissonna.

— C'est moi, dit-il encore tout bas. Mais ouvre !

La course de la fermeture Éclair fendit la toile.

— Parle moins fort…

Anthony avança à quatre pattes et disparut dans le ventre de la tente.

— Qu'est-ce que tu fais là ? dit la voix. Il est quelle heure ?

Anthony cherchait à tâtons. On n'y voyait rien. Il sentit quelque chose de mou sous ses doigts.

— Hé !

— Je vois rien, dit le garçon.

— Qu'est-ce que tu fais là ?

La main d'Anthony poursuivait son exploration. Il sentit la joue de la jeune fille. Elle était toute chaude, sortie du sommeil comme un pain du four.

— T'es douce.

— T'es con, répliqua Vanessa. Je t'ai déjà dit de pas venir ici.

Elle l'avait attrapé par le col et le faisait rentrer pour pouvoir fermer derrière lui. Aussitôt, Anthony se retrouva bien à l'abri dans cet espace minuscule qui sentait la barbe à papa, ou quelque chose du genre, avec derrière une odeur moins nette, chaude, de linge et de peau endormie. Sa main reposait sur une cuisse nue. Vanessa se laissa faire.

— Fais-moi voir, dit le garçon.

— Quoi ?

— Toi. Je sais pas. Montre-toi un peu.

Elle se mit à fourrager dans un coin et comme elle lui tournait le dos, il en profita pour toucher son cul. À travers le tissu du caleçon trop large qu'elle portait pour dormir, il pouvait suivre le dessin de sa culotte. Il voulut glisser une main entre ses cuisses.

— Arrête, grogna la jeune fille.

Un mince faisceau de lumière jaillit d'une petite lampe de poche. Il constata alors que Vanessa faisait la gueule.

— Y a un problème ?

Au lieu de répondre, elle lui fit voir l'heure à sa montre.

— Quoi ?

— Tu fais chier. Il est plus d'1 heure du mat'. Je vais être complètement décalquée, demain.

— J'avais envie de te voir.

Tout de même, ça lui fit plaisir.

— Je bosse, moi. Si on te chope ici en plus, je vais me faire défoncer.

Elle se dressait maintenant face à lui, sur ses genoux, soucieuse, intraitable. Ses cheveux commodément roulés en boule tombaient sur son épaule. À travers son t-shirt Snoopy, on devinait les bouts presque carrés de ses seins nus. Son expression, soudain, changea.

— Qu'est-ce qui t'est arrivé ? dit-elle.

Elle avait braqué le faisceau de lumière sur le visage du garçon et détaillait les blessures du bout des doigts, l'arcade, le nez, la lèvre fendue. Cet examen était aussi une caresse. Anthony ferma les yeux.

— Merde. Qui c'est qui t'a fait ça ?

— C'est rien. Je me suis pris la tête au taf.

— Comment ça ?

— L'autre con. Le fils Rotier.
— La vache, il t'a défoncé.
— C'est rien, je te dis, répliqua Anthony, vexé.
Elle fit jouer l'arête du nez entre ses doigts pour vérifier qu'il n'était pas cassé. Elle vérifia ses dents, palpa le cuir chevelu. Elle l'inspectait comme une mère, l'épouillait. Il se laissait faire, mais de mauvaise grâce.
— C'est rien, putain. Arrête.
— Et pourquoi il t'a fait ça ?
Anthony resta évasif dans ses explications. Surtout, il se garda bien de lui dire qu'avant de quitter le club nautique, il avait pris le temps d'écrire un petit mot au bar. Il avait du sang plein la face, ses mains tremblaient et il avait dû s'y reprendre à deux fois. À la fin, le papier était tout salopé et son écriture presque illisible. Puis il avait fallu traverser ce qui restait de la fête, seul et la nuque roide. En recevant le petit bout de papier, Steph avait piqué un sacré fard. Tout le monde les regardait. Le président et sa bonne femme n'en étaient pas revenus. C'était un scandale et une apothéose. Qu'est-ce que tu fous encore ici ? avait grincé Cyril. Mais Anthony avait donné son bout de papier, le reste ne comptait pas. Deux jours plus tard, il attendrait Steph derrière l'ancienne centrale électrique. C'est ce qu'annonçaient les deux lignes écrites à l'encre bleue. Peut-être qu'elle viendrait.
Pour finir, il avait enfourché sa bécane et était parti sans se retourner, tête nue, à fond de troisième, en faisant un maximum de bruit. Ce n'était pas si mal comme sortie.
— Et ton job ? demanda Vanessa.
— C'est mort.
— Il t'a viré ?
— Bah ouais.
— Ça craint.
Anthony s'était allongé. Il voulait qu'elle vienne contre lui.
— Attends un peu, dit-elle.
Elle éteignit la lampe et se coucha contre lui.
— On voit plus rien.
— J'ai pas envie qu'un gamin nous capte.
— De quoi t'as peur ?
— Mais de rien. Et enlève ta main.

Il obéit, mais elle le rattrapa au vol, glissant ses doigts entre les siens. À présent, ils murmuraient.

— T'as les mains gelées, dit Anthony.

— Chut. Qu'est-ce que tu vas faire pour ton job ? Tu crois que tu vas avoir des emmerdes ?

— Non. Je sais pas. Je m'en fous.

— Arrête un peu, dit-elle encore.

Elle n'aimait pas quand il redevenait cet enfant borné. Elle déposa un baiser sur sa pommette, sur son nez, ses lèvres. Il tira la langue. Elle la prit tendrement dans sa bouche, et ce geste devint un baiser. La salive coulait, c'était doux, pulpeux et tournant. Déjà, elle avait posé sa main à plat sur sa queue. Il commençait à bander.

— Tu sens le réglisse, nota Anthony.

— La réglisse.

— Non. Toi, tu sens le réglisse.

Elle gloussa, c'était son dentifrice qui avait ce parfum. Elle le mordit dans le cou, chercha sa bouche, son menton, sentit des mains qui passaient sous son t-shirt et pressaient durement ses seins. Sans prévenir, elle se souleva et lui tourna le dos, calant l'amplitude de son cul contre le bassin du garçon. Il la prit à la gorge. Elle ne put retenir une plainte.

— Chut !

Cette fois, c'était lui qui avait exigé le silence. Elle joua comme ça un moment. Dans l'espace exigu de la tente, ils voguaient au milieu du vide, isolés, suffisants. La proximité des autres tentes, le risque de l'obscurité, la forêt attisaient leur plaisir. Ils faisaient tourner leurs bassins soudés. Chacun sentait monter l'envie de l'autre. Anthony la tenait à la gorge, au ventre. Devenue molle, geignarde, elle transpirait dans cette tenaille de ses bras. Plus fort, dit-elle, et il serra. Un nouveau miaulement quitta sa poitrine. Puis, n'y tenant plus, elle se tourna à nouveau, et leurs bouches se trouvèrent aussitôt. Ils se donnaient des baisers langoureux qui s'ouvraient comme des beignets pleins de confiture. Anthony sentait la langue moelleuse, la salive, chaude, abondante. Un fourmillement parcourait ses testicules, il écoutait la respiration de Vanessa, toujours plus rapide, entraînante, sa queue enflait encore. La jeune fille soufflait maintenant par le nez, de plaisir. Elle se mit à le chercher avec son visage, leurs joues se frottaient, le nez, le front, puis les baisers reprirent de plus belle. Très vite, ils commencèrent à se rouler des pelles techniques, intrusives. C'était bon, ils se remplissaient l'un l'autre. Un bruit les stoppa.

— T'as entendu ?

— Non.

— T'es sûr ?

— Mais oui, fit Anthony.

Lui voulait remettre ça très vite. Il était prêt. Il craignait de débander, en fait.

— J'ai sans arrêt la trouille ici, expliqua Vanessa. L'autre nuit, j'étais tellement flippée, je suis allée dormir avec les filles.

— C'était cool ?

— Elles ont douze ans, connard.

— T'as peur de quoi ?

— C'est la forêt, là. Ça craque. Et puis les grosses têtes.

— Ils viennent pas jusqu'ici.

— Tu parles. L'autre matin, on a retrouvé des hérissons crevés accrochés dans les branches.

— Et alors ?

— C'est leur truc les hérissons. Ils les bouffent, je crois.

— C'est des conneries.

Tandis qu'ils murmuraient, Anthony avait glissé une main dans le dos de la jeune fille. Il avait compté ses vertèbres, effleuré ses flancs, ses hanches. Au creux de ses reins, ses doigts avaient trouvé un peu de sueur. Vanessa était moite, ondulante, ses paroles faisaient un bruissement feutré dans l'air surchauffé de la tente, et la peur affûtait encore leur plaisir. Anthony porta ses doigts trempés de sueur à sa bouche. Il ne s'inquiétait plus de savoir s'il allait bander. Il avait envie de coller son ventre à celui de Vanessa, il voulait mélanger leurs sueurs. Il dégoulinait littéralement. Il essuya son front.

— T'as pas trop chaud ? On crève là-dedans.

Au lieu de répondre, la jeune fille glissa sa main entre eux, ouvrit son jean et commença à masser sa queue à travers le tissu du caleçon. Elle faisait ça bien, pour elle. Anthony grogna.

— Mais tais-toi…

Le garçon se mit à chercher la lampe de poche et ralluma.

— Qu'est-ce que tu fous ?
— Deux secondes. Je voudrais te voir. S'il te plaît.
Elle laissa faire et le visage sérieux de Vanessa parut tout près, velouté et brun. Anthony fit un mouvement en arrière pour mieux la voir. Elle était occupée à le branler. Il voulut glisser une main dans sa culotte, mais elle se déroba.
— Laisse-moi faire, dit-elle.
Elle entreprit de baisser son jean et il l'aida. Le caleçon suivit immédiatement. Alors, elle empoigna sa queue vraiment. Elle enduisit sa main de salive pour mieux faire. Pour Anthony, la sensation était indescriptible, fluide, aiguë, ça lui montait dans les reins, jusque dans la nuque.
— C'est bon putain…
Elle n'écoutait pas. Les yeux rivés sur sa bite, elle le branlait, aventurant par instants sa paume jusque sous les couilles, c'était vraiment un truc de malade mental. Elle le regardait avec un abandon de statue, une opacité maniaque.
— Tu vas me baiser, dit-elle.
Il ferma les yeux. Il aurait pu venir. Juste ça, il aurait pu.
— T'as des capotes ?
— Ouais.
Elle se redressa pour se rendre à quatre pattes à l'autre bout de la tente. Elle lui tournait le dos et se mit à farfouiller dans un sac éventré par terre.
— Où je les ai mises, putain ?
Lui la regardait en se tripotant.
— Bouge plus.
— Quoi ?
Elle lui jeta un coup d'œil interloqué par-dessus son épaule.
— Bouge pas, je te dis.
— T'es un grand malade, toi.
Mais elle avait ce sourire narquois, le jeu se poursuivait. Il rapprocha la lampe torche.
— Cambre-toi un peu pour voir.
— Mais non, arrête tes conneries.
— Tais-toi, ou j'appelle au secours.
Elle pouffa de rire et creusa son dos. Il approcha, sur ses genoux, elle était toujours à quatre pattes. Il enfonça ses reins

pour faire jaillir son cul. Puis il l'attrapa par la nuque, rudement. C'était leur truc. Elle écarta encore un peu les jambes pour être plus à son aise, et posa sa joue sur ses bras qu'elle avait croisés par terre. Il la tenait fermement à présent et passa une main à l'intérieur de sa cuisse. Les paupières de Vanessa se fermèrent. Il remonta jusqu'à sa chatte, pressa, fit glisser sa paume ouverte sur le tissu du caleçon. Elle voulut se cambrer encore mieux, ses soupirs venaient de la poitrine à présent, elle expira fort. Anthony fit glisser le caleçon, découvrant la culotte blanche. Il se pressait contre sa cuisse, se frottant plus ou moins.

— Vas-y, grinça Vanessa.

Il découvrit son cul et laissa la culotte à mi-cuisse.

— Enlève-la.

— Tais-toi.

Ils parlaient tout bas, la poitrine pressée. Cette tente à présent dérivait, loin du continent. Cachés, nerveux, ils ne se sentaient plus tenus à rien. Depuis plus d'un an, ils avaient pris l'habitude de baiser occasionnellement comme ça, quand ils en avaient envie, ou que l'occasion se présentait. Ils ne se posaient pas de question, n'exigeaient rien, ne se faisaient ni reproches ni promesses. Surtout, ce secret de leurs amours confidentielles avait abouti à une complicité sans mesure. Grâce à cela, ils avaient pu accumuler beaucoup d'expérience. Ils en savaient déjà long sur leurs prédilections, leurs manies, leurs dégoûts. Au lit, on leur aurait donné trente ans. Ils étaient contents et fiers de cette avance. Il en découlait aussi une affection bizarre. Anthony appréciait Vanessa parce qu'elle lui fournissait l'entraînement nécessaire à des succès qu'il se réservait pour l'avenir (comme faire jouir Steph ou des meufs du genre). Vanessa l'aimait bien parce qu'il était endurant, naïf et malléable. Au fond, tout cela ressortait autant de l'échange de bons procédés que du malentendu.

En attendant, Anthony venait d'empoigner sa petite culotte et la fit remonter brutalement entre ses fesses. Le frottement du coton contre son sexe, la contrainte, Vanessa se dit qu'elle allait devenir dingue. Pour lui montrer, elle creusa encore un peu les reins, ses cuisses s'écartèrent, le caleçon qui entravait les cuisses craqua.

— On s'en fout, fit Anthony.

Et il l'arracha franchement. Putain, comme c'était bon, sentir cette force. Au début, elle avait dû le bousculer un peu, ce n'était qu'un môme, empoté et timide, et même s'il l'avait nié, elle avait tout de suite vu qu'elle était sa première vraie meuf. Il avait donc fallu lui montrer la marche à suivre, les dosages et les étapes. Et une fois qu'il avait compris le b.a.-ba féminin, les grandes lignes, Vanessa lui avait fait voir ce dont elle avait besoin.

Et ce qu'elle voulait, c'était qu'on la tienne.

Parce que dans la vie en général, ce rôle lui revenait toujours. À elle le mors aux dents, la contention, l'effort de caractère. On lui reconnaissait d'ailleurs cette qualité, elle savait ce qu'elle voulait. Tu parles d'une consolation.

Vanessa avait grandi dans une famille aimante et stable, ses parents n'ayant même pas succombé à ces modes si répandues du divorce et de la recomposition. Ils vivaient depuis vingt ans dans le même pavillon qui comptait trois chambres, avec leurs deux enfants, un garçon et une fille. Lui bossait au cadastre, elle était secrétaire à la mairie. Chaque année, ils partaient quinze jours à Sanary. Ils ne cherchaient pas à changer de vie, se satisfaisaient de salaires décents et d'augmentations raisonnables. Ils occupaient leur place, favorables à l'état des choses, modérément scandalisés par les forces qui en abusaient, inquiets des périls télévisés, contents des bons moments que leur offrait la vie. Un jour, un cancer mettrait à l'épreuve cette immobile harmonie. En attendant, on était bien. On faisait du feu l'hiver, et des balades au printemps.

Thomas, leur aîné, faisait Staps. Ses parents ne trouvaient rien à y redire. Ils s'inquiétaient en revanche des ambitions saugrenues de leur fille qui annonçaient des dépenses difficilement soutenables. Il faut dire que depuis l'adolescence, Vanessa se donnait des airs. Sa fac de droit ne faisait que confirmer le sentiment familial : elle se croyait supérieure.

Elle s'était pourtant montrée plutôt frivole jusqu'à quinze-seize ans. Et puis en première, il s'était produit un choc. Elle s'était mise à bosser, soudain horrifiée à l'idée de rester à Heillange pour mener à son tour une vie peinarde et modérément heureuse. Peut-être que l'illumination était venue en cours de socio, ou en faisant les courses au Leclerc avec sa mère. C'est en tout cas à ce moment-là qu'elle avait commencé à prendre ses distances avec Carine Mougel, la frangine du cousin, sa meilleure copine de toujours. Résultat, elle avait fait des étincelles au bac et poursuivait maintenant des études de droit, tout le temps fourrée à la bibliothèque, avec ses manuels soporifiques, ses fiches bristol et trois couleurs de Stabilo, constamment angoissée.

Quand elle rentrait le week-end, elle trouvait ses parents occupés à mener cette vie dont elle ne voulait plus, avec leur bienveillance d'ensemble et ces phrases prémâchées sur à peu près tout. Chacun ses goûts. Quand on veut on peut. Tout le monde peut pas devenir ingénieur. Vanessa les aimait du plus profond, et ressentait un peu de honte et de peine à les voir faire ainsi leur chemin, sans coups d'éclat ni défaillance majeure. Elle ne pouvait pas saisir ce que ça demandait d'opiniâtreté et d'humbles sacrifices, cette existence moyenne, poursuivie sans relâche, à ramener la paie et organiser des vacances, à entretenir la maison et faire le dîner chaque soir, à être présent, attentif tout en laissant à une ado déglinguée la possibilité de gagner progressivement son autonomie.

Vanessa, elle, les voyait petits, larbins, tout le temps crevés, amers, contraignants, mal embouchés, avec leurs *TéléStar* et leurs jeux de grattage, les chemisettes-cravates du père et sa mère qui, tous les trimestres, refaisait sa couleur et consultait des voyantes tout en considérant que les psys étaient tous des escrocs.

Vanessa voulait fuir ce monde-là. Coûte que coûte. Et son angoisse était à la mesure de ce désir d'échappée belle.

Avant ses premiers partiels, elle avait bossé à s'en rendre malade. Ce zèle résultait pour partie des mises en garde familiales. Car ses parents l'avaient prévenue, si elle foirait son année, elle serait rapatriée illico à Heillange, on n'avait pas les moyens d'entretenir une dilettante. Mais au fond, elle ne croyait pas vraiment à ces menaces. En revanche, depuis toute petite, elle entendait des contes affolants sur le fonctionnement universitaire. Des mômes qui avaient jusque-là connu des scolarités sans problème se retrouvaient tout à coup réduits à des notes subatomiques. Le vice des profs était sans limite, leur suffisance proverbiale, l'humiliation des étudiants la règle. Ces derniers étaient d'ailleurs livrés à eux-mêmes, loin de papa-maman, allant d'un cours à l'autre dans l'indifférence générale, somnambuliques et déprimés. Aussi beaucoup cédaient-ils aux plaisirs faciles de la fête, passant leur temps à dormir ou coucher, se défonçant dans leurs studios ou jouant à *Zelda* au lieu de bosser. Ce genre de récit avait de quoi affoler les âmes les mieux trempées.

Ce qui avait effrayé Vanessa surtout, c'était ces citadines pimpantes et délurées, en trench et mocassins, avec leurs beaux cheveux et leurs sacs Longchamp. Elles venaient en cours à pied tandis que Vanessa devait se taper quarante minutes de bus depuis la cité U. Au lieu de réviser, elles passaient des heures dans les cafés voisins à boire des Perrier rondelle, en discutant de politique et de leurs vacances aux sports d'hiver, tandis que des mecs de licence essayaient d'attirer leur attention. Ces meufs, avec leur assurance innée, leurs connaissances des musées de Londres et d'Amsterdam, leurs maisons de centre-ville et leur vocabulaire choisi, lui avaient foutu une trouille monumentale. Et puis, à la fin du premier semestre, elle avait vu. Ces petites bêcheuses jouaient la décontraction, mais elles n'étaient pas si douées et celles qui n'en avaient pas foutu une rame s'étaient retrouvées à chialer devant le tableau des résultats. Vanessa, elle, avait eu la moyenne partout, et 15 en droit constit'.

Pour fêter ça, elle était allée boire un café à son tour, dans une belle brasserie du centre, toute seule, assise bien droite, avec posée devant elle une vieille édition d'un roman de Sagan qui parlait évidemment d'amour. Pour la première fois depuis des semaines, elle s'était sentie à sa place.

Alors quand elle retrouvait Anthony, elle voulait qu'on s'occupe d'elle. Elle voulait être prise, tenue et baisée. Elle voulait avoir un peu mal, ça lui changeait les idées. Et même si elle avait un copain gentil à la fac, qui s'appelait Christopher et voulait tenter le concours de Sciences-po, ça n'avait rien à voir. Anthony, elle l'avait dressé selon ses besoins. Il procédait en conséquence. Il n'en parlait à personne. Elle l'adorait, au fond. Il écarta sa culotte et elle sut qu'il allait venir dans sa chatte, la remplir. Elle dégoulinait. Il faisait tellement chaud. Elle ne pensait plus à rien. Elle dit :

— Mets-moi ta queue.

— Attends…
— Baise-moi, allez…
— Attends, je te dis.
Il s'était agenouillé derrière elle et la mordait, son cul, le gras des cuisses. Des frissons lui remontaient partout dans le dos, elle se mit à trembler. Puis sentant le souffle du garçon sur son sexe, elle se cabra.
— Non, pas ça.
— Pourquoi ?
— Arrête. Il fait chaud. Y a pas de salle de bains, ici.
— Et alors ?
— Arrête, c'est tout.
Trop tard. La langue d'Anthony avait trouvé le velours de sa chatte. Il suivait un pli, remontait l'aine, goûtait sa sueur, le jus suret et tellement intérieur. Elle se sentit fléchir et oublia de le dissuader. Il la tenait aux hanches, ferme, écartait ses fesses, lui prenait les cuisses. Elle était comme une pâte entre ses mains. Tout ce qu'elle aimait. Elle se mit à geindre pour de bon. Anthony empoigna ses cheveux. Elle se cambra, le cherchant avec son bassin. La queue du garçon était là, gonflée, pressée à l'orée de son sexe. Il l'immobilisa.
— Tu me sens ?
Elle lui répondit d'un soupir. C'était un peu chiant, il était bavard. Elle ne pouvait pas non plus ne penser qu'à elle ; puisqu'il aimait parler, elle l'écoutait. Il commença à s'enfoncer tout doucement.
— La capote…
— Tant pis, dit Anthony. Tu me sens bien ?
— Mais oui ! Vas-y.
Quand il fut bien au fond, il l'enlaça, elle passa une main derrière sa nuque et il la baisa comme ça, en silence, dans la chaleur effarante de la tente, collé de sueur, oubliant les dangers et leurs emmerdes. C'était bon, mais Vanessa savait qu'elle ne parviendrait jamais à jouir comme ça, toute sale, avec les mômes et la forêt à deux pas, alors elle fit semblant, ondulant de plus en plus vite, enclose, débordante, acharnée.
— Tu vas venir ? dit-il.
— Oui…

— Maintenant ?

— Mmm.

La sueur collait son dos au ventre du garçon. Elle s'agitait de plus en plus, brûlante, il la prit à la gorge, elle lui dit maintenant, et une seconde après, Anthony vint au fond de son ventre. Elle ne bougea plus, haletante, et put même compter les spasmes de sa queue. Aussitôt, ils se détendirent, lui rassasié, presque aussitôt indifférent. Elle dut le retenir pour qu'il reste contre elle.

— Attends. Reste là.

— T'as joui fort ?

— Oui.

Anthony roula sur le dos. Elle retint sa main. Tous deux fixaient maintenant la toile de tente, sans rien se dire. Vanessa nota qu'il respirait par la bouche. C'est drôle, elle n'avait jamais fait gaffe.

— J'ai faim, fit le garçon.

— Sans dec…

Il bâilla, remonta sa fermeture Éclair et se redressa.

— J'ai pas mangé depuis midi. T'as pas une clope ?

— Fais pas de bruit.

Elle chercha dans son sac tandis qu'il sortait de la tente. Dehors, rien n'avait changé, mais la magie s'était dissipée. Il ne restait que la matérialité épaisse des choses, la beauté neutre du ciel. Anthony s'étira. L'air séchait son buste. Il se sentait bien, l'esprit nettoyé. Il prit la clope qu'elle lui tendait, elle lui donna du feu.

— Tu fumes pas ?

— Non, répondit-elle.

Elle semblait méfiante, et restait dans la tente.

— Quoi ? fit le garçon, sur un ton presque agressif.

— Rien.

Il resta silencieux un moment. Puis laissa tomber comme ça :

— Je vais voir mon père demain.

— Cool.

— Ouais. Je me demande toujours comment ça va se passer.

— Ça se passe toujours bien.

— Ouais. Mais ça me fait drôle.

Elle avait passé la tête dehors et semblait sincèrement concernée.

— Je le reconnais pas, dit Anthony.

— Comment ça ?

— Je sais pas. Il est plus comme avant.

— Et ta mère ? Elle en dit quoi ?

— Rien. Ils se voient plus.

— C'est mieux comme ça.

— Ouais.

Après un instant, Vanessa lui demanda :

— Tu veux que je vienne ? Je suis libre demain soir.

Anthony la regarda sans comprendre.

— Comment ça ?

Son ton était inutilement agressif. Elle avait l'habitude.

— Je sais pas. Je disais ça comme ça.

— Tu vas pas venir chez mon père.

— OK. C'est bon. Je m'en branle.

Il arrivait comme ça que Vanessa déborde. Anthony, aussi sec, se claquemurait. Cette fois encore, plus que d'habitude. Il ne pensait déjà plus qu'au rendez-vous qu'il avait avec Steph. Dans deux jours. Il finit sa clope, l'écrasa dans l'herbe et lui fit la bise.

— Salut, dit-il.

— Salut, répondit Vanessa.

Elle ne lui en voulait pas.

Plus tard, elle fit sa toilette accroupie sous un arbre, à l'écart, avec une bouteille de Contrex et un t-shirt. Elle n'entendit pas un bruit, ne vit personne. Pourtant, elle ne parvint pas à se débarrasser de ce sentiment bizarre, à croire qu'on la regardait pendant qu'elle se lavait la chatte.

4

Après avoir fait le tour de ses poches, Patrick Casati laissa tomber toute sa petite monnaie sur le comptoir en formica. Ça ne faisait pas lourd. Surtout des pièces de 2 et des centimes.

— C'est tout ? fit le patron.

— Attends voir.

L'homme fouilla encore, retourna les poches de son blouson. On était lundi, jour de récolte. Il finit par dénicher deux billets de 50 et en laissa tomber un sur la petite monnaie.

— Je garde 50 balles pour moi. Faut bien que je bouffe.

— C'est sûr, fit le patron, qui connaissait la vie.

— Alors. On est bon ou quoi ?

— Laisse-moi voir…

Le patron se retourna vers l'imposante machine à café qui trônait dans son dos. Un gros bocal en verre était glissé dans le coin tout contre, rempli à ras bord de ferraille. On distinguait aussi quelques billets de banque grisâtres. Il prit le bocal à deux mains et fit tinter la monnaie.

— Un bruit bien sympathique, dit le coiffeur, en levant son verre.

— On est pas loin, je pense, dit Patrick.

Le patron posa le bocal sur le bar. C'était un bocal de trois litres, avec un caoutchouc pour l'étanchéité. Une étiquette collée dessus précisait "Quetsch 1987". La confiture avait été dévorée depuis belle lurette.

— On compte ? demanda le patron.

— Allez, fit Patrick dans un sourire.

Il venait prendre son café à L'Escale tous les matins. Un bistrot pas très loin du boulot tenu par des Portugais, un couple opaque et brun qui bossait quinze heures par jour. Le patron s'appelait Georges, sa femme n'était pas là. Georges avait les cheveux tellement touffus et si épais, les mecs n'arrêtaient pas de l'emmerder avec de prétendues origines nord-africaines. Après tout, le Portugal jouxtait. Des siècles d'invasion avaient forcément engendré quelques hybridations. Le patron opinait silencieusement, l'air de dire rira bien qui rira le dernier.

— Bon on compte, d'accord, approuva le coiffeur, mais d'abord, pfiiiit.

Et du pouce, il fit le geste de remplir son verre déjà vide. Le patron lui remit ça, un petit muscadet pour la route, c'était le troisième. Le coiffeur aussi venait chaque matin. Dès 8 heures, il éclusait le premier blanc, avec un trait de limonade. Ça l'aidait à avoir la main plus sûre. D'ailleurs, les plus grands chirurgiens ne procédaient pas autrement, il l'avait lu dans un magazine. Et personne n'avait jamais eu à se plaindre de son travail. N'empêche, depuis qu'une certaine Mélodie avait installé son salon presque en face, le commerce n'était plus aussi florissant. Elle proposait une carte fidélité, des coupes à 50 francs pour les enfants et un notable décolleté : on frisait la concurrence déloyale. Il avait bien pensé à refaire les peintures et remplacer son vieux transistor, mais ces velléités de modernisation s'étaient perdues au bistrot, comme le reste. Avec ça, le coiffeur était complètement chauve et encarté au RPR. Il aimait les meetings, la charcuterie, son pays et Charles Pasqua.

— Allez hop !

Le patron remplit le verre et vida le contenu du bocal sur le comptoir. Quelques pièces valdinguèrent sur le sol en mosaïque, mais personne ne prit la peine de les ramasser, on verrait plus tard. Ils s'y mirent tous les trois en triant par catégorie et en faisant des piles de dix. De toute façon, ils avaient le temps. Patrick n'embauchait pas avant 9 h 30 et pendant les vacances scolaires, le rade était presque vide. On n'y voyait guère que les habitués, le coiffeur, Patrick Casati et Namur, un gros type qui vivait d'une pension d'invalidité et lisait son journal dans le fond, son petit chien sur les genoux. Il ne reste plus d'idiots dans les villages, mais chaque café conserve son épave attitrée, mi-poivrot, mi-Cotorep, occupée à boire du matin au soir, et jusqu'à la fin.

À la fin, le patron prit un bloc-note et procéda au calcul. On avait défroissé les billets et commencé par compter les pièces de 10. Les additions furent vérifiées deux fois. On se méfiait des fausses joies.

— C'est bien ça. 5268.

Le coiffeur, impressionné, siffla.

— Des nouveaux francs ?

— Bah oui…

— Non, mais on sait jamais.

— Eh ben…

Patrick devait bien l'admettre, c'était pas si mal. Voilà près d'un an qu'il alimentait cette cagnotte avec le pognon économisé sur sa consommation d'alcool. À force, ça faisait quand même des ronds. Les deux autres le regardaient fraternellement, avec le sentiment du devoir accompli. Les copains.

— Ça se fête, dit le coiffeur, en levant son verre.

Patrick fit un petit mouvement de tête narquois, t'es un marrant toi, pas vrai ?

Au début, Patrick avait vraiment morflé. Pire que tout ce qu'on imagine. L'alcool, à force, devient un organe parmi d'autres, pas moins indispensable. Il est là au-dedans, très profond, intime, utile à la marche des affaires, comme le cœur, un rein, vos intestins. En finir, c'est s'amputer. Patrick en avait chialé. Il avait crié la nuit. Et passé des heures dans son bain brûlant à claquer des dents. Et puis, après deux mois de migraines, de courbatures et de suées nocturnes, il s'était réveillé un beau jour, sevré. Tout avait changé, même son odeur.

Au passage, il avait pris pas mal de bide à cause des sucreries, mais il avait également retrouvé un meilleur sommeil, et sa trique du matin. Il avait découvert comme ça toute une nouvelle économie du corps, avec ses bénéfices et ses pertes sèches. Par exemple, il se sentait moins patraque au saut du lit, mais il ne retrouvait plus cette délicieuse énergie des premiers verres, quand on remet du fioul dans la chaudière et que cette brûlure de l'alcool vous tient lieu de deuxième jeunesse.

Mais au fond, le problème d'une vie sans alcool n'était pas celui-là. C'était le temps. L'ennui. La lenteur et les gens.

Patrick se réveillait d'un sommeil de vingt années, pendant lequel il s'était rêvé des amitiés, des centres d'intérêt, des opinions politiques, toute une vie sociale, un sentiment de soi et de son autorité, des certitudes sur tout un tas de trucs, et puis des haines finalement. Or, il était juste bourré les trois quarts du temps. À jeun, plus rien ne tenait. Il fallait redécouvrir l'ensemble, la vie entière. Sur le coup, la précision des traits brûlait le regard, et cette lourdeur, la pâte humaine, cette boue des gens, qui vous emportait par le fond, vous remplissait la bouche, cette noyade des rapports. C'était ça, la difficulté principale, survivre à cette vérité des autres.

Alors, les premiers temps, il s'était replié chez lui, dans son petit appart excentré, un truc loué à la va-vite après la séparation. Il s'était dit qu'il trouverait mieux une fois le divorce prononcé. Un an et demi plus tard, il y vivait toujours. Des jours durant, il avait erré comme une bête de somme, lourde et vague, pleine de cette force sans objet. De temps en temps, il empoignait son bide à deux mains devant le miroir de la salle de bains. Il se dégoûtait et râlait contre tout, le coût de la vie, Anthony qui faisait connerie sur connerie, sa femme cette salope, et mille choses encore. Il ruminait surtout l'immense gâchis, sa jeunesse dans le caniveau.

Finalement, il s'était acheté un vélo. Son premier pas vers du mieux. C'était chiant, parce qu'il n'avait pas de garage et devait caser l'engin chez lui, un F1 déjà plein à ras bord. Mais au moins, il sortait se balader. Il allait le long du canal et croisait d'autres cyclistes. Il s'asseyait sur le bord pour regarder l'eau couler. Cet ennui était son délice. Et grâce à Dieu, il avait réussi à se dégoter un nouveau job. C'est à ce moment-là que cette idée de cagnotte lui était venue. Il y mettait chaque jour les 20 ou 30 balles qu'il consacrait autrefois à la boisson. Dix mois plus tard, il avait accumulé un peu plus de 5 000 francs, une somme.

— Et alors ? T'es décidé ? Qu'est-ce que tu vas en faire de tout ce fric ?

— Ah ! fit Patrick, théâtral, un bras en l'air.

Comme si les autres ne le savaient pas.

Du revers de la main, le patron fit glisser la monnaie sur le comptoir et les 5 000 balles retournèrent dans le grand bocal de quetsch. Il déposa ce dernier sur le comptoir, lourd de métal, une tour sous le nez des trois hommes.

— Ça se fête pas alors ? tenta encore le coiffeur, dont le verre restait sec.

— Si, allez, convint Patrick, bon prince. Remets-lui donc un coup.

— Ah, j'aime mieux ça.

Puis se tournant vers Namur, Patrick lui demanda s'il avait soif. Namur resta muet. Il n'avait pas fini sa lecture. Sur ses genoux, le petit cavalier King Charles suivait, ligne après ligne, attendant que son maître tourne la page.

— Mets-lui donc un kir.

Le patron remplit le verre du coiffeur et Patrick apporta son kir à Namur. Lui se contenta d'un café très noir.

L'été, il n'y avait pas grand monde à L'Escale. C'était un rade de lycée, avec un baby, deux flippers, et une tolérance infinie pour les mineurs qui restaient trois heures avec un café et un verre d'eau. Il jouxtait Fourier, le meilleur bahut de la ville. À midi, on faisait des croques et des sandwichs. Sur le bar, on trouvait un distributeur de cacahuètes et un téléphone à pièces. C'était vieux, marron, dans son jus, avec des tabourets, une mosaïque de couleur sur le sol, un grand miroir, quelques plantes vertes, des matières de synthèse et des barres en laiton. Surtout pas de musique, la patronne avait des acouphènes. Et le tout d'une propreté de bloc opératoire. Chaque année, en août, les propriétaires fermaient un mois plein pour retourner au pays, non loin de Coimbra, dans un petit village écrasé de chaleur où ils passaient leur temps à digérer les déjeuners faramineux et les dîners non moins considérables que préparait la tante Bruna. Ils en revenaient rajeunis, plus lourds de cinq kilos, presque noirs. Pour l'heure, L'Escale sonnait creux et par les baies vitrées, on voyait la circulation épisodique, les locaux de la CAF en face et ce qu'il restait du Palace, un cinéma fermé pour raisons de sécurité. L'affiche du dernier film projeté là se délitait patiemment. Une histoire de routier champion de bras de fer avec Sylvester Stallone. La voix de Namur rompit le silence. On avait l'habitude, chacun écouta.

— Lion. Plein d'énergie, aujourd'hui vous prendrez les choses en main. Amour : vous êtes disponible pour l'émerveillement. En couple : soyez surprenant. Travail : vos ambitions peuvent vous cacher l'essentiel.

Chaque matin, arrivant à la dernière page du canard local, il donnait lecture de l'horoscope, en commençant par les Lion. C'était le signe de son chien. Le coiffeur attendit les Bélier avant de poser la question qui lui brûlait les lèvres.

— Et tu comptes l'envoyer où ta femme, avec ce pognon ?

— C'est plus ma femme, dit Patrick.

— Certes.

Patrick se posait la même question. Il dit :

— Je verrai avec la fille de l'agence de voyages.

— Tu dois pouvoir aller jusqu'en Sicile, avec 5 000 balles.

— On verra bien.

Patrick venait de regarder l'horloge fixée au mur entre les fanions du Benfica. Il se leva, c'était l'heure.

— Bon, messieurs…

— Salut, firent le patron et le coiffeur.

— À la prochaine.

— Travaille bien.

Patrick souleva son bocal plein de pièces et quitta le rade en souhaitant une bonne journée à tout le monde. Sa tirelire faisait son poids, peut-être cinq ou six kilos ; moins lourde que sa culpabilité toujours. En sortant, il constata que Namur avait séché son kir sans barguigner. Ça lui fit plaisir.

Une fois dehors, il se dépêcha de rejoindre les locaux de Districan. Il marchait d'un bon pas, jetant un coup d'œil à sa montre de temps en temps, son magot cliquetant sous son bras. Au bureau, Caro était déjà là, devant la cafetière qui produisait des roucoulements graves et embaumait toute la pièce. Elle lui servit un café avant d'arracher une feuille de service épinglée à un panneau en liège.

— Tiens, c'est pour toi.

Patrick consulta le document en soufflant sur son café brûlant. Il avait posé son bocal sur la table où les administratifs prenaient leur repas à midi. Caro lorgnait la chose sans oser y toucher.

— Vous êtes sérieux ? dit Patrick.

— Bah oui, bah c'est comme ça, répliqua Caro, pragmatique.

— Vous êtes sérieux.

Les mêmes mots, mais le ton avait gagné en gravité. Caro s'excusa. Elle était tout miel, à présent.

— On est en sous-effectif, mon lapin. C'est juillet. Qu'est-ce que tu veux que je te dise ?

— Ouais. C'est l'été toute l'année avec vous.

— Allez, ça sert à rien de ronchonner.

Patrick compta. Treize points de contrôle et presque trente machines. Surtout, ils lui avaient mis l'hôpital. Cet endroit était infesté de distributeurs, il y en avait à tous les étages et dans tous les coins. Il lui faudrait la matinée. Il regarda sa montre, soupira, revint à sa feuille de service et se dirigea vers la sortie. Dans son dos, Caro le héla.

— Hé ! Ta tirelire.

Avec tout ça, il avait failli oublier. Caro tenait le bocal à deux mains. Avant de le lui rendre, elle fit tinter la monnaie, comme si le bruit pouvait la renseigner sur le montant.

— Y a combien là-dedans ? T'as gagné au Loto ?

— Touche pas à ça, fit Patrick, tâchant de tout prendre, la feuille de service, le blé, son café.

— Arrête un peu, répliqua Caro. C'est pas la peine de faire la gueule. C'est pas moi qui décide pour les plannings.

— Bah si, justement.

— Je fais avec ce que j'ai. Qu'est-ce que tu veux que je te dise ?

Patrick avait envie de dire des tas de choses. Il cherchait les mots. Il perdait son temps.

— Tu ferais mieux de prendre tes sous pour m'inviter au resto, dit finalement Caro, joueuse.

Patrick la considéra une seconde. Après tout, pourquoi pas ? C'était une idée. Elle n'était pas spécialement jolie, mais à quarante balais passés, elle restait dans la course. Il aimait bien son côté brut de décoffrage, ses jeans moulants, ce côté à la fois allumeuse et réglo. Elle appartenait à cette catégorie des femmes à jambes, indiscernables l'hiver, mais qui aux beaux jours, avec une jupe et des talons, se transfigurent. Patrick aimait bien ce genre-là, des sexy épisodiques, leur orgueil de printemps, leurs retours d'hirondelle. C'était par ailleurs une bosseuse invétérée, qui donnait toujours raison au patron et au client, ne comptait pas ses heures, trouvait immanquablement des excuses au côté du manche. Par manque d'imagination sans doute, elle ne trouvait jamais rien à redire à ce qui avait le mérite d'exister.

Elle élevait seule ses deux filles, Nina sept ans et Sofia quinze. Elle n'avait pas été augmentée depuis cinq ans.

— Alors ? dit-elle.

— Quoi ?

— Tu m'invites ?

— Non.

— Et ce fric ? C'est pour quoi faire ?

— Une surprise.

— Pour moi ?

— T'as qu'à croire.

— Allez ciao. T'es déjà en retard.

Au moment où il passait la porte, elle ajouta :

— Et n'oublie pas ta casquette.

À chaque fois qu'il ouvrait un distributeur automatique, Patrick devait ramasser la monnaie, passer un coup d'éponge, refaire le plein de canettes, de bouteilles de flotte, de paquets de chips et de petits cakes Papi Brossard, sans oublier les barres chocolatées. Les machines étaient toutes munies d'un badge magnétique. Il signalait son passage sur chacune à l'aide du scanner qui pendait à sa ceinture. Il lui suffisait, en rentrant chez lui, de brancher l'appareil sur sa ligne téléphonique et ces précieuses informations filaient tout droit jusqu'au centre de données dont Districan se servait pour organiser les interventions et produire des factures. Accessoirement, les mêmes informations permettaient de mesurer les cadences de travail, débusquer les temps morts, optimiser les parcours, rationaliser les charges et virer les indolents.

Patrick avait trouvé ce job grâce à Adecco et le patron n'avait pas tardé à lui signer un CDI. Il bénéficiait ainsi d'un salaire d'un peu moins de 7 000 balles nets, d'une prime panier, de cinq semaines de congés payés et d'une mutuelle. Et aussi de Mars et de Coca gratos.

Au total, et les cadences mises à part, l'emploi aurait pu convenir à Patrick, qui devenait de moins en moins regardant, de toute façon. Ainsi, depuis sa séparation, il mangeait tous les jours la même chose, du riz et du poulet, portait continuellement les mêmes fringues et ses journées elles-mêmes étaient devenues toutes identiques, week-end compris. Au fond, une fois célibataire, il s'était simplifié. Mais il y avait cette histoire de casquette. Le t-shirt et le blouson Districan, passe encore. En revanche, ce couvre-chef mou, *corporate*, rouge, et prétendument réglable, était devenu sa limite. Il refusait catégoriquement de porter ce machin. Or un superviseur chargé de la qualité l'avait surpris plusieurs fois tête nue sur un chantier. C'est comme ça que les problèmes avaient commencé. Vous n'avez pas lu la note de service, monsieur Casati ? Patrick avait répliqué que ça ne l'aiderait pas à faire son quota et que de toute façon, personne ne le voyait. Le superviseur avait dû forcer le ton. Il y avait des règles. Les respecter toutes n'était certes pas possible, on n'était pas des nazis. N'empêche, certaines engageaient l'image de la boîte. C'était considérable.

Depuis, Patrick entretenait avec ce couvre-chef des relations d'opérette. Il le portait, se croyait observé, le piétinait, l'oubliait dans son C15, le perdait régulièrement. Au volant, sur un site, au bistrot, au bureau, au garage, il se posait cette question : devait-il porter sa casquette ? Autrefois, les mecs n'avaient pas besoin de se déguiser. Ou alors les liftiers, les portiers, les domestiques. Voilà que tout le monde se retrouvait plus ou moins larbin, à présent. La silicose et le coup de grisou ne faisaient plus partie des risques du métier. On mourait maintenant à feu doux, d'humiliation, de servitudes minuscules, d'être mesquinement surveillé à chaque stade de sa journée ; et de l'amiante aussi. Depuis que les usines avaient mis la clef sous la porte, les travailleurs n'étaient plus que du confetti. Foin des masses et des collectifs. L'heure, désormais, était à l'individu, à l'intérimaire, à l'isolat. Et toutes ces miettes d'emplois satellitaient sans fin dans le grand vide du travail où se multipliaient une ribambelle d'espaces divisés, plastiques et transparents : bulles, box, cloisons, vitrophanies.

Là-dedans, la climatisation tempérait les humeurs. Bippers et téléphones éloignaient les comparses, réfrigéraient les liens. Des solidarités centenaires se dissolvaient dans le grand bain des forces concurrentielles. Partout, de nouveaux petits jobs ingrats, mal payés, de courbettes et d'acquiescement, se substituaient aux éreintements partagés d'autrefois. Les productions ne faisaient plus sens. On parlait de relationnel, de qualité de service, de stratégie de com, de satisfaction client. Tout était devenu petit, isolé, nébuleux, pédé dans l'âme. Patrick ne comprenait pas ce monde sans copain, ni cette discipline qui s'était étendue des gestes aux mots, des corps aux âmes. On n'attendait plus seulement de vous une disponibilité ponctuelle, une force de travail monnayable. Il fallait désormais y croire, répercuter partout un esprit, employer un vocabulaire estampillé, venu d'en haut, tournant à vide, et qui avait cet effet stupéfiant de rendre les résistances illégales et vos intérêts indéfendables. Il fallait porter une casquette.

Dans ce monde-là, les cols-bleus ne comptaient plus pour rien. Leurs épopées étaient passées de mode. On riait de leurs syndicats grande gueule et toujours prêts à pactiser. À chaque fois qu'un pauvre type revendiquait une existence moins lamentable, on lui expliquait par A plus B combien son désir de vivre était déraisonnable. À vouloir bouffer et prendre du bon temps comme tout le monde, il risquait d'enrayer la marche du progrès. Son égoïsme était compréhensible toutefois. Il ignorait tout bêtement les ressorts mondiaux. Si on lui augmentait son salaire, son travail filerait en banlieue de Bucarest. Des Chinois, autrement besogneux et patriotes, feraient le taf à sa place. Il devait comprendre ces nouvelles contraintes qu'expliquaient des pédagogues amènes et bien lotis.

Cela dit, en plein mois de juillet, il n'y avait pas de danger de voir un contrôleur débouler et Patrick travailla tête nue. Pour faire le tour de l'hosto, il lui fallut la matinée comme prévu. À l'heure du déjeuner, il continua à bosser, parce qu'Anthony venait dîner, et qu'il voulait rentrer plus tôt. Un peu après 15 heures, il se permit même de biper quelques fois sans réapprovisionner. Avec ces machines, il était évidemment tentant de prétendre bosser tandis qu'on se contentait de signaler son passage. Il fit vite, précis, les mêmes mouvements devant chaque machine, s'octroyant un Coca gratis de temps en temps. Depuis qu'il ne picolait plus, c'était son vice. Il en ingurgitait comme ça deux litres par jour, ce qui occasionnait des ballonnements et des rots épouvantablement gutturaux. Dans un couloir d'hôpital vide, cela prenait d'ailleurs une dimension quasi pyrotechnique. Le mieux, c'était encore quand ça se produisait au feu rouge. Les gens se tournaient vers lui avec des mines interloquées. Au volant de son véhicule Districan, Patrick leur adressait un petit salut militaire. Tiens, c'était sûrement bon pour l'image de la boîte.

Anthony débarqua chez son père vers 19 heures, toujours aussi ponctuel. Ils s'embrassèrent sur le seuil de la porte. Depuis qu'ils devaient se débrouiller hors du regard de la mère, ils ne savaient plus très bien comment s'y prendre. Cette sorte d'hostilité sourde qui leur avait tenu lieu de parenté s'était volatilisée. À la place, il demeurait entre eux un genre d'embarras affectueux. Surtout, ils évitaient les sujets brûlants.

— Alors ?

— Ça va.

— Qu'est-ce que c'est que ça ?

Les sourcils froncés, le père venait de désigner les ecchymoses sur le visage de son fils. La lèvre était fendue, un œil arc-en-ciel.

— C'est rien.

— Tu t'es battu ?

— Non.

— Fais voir.

Anthony se déroba avant que son père ne le touche. C'était un mouvement instinctif. La main du père retomba. Inutile d'insister.

— Bon.

Anthony alla s'asseoir dans le petit salon qui donnait sur le parking. Il avait garé sa bécane devant exprès. Il préférait l'avoir à l'œil. Dans la cuisine, son père faisait la popote. Anthony reconnut l'odeur de sauce tomate puis la viande grésilla dans le fond de la poêle à frire

— Tu fais quoi ?

— Spaghettis bolognaise.

— Cool.

Le père sourit. C'était pratique les spaghettis, il ne cuisinait jamais rien d'autre quand Anthony venait. Un paquet de 500 grammes, le môme dévorait. Il était fier de cet appétit et de ce que le gamin était devenu. Toute l'enfance, Anthony était resté petit, en deçà des moyennes, il suffisait de voir les courbes dans son carnet de santé, avec en plus cet œil faiblard et cette manie de toujours traîner dans les jupes de sa mère. Patrick était content que ce soit fini. Le temps, en passant, n'avait pas que des mauvaises intentions. Il baissa le feu sous la poêle, mêla les oignons et l'ail à la viande puis fit revenir le tout en remuant à l'aide d'une spatule en bois. Quelque chose toutefois le chiffonnait. Anthony avait pris une branlée et il avait envie de savoir. De mettre des noms sur cette injure. Il entendit une voix officielle monter dans le salon. La télé. C'était le résumé du Tour de France.

— C'est qui le maillot jaune ?

— Indurain.

— Ça devient chiant. Toujours pareil.

— C'est une machine de guerre.

— Tu parles.

— Il va gagner.

— Je sais bien.

Ils mangèrent en regardant les infos. Anthony avait le nez dans son assiette, et le père coupait ses pâtes, ce qui ranimait de vieilles discussions. Hélène était très à cheval sur ces trucs-là, il ne fallait pas couper les spaghettis. Patrick y pensa et ça lui fit quelque chose.

Sur l'écran, on voyait des cadavres emmaillotés qui s'empilaient dans des fosses communes creusées à la pelle mécanique. À Goma, on manquait de chaux vive et le spectre d'une épidémie se précisait. Le père et son fils entendaient ces nouvelles avec une sourde indifférence. Tout ce qui venait de cette boîte semblait distant, mensonger. D'ailleurs, le porte-parole du gouvernement venait d'apparaître. Il prononçait des mots ailés et transfrontaliers. Le père et le fils mangeaient leurs spaghettis avant que ça refroidisse. De temps en temps, le père essayait de dire un mot. Il a fait chaud aujourd'hui. C'est quand la rentrée ? Et comment va ta mère ?

— Bien.

— Et son type ?

— Je sais pas. On le voit pas trop en ce moment.

— Ah, fit le père, la bouche tombante. Il a pris ses jambes à son cou…

Anthony lui adressa un regard douloureux. Le vieux ne pouvait pas s'empêcher. Il distillait comme ça des piques, des vacheries. Le père voulut se rattraper.

— Tiens, justement, je vais lui faire un cadeau à ta mère.

— Comment ça ?

Le père quitta la table et alla chercher le bocal plein d'argent dans le buffet. Au journal, on commémorait le premier alunissage. Un astronaute impondérable accomplissait de petits bonds historiques dans la cendre. Une phrase entendue un milliard de fois grésillait dans le salon tiède. En voyant tout ce pognon, Anthony tiqua.

— Je mets de côté depuis un bon moment, pour lui payer ses vacances.

— Qu'est-ce que tu racontes ?

— Combien de fois elle m'a reproché de pas vous emmener en vacances ?

— Tu peux pas faire ça.

— Je veux plus de reproches.

— Quels reproches ? Elle te parle plus.

— Je me comprends.

— Elle voudra jamais. T'es fou.

— T'es de quel côté, bon Dieu ? Je vais lui payer son voyage, c'est tout.

Anthony vit revenir ce visage de cuir, les pommettes saillantes, la pupille fiévreuse sous le broussaillement des sourcils. Ça faisait longtemps. Il replongea aussitôt dans son assiette. C'était presque froid à présent et chaque bouchée lui coûtait. Le père se radoucit.

— Écoute, elle fera ce qu'elle veut. Moi, je paie mes dettes, c'est comme ça.

Alors le téléphone sonna. Le père vérifia l'heure sur sa montre et un pli d'inquiétude barra son front. Il se rendit dans le couloir pour décrocher. Anthony baissa le son de la télé. Son père répondait par monosyllabes, des *oui* espacés et interrogatifs.

— Ah bon ? Mais quand ?

Sa voix, subitement, avait fléchi. Anthony se tourna sur sa chaise pour voir. Le vieux était là, en savates, debout, le combiné à la main, éberlué, oui, oui, ah bon. D'un geste qui lui était familier, il recoiffa ses cheveux devenus rares. Dans l'ombre du couloir, Anthony le découvrait vieilli, gris, devenu fluet malgré la panse. Désormais, sa bouche à chaque instant trahissait ses pensées, toute cette vie intérieure du vieux, ses amertumes et ses surprises, autrefois insaisissables. Les premières lézardes.

Le coup de fil se poursuivit encore quelques secondes sur le même ton de pudique effarement. Puis le père raccrocha et dit à son fils, les yeux ronds :

— J'ai une mauvaise nouvelle…

5

Puisqu'il était en avance, Hacine roula un moment au bas des tours de la ZUP d'Heillange. Il reconnaissait la dalle, la poussière, les coins d'ombre où il s'était fait chier si souvent. Le manège n'était pas là. Il ne vit aucun visage connu. Il avait beau faire, c'était chez lui. La chaleur était écrasante.

Comme il craignait ce temps mort d'avant le repas, il ne put se résoudre à rentrer tout de suite chez lui. Il aurait pu chercher Eliott et les autres, mais il n'en avait pas envie non plus. Il revenait après une longue absence, auréolée de rumeurs et de questions. Il ne souhaitait pas dilapider trop vite cette sorte de crédit flou qu'avait produit l'éloignement.

Il choisit donc d'aller faire un tour en ville. Après avoir garé la Volvo, il poursuivit à pied, histoire de se dégourdir les jambes. Depuis trois jours qu'il avait quitté le Maroc, il n'avait pas prononcé une parole ou à peu près. Il se trouvait dans un état d'apesanteur assez agréable. Il avait dormi beaucoup ces dernières semaines. Quant à Heillange, elle semblait exactement identique à ce qu'elle était avant son départ. Pourtant mille détails contredisaient cette première impression. Là, un kebab ouvert récemment, ici une boutique de jeux vidéo. Un abribus semblait abandonné. Des panneaux Decaux flambant neufs faisaient la publicité de parfums parisiens et de chaussures bon marché.

En fin de compte, c'était agréable de se trimbaler dans ces rues si familières. Hacine se sentait désiré, important, en bon expatrié, comme si tous ceux qui étaient restés là menaient de moindres vies et n'avaient rien fait, au fond, que l'attendre. Il prit un café en terrasse sur la place des Flamands, près de la fontaine. Une dame promenait son chien. Une nourrice regardait deux enfants presque nus qui jouaient avec l'eau du bassin. Les gens qui osaient s'aventurer dehors ressemblaient à des touristes en goguette. L'atmosphère étouffante invitait à la flânerie.

Quand il remonta dans sa Volvo, il était presque 17 heures. Il se sentait délassé, planant. Il y avait dans cette ambiance quelque chose de balnéaire, une douceur hors saison. Il profita encore du calme un moment, en roulant le plus lentement possible, un coude dehors, respirant cette bonne odeur de terrain connu.

Là-bas aussi il avait connu des moments semblables, de suspension et d'air du soir. Il se souvenait des joints fumés face à la mer, avec Rachid, Medhi et les autres. En débarquant à Tétouan, Hacine était convaincu de ne tomber que sur des arriérés, des blédards. Et puis son cousin Driss lui avait présenté des potes. Assez vite, il avait observé que leurs passe-temps n'étaient pas si différents des siens. Rien foutre, jouer à la console en fumant des pet', se marrer, penser aux filles. Sauf qu'on se trouvait là à la source. Le shit qu'on se procurait au Maroc était d'une qualité incroyable, gras, mou, d'une belle couleur brune et sans équivoque. Il vous filait des fringales et des fous rires surnaturels, et coûtait trois fois rien. On le fumait en gros trois-feuilles, ou directement à la pipe, avant de s'empiffrer de pâtisseries qui laissaient les doigts collants de sucre et de miel. Et on remettait ça. On buvait du thé à la menthe et puis la chaleur au-dehors, qui vous enfermait encore davantage dans cet état de légèreté paranoïaque, de plaisir exténué. Assis pieds nus, en jean et chemisette, le dos au mur dans une pièce vide, Hacine avait passé des heures incomparables à regarder le jour qui filtrait par les persiennes. La poussière et la fumée y dessinaient des courants marins, des poudroiements de rêve. La musique en sourdine vous emmenait loin. Le dénuement même prenait une singulière beauté. On regardait tout cela sans se lasser. Une fois, Abdel avait ramené le Guinness Book. Complètement raides, les garçons s'étaient appesantis sur les pages dédiées aux géants record et aux nains maximaux et s'étaient tapé des fous rires interminables, notamment en voyant ce drôle de petit mec qui était à peine plus grand qu'un combiné téléphonique.

Hacine était venu maintes fois au Maroc, pendant les grandes vacances, mais il n'avait jamais voulu se mêler aux habitants. Il les trouvait repoussants. Leur mentalité avait quelque chose de médiéval qui lui foutait la trouille. Cette fois, puisqu'il était coincé pour de bon, il avait découvert ce qui se tramait sous l'apparente inertie. Le Rif produisait chaque année des milliers de tonnes de résine de cannabis. Des champs d'un vert fluorescent couvraient des vallées entières, à perte de vue, et si le cadastre fermait les yeux, chacun savait à quoi s'en tenir. Sous des dehors respectables, ces hommes matois qu'on voyait aux terrasses des cafés, avec leurs moustaches et leur gros estomac, étaient en réalité d'une voracité digne de Wall Street. Et l'argent du trafic irriguait le pays de haut en bas. On construisait avec ces millions des immeubles, des villes, tout le pays. Chacun à son échelle palpait, grossistes, fonctionnaires, magnats, mules, flics, élus, même les enfants. On pensait au roi sans oser le dire.

Comme tout le monde, Hacine avait voulu en croquer. Son cousin Driss lui avait filé quelques dizaines de grammes et il s'était mis à l'eau comme ça, dealant médiocrement, presque dans la rue, aux touristes, la misère. Les choses, à partir de là, s'étaient enchaînées. Avec l'argent, il avait acheté son premier kilo puis investi ensuite dans des cargaisons en partance pour la France et l'Allemagne. Et le soir, il rentrait à la maison, dînait en famille, le plus normalement du monde. Dans sa tête, il produisait des additions en dollars et en francs, et sa mère lui demandait s'il voulait reprendre des légumes.

Dire qu'on l'avait envoyé là pour être redressé. L'effet était contraire. Il se défonçait, allait aux putes, se faisait en un jour ce que son vieux gagnait jadis en six mois. Ce qui était drôle en y réfléchissant, c'était le fonctionnement du business. À bien des égards, par ses voies d'acheminement, le personnel qu'il employait et quand on songeait aux familles qu'il nourrissait partout en Europe, ce trafic reproduisait les vieilles cartes de l'industrie lourde. Une main-d'œuvre nombreuse, concentrée dans des cités-dortoirs, peu scolarisée, souvent d'origine étrangère, vivait de ce commerce bienvenu, les petits dealers ayant remplacé les cols-bleus. La comparaison s'arrêtait là, la philosophie de ce nouveau prolétariat ressortant plus de l'école de commerce que de la lutte finale.

Hacine mesurait les avantages de sa situation par rapport à celle de ses parents. En dehors même de tout le fric qu'il se faisait, lui n'avait pas à se farcir la durée, la routine, cette répétition dissolvante, du lundi au vendredi, en attendant les vacances, selon un cycle inlassable qui vous menait de la jeunesse au cimetière en un claquement de doigts. Son activité lui laissait une relative impression de liberté et de souplesse. Il pouvait se lever tard, et glander. Certes, la besogne restait toujours identique – il s'agissait à chaque fois de s'approvisionner, de couper, de conditionner et de revendre – mais les rythmes avaient quelque chose de sporadique et le transport du matos relevait de la grande aventure. On se sentait à la fois entrepreneur et flibustier, c'était tout de même pas si mal.

L'inconvénient majeur restait la taule, tous y passaient, même les gros, même les plus malins. Une fois pris, l'État leur confisquait leurs biens, leurs comptes en banque, piquait même les bijoux de leurs femmes. À Marseille ou à Tanger, de somptueuses propriétés restaient fermées des mois durant et tombaient mélancoliquement en ruines, jusqu'au jour où des petits cons cassaient un volet, squattaient les chambres, déféquaient sur des canapés à 5 000 balles, laissant derrière eux un champ de ruines et quelques slogans anarchistes sur les murs.

Après un an, Hacine était considéré comme un mec fiable dans son petit réseau. Il avait la tête froide, et l'énorme avantage de posséder un passeport français. Quand des problèmes advenaient quelque part, en Espagne ou en France, on l'envoyait pour voir, il prenait l'avion, revenait, c'était plié. Bientôt, on lui avait proposé de faire les allers-retours en bagnole. Au départ, il s'était chargé d'ouvrir la route, puis, bientôt promu, s'était retrouvé au volant de la voiture principale. Le cortège était bien organisé de la Costa del Sol jusqu'à Villeurbanne. Une caisse en amont, dix bornes devant, pour avertir en cas de barrage. Une suiveuse pour récupérer le matos si besoin et la porteuse qui roulait à fond de train, 500 kilos de came planqués dans les portières et le coffre, zéro pause, 200 kilomètres-heure de moyenne tout le long. À ce petit jeu là, Hacine avait montré d'évidentes qualités. Il avait eu beaucoup de chance, aussi.

C'est ainsi qu'à vingt ans, il gagnait déjà des dizaines de milliers de francs chaque mois. Il s'habillait en Armani de la tête aux pieds, long, méprisant, pieds nus dans ses tennis, sans espérance particulière que celle d'être riche. Il avait pris l'habitude de fumer des cigarettes de contrebande et s'était offert une Breitling. Il avait fière allure. Sa mère l'emmerdait bien encore un peu, mais il améliorait si considérablement la vie de chacun dans cette maison qu'elle n'osait plus lui demander d'être honnête. Il avait loué l'étage du dessus pour qu'on soit plus à son aise, acheté des matelas neufs, deux télés, un lave-linge et fait réparer la tuyauterie. Le garde-manger regorgeait. En plus, il continuait d'habiter là, respectait les aînés et sortait pour fumer. Qu'est-ce qu'on pouvait lui demander de plus ?

Ce succès dans les affaires avait fini par lui inspirer des idées sur la marche du monde. Selon lui, dans la vie, on avait le choix. On pouvait faire comme son père, se plaindre et en vouloir aux patrons, passer son temps à quémander et faire le compte des injustices. Ou bien on pouvait, à son exemple, faire preuve d'audace, d'esprit d'entreprise et forcer le destin. Le talent était récompensé, il le démontrait lui-même assez brillamment. C'est ainsi que sévissant aux marges de la société, il en adoptait les idées les mieux répandues. Il fallait reconnaître à l'argent cette puissance d'assimilation extraordinaire, qui muait les voleurs en actionnaires, les trafiquants en conformistes, les proxénètes en marchands. Et vice-versa.

Le problème était que tout ce pognon représentait à la fin des volumes considérables. Les garçons dépensaient beaucoup. Ils en blanchissaient une partie par l'entremise d'entrepreneurs amis. Mais il restait toujours des liasses et des montants qui dormaient dans les banques. Ce sommeil irritait Hacine. Ils en parlaient avec son cousin Driss. Les deux garçons enrageaient de se voir freinés dans leur désir d'expansion. Ils cherchaient des investissements légaux, immobiliers de préférence. Un de leurs contacts leur proposa une affaire. Le type en question vendait des villas sur plan, destinées à des Européens qui prévoyaient de passer leurs vieux jours à Saida, Essaouira, Nador, Tétouan ou Tanger. À chaque fois qu'on investissait un dirham, on en gagnait trois. L'idée semblait excellente. Les cousins prirent leurs informations. Le type avait un *background* irréprochable et des dizaines de réalisations à son actif. Ils allèrent vérifier sur place.

Les villas étaient blanches et nettes. Les banquiers et les architectes portaient de beaux costumes. Ils se décidèrent. En plus, leur contact acceptait les devises, le cash, il prenait tout. Une fois l'argent en poche, il disparut sans laisser de trace.

Les garçons en restèrent stupéfaits. L'humiliation était si vive que, pendant quelques jours, ils ne furent même pas capables d'aborder la question. Mais bientôt, ils reçurent des courriers de Saida, Essaouira, Nador, où ils avaient choisi de faire fructifier leur capital. Des tas de gens là-bas demandaient à être payés. Des travaux avaient été lancés. Des ouvriers voulaient leur salaire, des fonctionnaires attendaient leurs bakchichs. Or, au bas de chaque document légal qui avait autorisé le lancement des travaux, on trouvait les signatures de Hacine et Driss. On exigeait d'eux des sommes extraordinaires qui viendraient s'ajouter à celles qu'ils avaient déjà perdues. Pour commencer, les garçons firent donc la sourde oreille. D'autres courriers furent expédiés. Ceux-là étaient manuscrits et injurieux. Des menaces suivirent. Un soir, il y eut un départ d'incendie dans la cage d'escalier de l'immeuble où vivaient Hacine et sa famille. Ils se sentirent épiés, se méfièrent. Une autre fois, Driss se fit coincer près des Beaux-Arts. Deux hommes le tenaient, un troisième lui creva l'œil à l'aide d'un tournevis. Alors ils payèrent et Hacine décida que c'était fini. De toute façon, son père avait des problèmes cardiaques. Il décida de rentrer.

C'est ainsi qu'il revenait à Heillange, sa peur, sa honte et ses dernières économies avec lui.

En montant l'escalier qui menait à l'appartement de son père, Hacine remâchait encore cette débandade. Il tenait son manche de pioche et grimpait sans bruit. Un petit voisin, qui descendait les marches deux par deux, le croisa. Il fallut quatre marches supplémentaires à ce gamin pour percuter. Il regarda alors cette silhouette lente, filiforme, qui continuait de grimper. C'était lui, Hacine Bouali. Deux ans qu'on ne l'avait pas vu dans le quartier. D'après la rumeur, tout roulait pour lui d'une manière indécente. Ses anciens potes avaient reçu des cartes postales des Baléares et de la Costa del Sol et s'étaient mis à le détester tout en l'enviant en secret. En tout cas, tout le monde le pensait parti pour de bon. Le gamin se dépêcha d'aller répandre la nouvelle de son retour.

Hacine venait d'arriver au deuxième étage. Il n'eut pas l'occasion de sonner. La porte s'ouvrit d'elle-même. Son père l'attendait, un grand sourire aux lèvres.

— Entre, dit-il, entre.

Hacine fut content de voir qu'il avait bonne mine. Un peu plus voûté peut-être, et la peau plus sombre. Depuis quelque temps, il s'était mis à jouer aux boules avec d'anciens collègues, ça l'occupait et, comme ça, ils prenaient l'air.

— Tu vas bien ?

— Oui, oui.

Ils s'étreignirent brièvement, puis le père considéra le manche de pioche.

— C'est pour quoi faire ?

Tout le long du chemin, Hacine avait imaginé des paroles cinglantes. Et puis finalement, là, face au vieux, dans l'immeuble de son enfance, ça n'avait plus de sens. Ses intentions apparaissaient pour ce qu'elles étaient, du cinéma. Son père était un vieil homme, doux, amnésique et las. Et il était content de le revoir.

— C'est rien, dit Hacine. C'est des conneries.

Une fois dans l'appartement, le père lui annonça le programme. Il avait préparé une pleine gamelle d'harira. Seulement, il avait oublié le persil. Et il n'avait presque plus de pois chiches. On ferait sans. Il avait acheté du thé aussi, à l'épicerie, chez Bourrane, et de la menthe fraîche. Hacine était surpris de retrouver le vieil homme devenu si bavard. Il remarqua alors que sous l'odeur habituelle de la maison, un parfum désagréable, ténu, de peau vieillie et de poussière, avait fait son apparition. Il chercha d'où ça pouvait venir, mais cette odeur n'avait pas d'origine. Elle sourdait des murs, du passage du temps, des habitudes de son père. Il venait d'ailleurs de l'attraper par le bras pour attirer son attention. Hacine sentit sa poigne et cette force le rassura.

— Tu dors à la maison ?

— Non. Je vais pas rester.

— Tu vas aller où ?

— Je dois voir des copains.
— Tu as quelque part où dormir ?
— Mais oui, t'en fais pas.
— J'ai préparé ta chambre.
— Merci. Mais je peux pas rester, je te dis.

Après une hésitation, le père lui demanda s'il avait un travail.

— Pas encore. Mais je vais chercher, répondit le garçon.
— C'est bien.

Ils passèrent dans la cuisine qu'embaumait le parfum roux de la soupe marocaine. Le père demanda des nouvelles de son épouse. Il l'appelait chaque jour pourtant.

— Elle va bien, dit Hacine. Elle se repose.
— C'est bien, approuva le vieil homme.

Puis il servit le thé. Sur la table de la cuisine, il y avait une nouvelle toile cirée. Celle-là était décorée d'oiseaux tropicaux et d'un bleu profond, magnifique. Hacine écouta longuement son père qui déblatérait sans fin. Il avait pris l'habitude de commenter tout ce qu'il faisait, de dire tout ce qui lui passait par la tête. Voilà, je fais chauffer l'eau, je coupe les carottes, je vais ouvrir la fenêtre, je vais lancer une machine. Il lisait sa vie à voix haute, de crainte que les choses ne se réalisent qu'à demi. Hacine se demanda s'il faisait de même quand il était tout seul. Puis il se rendit dans sa chambre. Rien n'avait bougé.

— Tu vois, tout est prêt, dit le père.

Le garçon sourit en revoyant les draps saumon, la couette à fleurs, la vieille moquette criblée de trous de boulette. Au mur, il y avait encore les affiches de *Bodycount* et de *Terminator*. Les haltères dans un coin et, sur la petite commode blanche, son flacon de Jean-Paul Gaultier. Il n'en mettait que pour les grandes occasions et la bouteille était encore pleine aux trois quarts.

Ils regardèrent un peu la télé avant de dîner. La soupe était délicieuse. Pour le reste, c'était comme d'habitude, de la purée en sachet et du steak haché décongelé. Finalement, le bavardage incessant du père était bien pratique. Ça évitait les questions et le fond des choses. Ainsi, il n'était plus jamais question de son frère. Le dîner tira en longueur et il était déjà 21 heures quand le père proposa de faire le café. Hacine accepta. C'était du Nes'. Il était dégueulasse. Au cours du repas, le père s'était levé trois fois pour aller pisser. Hacine n'avait pas lâché la pendule des yeux. Dès qu'il eut avalé son café, il se leva.

— Je vais devoir y aller.

— D'accord. Tu as une voiture ?

— Ouais, pourquoi ?

— J'aurais besoin que tu m'emmènes demain. J'aime plus conduire, maintenant.

Et le père montra ses yeux. La pupille avait pris une couleur laiteuse. Il ne voyait plus si bien.

— Tu veux que je passe te prendre à quelle heure ?

— Vers 5 heures, en fin d'après-midi.

— C'est un peu tard, non ? C'est pour des courses ?

— Non, j'ai un enterrement. Tu me déposeras du côté de Beauregard, près du cimetière. Tu pourras venir me rechercher ?

— Oui, bien sûr, pas de problème.

— Bon.

Le père le raccompagna jusqu'à la porte. Dans le couloir, il posa une main dans son dos. Il ne le pressait pas. C'était un geste affectueux, consenti en douce, sur le bord du départ.

— Tu reviens bientôt ?

— Oui. Je vais rester dans le coin, maintenant.

— Ah, c'est bien.

— Je te l'avais déjà dit.

— Oui oui, bien sûr.

Soudain, le père semblait pressé, inquiet. En tout cas, il n'écoutait plus.

— Qu'est-ce qu'il y a ?

— Rien, rien.

Ils se serrèrent une nouvelle fois, puis le père pressa son fils de sortir avant de refermer derrière lui, sans plus d'explications. Intrigué, Hacine resta un moment sans bouger sur le paillasson. Dans la cage d'escalier, pas un bruit, pas un murmure. Il actionna la poignée de porte, elle s'ouvrit. Dans l'appartement, tout était calme. Un peu de lumière venue de la cuisine s'aventurait jusque dans le couloir. Le garçon se faisait l'impression d'être un voleur, un pilleur de tombe. Il resta sur le seuil, n'osant pas s'aventurer plus loin, presque honteux. Tout à coup, il entendit un bruit aquatique, dru, entrecoupé de plaintes. Le père pissait encore une fois, et se lamentait. Hacine referma sans bruit, laissant l'homme aux secrets monotones de sa vieillesse.

Sur la dalle, Seb fut le premier à apercevoir Hacine. Assis sur le muret, il s'occupait en jetant des petits cailloux sur un caillou plus gros. Il était devenu assez adroit à ce petit jeu. Il faisait presque nuit déjà et ils étaient cinq en tout, inchangés et glandant. Tout proche, un lampadaire jetait par terre sa lumière pâle. Pour la première fois cette année, les foraines n'étaient pas venues. Les garçons étaient là malgré tout, contemplant le vide au milieu des tours. Ils fumaient, vannaient, faisaient tourner une bouteille de rhum blanc que Steve avait rapportée de la Réunion. Seb avait troqué sa casquette 49ers pour un modèle new-yorkais, bleu marine et blanc, le même que Magnum dans cette vieille série télé. Il venait une fois encore de toucher le gros caillou avec un caillou plus petit quand il vit une ombre se détacher au pied de la tour Picasso.

— Hé…

Tous regardèrent. L'ombre venait. C'était Hacine, son manche de pioche à la main. Depuis plusieurs heures déjà, on savait qu'il était de retour. On en avait fait des gorges chaudes tout l'après-midi. Globalement, on se demandait ce qui le ramenait dans le coin, puisqu'il menait une vie de nabab au Maroc et en Espagne. La curiosité échauffait les esprits. Steve fut le premier à s'étonner.

— Qu'est-ce qu'il fout avec une canne ?

— C'est pas une canne, fit Eliott.

Son fauteuil se désolidarisa alors du petit groupe en émettant un vrombissement doux. Son dos était trempé, ses mains moites. Depuis plusieurs jours, on sentait dans l'air une lourdeur continuelle, un abcès de vent et d'éclair, et l'infirme marinait dans son short. Sa mère devait lui mettre du talc le matin. Par instants, le vent se mettait à souffler et laissait espérer une crevaison, des trombes d'eau, ce soulagement que toute la vallée attendait. Mais il s'agissait à chaque fois de fausses alertes. Tout reprenait, cette même immobilité pleine, sexuelle, cette suspension presque douloureuse. Eliott sourit. Il se forçait.

— Salut.

— Salut.

Les autres approchèrent. Ils se trouvaient maintenant dans le cercle blanc que dessinait le lampadaire. Les visages ressemblaient aux souvenirs. Ils n'étaient plus les mêmes pourtant. Des mois avaient passé.

— Comment ça va gros ?

— Ça va ou quoi ?

Hacine leur dit salut à tous, leur tapant dans la main, nonchalant, en finissant par Eliott.

— T'es revenu depuis longtemps ?

— T'es bronzé, non ?

— Ça fait plaisir.

— Tu restes longtemps ?

Ils dodelinaient tous de la tête, empressés, lui collant des mains dans le dos, peu convaincants au fond. On sentait leur embarras.

— C'est quoi ton bout de bois ? demanda Djamel.

Hacine dressa le manche devant lui, le poing serré, le poignet ferme.

— C'est rien. C'était pour mon père.

— Et ça va ton père ?

— C'était comment au bled ? Raconte.

— Azy, raconte.

— T'as ramené du matos ?

— Tu repars quand ?

— T'as de quoi bédave, mec ?

Hacine répondit à chacun, d'un mot lapidaire, deux maximum, et peu à peu sa froideur se communiqua au petit groupe. Eliott regardait son ami sans parvenir à le reconnaître. C'était bien lui pourtant. Quand Hacine sortit une grosse barre de dix grammes de sa poche, un semblant de gaieté ranima les troupes. Tout le monde se mit à rouler des pet'. Dix minutes plus tard, la bande avait rejoint le muret et fumait en papotant. Hacine seul était resté debout, appuyé sur son bâton. Il demanda comment se passait le business.

— Halalala ! firent les potes.

Ils lui expliquèrent que le trafic était désormais aux mains de mômes plus jeunes, de quatorze ou quinze ans. Cette génération était d'une intrépidité effrayante. Ils ne respectaient rien, ne pensaient qu'à engranger. On les voyait sillonner la ZUP en scoot, bagarreurs, ambitieux, constamment défoncés. Ils employaient les plus petits pour surveiller les environs. Des familles qui n'avaient rien demandé servaient de nourrice et se retrouvaient avec des pains de 250 grammes de shit entreposés sous le plumard des gosses ou dans l'armoire de mamie. Certains de ces petits caïds étaient même armés. Il se produisait sans cesse des bagarres. Les flics avaient renforcé leur surveillance et multipliaient les patrouilles, mais sauf cas de force majeure, ils se gardaient bien de descendre de leur bagnole. Les choses avaient bien changé, en somme.

— Et le grossiste ? fit Hacine.

Ces ados n'allaient tout de même pas jusqu'en Hollande en mobylette, il leur fallait bien une source, un adulte quelque part, qui ait des contacts, le permis B, organise la chose et régule leurs appétits.

Personne n'osa répondre. Hacine patientait en tirant sur un gros trois-feuilles. Puis il se tourna vers Eliott.

— Alors ? C'est qui ?

Le gros se tortilla dans son fauteuil avant de répondre. Quelle chaleur, putain !

— C'est Kader, je crois.

— Et il est où ?

Personne ne savait, mais en général, il passait toujours dans la soirée.

— On va l'attendre, dit Hacine.

Plus personne n'avait envie de fumer. Au moins, on savait pour quelle raison Hacine était revenu maintenant.

Le petit Kader finit par se pointer, il était presque minuit et les garçons n'en pouvaient plus. Ils étaient raides, affamés, et à chaque fois qu'ils ouvraient la bouche, Hacine semblait faire tomber sur eux une condamnation à mort. Ça finissait par être pénible. D'autant que le ciel était maintenant parcouru de grondements fugitifs. Du côté de la frontière, à l'horizon, on distinguait même des éclairs de chaleur. C'était une atmosphère intenable. On rêvait d'une douche et de se foutre au pieu. Au fond, l'apparition du petit Kader fut un soulagement. Il fallait en finir, d'une manière ou d'une autre, au plus vite en tout cas.

— Salut, les pédés, fit le nouvel arrivant, tout guilleret.

Il portait un blouson de cuir bardé de fermetures Éclair et des grosses Nike à 800 balles. Il était arrivé en se dandinant, très content de lui, apparemment relax. La présence de Hacine n'avait pas l'air de l'émouvoir plus que ça.

— Tiens, fit-il, un revenant.

Hacine avait les yeux injectés, la bouche fermée à double tour.

— Alors, t'es rentré…

L'intéressé fut bien forcé de l'admettre. Les autres suivaient l'échange avec une moue de circonstance, produisant dans leur for intérieur des pronostics et des équations. Hacine n'avait pas vraiment la cote. Déjà qu'il n'avait jamais été très costaud, il donnait ce soir-là en particulier une impression de faiblesse presque maladive, un air invertébré et flou qui ne le désignait pas précisément pour devenir le Pablo Escobar local. Son dédain n'y changeait rien : il faisait fragile. À l'inverse, Kader, petit, tanqué, bondissant, et qui depuis quelque temps tapait pas mal de coke, se montrait très sûr de lui, vent en poupe, agressivement narquois. Il touchait le kil à 7 000 balles. Il avait des contacts à Amsterdam, Saint-Denis et Villeurbanne. À la revente, il palpait 15 000 balles facile et les jantes de sa BM 750 à elles seules valaient quatre smic. Il cracha entre ses incisives. Un nouveau grondement enroua le ciel au-dessus de leurs têtes. Quand il souriait, Kader montrait qu'il avait perdu des dents sur le côté droit. Il les avait fait remplacer par de l'or. C'était chic.

— Bon, fit-il, pédagogue. Je suis content que tu sois là, mais…

Il n'eut pas le temps d'aller plus loin. Le manche de pioche siffla, décrivant une course parfaite qui lui emporta le bas du visage dans un craquement minéral. Le mouvement de Hacine, par sa soudaineté, son absence de motif, blessa chaque témoin. Aussitôt après, le silence éclata et quelqu'un se mit à dégueuler. Sur le sol, la mâchoire disloquée, les mains à plat dans la poussière, le petit Kader s'était redressé. Il avait ce regard éperdu des enfants qui sont paumés dans les grands magasins. Il haletait comme un chien, sa respiration sifflant rauque, par la gorge, les narines, arrachant de ses lèvres des filets de salive mêlés de sang.

Il voulait se lever, incapable de douleur encore, ne sachant pas ce qui s'était passé, croyant à une broutille, une glissade. Puis il essaya de parler et sentit que sa mandibule inférieure était prise d'une mollesse répugnante. Hacine le regardait sans rien dire. Il avait si peur qu'il aurait pu le tuer sur place.

6

Sa mère avait demandé à Anthony de l'accompagner à l'enterrement de Luc Grandemange, et il n'avait pas tellement eu le choix. C'était son premier. Il s'était sapé pour l'occasion, chemise blanche, veste, cravate. Harnaché comme ça, il se sentait bizarre, un peu flic, un peu patron. Ce n'était pas désagréable au fond. Il avait même mis des chaussures de ville qu'il avait fallu acheter exprès. Comme les mariages, les enterrements engendraient des frais. Sa mère avait voulu en prendre des solides, qu'elles lui durent. Anthony avait préféré des Kenzo pointues. Heureusement, c'était les soldes.

En tout cas, pendant tout le trajet, Hélène n'avait pas arrêté de se tripoter les cheveux. C'était signe de grande inquiétude chez elle. Et elle avait fumé sans arrêt. Par deux fois, Anthony avait dû lui signaler que le feu était rouge pour qu'elle s'arrête.

— Ça va aller, avait-il dit, protecteur.

Elle avait dit oui, oui. Il faudrait bien de toute façon. Derrière ses grosses lunettes de soleil, elle tenait bon. Pour la première fois depuis l'acte de divorce, elle allait revoir Patrick. C'était l'inconvénient des enterrements, on y retrouvait toujours de vieilles connaissances.

Comme ils étaient arrivés très en avance, ils avaient facilement trouvé à se garer sur le parking de l'église. Cette dernière se dressait en plein centre, non loin de l'hôtel de ville. Elle impressionnait par son air romain, sa façade symétrique à pilastres, son clocher en forme de beffroi. Les Wandel l'avaient fait construire du temps de l'annexion allemande et ils avaient demandé à l'architecte quelque chose de renaissant, d'italien, une insulte au Kaiser et à ses penchants wisigothiques. Pour cet édifice significatif, ils avaient dépensé sans compter, par scrupule sans doute, puisqu'ils vivaient dans le 8e arrondissement de Paris, tandis qu'Heillange obéissait à l'administration germanique. Cent dix ans après, Saint-Michel d'Heillange demeurait comme un reliquat de luxe dans la débine générale. À chaque fois qu'une famille enterrait un silicosé ou un poivrot, elle se faisait l'impression d'avoir droit à des funérailles nationales.

Bientôt, le petit parvis fourmilla de monde. Anthony et sa mère, qui étaient restés un peu à l'écart, se mêlèrent à l'assistance. Elle allait devant, en robe sombre, resserrée à la taille par une ceinture brillante, un petit sac en forme de coquillage pendant à son épaule. Parmi le fourmillement des visages, Anthony en reconnut quelques-uns, surtout des gens qu'il avait l'habitude de croiser en ville. Tout le monde souriait, papotait tranquillement, on aurait pu croire à une kermesse, si ce n'avait été cette sorte de retenue, et tout ce noir. L'orage restait suspendu comme une promesse. Ce n'était pas un temps à porter un costume.

— Regarde, dit Hélène.

Vanessa venait de les apercevoir. Elle traversait le parvis pour les rejoindre. Elle aussi portait une robe sombre, et des talons. Elle était jolie.

— Tu es venue ? fit Hélène, agréablement surprise.

— Oui, oui.

— Tu connais les Grandemange ?

— Pas trop.

Vanessa souriait, naturelle, douce. La mère d'Anthony aimait bien cette gamine. Elle venait de temps en temps à la maison, elle disait bien bonjour, elle restait papoter cinq minutes en bas, puis ils filaient à l'étage et s'enfermaient dans la piaule d'Anthony. Elle avait dîné avec eux quelques fois. Elle était intelligente, pas bêcheuse, c'était le genre de fille qui aurait pu tirer Anthony vers le haut. Et elle proposait toujours de donner un coup de main pour mettre la table ou faire la vaisselle. Puis elle avait cessé d'appeler. Anthony n'en parlait plus. Ce n'était pas ses oignons après tout.

Anthony voyait les choses autrement. Dès qu'il put, il prit Vanessa à l'écart.

— Qu'est-ce que tu fous là ?

— Je te dérange ?

— Non. Mais t'as rien à foutre là. Je t'ai pas demandé de venir.

— Ça va. Pas la peine de paniquer. Je me casse.

Anthony la retint. Il crevait de chaud et desserra sa cravate, puis déboutonna le col de sa chemise. Cherchant un peu d'air, il leva les yeux vers le ciel qui se trouvait là, tout proche, marbré et gris, languide comme une soupe.

— Faut que ça pète. J'en peux plus, moi.

— Ils annoncent rien avant cette nuit.

Anthony le savait bien. Il avait regardé la météo exprès. Le soir même à 21 heures, il avait rendez-vous derrière l'ancienne centrale électrique. Il irait, qu'il pleuve, vente ou neige.

Pendant ce temps-là, Hélène s'était mise à faire le tour. Il y avait là des voisins, des anciens collègues, la famille du défunt. Elle saluait chacun avec une mine de circonstance, mais bien vite, les bavardages chassaient cette tristesse feinte. On se donnait des nouvelles. Untel était mort, le fils de machin parti en Chine, la boulangerie des Hartz avait retrouvé un repreneur. Sur le visage d'Hélène, les expressions filaient ainsi que des nuages. Elle était affable, empressée, toujours curieuse de la vie des autres, de leurs bonheurs et de leurs misères. Quand elle releva ses lunettes de soleil, on découvrit ses cernes, cette peau couleur de cendre, fripée par le souci et brûlée de larmes, et qui la vieillissaient tout de même assez. Elle en avait chié un max depuis deux ans.

De leur côté, Vanessa et Anthony regardaient ce petit monde qui fourmillait complaisamment à l'ombre de l'église. Anthony fumait, les mains dans les poches. Vanessa n'avait pas décroché un mot depuis un moment. Il se tourna vers elle.

— Tu fais la gueule ?

— Non.

— On dirait.

Elle s'en voulait d'être venue. Au fond, c'était vrai, il ne lui avait rien demandé. Elle essayait de se faire une place dans sa vie et pour quoi faire ? C'était un petit con, un branleur. Et il était laid avec son œil de traviole. Elle vérifia. Il n'était pas si laid, malheureusement.

— Allez, fit le garçon, en la poussant de l'épaule. C'est bon. Je m'excuse.

— T'es moins agressif quand tu viens pour me baiser.

Surpris, il se tourna vivement vers elle :

— Ça veut dire quoi ?

— Rien.

— T'es nulle de dire ça. Ça te fait autant plaisir qu'à moi.

À son tour, elle lui fit face. Sur ses talons, elle était presque plus grande que lui.

— Ouais, j'adore quand tu me réveilles au milieu de la nuit pour te vider les couilles.

— Tu veux quoi ? s'énerva le garçon. Qu'on se marie ?

— Connard…

C'était moins un reproche qu'un regret. Évidemment, elle n'attendait rien de lui. C'était un môme, un beauf, il était à chier au bahut, toujours avec ses histoires de moto, pas du tout son genre. Et puis ils avaient leur accord, se voir et baiser, basta. Sauf qu'après la baise, allongés et les yeux au plafond, on se faisait fatalement des confidences. Il leur était arrivé de rester longtemps à causer comme ça dans la pénombre de sa chambre, quand la mère d'Anthony n'était pas là. Il avait ces cils interminables, cette peau brune. Il répétait sans arrêt qu'il n'en avait rien à foutre. C'était évidemment tout le contraire. Des fois, même quand elle était dans son studio à Metz, ou qu'elle regardait un film avec Christopher, elle pensait à lui. Elle avait tout le temps envie de l'attraper, de lui tirer les cheveux, de le mordre. Elle se détestait d'être comme ça. Elle avait mis sa plus jolie robe.

Soudain, la petite foule sembla s'ameublir par le milieu, prise d'un mouvement tournant, comme dans un banc de poissons. Évelyne Grandemange, la veuve, venait de faire son apparition. Un type très grand, voûté, mince et le visage grêlé, la tenait par le bras. C'était son neveu, Brice. Tout le monde le connaissait, il tenait le truc de location de camions et d'utilitaires sur la route d'Étange.

— Ça a l'air d'aller, fit Vanessa.

Effectivement, Évelyne semblait d'aplomb. Elle faisait même un peu vedette, tout sourire, à dire bonjour à chacun, son éternelle Gauloise à la main. Tout de même, Anthony, qui ne l'avait plus vue depuis quelques mois, était surpris de la retrouver enchâssée si loin dans la vieillesse, creusée, flétrie, le visage sombre et tourmenté de sillons, comme brassé par l'âge. Parmi ce relief, ses yeux brillants, le sourire inlassable faisaient presque désordre. Ses jambes surtout étaient de mauvais augure. On aurait dit deux bouts de bois. Le garçon espéra qu'il n'aurait pas à l'embrasser, ça devait piquer et faire froid.

— Tu crois qu'on doit y aller ?

— C'est comme tu veux, répondit Vanessa.

— Je sais pas quoi lui dire, moi.

— Ben tu dis que t'es désolé. C'est tout.

— Je le sens pas trop.

— T'es jamais allé à un enterrement ?

— Non. Et toi ?

— Ma grand-mère, quand j'étais petite.

— Ah… Je suis désolé.

— Pfff, pauv' naze.

Ils restèrent à leur place sans plus rien se dire. Finalement, Anthony était bien content qu'elle soit venue. Et le corbillard fit son apparition. C'était une longue CX pachydermique et démodée, traversée de chromes, avec beaucoup de vitrage pour voir à l'intérieur. Les gens s'écartèrent sur son passage. Au moment où elle s'immobilisait, dans le silence total, on entendit le soupir des suspensions hydrauliques. Il y avait dans ce mouvement quelque chose d'assez majestueux. D'ailleurs, l'assistance, déjà, se recueillait. Un corps, là-dedans, avait commencé de disparaître. Ce froid était l'avenir de tous. On ne faisait plus les malins.

— Putain, je me demande où est mon père, fit Anthony.

— T'es sûr qu'il va venir ?

— J'espère.

Même après tout ce temps, le garçon craignait toujours de le voir débouler ivre mort. Il avait trop de souvenirs d'avant, d'enfance et puis le reste, les crises pendant le divorce, les états lamentables dans lesquels il l'avait retrouvé, quand le père chialait et disait qu'il allait se flinguer. Mieux valait encore ne pas y penser.

Deux hommes sortirent de la CX. Ils étaient vêtus de costumes identiques, couleur aubergine, en polyester et qui laissaient voir les chaussettes de tennis du plus grand. Son acolyte, plus petit, portait de grosses lunettes qui foncèrent à la lumière du jour. Ils ouvrirent le hayon, le neveu et un autre homme vinrent leur prêter main-forte. Au moment où ils épaulaient le cercueil, celui-ci sembla étonnamment léger, et trop petit.

— Comment ils ont fait pour le faire rentrer là-dedans ? fit quelqu'un.

— Il lui restait que la peau et les os.

— Enfin quand même. Ils l'ont pas plié en deux…

La foule s'organisa peu à peu pour faire cortège au défunt. Le cercueil allait devant. La veuve suivait, toute seule. Derrière elle, les gens venaient par deux ou trois, piétinant en silence, les enfants tenus par la main, les vieux par le bras. Dans la nef toute fraîche et creuse, l'orgue jouait déjà ses notes étirées qui résonnaient dans les poitrines et sous les voûtes de pierre. Les bancs s'emplirent peu à peu tandis qu'on déposait le cercueil sur des tréteaux. De part et d'autre, deux cierges blancs montaient la garde.

Anthony, sa mère et Vanessa se glissèrent dans une travée à mi-chemin du chœur et du porche. Le garçon n'avait pas l'habitude de cet endroit. Il regardait les vitraux, les sculptures, ces images de supplice et de gloire, sans rien comprendre. Le sens de cette langue, pour lui et beaucoup d'autres, était perdu. Il ne demeurait qu'un décorum prétentieux et des gestes tournant à vide. Au moins, il faisait frais.

Le prêtre tapota le micro pour vérifier que les enceintes marchaient. Il commença.

— Mes chers frères, nous sommes réunis aujourd'hui pour nous souvenir…

Anthony se tourna dans l'espoir d'apercevoir son père dans l'assemblée, mais il n'était toujours pas là. En revanche, le cousin se trouvait à quelques rangées de distance, avec sa copine Séverine. Ils échangèrent un sourire, le cousin lui fit même un clin d'œil. Depuis qu'il sortait avec cette meuf, il avait complètement disparu de la circulation. Une métisse, très belle, qui faisait des concours de miss. Même là, sobre, en noir, elle faisait son petit effet. Le cousin lui obéissait au doigt et à l'œil. Ça pouvait se comprendre. C'était con malgré tout.

À part ça, la galerie de portraits résumait assez bien la vie du père Grandemange. La famille, des voisins, d'anciens collègues de boulot, deux adjoints au maire, des commerçants, des copains de bistrot, des gars de la Société des fêtes et, cantonnés dans le fond, les camarades de la CGT. Ceux-là avaient tous un air de famille, un genre de quant-à-soi narquois ; le refus de s'endimancher aussi. Et puis il y avait le Dr Reswiller, en veste pied-de-poule et polo noir, ses lunettes sur le front, ses éternelles Paraboot aux pieds. Dès le départ, il avait soupçonné que quelque chose n'allait pas au niveau du pancréas. Il avait ordonné des examens complémentaires et le diagnostic était tombé. Il soignait Luc Grandemange depuis bientôt quarante ans. Ensemble, ils s'étaient mis d'accord pour différer l'hospitalisation autant qu'il serait possible, puisqu'il était foutu. Quand la douleur était devenue insupportable, on l'avait mis dans une chambre double, avec vue sur le parking, la télé, et sous morphine. Il était tombé très vite dans le coma. En quinze jours, c'était plié.

Pendant la cérémonie, le prêtre résuma la vie du défunt. Elle n'avait été ni très longue ni très exemplaire. Elle tenait sur une feuille de papier A4. Pour commencer, il avait eu un père et une mère, qui étaient morts pendant la guerre, laissant deux orphelins derrière eux. Luc était le cadet, pupille de la nation, grandi dans les pensionnats, à la dure. Pour ceux qui ne l'avaient connu que mastodonte, toujours à se marrer, rouspéteur et débonnaire, ces souvenirs semblaient presque impossibles. Il avait aimé la nature, le rock et Charles Trénet, chasser et boire des coups. En 1966, il avait rencontré Évelyne et l'avait épousée. Ensuite, le prêtre avait dressé la liste de ses emplois, qui se confondait avec l'histoire économique de la vallée. Metalor, Rexel, Pomona, City2000, la Socogem. Rien en revanche sur les périodes de vaches maigres, le chômage, les plans sociaux, le syndicalisme, la politique, la dernière campagne, durant laquelle il avait collé des affiches pour le FN.

Sobrement, pour conclure, le prêtre nota que pour Luc Grandemange, l'amitié n'avait pas été un vain mot et qu'il s'était toujours beaucoup investi dans la vie de la cité. Au premier rang, Évelyne écoutait, recueillie, un mouchoir sec serré entre ses mains jointes. À part ça, il fallut se lever, s'asseoir, prier. Globalement, toutes les paroles avaient été oubliées. Le neveu lut un poème d'Éluard. On chanta du bout des lèvres. Ceux qui le souhaitaient bénirent le cercueil. L'orgue joua. C'était fini.

Au moment de sortir, Anthony fut soulagé de voir que son père se trouvait dans le fond, près de la porte, debout, les mains dans les poches. Il s'était payé une coupe de cheveux et avait mis son costume bleu. C'est là qu'on voyait qu'il avait perdu pas mal de poids, malgré le ventre qui tendait sa chemise.

— Tu restes près de moi, murmura Hélène.

Anthony la rassura. Elle était blanche comme un linge. Là-bas, le père les fixait, un petit sourire aux lèvres. Il semblait en pleine forme, à part ça.

7

Steph gara la 205 décapotée devant la gare. C'était un bâtiment fonctionnel et centenaire, avec une horloge fixée en hauteur. Elle indiquait 16 h 10. Clem fit remarquer à sa copine qu'elles étaient super en avance. Steph n'entendit même pas.

Depuis le temps qu'elle trompait son attente, se préparait. Ainsi, ces derniers jours, elle avait pris soin d'ingurgiter ses deux bouteilles de Contrex quotidiennes. Elle s'était mise au soleil, mais pas trop, une heure maxi, se nappant avec patience, couche après couche, jusqu'à obtenir le rendu parfait, un hâle savant, onctueux, une peau en or et de jolies marques claires qui dessinaient sur sa nudité le souvenir de son maillot deux pièces. Au saut du lit, elle montait sur la balance avec une inquiétude sourde. Elle était gourmande, fêtarde. Elle aimait se coucher tard et avait tendance à picoler pas mal. Alors elle s'était surveillée au gramme près, mesurant son sommeil, ce qu'elle mangeait, faisant mais alors extrêmement gaffe à ce corps qui selon les moments, la lumière, les fatigues et les rations de nourriture connaissait d'extraordinaires mues. Elle avait poli ses ongles, maquillé ses yeux, prodigué à ses cheveux un shampoing aux algues, un autre aux œufs. Elle avait fait un peeling et s'était frottée sous la douche avec du marc de café. Elle avait confié ses jambes et son sexe à l'esthéticienne. Elle était ravie, appétissante, millimétrée. Elle portait un débardeur tout neuf, un truc Petit Bateau à rayures. Quand elle l'avait vu, Clem lui avait demandé si c'était du six ans.

— On va devoir attendre des plombes, dit encore Clem, saoulée par avance.

— Mais non.

— Ben si. Je suis désolée.

Les deux filles se rendirent sur le quai n° 2, qui était absolument désert. Toutes deux portaient des Converse, une jupe, les cheveux longs. Le train arrivait à 16 h 42, deux minutes d'arrêt maximum. À Heillange, la gare ne servait plus guère, mais demeurait là par principe, parce que le député-maire en avait fait une affaire politique et qu'une ville sans gare, ça ne ressemble à rien. Sur les murs décrépits, des affiches illisibles répertoriaient les horaires de TER qui ne passaient plus. Les pubs étaient vieilles de six mois. Il faisait horriblement lourd. Clem choisit d'attendre à l'ombre. Steph, fébrile, se mit à fixer ce point où les rails se rejoignaient à l'horizon.

Elle était heureuse. Elle tenait sa récompense.

Parce qu'elle en avait bavé ces derniers mois. Depuis toujours, Steph avait eu l'habitude de s'en foutre, se contentant d'être dolente et mignonne, ce qui suffisait presque toujours à arranger les choses. Sauf que tout à coup, à l'approche des exams, son père s'était mis à nourrir des ambitions imprévues. Ou peut-être qu'il s'était subitement affolé pour son avenir. En tout cas, le couperet était tombé : faute d'une mention au bac, elle pouvait faire une croix sur sa bagnole et ses vacances.

— Non, mais t'es sérieux là ?

Elle se souvenait encore du moment où il lui avait mis son coup de pression. Elle mangeait un Yoplait à la fraise debout dans la cuisine. Peut-être bien qu'elle détesterait ce parfum toute sa vie, après ça.

— T'es prévenue. C'est tout. Je veux une mention ou t'auras pas de bagnole.

— Mais j'ai déjà passé le code.

— Et alors ? J'ai vu le père de ta copine, hier, au stade. Elle va aller en prépa, elle. À Lyon.

— Et alors ?

— Alors y a pas de raison. T'es pas plus bête qu'elle.

Cette salope de Clem. Toujours à trimer en douce. Maintenant, avec ses conneries, Steph se retrouvait le dos au mur.

— Mais elle bosse comme une dingue depuis le CP.

— Et qu'est-ce que tu foutais toi, tout ce temps-là ?

— Mais rien ! Enfin, ça sort d'où ? Je peux pas rattraper dix ans en trois mois. C'est n'importe quoi.

— J'en ai parlé avec ta mère. C'est comme ça. Et puis, tu vas remplir ton dossier d'inscription pour la fac. Ça traîne depuis des semaines.

— Mais oui…

— Quand ?

— Je vais le faire.

— Aujourd'hui.

— Putain…, avait gémi Steph.

Et de dépit, elle avait foutu son Yoplait à la poubelle, la cuillère avec.

Cet ultimatum constituait vraiment un coup dur, parce qu'elle venait justement de dénicher une petite 205, 225 000 kilomètres au compteur, mais décapotable et rouge, et ses parents avaient dit oui. Avec Clem, elles s'étaient fait des films à n'en plus finir. Et là, de but en blanc, en pleine cuisine aménagée, le rêve se brisait net.

Depuis qu'il avait la mairie en ligne de mire, son père était pris d'un appétit de conformité totalement incontrôlable. C'est à peine si sa mère pouvait encore sortir en minijupe. Et voilà qu'il voulait maintenant s'offrir une descendance surdiplômée. Il était moins chiant quand il se passionnait pour ses bagnoles et voulait changer de coupé tous les ans.

Mais tout bien considéré, c'est encore sur les vacances que pesait le péril le plus grave, parce qu'en les travaillant au corps, elle finirait toujours par obtenir une voiture. C'était tellement indispensable dans le coin, si peu cher, ils n'allaient pas l'emmerder. Les vacances par contre, c'était une autre affaire. Ils avaient renâclé dès le départ. Le projet, il faut dire, avait de quoi effrayer. Les Rotier possédaient une maison au Pays basque, une pure baraque, genre bergerie face à la mer, et tous les ans, au mois d'août, ils conviaient des potes, une poignée d'élus. Or cette fois, Steph et Clem avaient eu droit à leur invitation, une première, une faveur considérable. Il faut dire que Steph et Simon faisaient désormais presque figure de couple, malgré les ruptures, les psychodrames, les rabibochages, ces intermittences qui étaient leur rythme de croisière. Elle était sa meuf, un point c'est tout.

Quoi qu'il en soit, à partir du mois d'avril, la vie de Steph était devenue un cauchemar sédentaire. Alors qu'elle comptait taper un petit 10 de moyenne générale au rattrapage, grâce à l'anglais et au sport coeff 5, les exigences paternelles l'avaient précipitée dans les douves des révisions. Le pire étant que, concomitamment, elle passait son permis de conduire.

Ainsi, des semaines durant, elle avait enchaîné des journées effarantes. Levée à 6 heures du mat', elle bossait avant le petit-déj', l'histoire et la géo surtout, des matières qui exigeaient un effort de mémorisation surréel. Yalta, les États-Unis, le Japon, la crise des missiles, les Trente Glorieuses, mais ça s'arrêtait où, putain ? Elle avait acheté des fiches Bristol. Elle écrivait à l'encre bleue, mettait en évidence les dates en rouge. Puis elle avalait son Muesli, son jus d'orange et révisait encore dans la bagnole sur le chemin du bahut. Ensuite, il y avait les cours, le soutien en maths. Dans sa filière, toutes les matières comptaient, même la philo. *La République* de Platon, sérieux ? Mais qui étaient les instigateurs de ces programmes lunaires ? Dans un pays ravagé par le chômage, le socialisme et la concurrence asiatique, on attendait donc des jeunes générations qu'elles s'intéressent à cet enculage de mouches antique ? Steph se collait deux doigts sur la tempe en plein CDI, ce qui faisait marrer Clem, mais ne l'aidait pas beaucoup à comprendre le mythe de la caverne. Au bout d'un moment, elle avait décidé de se focaliser sur les annales. Des petites collections vachement bien foutues résumaient tout ce qu'il fallait savoir pour ne pas s'humilier le jour de l'exam. Elle soulignait l'essentiel. Elle était tellement flippée qu'à la fin, il ne restait pas une ligne qui ne soit pas complètement stabilotée. Parfois, prise d'un coup de blues, elle enfouissait son visage dans ses bras croisés. En plus il faisait beau, et ce serait bientôt Roland-Garros à la télé.

Le soir, Clem la déposait devant l'auto-école. Son instructeur bossait en bermuda et Pataugas, et passait un bras derrière son appuie-tête. Pendant toute la leçon de conduite, elle sentait l'odeur de ses aisselles, et cette présence moite de gros beauf fou de mécanique. Elle en aurait chialé. Le type utilisait une méthode particulièrement dégueulasse pour enseigner les créneaux : à mesure qu'elle réalisait sa manœuvre, il murmurait tout près d'elle, les yeux dans le rétro : "Oui… Oui… Non… C'est ça. Un peu à droite. Bieeen. Oui." Une fois, elle avait tiré le frein à main et l'avait planté là sans demander son reste. Ce blaireau !

À la maison, il fallait remettre ça, bosser jusqu'à 21 heures, voire pire. Clem venait potasser en binôme. Les filles passaient aussi pas mal de temps à dépiauter les filières universitaires. Parce que Steph ne s'était jamais véritablement intéressée à son orientation. Elle découvrait toute une nébuleuse, cursus royaux, voies de garage, parcours en cul-de-sac, vaines licences ou BTS conduisant à des jobs bien rémunérés mais sans espoir de progrès. À l'inverse, Clem maîtrisait admirablement cette tuyauterie des parcours. Depuis toujours, elle se préparait. Et Steph soudain découvrait que le destin n'existait pas. Il fallait en réalité composer son futur comme un jeu de construction, une brique après l'autre, et faire les bons choix, car on pouvait très bien se fourvoyer dans une filière qui demandait des efforts considérables et n'aboutissait à rien. Clem savait tout ça sur le bout des doigts. Son père était médecin, sa mère inspectrice d'académie. Ces gens-là avaient presque inventé le jeu.

Parfois, Steph décrochait. Son esprit prenait le large. Elle se mettait à penser à Simon Rotier, à ce qu'il pouvait faire. Elle n'avait presque plus une seconde à lui consacrer et, le connaissant, il ne devait pas tuer le temps en enfilant des perles. À chaque fois qu'ils se croisaient dans les couloirs du lycée, Steph ne pouvait pas s'en empêcher, elle lui demandait des comptes. La conversation tournait au vinaigre direct. Avec cette radasse de Virginie Vanier qui lui tournait autour, ses grandes dents et ses gros seins. Tant pis. Steph devait rester concentrée. La mention. La bagnole. Les vacances. Le Pays basque. Là-bas, elle se baignerait tous les jours. Ils feraient du surf, des grillades, la chouille non-stop. Avec Simon, ils baiseraient à l'ombre des pins, le goût du sel sur la peau, le bruissement du vent, l'océan tout proche.

— Et le sable qui te gratte le cul, ajoutait Clem.

Steph souriait. Elle ne voyait plus sa copine du même œil. Maintenant qu'elle considérait son avenir, ses options, le fonctionnement des carrières, une évidence nouvelle s'imposait brutalement à ses yeux : le monde appartenait aux premiers de classe. Tous ces gens dont on s'était moqué parce qu'ils étaient suiveurs, timorés, lèche-cul et consciencieux, c'est eux qui, en réalité, avaient raison depuis le début. Pour briguer les bonnes places, et mener plus tard des vies trépidantes et respectées, porter un tailleur couture et des talons qui coûtent un bras, il ne suffisait pas d'être cool et bien née. Il fallait faire ses devoirs. Le choc était rude pour Steph qui avait tout de même beaucoup misé sur son je-m'en-foutisme foncier et ses prédispositions pour les sports de glisse.

En tout cas, à force de bûcher, de drôles de trucs avaient fini par se produire dans sa tête. Des raccourcis, des surprises, des éclairs. Jusqu'ici, elle avait considéré les disciplines qu'on leur enseignait comme des diversions, des passe-temps pour canaliser la jeunesse. Mais une fois que le gavage opérait, votre vision des choses se modifiait. Steph n'aurait pas très bien su définir ce bouleversement : elle se sentait à la fois plus sûre et moins certaine. Par moments, sous l'effet de la contrainte, un fugace eurêka lui traversait la tête. Ou au contraire, un sentiment d'évidence prenait fin sous ses yeux. Le monde devenait parcellaire, ramifié, infini.

Progressivement, elle commença à prendre du plaisir.

Et une terrible inquiétude la gagna. Elle s'avisait sur le tard que son idée de la réussite était totalement fallacieuse. L'idéal de ses parents, avec leur confort exponentiel, le chalet à la montagne et l'appart à Juan-les-Pins, leur rage d'entregent et le sentiment de leur hauteur, lui apparaissait maintenant dans son exacte misère. Il ne suffisait pas de vendre des bagnoles de luxe et de connaître tout ce que la ville comptait de nantis pour arriver. C'était au fond un horizon de gagne-petit, d'hébétés perpétuels. Cette place ouatée ne tenait qu'à un fil. Ses vieux se prenaient pour des seigneurs, mais n'étaient que les piètres régisseurs d'un règne qui s'organisait ailleurs.

Avec Clem, elle découvrait le tableau dans son ensemble. Les décideurs authentiques passaient par des classes préparatoires et des écoles réservées. La société tamisait ainsi ses enfants dès l'école primaire pour choisir ses meilleurs sujets, les mieux capables de faire renfort à l'état des choses. De cet orpaillage systématique, il résultait un prodigieux étayage des puissances en place. Chaque génération apportait son lot de bonnes têtes, vite convaincues, dûment récompensées, qui venaient conforter les héritages, vivifier les dynasties, consolider l'architecture monstre de la pyramide hexagonale. Le "mérite" ne s'opposait finalement pas aux lois de la naissance et du sang, comme l'avaient rêvé des juristes, des penseurs, les diables de 89, ou les hussards noirs de la République. Il recouvrait en fait une immense opération de tri, une extraordinaire puissance d'agglomération, un projet de replâtrage continuel des hiérarchies en place. C'était bien fichu.

Après des heures à potasser, se faire mal, bouffer des Pepito et rester assise alors que le soleil brillait dehors, Steph prenait tout cet édifice en grippe. Avec Clem, elles se montaient énormément le bourrichon, voulaient foutre le système cul par-dessus tête, et partir loin, vivre chichement, de musique et de plage. Cette ardeur révolutionnaire recouvrait mal leur fatigue, leur paresse, l'angoisse d'échouer et de se retrouver au bas de l'échelle. En mai, ce sentiment d'injustice les incendiait. Puis les épreuves vinrent. Steph s'en tira avec 14,7 de moyenne. La mention acquise, elle se trouva réconciliée avec la marche du monde. Il ne resta rien de ses colères politiques, à peine l'idée vite enterrée d'adhérer au MJS. Son père, ravi, lui paya sa petite auto rouge.

En attendant, d'autres voyageurs avaient rejoint les filles sur le quai n° 2. Clem faisait de son mieux pour les ignorer. Steph trépignait. Alors le train parut.

Aussitôt, Steph se précipita vers la voiture de queue. Simon en descendit bientôt, frais, sa valise à la main. Il la prit dans ses bras. Ils se roulèrent une pelle.

— Tu m'as trop manqué.

— Pareil.

Elle le regardait. Il sourit. Steph comprit tout de suite que quelque chose clochait.

— J'ai ma caisse.

— Cool.

— Je suis trop contente, putain.

— Ouais, moi aussi.

— Tu t'es coupé les cheveux ?

— Ouais.

Ils rejoignirent Clem et prirent le chemin de la sortie. Simon insista pour s'asseoir à l'arrière avec sa valise. Ils se mirent en route.

Steph avait rêvé ce moment des dizaines de fois. Ils montaient dans la décapotable. Ils étaient jeunes, beaux et libres. Elle avait même prévu une K7 exprès pour l'autoradio, avec des titres des Beach Boys et de la Mano Negra. Au lieu de ça, Simon était distant, Clem jouait l'indifférence, et elle-même se sentait encombrée, pas bien du tout, comme si elle avait ses règles et venait de bouffer deux Snickers.

— C'était comment alors ?

— Cool.

— T'as fait quoi ? T'es allé à des concerts ?

— Grave.

— T'as vu la tour Eiffel ? demanda Clem, pince-sans-rire.

— Ouais.

— Super.

Steph enchaînait les questions. Sous le mutisme, elle présumait déjà une histoire de meuf. C'était, à tout prendre, un moindre mal. Le Pays basque les appelait. La distance lui ferait vite oublier cette Parisienne accidentelle. Enfin, Simon allait quand même assez régulièrement à Paris, il avait des cousins là-bas, et s'il s'était effectivement déniché une amoureuse, il faudrait l'avoir à l'œil. Il disait d'ailleurs Paris alors que les cousins en question habitaient en fait à Rueil-Malmaison. La cousine était cadre sup chez Danone ; son mari bossait chez Matra, à la Défense. À part ça, ils avaient trois mômes. D'après les photos, ça ressemblait assez aux Triplés, les blondinets têtes à claque qu'on voyait dans le *Figaro Madame*.

— Et vous avez fait quoi ?

— Rien de spécial.

— T'avais des potes ? Vous êtes sortis ?

— Ouais.

— Comment ça, ouais ?

Steph vérifia dans le rétro. Simon portait ses lunettes Quicksilver. Comme toujours, il avait l'air d'être très au-dessus de tout ça et, elle avait beau faire, cette indifférence la rendait complètement dingue. Tout de suite, elle voulait compter. Elle se tut. Elle avait hâte d'être seule avec lui. Elle ferait tout ce qu'il voudrait. Alors Simon laissa tomber cette phrase, comme si de rien n'était.

— Au fait, c'est mort pour Biarritz.

— Quoi ?

Clem pivota sur son siège, Steph faillit caler.

— On part plus. C'est mort. Je suis désolé.

— Mais qu'est-ce qu'il raconte ? fit Clem.

— T'es sérieux ? demanda Steph.

— Azy, parle. C'est quoi, ce plan ?

— Ouais, je suis désolé. C'est comme ça. On part plus.

Steph rangea la voiture en catastrophe sur le bas-côté. Une autre bagnole les dépassa en klaxonnant. Les filles, incrédules, fixaient Simon. Il ne semblait pas tellement désolé, à vrai dire.

— Explique au moins.

— Mais c'est rien. Démarre. Je vous raconterai.

Au lieu de ça, Steph tira le frein à main. Simon s'avisa de l'endroit où ils venaient d'échouer. C'était une de ces zones ambiguës où de rares maisons, avec des jardinets, des clôtures, des volets de couleur, faisaient un archipel inconsistant. Il y avait des panneaux indicateurs, des fils électriques, du vide entre les gens. Ce n'était pas la campagne, ni une ville, pas non plus un lotissement. Un arrêt de bus entretenait la fiction d'un lien avec la civilisation. Deux vieux patientaient là, depuis combien de temps ?

— Alors ?

— Je suis désolé, répéta Simon, toujours aussi convaincant.

— C'est quel mot que tu comprends pas dans "on veut une explication" ? fit Clem.

— C'est compliqué.

— Descends de ma caisse, dit Steph.

— Tu plaisantes ?

— Ouais. On est mortes de rire. Descends. Tout de suite.

— Attends.

— Quoi ?

— Je vais t'expliquer. J'y suis pour rien, moi, en fait…

Et il leur relata le fond de l'affaire. Julien, l'aîné de ses cousins, devait partir aux States cet été-là, sur la côte Ouest, un mois complet, un truc prévu de longue date, un super-plan. Pas de bol, il s'était pété la jambe en faisant du roller. Simon avait saisi la balle au bond. Il partait dans trois jours. Ses valises étaient déjà prêtes. Un mois dans une famille de psys qui habitaient à Carmel, Californie, au bord du Pacifique. C'était une opportunité de ouf, impossible de laisser passer ça. Il était trop désolé.

— Tu nous plantes comme ça ? fit Steph.

— Ben qu'est-ce que tu voulais que je fasse ?

— Tu pourrais te noyer dans ton vomi par exemple, proposa Clem.

— Tu le sais depuis quand ?

— Une semaine.

— Et t'as pas prévenu ?

— Tu sais qu'on a tout organisé en fonction de toi ?

— Mais ouais. Je suis trop désolé. C'est pour ça. Je savais pas comment vous l'annoncer, en fait. Je suis trop désolé, les filles.

Il était là, assis sur son cul, avec son polo blanc et sa petite tête, planqué derrière ses lunettes. Steph le détestait d'autant plus qu'elle ne pouvait pas s'empêcher de le trouver mignon. C'était son drame. Depuis presque deux ans maintenant, il lui faisait mener une vie d'enfer. Ils s'étaient séparés dix fois. Et pas seulement parce qu'elle l'avait surpris en train de rouler des pelles à d'autres filles dans des soirées. Il mentait tout le temps, piquait du blé à ses parents, se défonçait au trichlo et ne tenait jamais parole. Le pire, c'est qu'il arrivait toujours à retomber sur ses pattes. Et à chaque fois, c'est elle qui avait été à l'initiative de leurs réconciliations. Steph se racontait des histoires d'amour fou et d'attraction/répulsion, comme Dylan et Kelly dans *Beverly Hills*. Simon était tourmenté, égoïste et sexy. Un vrai con, ouais.

— En même temps, j'ai toujours dit que c'était un tocard, observa Clem.

Steph cogitait. Tout ne pouvait pas partir en sucette à ce point-là.

— Et ton frangin, dit-elle, il peut pas nous ouvrir la maison ?

— Vous pouvez toujours lui demander, répondit Simon, narquois.

— T'es un grand malade, sérieux, dit Clem.

Simon fronça les sourcils.

— Vous m'avez pas laissé le choix. Je savais bien que vous alliez me pourrir. Ça fait des jours que je me demande comment vous annoncer la nouvelle.

On pouvait lui reconnaître ça, un certain génie des labyrinthes. Vous lui faisiez un reproche, deux secondes plus tard, vous vous retrouviez à lui demander des excuses. Steph s'était fait retourner la tête tellement souvent, elle avait perdu le compte. Mais cette fois, elle était blasée.

— Tu prends ta petite valise, tu te casses.

Elle avait déjà ouvert sa portière. Elle fit basculer son siège pour le laisser passer.

— Je vais pas descendre là. C'est nulle part, ici.

Steph jeta un œil alentour. Il lui faudrait au moins une heure de marche pour arriver en ville. Avec sa valise et cette chaleur. L'idée lui plut énormément.

— Allez, *raus*. Tu te casses, maintenant.

Clem jubilait en silence. Simon finit par s'extraire de la voiture, de mauvaise grâce. Il prit la direction de l'arrêt de bus. Il jetait des coups d'œil par-dessus son épaule, espérant qu'on lui dise non, allez, c'est bon, on te ramène. Mais Steph était trop dégoûtée. Elle pensait aux mains de Simon sur son cul, son ventre, partout. Merde.

— Quel baltringue…, dit Clem.

— Mais tellement.

Puis Steph remonta dans la voiture, abaissa le frein à main, et prit la direction d'Heillange sous un ciel de ciment, dans l'épaisseur de juillet. Elles roulaient plutôt vite, sans prudence, sans plaisir, sans un mot. Leurs vacances étaient foutues. Leurs dernières de lycéennes. La tristesse monta alors, toute neuve, dans leur gorge serrée.

8

Pour clore la messe, l'organiste joua une habituelle toccata de Bach. Les accords montaient très haut, précipités, tubulaires, vaguement métaphysiques. Anthony avait beau ne pas croire à cette fantasia biblique, l'élancement de la pierre, les bleus du vitrail, cette verticalité, ça faisait quand même un truc. Un peu plus loin, dans la nef, quatre hommes portaient un cadavre enfermé dans une boîte. Les gens piétinaient vers la lumière. Des milliers de dimanches s'étaient égrainés comme ça, dans les chants, les cantiques, l'inquiétude et l'espérance. Le garçon frissonna. C'est vrai que ça caillait là-dedans.

Arrivé à hauteur de son père, il l'embrassa et reconnut l'odeur de son eau de toilette. Sa mère aussi lui fit la bise. Et puis ils se retrouvèrent sur le parvis, éblouis, un peu décontenancés. Il fallait retrouver des repères. Après avoir plié le petit prospectus jaune qu'on leur avait distribué pour suivre la cérémonie, Hélène chercha ses lunettes de soleil dans son sac à main. Elle fuyait le regard de son ex-mari. Elle les chaussa et croisa les bras sous sa poitrine.

— Ça va ? demanda le père.

— Oui. Et toi ?

— Bien, bien. Ça fait drôle, quand même.

— Oui.

Lui parlait du décès, elle de leurs retrouvailles. Anthony et Vanessa se touchaient de l'épaule. Il n'était pas loin de vouloir lui prendre la main.

Sur le parvis, les fidèles sortis de l'église se mêlèrent aux gens qui n'avaient pas voulu assister à la messe. Il y avait vraiment un monde fou. On reconnaissait notamment les anciens collègues musulmans, et puis les irréductibles du syndicat qui auraient préféré passer sous un train que de foutre un pied à l'église. Ceux-là avaient beau faire les malins, les renégats, on les sentait tangents. Avec Luc Grandemange, c'est une fameuse tranche de leur histoire qu'on foutait dans le trou. Sa première cotisation remontait à 1963. Il avait été représentant, DP, détaché, secrétaire, un peu tout. Au moment des grandes grèves de Metalor, il était même devenu une figure du mouvement. Lui n'appartenait pas à la catégorie des idéologues. Il n'était pas non plus très doué pour négocier. Il y en avait de plus malins, de plus cons, de plus enragés, des qui avaient plus à perdre ou qui seraient plus tenaces sur la longueur. Mais Luc avait cette qualité apparemment superflue : il mettait l'ambiance. Dans une lutte, on avait besoin de gars comme lui, pour déconner, taper dans le dos des indécis, donner du "mon lapin" aux incendiaires. C'était parfois pénible. On perdait du temps. Ses blagues étaient rarement drôles. Et avec lui, tout tournait *illico* à la kermesse. Mais à sa façon, il avait fait le ciment entre les gens, les avait tenus rassemblés, jusqu'au bout.

Depuis, son engagement et sa bonhomie avaient pris un tour singulièrement cocardier. Peu à peu, il s'était mis à considérer que les cocus dont il servait la cause n'étaient pas seulement ouvriers, salariés, provinciaux ou sous-diplômés. Ils étaient également de souche. Le malheur découlait en fait des flux migratoires. Il suffisait de faire le calcul. Le nombre d'immigrés, trois millions à peu près, correspondait exactement à celui du chômage. Drôle de coïncidence. Quand on y réfléchissait, tout un tas de problèmes inextricables se simplifiaient d'un coup si on voulait bien voir que ces feignants d'importation étaient la cause première des maux contemporains.

Autour de Luc, beaucoup de gens partageaient d'ailleurs ces diagnostics et plaidaient pour des quotas, des charters, le rappel sévère qu'on était chez soi, en somme. Mais ces idées, en dépit de leur succès, demeuraient en coulisse, cantonnées. Dans les endroits où il fallait se tenir, on n'en parlait pas. Une sorte de honte diffuse empêchait, comme une politesse. D'ailleurs, dans son rappel biographique, le prêtre n'avait rien dit de ces convictions discutables. Il n'en était pas question non plus dans la nécro de *L'Est républicain*. Et à chaque fois qu'Évelyne en entendait parler, elle minimisait tout ça d'un soupir et d'un revers de main. Son bonhomme s'était monté la tête. Il était pareil avec le foot.

Quand le cercueil fut dans le corbillard, le neveu se posta en haut des marches qui faisaient le lien entre le parvis et le porche de l'église. Il frappa dans ses mains pour attirer l'attention. Évelyne, qui n'avait pas cessé de dire merci et d'opiner gravement, en profita pour s'allumer une cigarette. La flamme jaillit et ses joues se creusèrent tandis qu'elle aspirait la fumée brune. Le neveu expliqua :

— On va aller au cimetière Saint-Michel. Ceux qui veulent peuvent suivre. Mais c'est peut-être pas la peine que tout le monde vienne.

Il précisa qu'il n'y aurait pas assez de place sur le parking, et que la famille voulait bien un peu d'intimité. Il disait ça presque en s'excusant. Le parvis était vraiment noir de monde, on aurait pu croire que toute la ville s'était réunie là. Chacun écoutait sans broncher. Des regards s'échangeaient à travers le silence, des petits signes. À un moment, Anthony surprit ses parents. Ils se regardaient sans un mot. Puis sa mère détourna les yeux. Le père regarda ses pieds.

— Par contre, reprit le neveu, on va pas se quitter comme ça. Évelyne vous donne rendez-vous à l'Usine pour la brioche. Je pense que c'est pas la peine que je vous donne l'adresse.

On s'amusa de cette réflexion, puis un autre murmure parcourut l'assemblée quand il annonça qu'Évelyne payait aussi le café et la première tournée.

— Champagne ! gueula quelqu'un.

Évelyne sourit, l'indélicat fut remis à sa place. L'ambiance, quoi qu'il en soit, venait de changer. La mort, c'était bien beau, mais on allait boire un coup.

— Hé !

Le cousin arrivait dans leur direction, cramponnant la main de sa petite copine.

— Alors ? Quoi de neuf ?

— Ça va. Et toi ?

— Nickel.

Patrick semblait ravi de ce petit rendez-vous familial. Il avait pris le cousin par l'épaule et secoué un peu.

— Ça faisait longtemps, hein.

— Ouais, fit le cousin, embarrassé mais content lui aussi.

— Ta mère m'a dit que vous alliez vous installer, dit Hélène.

— C'est pas fait, on cherche, répondit le cousin.

— On va trouver, dit Séverine.

— Vous cherchez où ?

— Du côté des Blonds-Champs. Y a des petits apparts tout neufs. On est allés voir à la mairie. Ils ont rien pour l'instant. Enfin, on est pas prioritaires, c'est toujours pareil.

On s'était compris.

Anthony posa deux-trois questions pour la forme, mais depuis la rupture de ses parents, sa mère et sa tante s'étaient beaucoup rapprochées. Du coup, on n'ignorait rien des démêlés du cousin. Il avait décidé de laisser tomber ses études et faisait de l'intérim, des petites missions à la con, manutention, nettoyage, des bricoles. La belle Séverine voulait faire un BTS, mais comme elle n'avait pas le bac, c'était compliqué. Elle avait donc entrepris de nébuleuses démarches pour bénéficier d'une équivalence, mais son zèle était tout de même assez contrarié par son amour des Spice Girls et la conviction souterraine d'être vouée à une carrière dans le show-business. Elle courait les karaokés et les élections de Miss Beignets râpés, prenait des cours de théâtre et envoyait des CV à Paris. Enfin, ces deux-là s'aimaient. Ça justifiait manifestement n'importe quoi.

Une fois le corbillard et les proches partis, il y eut comme un flottement dans les rangs. On hésitait, pour se rendre à l'Usine, entre prendre sa bagnole ou aller à pied. Vu la distance, la deuxième option s'imposa rapidement et près de trois cents personnes se mirent en route à travers Heillange. De l'église au bistrot, il y avait un peu moins d'un kilomètre, deux rues en enfilade. La foule s'y engouffra et, très vite, se mit à parler fort, à chahuter. Des habitants sortirent sur le pas de leur porte pour voir passer le cortège. Ils reconnaissaient des visages, demandaient des nouvelles. Certains se joignirent à la procession parce que le nom du défunt leur disait quelque chose et qu'ils n'étaient pas contre boire un canon gratuit. On se demandait bien comment le rade allait pouvoir contenir tout ce monde. Déjà, des rigolos faisaient des commentaires, de leur voix forte, sans nuance, à l'accent épais. L'humeur, progressivement, virait de bord. On se mit à rire et même à crier, les nerfs bien sûr, qui se relâchaient, et la vie, infatigable et carabine, qui revenait rouge sur les visages, et en sueur sur la nuque. Il faisait chaud, un samedi, une véritable fournaise. Une envie de chanson montait dans les poitrines. Bientôt, le haut-fourneau parut. On arrivait. Anthony avait fait tout le chemin avec le cousin, Vanessa contre lui. Devant, ses parents marchaient côte à côte. Ils n'étaient pas très bavards. Au moins, ils ne s'engueulaient pas.

— Ça a l'air d'aller, fit Vanessa.

— Ouais.

— Ça va bien se passer.

Même s'il vivait avec sa mère, et qu'il n'allait pas lui donner tort, Anthony ne pouvait pas s'empêcher de se mettre à la place de son vieux. Il était là, dix kilos envolés, à jeun, déplumé et noueux. Les crocs limés. Que restait-il de lui ? La cendre, une force qui irait en s'amenuisant. Et des regrets pour finir. La maison avait été liquidée en un rien de temps. Les efforts du couple, vingt ans de sacrifices et de fins de mois acrobatiques, envolés. Le mobilier, les bibelots, les vêtements qu'il avait fallu jeter. En plus, il avait fallu vendre vite, pour trois fois rien, et c'est la banque qui avait finalement emporté le blé pour finir d'éponger les dettes.

Au moment du partage, le père en était presque venu aux mains. Au fond, il n'avait pas tellement d'amis, pas vraiment de boulot et il découvrait sur le tard que la maison n'était même pas à lui et que toutes ces idées qu'il s'était faites étaient plus ou moins de la connerie. Il avait cru qu'il ramenait la paie, que c'était chez lui, que c'était sa femme, sa baraque, son gosse. Le notaire avait nettoyé ces idées préconçues au bulldozer. Et deux ans plus tard, le père raquait encore pour les honoraires de cet avocat qui n'avait rien branlé, à part lui expliquer qu'il avait tort, que c'était la loi qui décidait. Dans ce monde de paperasse et de juristes, il n'y avait plus d'homme. Que des arrangements.

Pendant toute cette période des tiraillements, Anthony avait été sommé de choisir un camp. Il n'avait pas voulu, chacun avait ses raisons. Et lui les siennes. Hélène en avait déduit qu'il ne l'aimait pas suffisamment. Son vieux, qu'il avait été trop couvé par sa mère. Elle lui avait refilé sa faiblesse, son indécision, ce virus mou qu'ils avaient tous chez les Mougel. Chez eux, on ne terminait jamais rien. Les hommes obéissaient à leurs bonnes femmes. C'était une race d'esclaves et Anthony avait pris les chaînes. D'ailleurs, quand ils habitaient à côté de l'école Jules-Ferry, sa mère était toujours sur le qui-vive. De sa cuisine, elle le surveillait quand il jouait avec les autres gosses dans la cour et n'hésitait pas à le rappeler à l'ordre de son deuxième étage. Une fois, elle l'avait surpris en train de se battre, elle était descendue pour faire cesser la baston. Après ça, les autres gosses l'avaient appelé minou pendant des semaines. Et ensuite, sa mère s'était arrangée avec le médecin pour le faire dispenser de sport. Il n'avait pas su nager avant la troisième.

— Je sais pas pourquoi elle était comme ça, avait dit le père. C'est peut-être cette histoire du petit Grégory.

— Comment ça ?

— T'avais exactement la même tête. Tu sais, la fameuse photo. Exactement pareil. Franchement, même moi, ça m'a fait bizarre quand ils l'ont repêché.

Quand ils arrivèrent, les trottoirs de l'Usine étaient déjà tout encombrés. Pour une fois, on avait laissé les portes grandes ouvertes et les gens entraient, sortaient, en attendant que ça se précise. Des tables avaient été montées sur des tréteaux, avec des nappes en papier blanc et tout ce qu'il fallait : un grand thermos à pompe, de la brioche, des boissons sans alcool, des gobelets en plastique. Il tombait du ciel une lumière voilée, opaline, qui blessait l'œil. L'odeur du café embaumait l'air. Cathy, la patronne, était sortie et disait bonjour, aimable et commerciale, la journée s'annonçait bien pour elle. Mentalement, elle faisait déjà des additions et souriait de plus belle. Patrick, bêtement, pensa que c'était le moment de remettre son idée sur le tapis.

— Et pour le voyage, alors ?

— De quoi tu parles ? dit Hélène.

Elle avait répliqué un peu sèchement, cramponnée à la lanière de son sac à main. Les yeux du père disparurent presque tout à fait sous ses sourcils.

— Je t'ai dit. Je te le paie ton fameux voyage. Tes vacances.

Hélène se taisait. Elle lui avait répété cent fois qu'il n'en était pas question.

— Tu me diras, quand tu seras décidée.

Elle ne répondit pas davantage. Anthony cherchait le regard de Vanessa. Elle lui fit une grimace. Tout ça s'annonçait compliqué, malgré tout.

Sur le trottoir, deux filles assez boulottes, genre gothiques replètes, sans doute des frangines, avaient été embauchées en extra. Elles commencèrent à servir le café dans la rue. Cathy leur sauta dessus.

— Mais arrêtez ça ! Vous êtes malades ou quoi ?

Déjà que personne ne voulait rentrer dans son établissement à cause de la chaleur, voilà que la rue devenait une terrasse. Des voitures s'étaient immobilisées plus haut à cause du désordre. Les premiers coups de klaxon fusèrent. Les gens levaient les bras en l'air. On avait bien le temps de mourir.

— Les flics vont venir si ça continue, s'inquiéta Cathy. Thierry !

Le grand type aux cheveux en brosse qui se trouvait derrière le bar leva les yeux. Dans le civil, il était plaquiste et vivait avec Cathy. Rien qu'à le regarder, rouge, suintant, en bras de chemise, on sentait la pesanteur du dedans, l'air irrespirable, une température de 30 °C minimum.

— Va voir ouvrir les portes derrière, cria sa compagne. Faut faire des courants d'air.

Puis revenant vers les deux filles :

— Faites-moi rentrer le monde, bon sang. Faut dégager la route. Et vous allez voir au premier, y a des ventilateurs.

Devant cette salve de consignes, les jeunes filles demeurèrent interdites. Cathy, navrée, précisa :

— Carine, tu t'occupes des gens. Sonia, les ventilos ? Ça va aller ? Vous voulez un post-it ?

— Et je les branche où les ventilos moi ? fit Sonia, sans se démonter.

C'était la plus ronde, la plus jolie des deux. Elle avait les oreilles percées, des petits anneaux qui lui faisaient tout le tour de l'oreille. À part ça, des cheveux noir de jais, de jolies jambes, une peau comme de la crème.

— Y a des multiprises en cuisine. Allez, débrouille-toi.

Sonia soupira. Sa frangine cornaquait les gens vers l'intérieur. Ça faisait rire. Mais peu à peu, sous la pression conjuguée de Carine, de la patronne et des bagnoles qui voulaient passer, on se tassait dans le café. Anthony se retrouva avec ses parents et Vanessa à une table du fond, pas très loin des chiottes. Tout se mettait en place dans un brouhaha de chaises et de voix. Un homme, alors, se détacha de cette foule et vint vers eux. C'était un vieux rebeuh chenu, admirable, tout de terre et d'ocre, et qui portait aux pieds de considérables baskets blanches. Ses jambes jaillissaient de là comme des baguettes. On aurait dit une plante en pot.

— Bonjour, dit-il en inclinant la tête.

Il avait une belle voix grumeleuse, chargée. Anthony eut besoin de quelques secondes pour le remettre. Son estomac se noua. Sa mère s'était déjà levée et lui tendait la main. Des souvenirs revenaient par vague. La moto, ce petit appartement où ils avaient pris le thé. Le père Bouali. Quand Anthony vit que son père se levait à son tour, il se dit c'est bon c'est mort.

Au lieu de ça, son vieux empoigna la main de l'homme aux grosses baskets blanches. Il la secoua avec chaleur. Ils se connaissaient.

— Ah bah tiens !

— Comment ça va ? dit le vieil homme.

— Écoute, bien, bien… Ça fait une paie, hein ?

— Oh là là, fit l'autre avec un ample geste de la main.

Ses sourcils s'étaient rejoints très haut et il semblait ému. Patrick le prit par l'épaule et le secoua en rigolant, pour dissiper sa propre gêne surtout. Puis il expliqua à Hélène et son fils. Avec Malek Bouali, ils avaient bossé à l'usine, sur des postes voisins, avant que Patrick ne passe à la coulée. C'était le bon temps. Enfin, pas tant que ça, mais ils étaient plus jeunes en tout cas. Luc Grandemange au cimetière, ça faisait quelque chose malgré tout.

Ensuite, les deux hommes se donnèrent des nouvelles imprécises, la santé, les enfants, la famille, tout allait bien, oui oui, *labès hamdoulilah*. Puis ils convinrent que c'était vraiment con, on habitait à quoi, même pas cinq kilomètres et on se voyait jamais. Il faudrait organiser un truc un de ces jours, avec les autres, Michelon, Rosicky, Pellet et les frangins Heizenberger. Bien sûr, bien sûr. Les yeux du père Bouali faisaient deux étendues sombres et liquides. Patrick ne le secouait plus. Avant de s'éclipser, le vieil homme adressa un dernier signe de tête à Hélène. Il n'avait pas regardé Anthony. Il rejoignit quelques camarades, de l'autre côté de la pièce. Chaque mouvement était compté. Il était déjà de l'autre bord, celui des lenteurs et de l'amenuisement, de la longue patience et des insomnies.

— Tu te rends compte le pauvre type, fit Patrick en reprenant sa place. Il a bossé comme une bête et voilà le résultat. Invalide à je sais pas combien de pourcent, une retraite de misère. Et ses gosses qui lui chient dans les bottes.

À l'évocation de cette progéniture problématique, Anthony sentit son estomac se tordre une nouvelle fois. Il n'osait pas regarder sa mère. Magnanime, le père ajouta pour finir :

— Tu vois, c'est pas ceux-là le problème. J'ai jamais vu des bosseurs pareils.

En face, la petite troupe des immigrés du Maghreb s'était assemblée autour d'une même table, une dizaine à peu près, âgés, discrets, qui buvaient du Picon comme n'importe qui, mais ne parlaient pas toujours français. Les femmes étaient restées à la maison. Personne ne leur prêtait attention. Ils avaient fait le déplacement, en tout cas.

— Bon, fit Patrick en balayant la table devant lui. Je vais peut-être aller au bar. On crève de soif là-dedans. Vous voulez quoi ?

Tout le monde choisit de la bière. Le père alla commander, trois bières, plus un Perrier pour lui. Hélène le regardait. Elle ne pouvait pas s'empêcher de penser, quel dommage, toutes ces années foutues, ruinées par l'orgueil et les cuites. Il avait fallu en arriver là, et maintenant il buvait de la flotte et voulait la faire voyager.

Il revint avec les consommations, distribua les verres. La bière était fraîche et délicieuse. Anthony but un grand coup. Ça lui fit un bien fou.

9

— Je m'en fous, t'sais. De toute façon, j'en étais sûre.

Steph mentait. Clem la laissa dire.

À force de tourner en bagnole sans pouvoir se quitter ni trouver d'endroit où aller, les deux filles avaient fini par échouer au pied de la Vierge en fonte. Elles s'étaient assises sur le socle, en tailleur. Elles buvaient du 7Up acheté en route, au Prisu derrière la place des Flamands. L'orage avait encore resserré sa poigne sur la vallée où gisait le même imbroglio de maisons, de rues, de bâtiments. La lumière devenue rousse donnait à tout cela des couleurs de soir et d'incendie. Steph avait une envie pressante de fin du monde. Elle soupira.

— Tu fais la gueule ? demanda Clem.

— Mais non. Je m'en fous, je te dis.

Elle voulut tuer une bestiole minuscule qui s'était aventurée sur son épaule, sans succès. Elle poissait, se sentait lourde et elle avait mal au dos en plus. Elle étendit ses jambes et les trouva pas si mal, bronzées. Elle avait de jolies chevilles. C'était déjà ça.

— Et vous avez baisé combien de fois ?

— Je sais pas moi, répondit Clem, les yeux perdus dans le vague.

— Arrête un peu tes conneries. Ça va quoi…

Clem fit une drôle de petite moue, Steph la grimace, genre tu t'emmerdes pas quand même, et sa copine fut tentée de rire.

— Franchement, j'ai oublié. Pas mal de fois.

— T'es grave.

— Qu'est-ce que tu veux que je te dise ? J'ai pas compté.

— C'était où ?

— Comment ça ?

— Vous baisiez pas dans la rue. Dis-moi où c'était.

Pendant des semaines, un secret avait grossi entre elles qui venait d'éclater dix minutes plus tôt. Elles en étaient toutes confuses, indécises. Et principalement soulagées.

Steph avait bien senti qu'il y avait anguille sous roche. Sa copine était bizarre, elle piquait un fard dès qu'on lui demandait où elle était passée. Une histoire de mec à tous les coups. Et maintenant qu'elle avait craché le morceau, finalement, ça n'avait pas tellement d'importance.

Clem baisait avec Simon.

Après la confession de Clem, Steph l'avait insultée bien sûr, cette pute. Mais très vite, la curiosité avait pris le dessus. Et toutes deux jouissaient maintenant de leur égalité retrouvée, de la possibilité merveilleuse de tout se dire, mieux ! De comparer.

— Allez, insista Steph. Tu l'as ken où ?

— Je sais pas. N'importe où.

— Quoi n'importe où ? Vous êtes allés chez lui ?

— Une fois ou deux.

— Et chez toi ?

— Une fois ou deux.

Steph faisait des yeux ronds, consternée, chaud partout.

— Pas dans sa caisse, quand même ?

— Je sais plus.

— Mais si, c'est trop évident ! s'écria Steph en la poussant à l'épaule. Quelle pute !

— OK, oh ça vaaaa. Une fois ou deux. Vite fait.

— Mais il t'a niquée dans tous les sens, en fait.

— Putain, ouais, t'as raison, constata Clémence.

Steph éclata de rire.

— Les bâtards…

— Je sais… Je suis trop désolée, dit Clem, sincère et pardonnée.

Steph se leva d'un bond. Toute cette histoire lui fouettait le sang, et la contrariait aussi. Mais c'était bon de se baigner dans cette complicité refaite à neuf. Elle ne se tenait plus. Elle voulut tout savoir.

— Mais ça a duré combien de temps ?

— Je sais pas.
— Allez, c'est bon, crache maintenant.
— Une ou deux semaines.
— Des mois, ouais !
— Ouais, admit Clem, faussement affligée.
— Ce chacal, il nous baisait à tour de rôle.
— Le même jour, des fois.
— T'es sérieuse ?
— Je te promets.
— Le salaud.
— L'ordure.
— Mais quel gros chien !
— Un malade en fait.
— Gros pervers, ouais.
— Trop.
Et puis bon, comme on avait assez ri, on rentra dans le vif.
— Et alors ?
— Quoi ? fit Clem.
— Ben, c'était bien ?
— Ça allait.
— Ah ben vas-y, pourquoi tu l'as baisé des semaines comme ça si c'était nul ?
— Non mais c'était bien, mais je sais pas. Il est un peu dans son truc quand même…
— Ouais, il te calcule pas en fait.
— Franchement, il se croit dans un film.
Clem prit une mine hébétée, agrippa une queue de cheval imaginaire et donna quelques coups de reins dans le vide histoire d'illustrer le problème. Steph n'en pouvait plus :
— Mais ouais, trop !
— Pis elle est bizarre…
Clem montrait maintenant son petit doigt recroquevillé, l'air innocent, les sourcils relevés très haut.
— Grave, répliqua Steph. On dirait une bite de yorkshire.
Clem explosa.
— Mais non, arrête. C'est toi la cinglée, en fait.
Les deux filles se cherchaient, se poussant, frangines, pleines d'un souffle de forge, Steph ne pouvait plus s'arrêter.

— Si, si, fit-elle encore.

Elle poursuivit, en délimitant un espace peu flatteur entre son index et son pouce, l'air dégoûté :

— Elle est toute dégueulasse, un peu rose, toute mouillée.

— T'abuses !

Pourtant, Clem en redemandait.

— Et t'as pas remarqué ? Quand il jouit ?

— Quoi ?

— Je sais pas. Il fait un truc, il souffle par les narines.

Steph l'imita, mffff, mffff, mffff. Ses deux narines largement ouvertes, elle évoquait à la fois le souffle d'un veau et le tchou-tchou d'une locomotive.

— Ah Ah ! Mais OUI ! s'exclama Clem, aux anges.

Ce genre de confidences participait pleinement de leur amitié, au même titre que leurs souvenirs d'enfance, les coups de fil à rallonge, ou les bacs de glace coco devant *Dirty Dancing*. Et la certitude absolue que l'autre serait là en cas de besoin. Depuis qu'elles étaient ados, elles s'expliquaient leur fonctionnement intime, débriefaient après être sorties avec un mec, se donnaient des tuyaux pour éviter les cystites ou les mycoses. Leur corps de fille était une mécanique si difficile, on n'était pas trop de deux pour y faire face. Cette sorte d'intimité de gynécée, progressivement, s'était étendue à tous les domaines, et elles prenaient un plaisir fébrile à commenter leurs nuits, à autopsier les mecs de haut en bas. Ces derniers entendaient dire que les filles étaient pires qu'eux, plus cash et plus impitoyables, infiniment plus précises surtout. Ils ne voulaient pas y croire. Ils avaient tort. Pour être juste, il faut dire que cette férocité anatomique, les filles se l'appliquaient à elles-mêmes avant tout. Elles s'inspectaient immensément, se comparaient, entre elles et avec les photos dans les magazines, s'enorgueillissaient d'un pore resserré, considéraient qu'une ligne indécise était une excellente raison de se foutre en l'air.

Clem avait par exemple cette obsession au sujet de sa chatte. Ses grandes lèvres débordaient à la manière d'ailes de papillon. Elle s'en alarmait comme d'une maladie, une difformité. Steph avait déjà dû la rassurer à plusieurs reprises. À chaque fois que Clem était au bord de se taper un nouveau mec, cette hantise lui revenait. À un moment, n'en pouvant plus, Steph avait demandé à voir.

— Bah elle est très bien ta chatte.

— Non, mais là. On dirait un steak…

— T'es malade. Elle est super-mignonne.

— Ouais, mais la tienne, elle est parfaite.

— J'avoue, avait fait Steph.

Enfin, en attendant, Simon Rotier en prenait pour son grade. Il était con, micropénien, prétentieux, arrogant, dégueulasse, impuissant, imbaisable.

— Ouais, mais il est mignon.

— Mais trop.

— Il s'est bien foutu de notre gueule en attendant.

— Ouais, admit Clem.

Steph lui tendait la bouteille de 7Up. C'était chaud, mais Clem but quand même, pour lui faire plaisir.

— Tu m'en veux ? demanda-t-elle à sa copine.

Steph ne savait même plus très bien.

— C'est un connard, c'est tout.

— Tu vas le jeter ?

— Je peux même pas. C'est ça le pire.

— Comment ça ?

— Je sais même pas si c'est mon mec. On a jamais vraiment fait de truc officiel.

— Comme quoi ? Qu'est-ce que tu veux dire ?

— Ben, ses parents, ils pensent qu'on est des potes.

— T'es sérieuse ?

— Ouais, il m'a jamais vraiment présentée. Je venais chez lui, j'aurais pu être un mec, c'était pareil.

— Et toi, tu l'avais présenté à tes vieux ?

— Ben pas vraiment du coup. En fait, depuis le début, il me balade de ouf. On est jamais partis nulle part juste tous les deux. Il me baise quand ça lui chante. Surtout, il s'est tapé trop de meufs pendant qu'on sortait ensemble. On se voyait presque toujours tout seuls, jamais avec ses potes ou les miens. Il a juste jamais loupé une teuf pour me voir, il m'a jamais invitée au resto. En fait, il en a rien à battre.

— Et toi ?

— Bah tu sais bien.

Effectivement, Clem savait. Depuis le temps qu'une conversation sur deux tournait autour du grand amour de Steph, ses espoirs, ses soupçons, tout le tralala. En première, elle avait d'ailleurs eu un gros coup de mou. Elle avait cessé de s'alimenter pendant plusieurs semaines, et on avait dû l'envoyer chez un psy. Ce dernier avait fourni le service minimum, lui demandant de parler de son père avant de lui prescrire du Prozac.

Au fond, Clem ne pouvait vraiment pas blairer ce petit con prétentieux de Simon. Il ne vivait que pour sa gueule et entretenait avec tout le monde un rapport de consommation pure et simple. Sa petite tête, tout ce pognon, son côté faussement rock'n'roll et définitivement pourri. Il était canon, c'était pénible.

La première fois qu'il l'avait chauffée, c'était à une soirée chez le fils Rochand. Les parents de ce dernier étaient notaire et prof agrégée, ils habitaient un grand appart dans le centre-ville, tout un étage semé de miroirs, avec des parquets, des tableaux modernes et gris, des canapés, un mélange d'ancien factice et de design hors de prix, super-beau. Chaque année, en février, ils partaient skier à Chamonix. Pour une fois, ils avaient laissé leur aîné à la maison, pour une sombre histoire de cours de soutien en maths-physique. Le malheureux était complètement nul en sciences et ses parents avaient absolument tenu à ce qu'il fasse une filière S, même s'il se destinait à faire du droit comme son père. Toujours est-il que cette privation de sports d'hiver avait donné lieu à une succession de teufs chez les Rochand, plutôt policées d'ailleurs, puisqu'à ce moment-là tout le monde préférait fumer du shit que boire de la vodka. C'est là que Simon avait tenté sa chance. Il avait coincé Clem dans la cuisine, contre le plan de travail, alors même que Steph se trouvait dans la pièce voisine. Elle avait senti son odeur, son bassin contre elle.

— Tu te crois où ?

— Quoi ?

— Arrête tes conneries, Steph est à deux mètres. C'est quoi ton problème, sérieux ?

Il n'en avait tout simplement rien à foutre. Il était tellement sûr de lui, méprisant. Elle avait songé à lui en coller une. Au lieu de ça, il l'avait embrassée et elle l'avait laissé faire. Un baiser incroyable. Elle avait flingué sa culotte direct. C'était dingue tous ces trucs qui vous semblaient *a priori* inadmissibles, écœurants, et puis tout à coup, quelque chose se passait au dedans, sous la peau, à même l'organe, et vous vous retrouviez comme la mer, toute de profondeur et de clapotis. Avec Simon, ils étaient vite allés s'enfermer dans les chiottes, au bout du couloir et, là, ils avaient bricolé pas mal, leur jean ouvert, les mains empressées et leurs deux bouches qui se suçaient sans fin. À force d'entendre parler de ce mec par sa copine, Clem en avait conçu un genre de jalousie, de désir jumeau. Il le lui fallait. C'est comme ça que les choses avaient commencé. Les semaines suivantes avaient oscillé entre la folie douce et le remords absolu. Elle n'avait pas cessé de le haïr et de le vouloir, concomitamment le plus souvent.

— Et maintenant, on fait quoi ?

Steph ne savait pas. Elle avait un sentiment de retrouvailles. Elle sourit à sa copine. Il aurait suffi de pas grand-chose pour qu'elles se prennent dans les bras.

— Tu vas le revoir ?

— Non. C'est mort maintenant.

En tout cas, Steph voulait le croire. Elle se dirigea vers la table d'orientation qui permettait de lire la vallée. Plusieurs inscriptions y figuraient, écrites au marqueur indélébile. *Kurt Cobain for ever*, *No Future*, Sa mère la pute.

— Tu te souviens le gamin de l'autre été ? fit Steph. Celui avec son cousin.

Clem ne comprit pas tout de suite à qui elle faisait allusion.

— Mais si. Ils s'étaient ramenés sur la plage en canoë. Merde, t'es sortie avec le grand. Tu sais bien, la maison avec sa folle de mère.

— Ah ouais. Et donc ?

— J'ai revu le plus petit.

— Celui avec l'œil de traviole ?

Steph confirma d'un mouvement de la tête. Sous ses yeux, le paysage n'offrait que des ruines, des vieilleries, l'ennui de semaines sans surprises, des visages tous connus.

— Je reviendrai jamais dans cette ville de merde, dit-elle.

— Quel rapport avec ce mec ?

— Non rien. Je l'ai vu l'autre soir, au club nautique.
— Qu'est-ce qu'il foutait là ? Ils ont pas une thune.
— Il bossait. Il s'est à moitié battu avec Romain.
— Ouais, c'est des vrais romanos ces mecs.
— Il avait vachement changé en tout cas.
— Arrête un peu, tu vas pas te faire un de ces beaufs.
— Mais non. Je te dis juste, il a super changé.

À son tour, Clémence s'était levée. Elle fit des moulinets avec ses bras pour se dégourdir les épaules et se réveiller un peu. Malgré la venue du soir, la température semblait vouloir encore grimper.

— Il était mignon, son cousin, en tout cas.
— Il était con, surtout.
— Arrête, il était super-beau.
— Ouais, mais la baraque, sa mère… Chaud.
— Ouais et donc ? L'autre ? demanda Clem.
— Je sais pas. Y a du potentiel.
— De toute façon, dans deux mois, on sera parties, ils entendront plus jamais parler de nous.
— C'est clair, fit Steph.

Elle regarda sa montre. Il allait bientôt être 18 heures. Anthony lui avait donné rendez-vous derrière l'ancienne centrale électrique à 21 heures. Elle irait peut-être, qu'est-ce qui l'en empêchait après tout ?

10

Quand Hacine se pointa dans le rade pour récupérer son père, les gens picolaient déjà depuis plusieurs heures. Lui s'était garé à bonne distance, préférant finir à pied. Il comprit très vite ce qui se passait. À cinquante mètres de distance, il voyait déjà des hommes débraillés qui se parlaient sur la chaussée en titubant à moitié. Les tables dressées pour l'occasion étaient maintenant jonchées de canettes et d'assiettes vides. Les nappes de papier blanc constellées d'auréoles brunes. Dans les caniveaux, des gobelets en plastique roulaient. On entendait des rires de femmes. À l'intérieur, des voix entonnèrent l'ouverture des lacs du Connemara, pam papam papapapam ! puis se turent, laissant la place à une rumeur grouillante et gaie.

Avant de s'aventurer à l'intérieur, le garçon jugea plus prudent de jeter un coup d'œil. L'endroit était plein à ras bord, mouvementé et il s'en dégageait une forte odeur de bière, de tabac, de peaux chauffées par l'alcool et la promiscuité. Il pénétra là-dedans comme dans un sauna, en quête d'un visage. Il fut aussitôt pris dans le brassage, confondu dans le bruit. C'était un curieux spectacle que ces bonnes femmes endimanchées et écarlates, ces hommes en chemisette, la cravate dénouée, avachis sur leur chaise, et qui se racontaient des histoires drôles, ou parlaient politique, de Bernard Tapie et de Balladur. Des enfants surexcités couraient entre les tables et de temps à autre, une mère en chopait un et le secouait un bon coup, c'était pas le lieu pour galoper comme ça. Mais le jeu reprenait très vite. On avait depuis longtemps renoncé à boire du café, et des cruches de bière fraîche faisaient comme de la lumière sur les tables. Les serveuses, luisantes comme des otaries, gravitaient sans fin dans la salle pour refaire le plein et vider des cendriers William Lawson de la taille d'une assiette à dessert. Derrière le bar, Cathy restait arrimée à ses tireuses. Il avait déjà fallu changer le fût. Elle réalisait en une journée le chiffre de six mois. Les enceintes réglées sur Nostalgie diffusaient en sourdine *Holidays* de Polnareff. Ailleurs, un homme reposait à quatre-vingt-dix centimètres sous la surface du sol. Plusieurs fois, son neveu s'était levé pour porter un toast à sa mémoire. À présent, il dormait dans un coin, la tête posée sur ses bras nus. Sous ses semelles, Hacine pouvait sentir la résistance du sol poisseux de bière.

— Hacine !

C'est finalement son vieux qui l'avait aperçu le premier. Il lui faisait signe depuis une table située dans le fond à gauche, près de la porte qui menait aux billards derrière. Le garçon le rejoignit. Évidemment, ils s'étaient tous mis ensemble, les Arabes. Et même s'ils avaient moins picolé que les autres, ils étaient tout de même de fort bonne humeur. Hacine en connaissait plusieurs qui étaient des voisins. Il les salua.

— C'est ton fils ? demanda un type au visage creusé et dont le crâne lisse brillait d'un éclat caramel.

— Oui. Assieds-toi deux minutes.

— Je préfère qu'on y aille, répondit le garçon.

— Assieds-toi je te dis. Allez…

Hacine finit par se laisser faire et commanda un Coca. Il se sentait mal à l'aise parmi tous ces hommes nés là-bas, plein d'idées naïves, qui avaient bossé comme des bêtes et finissaient parqués dans leur coin, bienvenus, mais pas tant que ça.

Avec ses potes, ils n'en parlaient jamais, mais c'était tout de même une épine considérable. Ils avaient tous grandi dans la crainte du père, ces hommes-là ne plaisantaient pas. Et en même temps, on ne pouvait pas vraiment tenir compte de ce qu'ils disaient. Les règles réelles de l'Hexagone leur échappaient en grande partie. Ils parlaient mal la langue. Ils énonçaient des préceptes qui n'avaient plus cours. Leurs fils étaient donc pris entre le respect qui leur était dû et un certain mépris qui allait de soi.

Et puis ces pères qui avaient voulu fuir la pauvreté, qu'avaient-ils réalisé en somme ? Ils possédaient tous une télé couleur, une voiture, ils avaient trouvé un logement et leurs enfants étaient allés à l'école. Pourtant, malgré ces objets, ces satisfactions et ces accomplissements, personne n'aurait pensé à dire qu'ils avaient réussi. Aucun confort ne semblait pouvoir effacer leur indigence première. À quoi cela tenait-il ? Aux vexations professionnelles, aux basses besognes, au confinement, à ce mot d'immigré qui les résumait partout ? Ou bien à leur sort d'apatride qu'ils ne s'avouaient pas ? Car ces pères restaient suspendus, entre deux langues, deux rives, mal payés, peu considérés, déracinés, sans héritage à transmettre. Leurs fils en concevaient un incurable dépit. Dès lors, pour eux, bien bosser à l'école, réussir, faire carrière, jouer le jeu, devenait presque impossible. Dans ce pays qui traitait leur famille comme un fait de société, le moindre mouvement de bonne volonté ressemblait à un fait de collaboration.

Cela dit, Hacine avait aussi plein d'anciens copains de classe qui se trouvaient en BTS, faisaient une fac de socio, de la mécanique, Tech de co ou même médecine. Finalement, il était difficile de faire la part des circonstances, des paresses personnelles et de l'oppression générale. Pour sa part, il était tenté de privilégier les explications qui le dédouanaient et justifiaient les libertés qu'il prenait avec la loi.

Hacine acheva son Coca. Il était presque 19 heures. Tout cela traînait en longueur. Il n'aimait pas cet endroit, ces gens. L'ambiance. En plus, il devait voir Eliott un peu plus tard pour lui expliquer de quelle manière tout allait se passer désormais. Une période délicate s'annonçait. Il fallait amorcer la pompe. Avec le kil qu'il s'était ramené, il pensait pouvoir faire rentrer 4 briques minimum. Avec ça, il lancerait le business. Quand on l'achetait au producteur, à la ferme directement sur place, le kil se négociait 1 200 balles. Il connaissait de bons intermédiaires, mais il ne fallait quand même pas rêver. Il le toucherait à 5 ou 6 000 balles. Avec une mise de 20 000 boules, il pouvait se procurer à coup sûr 3 ou 4 kilos. Au détail, ça faisait 20 briques. La machine serait lancée. Il ferait les premiers trajets lui-même, mais comptait bien confier ce sale boulot à d'autres dès que possible. Lui n'était pas de ces têtes de nœud qui, même millionnaires, continuaient à traverser l'Europe pied au plancher juste pour le frisson. Il se consacrerait aux tâches à forte valeur ajoutée : la négo des prix, l'approvisionnement en matière première, l'organisation de la logistique, le management des équipes sur le terrain. Il avait refait ses calculs cent fois. Les courbes avaient une belle allure exponentielle. À mesure que le pognon affluerait, il se mettrait de plus en plus en retrait. Le prestige médiocre des caïds ne l'intéressait plus. En revanche, il conservait intacte cette rage d'enrichissement. Il ne s'agissait plus pour lui ni de succès ni de confort. Il avait besoin de cet argent pour se venger, laver les crachats.

À terme, il pensait pouvoir se tailler une belle part du gâteau entre Reims et Bruxelles, Verdun et le Luxembourg. Il y avait de la concurrence, mais il n'était pas inquiet. Comme avec le petit Kader, il ferait le nécessaire. Restait à mettre la main-d'œuvre locale au pas. Il avait un peu de blé d'avance. Il n'avait pas de scrupules. Mais les premiers mois seraient cruciaux. Comme autrefois les négociants de Bordeaux, de Bristol ou d'Amsterdam qui pariaient tout sur un premier navire, il savait qu'un seul grain pouvait être fatal à toutes ses ambitions. Ce risque le stressait tellement qu'il en grinçait des dents dans son sommeil. Il se réveillait, la mâchoire douloureuse, et se demandant ce qui s'était passé. Avec Eliott, ils dressaient des listes. Les nourrices, les guetteurs, les vendeurs, les gérants. Ceux qu'il faudrait convaincre, ceux qu'il faudrait défoncer. Il commencerait par ces derniers. Deux-trois exemples. Ça irait. Il avait mal au bide. Depuis des jours, il chiait liquide. Pourtant, il n'éprouvait rien. Il se sentait mort ou quasi. Il se pencha à l'oreille de son père.

— On va y aller…

— Oui, oui, une minute.

Le vieux s'amusait. Hacine avait le temps d'aller pisser un coup. Il se leva et vit Hélène.

Sur le coup, il ne comprit pas très bien. C'était une femme entre deux âges, avec une lourde chevelure qui lui tombait sur les épaules. Elle lui rappelait quelqu'un. Mais qui ? Ils se dévisagèrent une seconde. Hacine se creusait les méninges. À Heillange, on croisait toujours les mêmes têtes. Puis le voisin de la femme se leva. C'était un garçon plutôt costaud, très jeune. Sa paupière gauche tombait. Hacine quitta aussitôt sa chaise.

— Tu vas où comme ça ? dit son père.
— Je reviens.

De son côté, Hélène reconnut tout de suite le long jeune homme brun, articulé comme un insecte, qui venait de se lever. Il soutint son regard un instant et lui adressa un signe de tête poli. Ses yeux noirs avaient un aspect mat assez déplaisant. Son visage n'exprimait absolument rien. Hélène avait bu pas mal de bières et sa tête tournait un peu. Patrick parlait à son voisin. Autour d'elle, elle ne voyait que des faciès rouges, des bouches ouvertes. Il y avait tout ce boucan, la fumée. Des femmes s'éventaient avec le prospectus jaune qu'on avait distribué à l'église. Anthony s'était levé et elle dut avancer sa chaise pour le laisser passer.
— Je reviens, dit-il à son tour.
Il prit la direction des chiottes tout proches. Le jeune homme brun traversait la pièce. Il suivit Anthony, la porte des chiottes se referma sur eux. Mon Dieu, pensa Hélène, soudain glacée.
— Patrick…
Elle l'avait pris par le bras, mais il ne pouvait pas l'entendre. D'autant qu'il parlait de foot. Depuis plusieurs minutes déjà, Hélène entendait la mélodie de ces noms étrangers, Baggio, Bebetto, Dunga, Aldaïr.
— Patrick, dit-elle encore.
Elle le suppliait à présent.

Les chiottes de l'Usine ressemblaient à un couloir. Anthony se posta devant l'unique urinoir et se soulagea, faisant des pleins et des déliés sur la faïence. Il avait bu cinq bières, et pissait interminablement. Dans son dos, il y avait une cabine qui fermait mal. À côté, un minuscule lavabo et un pain de savon sur une tige de métal pour se laver les mains. Si on voulait se les sécher, il fallait se démerder comme on pouvait, sur son jean en général. De la lumière tombait d'une fenêtre grillagée. C'était tout. Anthony se mit à siffloter, le cœur léger. Il était un peu pété et surtout content que ça se passe si bien entre ses parents. Après des mois de haine et d'injures, leur politesse était déjà une magnifique éclaircie. Et puis son père se tenait. Même dans un bar. Le garçon fut pris d'une singulière bouffée d'optimisme. La porte, alors, s'ouvrit.

— Salut, dit Hacine.

Anthony ferma sa braguette aussitôt et sentit un peu d'humidité filer le long de sa cuisse. Les murs, soudain, semblaient très proches, et l'odeur d'ammoniac insupportable. Il chercha autour de lui. À part cette fenêtre grillagée, il n'y avait pas d'échappatoire. Il avait quatorze ans à nouveau.

— Ça va ? fit Hacine.

Il prit le temps de refermer la porte, et poussa le petit loquet, presque arraché déjà. Il restait à quelques mètres, très calme, inexpressif et brun.

— Tu veux quoi ? demanda Anthony.

— À ton avis ?

Franchement, Anthony n'en avait pas la moindre idée. Tout ça était vieux maintenant. Derrière la porte, il y avait le monde, son père. Il pouvait entendre la rumeur douce des conversations, le cliquetis des verres. Il tira sur sa chemise qui lui collait dans le dos et décida de sortir.

— Tu vas où ?

— Laisse-moi passer.

Hacine le repoussa du plat de la main. C'était un geste lymphatique, qui laissait une impression dérangeante, comme une toile d'araignée sur le visage. Anthony sentit la colère lui monter aux joues. L'humiliation de l'autre jour, avec Romain, couvait encore. Il pensa une nouvelle fois à son père, juste derrière.

— Fous-moi la paix.

Il se produisit alors un curieux changement dans la physionomie de Hacine qui, tel un héron, se percha sur une jambe, ramena un genou vers sa poitrine, les poings dressés haut au niveau de son visage, avant de se détendre d'un coup. Son pied atteignit Anthony au plexus, rendant un son creux et mat. Surpris, celui-ci vola à travers la pièce et se retrouva le cul par terre, complètement asphyxié. Sur sa belle chemise blanche, la semelle de Hacine avait laissé une empreinte bien nette. Sous ses mains, le contact du carrelage maculé de pisse, le grain grossier de la céramique. Il n'en revenait pas. Il lui fallut bien dix secondes pour retrouver son souffle et se remettre debout.

— Fils de pute, dit-il.

Il s'ensuivit un échange de mouvements brouillons, puis Hacine prit un peu de distance et commença à lui asséner une série de *middle kicks* dans les côtes. Son tibia frappait avec une étonnante vélocité, mais ses coups étaient sans force, du spectacle, il n'était pas suffisamment lourd pour faire vraiment mal et Anthony encaissa sans problème. Ils se retrouvèrent bientôt face à face, essoufflés, hargneux, ridicules. Hacine ne baissait pas la garde, déhanché et les poings en l'air. Anthony aurait bien aimé arrêter les frais. Hacine n'était pas loin d'être du même avis.

Alors, la porte branla sur ses gonds. Hacine fit un pas de côté. La poignée s'agitait, le loquet céda, livrant passage à Patrick.

— Qu'est-ce que ça veut dire ?

Il voyait son fils, la chemise blanche souillée, son air confusément malpropre. Il se tourna vers Hacine. Hélène venait de tout lui expliquer en quelques mots. C'était lui, alors. Des enchaînements d'une implacable évidence s'opéraient dans la tête du père. La moto, le vol, le divorce.

— C'est rien, tenta Anthony.

Le père le dévisagea avec un air de regret. Puis il revint à ce grand con, avec sa moue de canard, ses cheveux frisés. Un bicot, comme par hasard. Et ce regard terne, vide, pas moyen de savoir ce qui se tramait derrière. Patrick eut tout de suite envie de lui faire mal.

— Alors c'est toi ? dit-il platement.

— Moi quoi ?

Anthony comprit le premier. Son père avait pris cette densité de caillou, cet air de bêtise et de solidité minérale. Il voulut dire quelque chose, mais Hacine parla le premier :

— C'est bon, me casse pas les couilles.

Le père émit un genre de gloussement et le premier coup partit.

Il venait de loin, de l'épaule et du dos, lui montait des reins et des profondeurs du ventre. Il emportait des douleurs, des frustrations anciennes. C'était un poing lourd de malheur et de malchance, une tonne de vie mal faite. Il heurta Hacine de plein fouet, en pleine gueule. Patrick lui-même fut surpris par l'effet produit. Une boule de pétanque n'aurait pas fait mieux.

Sous l'impact, la tête du garçon partit loin en arrière, heurta le mur, il rebondit et retomba à quatre pattes sur le sol. Le sang aussitôt se mit à dégouliner entre ses lèvres, épais, mêlé de salive, à travers ses doigts qu'il venait de porter à sa bouche. De la langue, Hacine constatait l'étendue des dégâts. Puis il tourna la tête vers le père et ouvrit sa bouche cassée. Ce que Patrick vit lui déplut. Il voyait les incisives, celle de gauche était fendue en biais, l'autre manquait. Le garçon cracha à travers le vide de ces dents. Est-ce que ce petit con le défiait ?

— Va te foutre devant la porte, ordonna le père à son fils.

— Quoi ?

— Obéis.

Hacine, toujours à genoux, plié en deux, ne respirait plus que d'une narine, ce qui produisait un sifflement crachotant et pressé, de tuyauterie. Des petits bouts d'os lui piquaient la langue et il cracha encore. C'est alors qu'il remarqua sur le sol le dessin du carrelage. Les petits carreaux blancs et bruns n'étaient pas disposés au hasard. Ils composaient un savant entrelacs de boucles et de volutes, quelque chose d'ample et de floral. Il sentait venir la douleur et songea au type qui s'était trouvé à genoux là, longtemps avant lui, pour composer, miette à miette, ces motifs délicats, pour recueillir les piétinements et la pisse.

— Me force pas à répéter, dit encore le père.

Anthony sortit des chiottes le premier, il était livide et sa chemise déchirée. Sa mère se leva.

— Anthony !

Mais le garçon ne l'entendit pas. Il y avait trop de bruit, des gens debout, la musique. Il se frayait un chemin en s'aidant des épaules et des mains. Au passage, il bouscula un type qui renversa une partie de son verre sur sa chemise déchirée. Le type en question fit mine de protester, ho là là là, c'est bon, c'est pas la peine de pousser, mais c'était plus pour la forme qu'autre chose. De toute façon, Anthony ne voyait rien ni personne. Il avait le feu aux trousses. Il disparut par la porte sans se retourner.

Quand Patrick parut à son tour, quelques secondes plus tard, il semblait étonnamment calme. Il prit soin de refermer la porte des chiottes derrière lui, puis se dirigea vers le bar. Là, il attrapa le premier verre d'alcool qui lui tomba sous la main. C'était un verre de bière à moitié bu. Il regarda autour de lui. Cathy la patronne bavardait avec une femme accoudée au bar, les cheveux coiffés en pétard, couleur queue de vache. Thierry actionnait les pompes à bière sans faiblir, et distribuait les verres aux consommateurs. Alentour, on surprenait des sourires, des rides, des détails. Et toujours ce barouf exténuant. Patrick passa une main dans ses cheveux. Ses tempes et sa nuque étaient trempées. Un enfant, le menton posé sur une table, épiait une guêpe retenue captive dans son verre de grenadine. La vie coulait sans malice, acharnée à défaire, toujours reconduite. Il porta le verre à ses lèvres et le vida d'un trait. Une paix terrible se fit alors dans son ventre, un silence d'ossuaire. Il adressa un signe au barman et commanda un autre verre. La même, mais avec du Picon, cette fois.

11

L'ancienne centrale électrique était le pire endroit pour un rencard. Une ruine dévorée par les ronces, plantée sur une colline envahie de fougères et de mauvaises herbes, avec des restes de feux de camp dans les coins, des capotes, des bris de verre. Steph regrettait déjà d'avoir fait le déplacement. Surtout que ce petit con était en retard. Elle patientait donc debout, figée dans l'immobilité grasse de ce soir d'été. Elle regarda sa montre une nouvelle fois. Elle avait soif et envie.

Quand même, il arriva.

Le mec se pointait sur une bécane toute pétaradante et malingre, les jambes largement ouvertes, sa chemise en lambeaux, avec des pompes de ville pointues et l'air complètement hébété. Parvenu à quelques mètres, il coupa le moteur pour finir en roue libre, puis la moto s'immobilisa tout près avec un gracieux mouvement élastique des amortisseurs. On aurait dit un môme sur un cheval à bascule.

— Salut.

— T'avais oublié ?

— Non. Je suis à la bourre, désolé.

Il mit la béquille et descendit de moto. Steph le fixait. Il plongea ses mains dans les poches arrière de son jean. Ça faisait ressortir ses épaules d'une manière plutôt pas désagréable.

— Tu t'es encore battu ?

— Non.

— Et ta chemise là.

— C'est rien.

Elle le laissa mariner un moment. Il avait l'air un peu con, mais en même, après les coups de vice de Simon, ça la changeait.

Et puis, il était pas mal quand même. Elle le laissa mariner un moment. Le côté brute timide avait son charme.

— Bon allez, viens. Tu m'énerves.

Elle lui fit signe et ils gagnèrent un escalier situé à l'arrière de la centrale. De là, au moins, on apercevait le centre-ville, son mouchetis de lampadaires, le lacis des routes où passaient de rares voitures, la ZUP et ses fenêtres palpitantes et bleues. Les marches étroites donnaient sur d'anciens vestiaires. Ils s'assirent côte à côte, se touchant du coude. Anthony regardait ses mains et pensait à son père. Il était venu malgré tout. Steph alluma une clope.

— Alors, qu'est-ce qui t'est arrivé ?

— Une embrouille, c'est rien.

Le silence retomba, épaissi par la chaleur. Par ce temps, tout prenait une consistance d'huile. La jeune fille le détaillait pendant qu'il fixait ses doigts rongés. Les rougeurs sur son cou. Le découpage de la pommette, les joues lisses, le coquard, cette peau veloutée, jeune, son odeur. Elle soupira :

— T'es pas marrant.

— Il fait trop chaud. Je sais pas quoi dire moi.

Il avait parlé en faisant un geste d'impatience, comme s'il jetait des pièces sur le sol. Il était empêtré, hésitant. Steph avait envie de s'amuser.

— Alors, on est venus là pour quoi ?

Il la regarda. Elle était toute bronzée, les cheveux attachés, en short et Converse, avec un chemisier bleu sans manches. Il reconnaissait son parfum, toujours le même, de barbe à papa. Et puis sur ses cuisses, le duvet blond. Elle lui avait posé la question par défi. Elle savait bien ce qu'il voulait. Elle poursuivit :

— Tente quelque chose, au moins.

— Comment ça ?

— Tu vas pas rester comme ça ?

— Qu'est-ce que tu veux que je fasse ?

— C'est quand même pas à moi de te dire ce que tu dois faire.

— Tu veux que je t'embrasse ?

— Essaie, tu verras bien.

Il envisagea la chose. Ça semblait tout de même gonflé. Les yeux de Steph étaient pleins de malice, mais pas au point de le décourager tout à fait.

— T'as jamais couché avec une meuf ?
— Mais si ! s'indigna le garçon.
— Ben alors, comment t'as fait avec les autres ?
— Je sais pas, ça s'est fait tout seul.
— Et avec moi, t'es bloqué ?
— De toute façon, je vais pas te choper là, dans l'escalier.

Elle éclata de rire. Évidemment, elle n'allait pas se le taper, ni sur l'escalier, ni ailleurs. Mais elle pouvait toujours le rendre cinglé pour rigoler et lui lâcher un petit bisou de consolation vite fait en fin de soirée.

— Bon. Alors. Qu'est-ce qu'on fait ?
— Tu veux bouger ? dit Anthony.
— Mais attends. Tente un truc au moins.
— Quoi ?
— Ce que tu veux.
— Ce que je veux ?
— Promis t'as carte blanche.
— N'importe quoi ?
— Open bar je te dis.

Elle souriait et lui aussi. Pour Anthony, c'était autant une occasion que le risque de tout foutre en l'air. Il fallait la jouer fine. Il attrapa son poignet droit, attira sa main jusqu'à lui. Steph était tentée d'éclater de rire, qu'est-ce qu'il allait faire ce con ? Il porta les doigts de la jeune fille à ses lèvres et y déposa un baiser.

— Merde, un romantique.
— Ouais.
— T'es trop un gentleman, en fait.
— Trop.

En attendant, il tenait toujours son poignet et elle ne se dérobait pas. C'était entre eux un point doux, de contact, la peau. Les yeux de Steph faisaient des étincelles. Ils entraient maintenant dans cette clairière bénie du jeu. Ça tombait bien. La nuit venait. Les choses, finalement, ne se goupillaient pas si mal.

— Ayé, je crois que je suis amoureuse.
— Normal.
— T'es con, tu sais. T'aurais pu me toucher les seins.
— Ou ton cul.
— Ou pire, même.

— Sérieux ?

— Non, t'es ouf.

Elle récupéra son poignet et le repoussa pour la forme. Par son chemisier entrebâillé, il apercevait la bretelle tendue de son soutien-gorge, la rondeur du sein, et à la lisière du tissu, un grain de beauté. Elle faisait envie comme une plage, comme une pâtisserie, comme le chocolat.

— Oh ! Tu veux que je t'aide ?

— C'est bon, j'ai rien fait.

— Allez, on bouge.

S'étant levée d'un bond, elle se tourna vers la ville silencieuse, s'épousseta les fesses puis posa les mains sur ses hanches. Elle était là, bien campée devant lui. Une statue, une tour Eiffel.

— Tu veux aller où ?

— Je sais pas. C'est con, on aurait dû prendre un truc à boire.

— On peut toujours. On n'a qu'à passer au club.

— Pour quoi faire ?

Il vérifia sur sa montre.

— À cette heure-ci, c'est fermé. Je sais où la clef est planquée. On passe en scred, on prend une bouteille, on se casse.

— Tu crois ? fit la jeune fille en revenant vers lui. C'est un peu chaud quand même, non ?

Il s'était levé lui aussi et s'étirait, heureux de prendre un peu l'initiative.

— Non, c'est bon. J'ai qu'un casque par contre.

— J'ai ma caisse.

— Je préfère qu'on y aille en moto. C'est plus simple.

— On peut monter à deux là-dessus ?

Anthony soupira. Bien sûr qu'on pouvait.

— Tu me ramènes ici, après ?

— Sans problème.

— Attends deux secondes.

Elle courut jusqu'à sa voiture où elle récupéra un petit sac de toile marin qu'elle passa en bandoulière, puis ils y allèrent.

— Tu t'accroches, OK ?

— Mais où ?

— Où tu veux.

Elle le prit par la taille et le garçon démarra précipitamment. Tandis qu'il rejoignait la route, la jeune fille cria :

— Tu conduis pas comme un con, hein ?

Ils filèrent dans l'air tiède du soir, sur l'élan parfait des départementales. Bientôt, Steph se mit à frissonner. La vitesse montait de toute part, dans ses cuisses et son ventre. Elle se serrait contre lui, tâchant de se pencher dans les virages, une joue collée dans son dos, les yeux clos. Progressivement, le jour s'effaçait sur la campagne environnante, abandonnant une pâleur timide à l'horizon. Ils traversèrent des zones, des bois, des champs. Tout le long, elle respira l'odeur aigre du garçon. Il avait bu, couru et transpiré, il sentait. C'était une odeur physique et vaguement repoussante. Puis, dans l'obscurité, cette odeur devint son repère. La nuit s'engouffrait en elle. Elle se laissait faire.

Une fois arrivé au club nautique, Anthony la laissa seule le temps d'aller chercher une bouteille dans la réserve. Il n'en avait pas pour longtemps, mais aussitôt qu'il eut disparu, la jeune fille se mit à flipper. Il faut dire qu'il faisait nuit noire et qu'elle était plantée sur le bord de la route, en short. À la première voiture qui se pointa, elle fut prise de panique et courut se planquer dans un petit bouquet d'arbres tout proche. Là, elle attendit, accroupie, les mains sur les épaules, sans bouger. Son cœur battait vite. Les frondaisons au-dessus de sa tête bruissaient doucement. Il n'y avait pourtant pas un souffle de vent. Quand Anthony reparut, elle éprouva un soulagement si vif, elle l'aurait presque embrassé.

— Putain, t'étais passé où ?

— Nulle part, hé ça va.

Intuitivement, elle cherchait son contact et lui avait pris le bras.

— C'est la jungle, là-dedans. J'étais pas rassurée.

Pour toute réponse, Anthony lui montra la bouteille de vodka et de vieux journaux qu'il avait dénichés pour allumer un feu.

— Tu peux mettre tout ça dans ton sac ?

— OK. Passe la bouteille. J'ai besoin de boire un coup déjà.

Il lui tendit la vodka, de l'Eristof, même pas fraîche. Ça rappelait des souvenirs. Le bouchon neuf, en tournant, craqua. Elle avala deux bonnes gorgées et lui rendit la bouteille.

— Ça fait du bien.

— Allez, on fonce, dit le garçon. J'ai pas envie de traîner là.

Il fourra le papier journal dans le sac de Steph, elle monta derrière lui et ils partirent aussi vite que possible. Steph à présent le serrait fort.

Tout le tour du lac était semé de minuscules points lumineux qui signalaient des feux de camp. Sur les différentes plages, des jeunes étaient occupés à faire la fiesta, ou bivouaquaient au grand air. En théorie, on n'avait pas le droit de camper et de picoler là, mais l'usage l'emportait sur la règle. L'été, des mômes venaient donc chaque soir ou presque, pour allumer des feux, se mettre la tête à l'envers et s'endormir à la belle étoile. Cette pratique engendrait toutes sortes de nuisances, des bagarres, des dégradations et pas mal de saleté. La mairie avait donc organisé des campagnes de prévention et les environs étaient infestés de panneaux rappelant les interdictions en vigueur. Il arrivait même qu'une patrouille verbalise des contrevenants. Mais chacun à Heillange gardait en mémoire le souvenir d'une nuit passée sur la plage ou d'un baiser au clair de lune. Et globalement, on ne pouvait rien contre cette tradition.

D'ailleurs, Anthony et Steph durent marcher un bon moment sur la plage américaine avant de se trouver un coin peinard. Sur leur chemin, ils croisèrent plusieurs petites bandes d'ados rigolards qui jouaient de la guitare et flirtaient autour d'un feu. Ils s'installèrent finalement près d'un cercle de grosses pierres noircies dans lequel Anthony rassembla des branchages et froissa le papier journal. Il craqua une allumette et les flammes montèrent aussitôt, franches et jaunes. Elles redessinaient leurs visages et allongeaient leurs ombres. Steph s'était assise dans le sable, les genoux remontés. Il vint près d'elle et ils se mirent à boire. Ils n'avaient pas grand-chose à se raconter, mais ça allait, ils étaient bien, Steph n'avait plus envie d'être ailleurs. Tout de même, à la faveur du silence, Anthony se remit à penser à son vieux. Il se demandait comment l'histoire à l'Usine avait pu tourner. Cette fois, c'est Steph qui eut envie de parler de la météo. C'était commode comme sujet de conversation. Il suffisait de constater.

— Cette chaleur, c'est l'horreur.

— Ouais, fit Anthony.

— J'en dors plus. Pourtant, j'ai la clim dans ma piaule.

— Tout le monde devient cinglé. T'as vu, dans le journal, le mec dans le quartier des Blonds-Champs ?

— Non, dit-elle.

L'idée l'amusait déjà. Il se passait toujours des trucs ahurissants dans ce coin. Elle s'envoya une bonne rasade de vodka pour la peine.

— Une famille. Ils vivaient là-dedans avec plein de gosses, les grands-parents, des chiens partout. Personne qui bosse. Enfin, tu vois le genre. Et ils étaient tous à poil.

— Ça veut dire quoi ?

— Trop chaud. Ils mettaient plus de fringues.

— Mais nan ?

— Je te jure. Les voisins ont appelé les flics. Ils étaient trop mal. De voir toute la smala se balader en bite, comme ça.

— Haha ! T'es pas sérieux ?

— Je te promets. C'est ma mère qui m'a montré l'article. Toute la famille à poil. Apparemment, les flics ont eu trop de mal à les embarquer.

L'alcool les prenait sous son aile et, voyant comme Steph se marrait, Anthony commença à se faire des illusions. Ils multiplièrent les anecdotes du genre, la vallée en regorgeait. Des histoires de familles tuyaux de poêle où les frères, les pères, les cousins se confondaient dans des arbres généalogiques tarabiscotés. Des récits de braquages de bureaux de poste au pied de biche, de courses-poursuites en Massey Ferguson, des bals se finissant à coups de chevrotine, les grosses têtes, des fraudes aux allocs, des incestes poursuivis sur trois générations, le folklore quoi.

Sur la rive en face, un feu s'éteignit.

— Regarde, dit Anthony.

Elle posa la tête sur son épaule. Ils étaient deux, ivres ce qu'il faut, protégés par la nuit, le feu, le lac. Tout s'enchaîna alors magnifiquement. Elle l'embrassa. Un baiser nerveux qui avait le goût médicamenteux de la vodka. Très vite, ils basculèrent en arrière, et, étendus dans le sable grossier, mêlèrent leurs jambes. Quand elle palpa sa queue à travers son jean, le garçon eut un mouvement de recul.

— Quoi ? souffla Steph.

Contre lui, elle bougeait sans même s'en rendre compte. Elle avait envie. Elle l'embrassa.

— Ça va venir, t'inquiète.

— Je sais, dit le garçon.

Steph gloussa puis se redressa pour retirer son chemisier. En dessous, elle portait un petit soutif sans armature. À travers le tissu, on devinait la pointe des seins. Elle se leva pour envoyer valser ses pompes et son short. Sa culotte était blanche et vaguement transparente, minuscule par rapport au volume des cuisses. Tout son corps, débordant, plein, avait l'air d'un décolleté.

— Viens, dit Steph, on va se baigner.

— Là-dedans ?

— Viens, je te dis.

Elle l'aida à se mettre debout, puis l'entraîna vers la flotte. Son cul, tandis qu'elle marchait, ballottait onctueusement. Il voulut retirer sa chemise.

— Putain ! gueula tout à coup Steph, en se mettant à sautiller à cloche-pied.

— Qu'est-ce qui t'arrive ?

— Je sais pas, j'ai marché sur un truc.

Elle se laissa tomber sur le sol pour examiner sa blessure.

— Pousse-toi de la lumière, je vois rien.

Assise par terre, le pied droit ramené sur sa cuisse gauche, elle scrutait la chose avec une mine déconfite. Anthony s'accroupit pour regarder. Une petite plaie bien nette, en forme d'amande, fendait la peau très pâle au milieu de la voûte plantaire. On aurait dit une bouche.

— C'est pas très profond. Par contre, vaut mieux pas que tu te baignes, je pense.

— Porte-moi.

Il leva les yeux vers elle.

— Amène-moi dans l'eau. Je veux pas foutre du sable dedans.

Anthony prit le temps de retirer son jean, puis il l'aida à monter sur son dos. En enlaçant son cou, Steph retrouva cette odeur qu'elle avait respirée sur la route. Elle posa son front sur la nuque du garçon. Elle devenait simple, patiente. L'eau monta. Quand ils furent immergés jusqu'à la taille, elle se laissa glisser pour se retrouver face à lui. Ils s'embrassèrent encore. Elle le tenait entre ses jambes, dans ses bras. Lui la portait, ses mains sous elle, effleurant le tissu de sa culotte. L'eau était absolument tiède. Presque écœurante.

— Elle est bonne, hein…

— Ouais.

Steph parlait maintenant à voix basse. Elle se laissait aller contre lui. L'eau se confondait avec le ciel. Anthony pensait à toutes les saletés qui grouillaient là-dedans, des silures, des poissons, le fils Colin, décomposé et cadavre. Il pouvait sentir la vase glisser entre ses orteils tandis qu'il progressait. Il frissonna.

— T'as froid ?

— Non.

Elle posa sa tête contre sa clavicule. Anthony continuait à marcher. L'eau était haute à présent. Il n'aurait plus pied très longtemps.

— Tiens-moi, dit-elle.

— Je te tiens, répondit Anthony.

Là, insulaires et blancs parmi la nuit de l'eau et du ciel, ils dérivaient, et vivre valait vraiment le coup.

— Arrête, dit-elle.

— T'as la trouille ?

— Un peu.

Il déposa un baiser sous son oreille. Insensiblement, elle s'était mise à gigoter contre lui. Ils étaient bien, l'eau était délicieuse finalement et la pluie ne viendrait plus. Il la berçait doucement, profitant de son cul malléable et lourd.

— T'es dur, la vache…

Elle avait dit ça dans un murmure. Il voulut lui montrer à quel point.

— Bouge pas, dit-elle.

Elle ondulait très doucement contre lui. À travers le tissu de sa culotte, Anthony pouvait sentir le sillon de sa chatte, cet appel du dedans. Elle se frottait et son souffle peu à peu s'accéléra. Sous l'eau, il voulut écarter le tissu pour la prendre.

— Non…, dit Steph.

Elle se serrait fort, pressante, languide. Le mouvement entre eux avait fait naître une sorte de clapotis régulier. Le garçon enfonçait ses doigts dans sa chair. Il lui venait une envie immense de la pétrir et d'y entrer. Il avait dû lui faire un peu mal ; elle gémit.

— Encore…

— Quoi ?

— Encore, dit-elle. Fort…

Il s'appliqua et elle geignit encore, et mieux. Malgré son excitation, Anthony éprouvait une drôle d'impression, de solitude, de gravité. Le visage de Steph restait dissimulé. Il affrontait seul l'obscurité, la présence animale du lac, ce poids du ciel. Pelotonnée contre son buste, la jeune fille se servait. Son bassin produisait son roulement femelle, exaspérant. Anthony n'en pouvait plus. Sa queue était presque douloureuse à force de vouloir plonger dans cette mollesse d'abat, ce cœur palpitant et sanguin, le sexe de Steph. Il dégagea une main et prit sa taille. Elle se cambra. Il essayait de s'enfoncer malgré le tissu. Une fois encore, il fit un mouvement pour tenter de dégager sa queue.

— Tsss, fit Steph.

— J'ai envie.

— Tais-toi. Reste comme ça. Tiens-moi, putain…

Il resserra son étreinte. Elle respirait vraiment vite à présent et ses hanches suivaient le même rythme que son souffle. Il se dit que c'était maintenant. Elle allait venir.

— Attends, murmura Anthony.

Lui aussi voulait jouir. En même temps, ce n'était pas si facile dans cette flotte, cette obscurité. Elle le serra de toutes ses forces et émit un drôle de soupir, un peu grotesque et qui montait de la poitrine.

— Attends, dit-il encore.

Mais déjà, il sentait le corps de Steph s'affadir entre ses mains, devenant comme un vêtement abandonné. Elle le lâcha, fut en face de lui, le regardant. Il débandait très vite. Le silence autour d'eux avait un relief presque insupportable.

— Ramène-moi maintenant. Je suis crevée. J'ai froid.

Il la regarda sortir de l'eau. Sa silhouette bien dessinée, solide, elle boitait un peu et ce mouvement, par saccade, imprimait à toute sa chair un tressaillement sexuel et vain.

— Tu fais la gueule ? demanda Steph.

Elle se frottait les bras et sautillait sur place en attendant de sécher.

— Non.

Quelques minutes plus tard, ils purent enfiler leurs vêtements. Ils se dirigèrent vers la moto en laissant le feu crever derrière eux. Cette fois, Steph se tint à la selle. En guise d'adieu, à la centrale électrique, Anthony eut droit à une bise. Pendant quelques jours, il chercha à se convaincre qu'il l'avait baisée. Mais c'était l'inverse.

III

14 JUILLET 1996

La Fièvre

1

Les choses s'étaient enchaînées somme toute assez mécaniquement.

Anthony avait eu dix-huit ans en mai. Puis son bac en juin, série STT, sans aller au rattrapage, sans se faire d'illusions non plus quant à la suite des événements. De toute façon, ça n'avait plus d'importance. En mars, il s'était rendu avec toute sa classe à un forum d'orientation organisé à Metz. Dans un parc des expos glacial, des écoles venaient faire de la retape. On vendait des BTS et du diplôme d'ingénieur, il y avait des universités, des tas de possibilités effrayantes dont il ignorait tout. L'armée aussi avait son stand. Anthony avait pris un prospectus et discuté avec la meuf qui se trouvait là, une blonde rigolote en uniforme. Elle lui avait offert un CD-Rom et montré des images de marsouin, de sous-marin, de pilote d'hélico et de stage boue en Guyane.

Il avait signé sa feuille d'engagement en avril. Il partait le 15 juillet. C'était demain.

En attendant, le 14 juillet au matin, il avait couru ses quinze bornes comme tous les jours, à la fraîche. Il traversait le bois du Petit-Fougerey, puis faisait le tour du lac, avant de prendre par la départementale jusqu'au relais des Chasseurs. C'est là qu'il retrouvait son Opel Kadett. Il avait la tête vide, il se sentait léger et dur. Il était bien.

Sa mère lui avait refilé sa vieille caisse pour le récompenser de sa réussite au bac. Tu parles d'un cadeau. Elle tombait en rade chaque fois qu'elle pouvait. Heureusement, il pouvait aller voir les frères Munsterberger qui tenaient le petit garage sur la route de Lameck. Ils lui avaient retapé l'embrayage gratos, puis changé les bougies, le carburateur, les plaquettes, toujours à l'œil. Au moment de la vidange, Cyril Munsterberger avait quand même décidé que ça suffisait.

— On va te montrer, que t'arrêtes de nous faire chier.

Les frangins étaient des copains de son père, de gros types avec toujours la raie du cul qui dépasse, rugueux, gentils, les mains noires à vie. Hélène les appelait les ferrailleurs. C'était leur mère qui s'occupait des papiers. Elle était encore jeune, bien habillée. Depuis son bureau vitré, elle surveillait la bonne marche de la boutique. Maintenant, Anthony savait réparer sa caisse tout seul. Quand il allait les voir désormais, c'était pour prendre un café, discuter.

Une fois rentré chez sa mère, Anthony se rendit direct dans le petit jardin situé à l'arrière. Elle s'était trouvé une jolie petite maison d'un étage, mitoyenne, qu'elle louait pas trop cher. Le quartier avait été bâti à l'emplacement d'un vieux verger. Il restait de ce passé agreste quelques arbres mal portants, dont un mirabellier auquel Anthony avait accroché sa barre de traction. Il retira son t-shirt, fixa une ceinture lestée autour de sa taille et entama ses séries. Cinq de vingt. Il était 10 heures du mat', et malgré l'ombre du mirabellier, la sueur se mit aussitôt à dégouliner le long de ses flancs et dans son dos. Ensuite, il enchaîna : abdos, pompes, étirements. Son dos, ses bras, ses cuisses, son ventre, tout lui faisait mal. Il était satisfait. Il se contempla un moment dans la porte-fenêtre de la cuisine. Les muscles dessinés, la silhouette tenue, il fit jouer ses deltoïdes. Sa mère ouvrit la porte.

— Qu'est-ce que tu fabriques encore ?

— Rien.

— Tiens, aide-moi plutôt à plier les draps.

Il ramassa son bordel et la suivit jusque dans le salon. Elle était occupée à faire du repassage, les volets fermés, en regardant le téléachat avec Laurent Cabrol.

— Tiens, fit-elle, en lui tendant les coins d'un drap-housse.

Ils s'éloignèrent, le drap se tendit, ils le plièrent.

— Ton sac est prêt ?

— Ouais.

— T'as pensé à aller à la gare, voir les horaires ?

— Ouais.

Il mentait. Depuis une semaine maintenant, elle n'arrêtait plus de le gonfler avec ça. Les préparatifs de son départ avaient pris pour elle une dimension quasi existentielle. Elle avait fait des listes et des insomnies. Elle redoutait d'improbables calamités. Les horaires de la SNCF, en particulier, étaient le motif d'une inquiétude continuelle. Anthony la laissait parler. Elle passait son temps à se faire de la bile, de toute façon.

Une fois le linge plié, le garçon retourna dans la pimpante petite cuisine. Il ouvrit le frigo, prit une bouteille de Contrex et la vida presque d'une traite, la tête rejetée en arrière, nu jusqu'à la taille, les cheveux trempés.

— Dis, le frigo.

Il le referma du pied puis tendit les bras au-dessus de sa tête, doigts croisés, paumes vers l'extérieur. Hélène n'aima pas ce qu'elle vit. Des dorsaux aux trapèzes, c'était un même dessin, nervuré et dense, qui venait se nouer à l'épaule avant de rejaillir dans les triceps. À ses yeux, tout cela n'était jamais que de la brutalité de réserve. Sous le muscle, elle devinait la possibilité des coups. Elle en avait trop vu et n'aspirait plus désormais qu'à son paradis étale, sans heurt, ni remord. Du gris, son rêve de platitude.

— Tu vas finir par te faire du mal, avec tout ton sport.

— Je vais prendre ma douche.

— Pense à ton sac.

— Ouiiii, fit Anthony, en ouvrant grand les bras. Arrête un peu. Ça va.

— Rhaaa, fit-elle avec humeur, le chassant comme une mouche.

Il l'irritait, avec cette allure de bibendum, à se dandiner toujours comme s'il portait des packs de flotte. Elle espérait qu'ils sauraient quoi faire de ce grand corps imbécile à l'armée. Anthony, lui, voyait ça différemment. Comme des milliers de gosses de pauvres qui n'avaient jamais été heureux à l'école, il partait pour se trouver une place, apprendre à se battre et voir du pays. Coïncider avec l'idée que son père se faisait d'un homme, aussi. Tous ces films de Clint Eastwood n'avaient pas été vus en vain. Il l'avait expliqué à sa mère. Hélène rigolait.

Elle en avait vu bien d'autres qui s'étaient engagés pour la bagarre et l'exotisme. Ils en étaient revenus écœurés de discipline, fonctionnaires et procéduriers, sans avoir jamais quitté leur caserne, si ce n'est pour boire de la mauvaise bière dans des bars de sous-préfecture.

Après sa douche, le garçon se rasa. Dans le miroir, il ne voyait plus son œil las. Seulement le lourd câblage des épaules, le plat vertical des pecs, les obliques, les biceps renflés même au repos. Dans la cuisine en bas, la cocotte-minute faisait entendre son pschtt rotatif et familier et l'odeur du déjeuner avait commencé à envahir la maison. Hélène écoutait la radio, Europe comme d'habitude. Des titres du hit-parade entrecoupaient des bavardages faussement enjoués. Il reconnut *Gangsta Paradise* puis le téléphone sonna alors qu'il se brossait les dents. Il ferma le robinet et entrouvrit la porte pour écouter. Avec la cocotte et la musique, il n'entendait pas grand-chose. Hélène parlait bas, oui, non, oui oui bien sûr. Elle l'appela :

— Anthony !

Sur le seuil de la porte, il demeura sans rien dire, sa brosse à dents à la main. La menthe lui piquait la langue. Il retenait son souffle. Après quelques secondes, elle réitéra :

— Anthony !

— Quoi ?

— C'est ton père !

— Je suis sous la douche.

— J'entends bien que non.

— Qu'est-ce qu'il veut ?

— Qu'est-ce que j'en sais ? Allez, viens.

— Dis-lui que je le rappellerai.

— Descends, bon sang !

— Non. Je suis à poil.

— Habille-toi, merde !

Il claqua la porte, qu'elle comprenne. Puis il revint au lavabo, cracha, se rinça la bouche. Un pli soucieux barrait son front. Il se dévisagea un moment dans le miroir. Il ne voyait vraiment pas comment y couper.

Quand il retrouva sa mère dans la cuisine, elle était occupée à fumer une cigarette en feuilletant un vieux numéro de *Point de vue* que lui refilait la voisine. La table était mise. La cocotte sifflait toujours. On ne voyait plus rien au travers des vitres couvertes de buée. Il prit place en face d'elle, attendant qu'elle se décide à lever les yeux. Ça n'arriva pas.

— Il voulait quoi ? hasarda le garçon, après un moment.

— À ton avis…

Elle lui jeta un regard par-dessus ses lunettes, deux pour le prix d'une, avec ce petit air à la fois contrarié et satisfait qui était tellement irritant. Il s'efforçait de respirer calmement. Demain, tout ça serait fini, inutile de se prendre la tête.

— C'est ton père.

— Je sais.

— Tu comptes y aller quand ?

— Je sais pas.

— Tu pars demain.

— Je sais.

Elle tira sur sa cigarette, l'écrasa avec minutie, puis se leva pour gagner ses fourneaux.

— J'ai fait du rôti, des haricots. Tu veux des nouilles en plus ?

— Ouais, je veux bien.

Il avait besoin de sucres lents, de féculents, pour prendre du volume. Son régime alimentaire était devenu tout un truc. Il prononçait des mots comme électrolytes, indices glycémiques et acides aminés. Il fallait qu'elle lui fasse de la viande à tous les repas. C'était un gouffre, sa gonflette.

— Tu lui as dit quoi ?

— Que t'étais sous la douche. Qu'est-ce que tu veux que je lui dise ?

— Et il a dit quoi ?

Elle avait rempli une casserole au robinet, sorti des macaronis du placard. Le gaz sifflait bleu en attendant que l'eau se mette à frissonner. Hélène restait le dos tourné. Il vit qu'elle faisait non de la tête.

— Il a rien dit de spécial.

— Je passerai tout à l'heure, dit Anthony.

— Et ce soir ?

— Quoi ?
— Tu vas pas sortir ?
— J'irai peut-être faire un tour.
— Tu pars demain, je te rappelle.
— Je sais.

Elle avait fait volte-face, le paquet de macaronis entre les mains, et lui offrait maintenant son visage de sacrifiée, de mère intégrale. Depuis le temps qu'elle se donnait du mal pour que ça aille et que ça puisse, et rien n'allait, et finalement on pouvait si peu. À force, elle était devenue incapable de supporter la façon de faire des autres, le fonctionnement conflictuel du monde, l'inlassable jaillissement des obstacles qui empêchaient son grand rêve de pacification.

— Tu sais que si t'es en retard, c'est pris comme déserteur.
— Mais arrête un peu, avec ça…
— Mais si !

Le minuteur, heureusement, sonna. Hélène fit le service. Anthony ne bougea pas le petit doigt. Il se plaignit que la viande n'était pas assez salée. Hélène se leva pour aller chercher le sel.

— Tiens.
— Merci.
— Et il est à quelle heure ton train ?

Le garçon mangeait à grands coups de fourchette, un bras replié entre lui et son assiette, le buste en avant. Dans sa bouche, la nourriture était brûlante, avec un bon goût d'habitude et de beurre.

— Je te l'ai dit cinq cents fois. C'est le 10 h 15.
— Je serais toi, je sortirais pas ce soir. T'as qu'à rester ici, tranquillement. T'as qu'à louer une vidéo. On pourrait manger des pizzas.
— Putain, maman.

Il s'était redressé et parlait la bouche encore pleine, les yeux écarquillés comme si son regard pouvait compenser ses difficultés d'élocution.

— C'est le 14 juillet. Je vais pas rester là comme un con.
— Merci pour la con.
— J'ai jamais dit que t'étais con !
— Comment veux-tu que je le prenne ?

— Oh putaiiiin…

Le repas se poursuivit en silence. Hélène toucha à peine à son assiette, se contentant de contempler ce fils qui engloutissait la nourriture qu'elle avait cuisinée pour lui, une bouchée après l'autre. Rien que le bruit de la mastication, son souffle, le cliquetis de la fourchette dans l'assiette. Il se resservit de la viande et des pâtes et puis avala deux Danette pour le dessert. À la fin, elle lui dit qu'il faisait comme il voulait, c'était sa vie après tout.

Pendant qu'elle remplissait le lave-vaisselle, il alluma la télé. Les JO allaient bientôt débuter. On voyait toujours les mêmes têtes, le gros Douillet, Marie-José Perec, Jean Galfione, et Carl Lewis, vieux mais superbe. Vue du ciel, Atlanta ressemblait à un plateau de jeu, un genre de Monopoly étincelant, hérissé de hautes tours de verre et d'acier. Tout était couleur de mercure, propre, aigu, d'une modernité exorbitante, sous un soleil de plomb mille fois réverbéré, 40 °C à l'ombre, heureusement c'était la ville de Coca, les rafraîchissements ne manquaient pas. La rumeur du lave-vaisselle l'obligea à monter un peu le son. À la fin, Hélène s'essuya les mains sur son tablier et alluma une nouvelle cigarette. Elle regardait son fils. Elle vint s'asseoir.

— Ça me fait drôle, quand même.

Anthony avait les yeux fixés sur l'écran. De la langue, il cherchait à déloger un petit bout de viande coincé entre ses dents.

— Quoi ? dit-il distraitement.

— Non, rien. Puis après quelques secondes, elle ajouta : Tu penseras à remonter tes trucs au grenier.

— Quels trucs ?

— Toute ta ferraille, là.

— Ouais.

Hélène parlait de tout son matos, haltères, barres de fer, le banc de muscu, le tout financé par Sofinco. Au moins, pendant ce temps-là, il ne fumait pas de la drogue.

— Pas ouais, dit Hélène. Tout de suite.

— C'est bon. Je regarde les infos. Tu peux attendre deux secondes.

— Tout de suite. C'est pas quand tu seras parti qu'il faudra s'en occuper. C'est trop lourd, moi je peux pas le faire toute seule.

Anthony quitta l'écran des yeux une seconde. Sa mère affichait cette expression impérieuse et meurtrie qui était devenue sa défense et son glaive, l'air de dire je suis peut-être pénible, mais je suis encore chez moi. Depuis qu'ils vivaient tous les deux, elle lui cédait sur presque tout, et objectivement, il en avait profité un max. C'est comme ça qu'il avait eu sa moto, la Play, la télé dans sa piaule, sans parler des trois paires de Nike Air qui prenaient la poussière dans le placard de l'entrée. Dans le même temps, par un phénomène de compensation assez mystérieux, elle se montrait vétilleuse sur des détails, à cheval sur les horaires, chiante à faire peur dès qu'il s'agissait de la propreté des sols ou du rangement dans son armoire. Ce grand écart donnait lieu à des engueulades toujours renouvelées. Comme un vieux couple, ils se subissaient amèrement. C'est cela aussi qui avait décidé Anthony à foutre son camp.

— Maintenant, ordonna la mère, bras croisés, sa cigarette en l'air.

Le garçon se leva dans un soupir. Ce fut le coup de grâce :

— Et n'y va pas en patins ! Tu vas ramener plein de cochonneries.

Effectivement, son équipement prenait quand même vachement de place. D'ailleurs, à cause de ça, les bagnoles couchaient dehors. Il rangea les poids dans de grands cabas tricolores, tria les barres, entreprit de démonter le banc. Peu à peu, son irritation retomba. Il devait bien l'admettre, sa mère en avait vu de toutes les couleurs. Après le divorce, ç'avait été le procès de son vieux. Il n'était pas allé en taule, mais jusqu'au bout, ils avaient redouté cette issue qui semblait la seule logique. Quoi qu'il en soit, la famille avait perdu le peu de fric qui lui restait dans cette histoire de violence. Son père serait endetté jusqu'au bout, désormais. À la limite, ça ne servait même plus à rien qu'il bosse, ses efforts ne suffiraient jamais à couvrir ce que les avocats et la justice exigeaient de lui. Entre les frais, l'amende, et ce que lui avait coûté la perte de son job, il était rincé pour de bon. C'était au fond une incroyable leçon. Si vous sortiez des clous, la société disposait de tout l'outillage pour vous mettre définitivement hors-jeu. Des juristes et votre banque organisaient ça très bien. Une dette à six chiffres et il ne vous restait plus qu'à attendre la fin au bistrot, en buvant des coups avec d'autres connards de la même espèce. Évidemment, Patrick Casati n'avait pas la moindre excuse. Toute sa vie, il s'était montré borné, alcoolo et brutal. Le résultat n'en demeurait pas moins stupéfiant. La mise au ban sans appel.

Pendant le procès, le père Bouali avait été appelé à témoigner. Il avait répondu à toutes les questions poliment, de sa belle voix grumeleuse, à peine audible, donnant le sentiment d'être un homme à la fois dépassé et digne, ce qui avait beaucoup plu à la présidente. À la fin, elle lui avait donné l'occasion de s'adresser directement à Patrick, son ancien collègue de boulot. Peut-être qu'il souhaitait lui parler, lui demander quelque chose. Malek Bouali avait répondu qu'il n'avait rien à dire. Sa passivité ressemblait à de la sagesse. Mais peut-être qu'il était seulement fatigué.

— Et vous monsieur Casati ? Vous avez quelque chose à dire à M. Bouali ?

— Non, madame la présidente.

— Vous vous connaissez pourtant.

— Oui.

— Bon… avait conclu la magistrate en piquant deux fois le dossier ouvert devant elle de la pointe de son Bic.

Chacun était reparti avec son histoire et ses griefs. Ce rendez-vous manqué avait pesé lourd au moment du verdict.

Après cette période du tribunal, Hélène Casati avait encore dû faire face à d'autres avanies. Dans la boîte où elle bossait depuis vingt-cinq ans, le siège avait décidé de réorganiser les fonctions administratives, fraîchement rebaptisées fonctions support. Son chef l'avait donc soumise à une batterie de tests permettant de s'assurer qu'elle savait faire le boulot qu'elle faisait. Puis un auditeur externe, un type qui portait un costume Ted Lapidus, venait de Nancy et se gominait les cheveux, avait estimé que pas tellement. Du coup, elle avait dû repartir en formation, faire la route jusqu'à Strasbourg, la trouille au ventre, pour réapprendre ce qu'elle savait. Elle était redevenue une enfant, gentiment gourmandée, qui avait besoin d'accompagnement, de se familiariser avec de nouveaux outils, dans un monde qui bouge. À la fin, son job consistait toujours à faire les salaires, c'est-à-dire à empiler des lignes qui aboutissaient à un total en bas à droite. Seulement, c'est tout l'apparat autour qui avait brutalement changé, devenu opaque, sentencieux, anglicisé. Une nouvelle manager avait bientôt débarqué au bureau. Elle avait des idées, vingt ans de moins qu'elle et venait de finir son MBA en Amérique. Elle le spécifiait à la moindre occase et s'émouvait interminablement des obstacles inutiles qui en France faisaient encore barrage à l'indispensable en-avant de toute une civilisation. Car un mur, à Berlin, était tombé. Depuis, l'histoire était faite. Il ne restait plus qu'à aplanir les dernières difficultés à l'aide d'outils bureautiques et organiser la fusion pacifique de cinq milliards d'êtres humains. À l'horizon, la promesse d'un progrès interminable, la certitude d'une unité confondante. Hélène avait assez rapidement compris qu'elle constituait quant à elle l'un des freins qui entravaient ce mouvement historique. Elle en avait bientôt conçu un certain dépit, lequel s'était soldé par un arrêt de travail de deux mois et une cure d'antidépresseurs. De retour à son poste, elle avait découvert que son bureau était réattribué au N + 2 de collègues nouvellement embauchés au marketing. On lui avait affecté un autre emplacement dans un *open space*. Pour conserver sur son bureau une photo de son fils et sa plante verte, elle avait dû adresser un courrier recommandé à l'inspection du travail. Depuis, elle ne foutait plus grand-chose. On l'oubliait. Elle avait dans un tiroir fermé à clef des boîtes de biscuits, des bonbons, des cacahuètes. Elle grignotait. Elle avait pris onze kilos. Heureusement, elle avait un bon métabolisme et ces graisses récentes s'étaient réparties de manière plutôt harmonieuse. En plus, on lui avait diagnostiqué des problèmes thyroïdiens. Elle s'était mise au Levothyrox. Elle se sentait souvent lasse, déprimée, elle n'avait envie de rien, elle avait chaud et ses collègues ne voulaient pas ouvrir les fenêtres, puisqu'il y avait la clim. Au moins, elle s'était trouvé un nouveau mec, Jean-Louis, qui n'était pas très futé, mais gentil. Ses lunettes lui glissaient continuellement sur le nez. Il bossait dans la restauration et sentait un peu la frite. Il faisait bien l'amour, au moins.

Il fallut à Anthony près de deux heures pour monter tout son fourbi sous les combles. Après ça, il était bon pour reprendre une douche. Il décida de finir de préparer son sac d'abord. L'heure tournait. Presque 15 heures déjà.

En rentrant dans sa chambre, il trouva toutes ses affaires en ordre. Sur le lit, il y avait des t-shirts repassés, en pile, deux chemises, caleçons-chaussettes, un jean propre, sa trousse de toilette toute neuve. Il l'ouvrit et constata que là aussi, tout était nickel, rasoir, déo, dentifrice, cotons-tiges, etc. Sa mère avait pensé à tout. Elle l'énervait. Il était touché.

Il prit son grand sac de sport dans l'armoire et entreprit d'y ranger ses affaires. En soulevant la pile de t-shirts, il découvrit deux Snickers. Il les prit dans sa main, et sa gorge se serra. Il partait pour de bon, cette fois. L'enfance, c'était fini.

Il en avait bien profité. Combien de fois on lui avait dit : t'as de la chance d'être mineur ? Toutes ses années à chercher la merde, se retrouver dans des histoires de trafic, de vols de scoot, à dégrader du mobilier urbain pour rigoler, à glander et sécher les cours. La minorité avait cette vertu ambiguë, elle vous protégeait mais, en prenant fin, vous précipitait tout d'un coup dans un monde d'une férocité insoupçonnée jusque-là. Du jour au lendemain, la réalité de vos actes vous revenait en pleine gueule, les deuxièmes chances n'avaient plus lieu d'être, les patiences sociales s'évanouissaient. Anthony avait redouté ce cap sans y croire vraiment. L'armée était un autre giron où se cacher. Là-bas, il n'aurait qu'à obéir.

Surtout, c'était le moyen de foutre le camp. Il voulait quitter Heillange à tout prix et mettre enfin des centaines de bornes entre lui et son vieux.

Après le procès, ce dernier avait dû déménager encore une fois. Il habitait désormais un studio en rez-de-chaussée, dix-huit mètres carrés à la sortie de la ville, du côté de Mondevaux, dans des logements aménagés dans une ancienne caserne. De sa fenêtre, il avait vue sur les locaux de la Ddass, un rond-point, la voie ferrée et un panneau publicitaire qui l'invitait, selon les jours, à aller au Leclerc ou chez Darty. Une fois, Anthony s'était retrouvé à faire des TIG dans ce coin-là. Il avait vu son père revenir de l'épicerie avec un pack de 24 dans les bras. Guette, avait fait Samir, l'autre mec qui devait désherber avec lui. Le père tanguait sous le poids des canettes. De la bière bon marché, du Aldi. Au moment d'ouvrir la porte de son appartement, il avait posé le pack, fouillé ses poches, trouvé sa clef, ouvert, et oublié le pack dehors. Il était ressorti le prendre deux minutes plus tard. Samir s'était marré.

Depuis deux ans, Anthony était plusieurs fois tombé sur son vieux qui dormait tout habillé dans son plumard, à moitié dans le coma. C'était un spectacle qui vous retournait. L'oreiller souillé, la bouche ouverte, ce sommeil de mort. Après avoir vérifié qu'il respirait toujours, il profitait de l'occasion pour faire un peu de ménage. Il remplissait des sacs de cent litres avec les bouteilles vides, passait l'aspi, changeait les draps, lançait une machine. Et puis il se taillait en refermant derrière lui quand il avait fini, il avait la clef. De temps en temps aussi, il passait pour lui apporter de la bouffe que sa mère avait cuisinée. Quand son fils était là, le vieux ne buvait pas. Anthony lui faisait réchauffer son plat de lasagnes, et il le regardait manger. Il ne restait pas longtemps. À la fin du repas, le vieux se roulait une cigarette. Sa main restait sûre. Il était marqué, mais sans plus. Une certaine maigreur des membres, le visage bouffi, la prunelle qui par instants était prise d'un vacillement. C'était toujours lui, néanmoins, plus dur, et plus secret. Anthony le regardait disparaître dans la fumée de sa roulée. Il disait bon, je vais y aller. Vas-y, disait le père. Ça l'arrangeait, il avait soif.

Tout au long de cette période, c'est encore la nuit et le plaisir de rouler qui l'avaient tenu. Anthony allait seul, cataractant, précis dans les rues qui à force s'étaient gravées dans son ventre. Depuis l'enfance, il rôdait dans les environs, et connaissait chaque maison, chaque rue, les lotissements, les décombres et les pavés. Il y était passé à pied, à vélo, à moto. Il y avait joué dans cette allée, s'était fait chier assis sur ce muret, il avait roulé des pelles sous l'abribus et traîné sur les trottoirs, le long de ces immenses hangars où des camions frigorifiques patientaient le soir dans un silence de mort.

En ville, il voyait ces petites boutiques de vêtements, de mobilier ou d'électroménager que la nouvelle ZAC des Montants allait tuer bientôt. Il y avait les appartements à moulures du centre, loués pour une bouchée de pain à des profs ou des fonctionnaires de la préfecture. Et ces fastueuses maisons sans maître depuis que les gradés avaient déménagé avec leur régiment. Sans compter tous ces petits locaux donnant sur la rue, services informatiques, magasins de fringues, boulangeries et pizzeria, kebabs et encore une bonne quinzaine de cafés, grands ouverts, avec baby, flipper, la télé, les jeux de gratte-gratte, un peu de presse, surtout la PQR et souvent un clébard couché dans un coin. Anthony taillait sa route à travers ce paysage aussi familier qu'un visage. La vitesse, le défilement gris des façades, l'éclat saccadé des lampadaires, l'oubli. Bientôt, il se retrouvait sur la départementale et poursuivait tout droit, vers là-bas, le bout. Du collège à l'arrêt de bus, de la piscine au centre-ville, du lac au McDo, un monde gisait, le sien. Il le parcourait sans relâche, à fond de train, à la poursuite d'un risque, d'une ligne étroite.

Ce soir, il prendrait sa 125 pour la dernière fois, il irait au bal. Il boirait et danserait. Et demain, à 10 h 15, le train. *Ciao tutti*.

Le téléphone sonna une nouvelle fois au rez-de-chaussée. Sa mère décrocha. Puis il entendit sa voix monter :

— Anthony !

— Quoi ?

— C'est ton père.

2

Hacine se réveilla et sa première pensée fut pour Coralie. La seconde, pour ses dents qui ne se trouvaient plus dans sa bouche. Il avait passé la nuit sur le clic-clac du salon et il avait un peu mal au dos. Les rideaux flottaient dans l'encadrement de la fenêtre ouverte. Au loin, il entendait le grondement doux des voitures qui filaient sur l'aqueduc tout proche. Il resta un moment sans bouger. Il songeait.

Seb, Saïd et Eliott avaient débarqué la veille et ils avaient passé la soirée là. Les deux premiers étaient partis vers 3 heures du mat'. Eliott était resté dormir. Il roupillait encore, de l'autre côté de la table basse, allongé sur un matelas gonflable. Pendant son sommeil, il avait rejeté le drap, et on voyait son buste replet, son caleçon blanc, ses jambes d'une maigreur de cadavre. La peau et les os. Et pourtant il poussait là-dessus tout un tas de poils très noirs.

Hacine se redressa sur les coudes. Aussitôt, il fut saisi par l'épouvantable odeur qui flottait dans la pièce. Il chercha du regard. Ce petit crevard avait encore dû se soulager dans un coin. Ça faisait presque deux mois qu'ils l'avaient, et ils avaient beau le sortir, le corriger, lui mettre le nez dedans, il ne pouvait pas s'en empêcher. Quand même, il était marrant et Hacine sourit en l'imaginant faire sa petite commission en douce pendant que tout le monde pionçait.

Les potes étaient arrivés vers 20 heures, comme chaque soir depuis que Hacine et Coralie étaient rentrés de vacances. Ç'avait été le même cirque que d'habitude, des pet', des pizzas, on avait allumé la Play et joué à *FIFA* en buvant du Tropico. Sur le tapis du salon, on trouvait encore des boîtes cartonnées Domino's, les cendriers pleins, les manettes de jeu, des fringues jetées n'importe comment. Hacine contemplait le champ de bataille avec un rien de mélancolie. Demain, il retournait au boulot. Ils avaient passé leur dernière soirée peinards, les vacances étaient finies. D'ailleurs, pour une fois, Coralie n'avait pas fait chier. Elle les avait laissés finir une Coupe du monde sans rien dire. De toute façon, tant qu'elle avait son chien et qu'on lui passait le pet', on pouvait toujours négocier. À un moment, il avait quand même fallu passer à *Super Mario*. C'était un peu pénible, parce qu'en l'absence de multiprise péritel, ce changement supposait de débrancher la Play pour passer sur la NES. Bien défoncé, cette manœuvre pouvait prendre jusqu'à vingt minutes.

Hacine alla prendre un sac-poubelle dans la cuisine et se mit à ramasser tous les trucs qui traînaient. Il préférait que ce soit clean avant que Coralie ne se lève. Elle avait sombré sur le clic-clac un peu après minuit, c'était son heure, et il l'avait portée jusque dans leur piaule. Pour lui et ses potes, ça sonnait le départ des vraies réjouissances. On se retrouvait entre mecs, on pouvait parler gras, Eliott roulait non-stop, de gros trois-feuilles horriblement chargés, et on rigolait à se faire mal. Notamment parce que Seb comptait toujours gagner la Coupe du monde avec le Cameroun.

— Mais jamais de la vie mec, même si tu jouais cent ans.

— C'est quoi l'intérêt là de gagner avec le Brésil, sérieux ? Il est où le challenge ?

— C'est toi le challenge.

— Ta gueule, tu prends qui ? Le Brésil ?

— Ouais le Brésil.

— T'es vraiment une baltringue. Prends les Pays-Bas au moins.

— Quoi les Pays-Bas ? Qu'est-ce j'en ai à foutre des Pays-Bas ?

Eliott avait un faible pour l'Argentine. Hacine alternait entre la Mannschaft et l'équipe d'Angleterre, des équipes solides, du jeu long, il pouvait faire des transversales de quarante mètres, reprise de volée, BIM BOUM : but ! Ça lui évitait d'avoir à tricoter en milieu de terrain. Il jouait en 4-2-4 et canardait tout ce qu'il pouvait, aucune patience. Saïd avait jeté son dévolu sur la

Squadra Azzura. Personne, jamais, n'avait choisi les Bleus. Ces cons-là n'étaient pas foutus de gagner quoi que ce soit depuis que Platini avait raccroché ses crampons.

Hacine finit par trouver ses dents au pied de l'halogène. Il les renifla puis se rendit dans la salle de bains. Il était pieds nus, en caleçon, un t-shirt *Just do it* sur le dos. Il brossa sa prothèse avec du dentifrice et la replaça sur sa mâchoire supérieure. À chaque fois, il y avait une seconde d'inconfort, un sentiment mécanique. Et puis ses dents reprenaient naturellement leur place. Il se regarda dans le miroir. Elles étaient rectilignes, superbes. Fausses.

En retournant dans le salon pour réveiller Eliott, il passa devant la chambre à coucher. Coralie dormait en culotte et soutif, il n'avait pas osé la déshabiller complètement. À côté d'elle, Nelson respirait vite, lové contre son ventre. Il tenait du fox et d'autre chose. Coralie l'avait emmerdé pendant près de six mois pour qu'ils se prennent un chien. Hacine n'était pas très chaud. Ça pue, ça coûte, faut le sortir, et qu'est-ce qu'on en fera quand on part ? On part jamais. Résultat, ils avaient ce petit clebs bordélique et trognon qui vivait là, et pour les vacances, il avait fallu lui trouver une garde, parce que finalement, ils étaient partis. Pour être tout à fait honnête, et à son grand étonnement, Hacine avait apprécié ce séjour à la mer. Coralie leur avait dégoté un super-camping à Six-Fours, avec des pins parasols, trois piscines, des habitués, des familles. Ils avaient traversé toute la France avec leur Fiat Punto pour passer quinze jours à rien foutre, tranquilles, détroussés par les commerçants locaux, emmerdés par le bruit des gamins, ivres de cigales, de chaleur, de rosé frais et de cohues. Hacine s'était laissé porter. Le matin, ils se levaient tôt et petit-déjeunaient devant leur tente en échangeant des propos d'une reposante neutralité. Les voisins leur faisaient coucou. Ils vivaient toute la journée en tongs, presque à poil, respirant cette merveilleuse odeur de sève, brune, suave, qui montait du sol jonché d'aiguilles de pin. Puis le couple se rendait à la plage en voiture. Coralie faisait des mots croisés. Lui regardait les gens, incrédule, assommé de soleil. Ils allaient se baigner à tour de rôle, pour garder les affaires. Ensuite, ils déjeunaient de tomates et de poulet grillé, d'aubergines frites, de salade de riz et de sardines. La vie était d'une simplicité déconcertante. Après le repas, ils restaient dans leurs chaises de tissu, somnolant, tandis que la chaleur retombait comme un silence. On appelait ça la sieste. À l'ombre de leur auvent, tout près, un couple de quinquagénaires en maillot écoutait le Tour de France en sourdine, sur un vieux transistor. Une autre rumeur venait des piscines, mélange de ploufs étouffés et de cris d'enfants.

Hacine connaissait ce sentiment de torpeur, l'étouffement de midi et le plaisir de ne rien faire. Mais là, ça n'avait rien à voir avec le Maroc. Les Français mettaient un zèle particulier à vivre leurs vacances. Quelque chose dans cette paresse organisée sonnait faux. Dans les supermarchés climatisés, sur les plages, pour se rendre aux douches ou faire la vaisselle, il les trouvait trop appliqués, presque anxieux de réussir. Et puis sous la surface demeurait la certitude du retour, comme une menace, un cran d'arrêt au bonheur autorisé du *farniente*.

Le retour l'avait surpris plus encore. Quand il revenait du Maroc en famille, Hacine se sentait toujours pris entre deux dépaysements. Cette fois-ci, tandis qu'ils empruntaient l'A7 avec Coralie, il avait éprouvé un spleen d'une tout autre nature. Dans les embouteillages, à la pompe, aux péages, sur les aires d'autoroute, il s'était senti admis, à sa place partout, comme les autres. Au fond, ces transhumances épisodiques, le fameux chassé-croisé, faisaient office d'immense unificateur. Dans l'amer retour au bercail, dans la nostalgie des soirées sur le port et le regret des platanes, des millions de citoyens en short se jouaient une fiction bien plaisante d'homme libre. Il se créait là plus d'identité française qu'à l'école ou dans les isoloirs. Et pour une fois, Hacine en était. Il existait cependant un revers à cette intégration par les congés payés. Il fallait retourner au boulot.

On était dimanche, un 14 juillet et, demain, c'était la reprise.

Buvant son café assis dans la cuisine, les yeux perdus dans le paysage, il ressassait cette fatalité. Il était presque 10 heures et Eliott dormait toujours. Hacine avait rangé le plus gros et nettoyé la merde du chien. Le frigo était presque vide. Et en plus, il n'avait rien fait de ces travaux indispensables qu'il s'était prévus pour les vacances. En théorie, il devait s'occuper du lavabo de la salle de bains, qui était fendu et qu'il fallait changer, et puis la fenêtre de la chambre qui laissait passer les courants d'air. Avec Coralie, ils s'étaient d'ailleurs rendus chez Mr Bricolage et Leroy Merlin, mais ils étaient chaque fois rentrés bredouilles. Hacine n'y connaissait rien en bricolage, et il avait peur de se faire arnaquer, ça le rendait méfiant, il refusait de parler aux vendeurs. Heureusement, il y avait juste à côté d'autres enseignes pour acheter de la déco, des vêtements, des jeux vidéo, du matos hi-fi, du mobilier exotique et puis manger un morceau. C'était la beauté de ces zones commerciales du pourtour, qui permettaient de dériver des journées entières, sans se poser de question, en claquant du blé qu'on n'avait pas, pour s'égayer la vie. À la fin, ils étaient même allés chez King Jouet et avaient parcouru les allées, un sourire aux lèvres, en pensant à tout le plaisir qu'ils auraient eu étant gosses, s'ils avaient pu s'offrir tout ça. Résultat, l'appart était rempli de bougies, de loupiotes en plastique, de plaids en laine polaire, de bibelots d'inspiration bouddhique. Coralie avait également craqué pour deux fauteuils en rotin garnis de coussins blancs. Avec le yucca et les plantes vertes dans les coins, c'est vrai que l'ensemble avait pris un certain cachet. Ce serait encore mieux quand Hacine se serait décidé à planter un clou pour accrocher la photo du Brooklyn Bridge qui attendait au pied du mur.

Coralie se leva vers midi. Elle avait attendu qu'Eliott se casse. C'était tout un cirque à chaque fois quand sa mère venait le chercher, elle préférait rester au lit. Apparemment, Eliott aurait bientôt droit à l'AAH et avec sa meuf, ils pourraient emménager dans leur propre appartement. Vivement. Elle en avait sa claque de le voir squatter là. Elle arriva dans la cuisine pieds nus. Elle avait entretenu son bronzage chaque jour depuis qu'ils étaient rentrés, à la piscine, et dans le petit parc au pied de la résidence, et le coton blanc de ses sous-vêtements tranchait sur sa peau brune.

— Salut.

Elle souriait, de bonne humeur, même le matin, même les lundis. Hacine apprécia son long corps, les muscles de ses jambes, le ventre plat. L'hiver, elle ne payait pas de mine. C'était une fausse blonde au nez un peu fort, aux yeux modérément clairs, qui se maquillait trop et portait des bottes, des créoles et s'emmitouflait dans d'improbables pashminas. Mais une fois les beaux jours revenus, elle révélait cette silhouette de mannequin, sans la moindre trace de gras, déliée, avec une poitrine menue et des épaules parfaites. Au bas des reins, deux fossettes la sauvaient d'une certaine maigreur.

Hacine lui servit un café et elle s'étira, heureuse comme un chat.

— Ils sont partis tard ?

— Ouais. Le gros a dormi là.

— Ah bon ? Ça sent bizarre non ?

D'un mouvement du menton, Hacine désigna le responsable, qui arrivait innocemment derrière Coralie, cliquetant sur le carrelage, le museau en l'air. Coralie gloussa avant de s'asseoir. Elle plongea tout de suite le nez dans son bol et Hacine lui beurra une tartine. Nelson le fixait avec des yeux éperdus. Il lui jeta un petit bout de pain.

— Tiens, bâtard.

— L'appelle pas comme ça, fit Coralie.

— C'est pour rire…

Le garçon entreprit de débarrasser la table. Tandis qu'il rangeait sa tasse et ses couverts dans le lave-vaisselle, il demanda :

— Tu veux faire quoi aujourd'hui ?

— Rien. Je sais pas. Baiser.

Le garçon se retourna. Souvent, elle aimait bien le faire rougir comme ça. Ils sortaient ensemble depuis bientôt dix-huit mois et partageaient cet appart depuis le printemps. C'est elle qui avait insisté. Quand ils s'étaient rencontrés, Hacine vivait encore chez son père. Le vieux était reparti au bled, mais il continuait à payer le loyer minuscule et tout se poursuivait comme autrefois. Côté boulot, il avait trouvé une place en intérim chez Solodia, une grosse boîte de nettoyage industriel qui avait décroché le fameux marché Metalor. Les anciennes aciéries possédaient des dizaines de logements dans la vallée, de petites maisons mitoyennes, et même quelques maisons de maître, pour les ingénieurs et les patrons. Depuis la fermeture, tout ce patrimoine avait été laissé à l'abandon et tombait littéralement en ruine. Il avait fallu longtemps avant que le holding qui détenait Metalor admette sa responsabilité et se décide à régler le problème. Solodia avait remporté l'appel d'offres, il y en avait au moins pour trois ans de boulot. Pour Hacine, c'était pas compliqué. Il arrivait le matin dans un immeuble avec deux-trois autres mecs, tous armés de seaux, de masses, de pieds-de-biche, et ils se mettaient à casser tout ce qui pouvait l'être. C'était un jeu de destruction assez marrant au départ. Il fallait abattre les cloisons en plâtre, défoncer des murs de briques, arracher les vieilles tuyauteries de plomb. On ressentait un plaisir enfantin à voir un mur s'enfoncer, puis à le faire basculer d'un coup de semelle. À midi, on n'y voyait presque plus rien. Il flottait dans l'air une poussière lourde dont les gars se protégeaient à l'aide de masques en papier. Quand ce premier travail était achevé, il fallait déblayer les gravats. Les hommes se relayaient. Les uns remplissaient des seaux tandis que les autres les sortaient pour les vider dans le camion benne. Pour les poutres, les tuyaux, il fallait les prendre à l'épaule. Au commencement, Hacine s'était mis à bosser comme un abruti. Il se pressait dans les escaliers, prenant sa hargne pour de la force, remontant les escaliers au trot, toujours fébrile, inquiet, pressé de finir. Jacques l'avait pris à part. Il était pas le chef. Il ne gagnait pas tellement plus qu'eux. Mais c'est lui qui donnait des ordres.

— Écoute…

Et il lui avait dit. Ce travail n'avait pas de fin. Après ce seau, il y en aurait toujours un autre. Après cet appartement, un autre appartement viendrait. D'autres murs à détruire, d'autres lieux à ravager.

— Ton réveil sonne à 6 heures tous les jours. C'est pas la peine de t'énerver.

Sur le moment, Hacine avait eu envie de lui coller son poing dans la gueule. Mais il avait déjà mal partout et puis Jacques faisait ses cent kilos. Sa colère était retombée avec la poussière. Ils étaient rentrés en camion et le garçon s'était senti comme une merde, las, limite incompris. Par la fenêtre, il voyait défiler ce paysage de gris toujours recommencés. Le ciel ne promettait rien d'autre. Jacques avait raison. Ça ne servait à rien de se presser. Hacine l'avait guetté dans le rétro. Avec ses jeans Rica Lewis, ses pompes de sécu hors d'âge, ses grosses mains sèches.

Il bossait avec une ceinture en flanelle autour des reins. Il ne disait pas grand-chose.

Le lundi suivant, il avait eu un mal de chien à se lever et il était arrivé à la bourre. Les autres l'avaient charrié. Branleur va. Jacques leur avait dit de lui foutre la paix. Une fois encore, il l'avait pris à part.

— L'heure, c'est l'heure.

Peu à peu, Hacine avait pris le rythme, en regardant faire son aîné. Il avait remarqué que Jacques obéissait à des rituels, pour souffler, fractionner sa journée. La clope de 8 heures, une autre à 10 heures avec le café. À 11 heures, il montait le son de la radio, parce que c'était l'heure de son émission. Il tâchait de faire le plus gros du taf pendant la matinée, pour être peinard l'après-midi. Même chose, il donnait le maximum en début de semaine. Il existait comme ça toute sorte de ruses pour surmonter le désert, cette étendue uniforme de temps qui vous attendait au saut du lit, et pour de bon, jusqu'à la retraite. Hacine avait compris ça. Son temps ne lui appartenait pas. Mais il était toujours possible de duper l'horloge. En revanche, il ne pouvait rien contre cette évidence : d'autres volontés que la sienne dictaient leurs règles à son corps. Il était devenu un outil, une chose. Il bossait.

Sans doute qu'il n'aurait pas tenu tout seul. Quand il y réfléchissait, rien ne l'avait habitué à tenir. Et d'ailleurs, est-ce que c'était seulement une bonne idée, tenir, devenir quelqu'un de fiable, un pauvre mec, comme son père ? Mais il y avait Coralie.

Honnêtement, il avait eu de la chance. Sur le papier, leur histoire n'était même pas possible. Elle avait un BTS, un bon job à la préfecture, elle était super-mignonne et la première fois qu'il l'avait croisée, il était ivre mort, chez Derch. Deux mois plus tard, il déjeunait chez ses parents. Son père faisait l'entretien dans un lycée, très sympa, grande gueule, syndiqué, plus de cheveux, un pull camionneur. Sa mère bossait chez Solin, la dernière filature du pays. Elle avait fait du poisson, délicate attention. Le vieux était moins subtil. Il lui avait sorti un bordeaux sans se poser de question et Hacine l'avait bu sans se faire prier.

Depuis, le garçon tenait l'équilibre. Les peines se compensaient par des achats d'électroménager, la longueur des jours venait butter sur la perspective des vacances, Coralie effaçait la monotonie de la semaine et les potes, la beuh, l'abonnement Canal et *Tomb Raider* faisaient le reste. L'ensemble composait au bout du compte une petite vie bien acceptable.

De toute façon, depuis qu'il avait perdu ses dents, Hacine ne faisait plus de vague. On l'avait retrouvé dans les chiottes de l'Usine, baignant dans son sang. Son père s'était agenouillé pour le prendre dans ses bras. À l'hosto, il était venu le voir tous les jours. Puis, après le procès, il était rentré au pays, pour de bon cette fois. Quand Hacine l'avait au téléphone maintenant, il entendait la voix d'un inconnu, un homme en cours d'effacement, qui effleurait les choses, se dissolvait. Depuis des mois, il se promettait d'aller le voir bientôt. Mais il avait la trouille de se retrouver nez à nez avec un fantôme. Coralie l'aidait avec ça aussi. L'héritage impossible et la mort qui rôde. Elle lui prenait la main, elle lui disait baise-moi fort mon chou, des trucs simples qui lézardent les solitudes.

Mais demain, Hacine reprenait le taf et il avait le cœur gros comme un écolier. Par la fenêtre de la cuisine, il apercevait la vallée, tous ces cons en tas, qui vivaient heureux, en famille, un dimanche en plus. La petite résidence où ils habitaient avec Coralie était bien, la moitié en copro, le reste en HLM, avec des dalles béton, chauffage au gaz, double vitrage, bâtie tout récemment, en hauteur, les communs sentaient encore le neuf. C'est Coralie qui l'avait trouvée, évidemment. La vue était splendide, on voyait toute la ville et loin vers Guérémange, à l'est. Curieusement, ce panorama lui filait le bourdon. À regarder les autres de haut, telles des fourmis, on en venait à se poser des questions d'ordre général.

Ayant fini son café, Coralie s'étira et bâilla sans vergogne, la tête rejetée en arrière, les jambes tendues, ses patins qui se balançaient au bout. Cette image rassura Hacine.

— Sérieux. On fait quoi ?

— Je sais pas. On peut rester à la maison.

De nouveau, elle tendait la main dans sa direction, souriante. Il vint à elle, attrapa ses doigts et ils s'embrassèrent par-dessus la table. Un petit bisou sonore. Puis Coralie le considéra :

— Qu'est-ce que t'as encore ?

— Comment ça ?
— Tu fais ta tête, là…
Elle l'imita, prenant l'air renfrogné, et il haussa les épaules.
— C'est bon, tu vas pas nous flinguer la journée parce que tu reprends le boulot demain.
— C'est pas ça.
— Je te connais.
Il se raidit. Des années après, il avait toujours cette drôle de manière de se tenir, cette posture qui lui donnait l'air d'une poule offensée. Coralie ne put s'empêcher de rigoler.
— Mais quoi ?
— Mais rien. Bon allez, c'est notre dernier jour. Oh !
Elle se leva et commença à s'activer. Elle passa dans le salon et, sans qu'on sache très bien pourquoi, il sembla aussitôt plus clean, plus lumineux. Hacine avait déjà observé cent fois ces métamorphoses éclair. Ça tenait à peu de chose. Un objet, le pli d'un rideau, que dalle, mais une fois qu'elle était passée quelque part, l'endroit n'avait plus rien à voir. En mars, elle était partie en stage trois jours, et l'appart avait décliné à vue d'œil, devenant limite une cave. Le dernier soir, Hacine avait même préféré aller bouffer au McDo que de rester là.

Une fois son petit travail d'abeille accompli, à butiner dans les coins, ensoleillant une pièce, elle décida de la suite des opérations. Pendant qu'elle s'habillait, Hacine prépara des sandwichs, prit un plaid, remplit la glacière. Une heure plus tard, ils se trouvaient au bord du lac du Perdu. Ils se choisirent une place à l'ombre, étalèrent le plaid, et s'étendirent là, sa tête à elle sur ses genoux à lui.
— T'as pensé à prendre le Coca ?
— Ouais.
— Et les chips ?
— Ouais.
— Tu m'aimes ?
Hacine embrassa la main qu'il tenait dans la sienne. Il faisait bon dans l'herbe, sous ce vieil arbre, à regarder l'eau métallique, les planches à voile, les enfants accroupis dans le sable vaseux. Ils mangèrent avec leurs doigts puis se baignèrent. D'ordinaire, Coralie était bavarde et Hacine aimait bien l'écouter. Souvent,

elle faisait des projets et il finissait par dire que oui, c'était une bonne idée. Mais pour une fois, ils ne se disaient rien. Ils se sentaient comme un lendemain de cuite. Ils se touchaient, à fleur de peau, contents. Hacine avait envie d'elle. Il caressait son épaule, son index redessinait une clavicule. Sous ses doigts, il sentait la peau, collante et douce. À un moment, un gros radeau passa au loin, il était fait de bric et de broc, des planches, des bidons qui servaient de flotteurs, un mât planté au milieu. Les gamins qui se trouvaient dessus portaient des bouées et ramaient avec des bouts de bois. On les entendait à cent mètres de distance. Sur le mât flottait un drapeau bleu blanc rouge.

— C'est le 14 juillet au fait, dit Coralie.

— Et alors ?

Et alors, on tirait ce soir-là des feux d'artifice sur la plage américaine et Coralie voulait les voir. La municipalité organisait un bal aussi. Hacine n'y avait jamais foutu les pieds.

— Mais pourquoi ? fit Coralie.

— J'en sais rien, moi. Qu'est-ce que j'en ai à foutre ?

— Mais c'est super-bien. Même quand t'étais petit ? T'as jamais vu les feux d'artifice ?

— Jamais, je te dis.

Et ses potes non plus. C'était pas leur truc. Dans sa famille, on n'avait même jamais évoqué la question.

— Qu'est-ce que je m'en bats les couilles du 14 juillet ?

— Arrête un peu. C'est magique pour un gamin. Y a de la musique, on boit des coups. C'est super.

— Ouais, non. Pis je bosse demain.

Comme il se renfrognait, elle lui donna un coup.

— Tu vas pas recommencer.

— Mais…

— On rentrera pas tard. Allez.

En plus, il devait se lever à 5 heures, en été on commençait tôt. Jacques l'avait prévenu, ils étaient sur un chantier galère, avec un risque d'amiante. Il n'avait aucune envie d'aller danser. Le bal du 14 Juillet, c'était certainement plein de beaufs rougeauds, des flics partout, des fanfares, des militaires, la merde quoi.

Comme il exposait ses arguments, Coralie leva les yeux au ciel.

— Mon pauvre amour…, dit-elle.

Hacine comprit que c'était plié, il n'y avait pas grand-chose à rétorquer à ça.

Sur le chemin du retour, il réussit tout de même à lui arracher une concession. Ils ne danseraient pas.

— OK, fit Coralie. Mais on va chez Sophie samedi prochain.

Sophie, c'était sa copine qui vivait à la campagne. Une ferme qu'ils retapaient avec son mec. Ils avaient quatre gosses dont un nouveau-né. L'enfer. À chaque fois qu'ils en revenaient, Coralie avait la tête pleine de projets d'avenir.

3

Le père de Steph l'avait finalement fait construire, sa piscine. Elle était rectangulaire et bleue. Autour, on trouvait du mobilier en bois, des fleurs, des parasols, comme chez les animateurs de télé qu'on voyait dans *Paris Match*. La jeune fille considérait la chose depuis la terrasse. Sa mère, toute proche, attendait un verdict.

— Alors ?

— C'est bien.

— Oui hein. Les chaises longues, c'est du teck. C'est imputrescible. Ça bouge pas, même l'hiver.

Elle chercha l'assentiment de sa fille. En vain. Steph restait planquée derrière ses lunettes noires. Depuis qu'elle était rentrée, elle gardait cette distance, c'est limite si elle leur adressait encore la parole. Sa mère voulut bien faire.

— Tu veux te baigner ? Je peux aller te chercher une serviette.

— Peut-être plus tard.

Les deux femmes étaient approximativement de la même taille. Steph un peu plus ronde peut-être. Sa mère, vêtue de blanc, fumait une Marlboro. À chaque fois qu'elle portait la cigarette à ses lèvres, les joncs en or qu'elle avait au poignet cliquetaient joliment. Au loin, on entendait le bourdonnement continu de la pompe. La lumière faisait sur l'eau de minces reflets blancs. Personne ne se baignait jamais.

— J'ai soif, dit-elle. Tu veux boire un coup ?

— Si tu veux.

— Allez, je t'emmène en ville.

— Oh bof.

— Je t'offre le champ'. Pour fêter ça.

— Fêter quoi ?

La mère émit un drôle de petit bruit avec ses lèvres, qui pouvait ressembler à un pet, et signifiait qu'on trouverait bien quelque chose. Cette réaction amusa Steph. Plus son père s'enrageait de respectabilité, plus sa mère semblait lâcher prise. Sa fille partie, son époux lancé, elle se retrouvait seule, ou avec ses copines. Elle ne s'en faisait plus. Elle avait décidé de s'amuser.

— Tu veux aller où ? demanda Steph.

— On a qu'à aller à l'Algarde.

— T'es sûre ?

— Oh, fais pas ta snob. Il sera content de te voir.

La mère regardait sa fille avec une avidité inquiète. Depuis que Steph était rentrée, elle avait voulu l'emmener partout, la montrer. Les gens disaient la Parisienne. C'était à la fois flatteur et chiant. Elles étaient même allées faire du shopping à Luxembourg-ville. De toute façon, Steph n'avait pas vraiment le choix. Elle avait déjà réduit sa visite à rien, quatre jours avant de repartir, elle devait aller en Italie avec des copines, Florence, Rome, Naples, et elle n'était pas venue depuis Noël. C'était quand même ses parents qui raquaient.

Avec sa mère, elles prirent donc la Golf pour aller en ville. Steph retrouvait Heillange avec un sentiment mitigé. Malgré elle, elle éprouvait du plaisir à revoir ces lieux, le Metro, le Commerce, les vieilles boutiques qui finiraient avec leurs propriétaires – chapelier, mercerie, primeur minuscule – et puis la Poste et son mobilier des années 1970, la mairie, pavoisée pour cause de fête nationale, les rues piétonnes, le pont par-dessus la Henne, son bahut enfin. Dans ce paysage réduit et permanent, elle se sentait fière. Elle aurait d'ailleurs voulu qu'on sache, qu'une marque la distingue, elle qui appartenait désormais à d'autres lieux. Tout dans son attitude disait je ne fais que passer.

Quand elles arrivèrent à l'Algarde, le patron abandonna tout de suite son comptoir pour les accueillir. Victor était un de ces éternels jeunes hommes, baskets dernier cri, manches retroussées, dents splendides, le cheveu rare, mais pas une ride. Il n'en faisait pas des tonnes mais roulait quand même en 4 × 4, en compagnie d'une femme refaite, avec deux mômes à l'arrière qui lui ressemblaient assez exactement, sauf qu'ils avaient des cheveux et beaucoup de gel dedans. La mère de Steph avait ses habitudes chez lui, elle prenait l'apéro avec ses copines, mangeait là le week-end, c'était son quartier général. Elle lui fit la bise en le prenant par le bras.

— Alors, tu nous amènes ta Parisienne !

Steph sourit mais se garda de l'embrasser. Il avait l'œil noir, un petit sourire en coin, séducteur mais distant. Ses joues avaient ce bel aspect lustré qu'on voit aux hommes qui se rasent deux fois par jour. Il était séduisant d'une manière inquiétante, en fait. Il invita finalement les deux femmes à le suivre en terrasse. Il faisait grand beau. Victor leur demanda des nouvelles. La mère répondit d'un ton enjoué, sans dire quoi que ce soit de précis. Il leur dénicha une table à l'ombre d'un grand parasol, assez loin de la rue, où roulaient de rares voitures. Dans leur dos, elles auraient quelques arbres pour les tenir au frais, et une vue panoramique sur la place Mortier, la plus belle de la ville, avec ses vieilles maisons, ses pavés, la fontaine réalisée par un artiste contemporain.

Ils papotèrent un moment, mais sans y croire. Au fond, Steph était le centre d'un jeu de société assez vain. Sa mère l'exhibait, les gens feignaient de s'intéresser, la jeune fille donnait le change. Il circulait comme ça toute une fausse monnaie qui permettait d'huiler les rapports. À la fin, personne n'en avait rien à battre.

Victor leur offrit l'apéro. On renonça donc au champagne. La mère choisit un kir, Steph une bière. Il était presque 11 heures du mat'. Elles prirent le temps de siroter en regardant autour d'elles. Il y avait du monde. Depuis quelque temps, le centre-ville était en proie à des mouvements contradictoires, les commerces s'exilant à la périphérie tandis qu'on rénovait à grands frais les rues, les façades, le patrimoine historique. Il faut dire que le maire avait une ambition et des banquiers accommodants. Dans la vallée, il ne restait presque plus d'usines, et les jeunes taillaient la route, faute d'emploi. Par conséquent, la masse d'ouvriers qui avait jadis fait les majorités municipales et donné le ton à la politique dans le coin était vouée à la portion congrue. La mairie, avec l'aide du conseil régional et de l'État, soutenait donc des hypothèses de développement novatrices. Le tourisme devait permettre une renaissance. Après la réfection du camping, l'agrandissement du club nautique et de la piscine et la création d'un minigolf thématique, on multipliait maintenant les rues piétonnes, les pistes cyclables et on annonçait un musée du fer et de l'acier flambant neuf pour l'an 2000. En plus de ça, les parages étaient riches de montées, de descentes et de sentiers. Toutes choses qui pouvaient attirer les randonneurs. On avait également convaincu plusieurs entreprises du secteur (locales, allemandes et luxembourgeoises) de soutenir une idée de luna park. Globalement, le plan était simple : investir. Le moyen évident : l'endettement. Le résultat immanquable : la prospérité. Le père de Steph, devenu adjoint à la culture, s'investissait à fond dans cette louable aventure dont les retombées se faisaient encore attendre. Au conseil municipal, on s'en tenait au discours officiel : amorcer la pompe nécessitait du temps et des efforts, mais une fois la machine mise en branle, on en serait quitte pour un siècle de plein emploi. En attendant, quand un édile était mis dans l'embarras par un électeur tatillon, un économiste en herbe ou un journaliste, il s'en prenait à l'État ou à la mandature précédente. Des communistes qui avaient foutu la ville à genoux.

— C'est pas mal, ce qu'ils ont fait, nota la mère de Steph.

— Ouais.

— Tout était gris dans cette ville. C'était moche.

— Clairement.

Et effectivement, dans tout le canton, on avait vu paraître des façades groseille, vert, fuchsia ou bleu layette. Cette mode avait gagné jusqu'à la préfecture, repeinte en vieux rose. On avait parfois l'impression en traversant la ville de se retrouver dans un film de Jacques Demy et progressivement, ce qui restait de l'ancienne cité, avec ses aciers, ses souvenirs de guerres et de cadavres, ses frontons républicains et ses restes de catholicisme disparaissait sous le ripolinage. Le paysage urbain né de ces recouvrements laissait aux habitants une singulière impression de renouveau et de carton-pâte. Ils s'en accommodaient au nom du progrès, idée la plus tenace en somme.

Steph songeait à tout cela, et à plein d'autres trucs, quand une main se posa sur son épaule. Elle leva les yeux. Clem se trouvait juste derrière elle.

— Qu'est-ce que tu fous là ?
— Ben rien, répliqua Steph, ravie.
— Tu préviens jamais quand tu rentres ?
— Je suis arrivée mardi. Je repars demain soir.
— Je passe presque tout l'été ici moi, fit Clem, faussement déconfite.
— Oh merde…
— Ouais.
— Tu pars pas ?
— Vite fait, en août. Mais je bosse tout le mois de juillet.
— Où ça ?
— Au cabinet, avec mon père. Je remplace la meuf de l'accueil.
— Sympa.

Comme Clem était demeurée derrière elle, Steph la regardait par en dessous, et le visage de son amie s'en trouvait étrangement renversé. Elle s'amusait de si mal reconnaître sa si vieille copine.

— Assieds-toi, proposa alors la mère de Steph. Tu vas prendre un verre avec nous.

Clem accepta de bon cœur. Elle emprunta une chaise à la table voisine et elles se mirent à papoter avec entrain, se sachant observées, comédiennes, en parlant fort ou bas, selon les sujets. Steph apprit que Clarisse avait foiré sa première année de médecine pour la deuxième fois. Elle était au bout du rouleau. En plus, son mec partait à Londres pour un stage de fin d'études, il faisait Dauphine, c'était les boules. Quant à Simon Rotier, il glandait dans une école de commerce en Paca, principalement intéressé par la planche à voile et la musique électronique. Il était là en ce moment et Clem l'avait croisé.

— Et ? demanda Steph.
— Semblable à lui-même.
— Un vrai con.
— Voilà.

Elles rirent. Est-ce que Steph comptait le voir ?

— Jamais de la vie.

Mais rien que d'y penser, elle s'en trouvait toute drôle, comme affaiblie. Elles poursuivirent l'effeuillage des connaissances. Rodrigue faisait son droit à Metz, on ne le voyait plus. Adrien

Rotier brillait dans son UFR Staps. Il s'était mis au triathlon et remportait des médailles. D'ailleurs, la mère de Steph l'avait vu plusieurs fois dans le journal.

— Ouais enfin, si c'est pour finir prof de sport.

— C'est clair. Le mec va passer le restant de ses jours en claquettes dans un gymnase qui pue. Les boules.

La mère de Steph gloussa. Elle avait déjà fini son verre et s'amusait drôlement. Elle voulut en prendre un autre et commanda une bouteille d'un blanc très frais qui avait un goût d'électricité. L'humeur, décidément, était excellente. Steph retrouvait sa copine telle quelle, piquante, enviable, avec en supplément quelque chose qui était difficile à définir. Ça ressemblait à de l'arrogance, mais c'était peut-être de la force. Ce truc-là la rendait irrésistible en tout cas. Se trouver là était délicieux et les trois femmes entendaient faire durer le plaisir.

— On va déjeuner là, décida bientôt la mère en regardant sa montre.

Il était presque la demie. Elles n'avaient pas vu le temps passer. Clem dit qu'on l'attendait. La mère répliqua qu'elle l'invitait. Dans ce cas. Victor leur apporta les cartes. Autour d'elles, l'apéritif s'éternisait. Des trentenaires en t-shirt profitaient du soleil. Les enfants faisaient des allers-retours jusqu'au vaste bassin qui trônait au milieu de la place. Il y avait aussi quelques personnes âgées, des cabas en tissus écossais, des gens de passage qui mangeaient du rumsteck ou des quiches. Les filles voulurent prendre des salades, la mère envisageait plutôt un tartare de saumon. Mais elles burent encore et commandèrent finalement des pizzas. La conversation se poursuivait, de plus en plus vive, gaie, intarissable. Clem avait des tas d'histoires sur le cabinet de son père et les cinglés qui défilaient là-dedans. À l'en croire, la salle d'attente avait tout de la cour des miracles. Alcoolos, pensionnés, indigents, silicosés, obèses, variqueux, infirmes et autre accidentés, étrangers incompréhensibles, Français à peine plus clairs.

— Une bonne femme est venue, elle avait trois gosses, tous handicapés. Un, je veux bien. Mais trois, c'est n'importe quoi.

C'était drôle, mais pas tant que ça. Ces vannes sur les cassos étaient monnaie courante, et de plus en plus répandues. Elles servaient autant à se marrer qu'à conjurer le mal, cette marée insidieuse qui semblait gagner de proche en proche, depuis le bas. Ces gens-là, qu'on croisait en ville, n'étaient plus seulement du folklore, quelques paumés, des grosses têtes en goguette. Il se construisait pour eux des logements, des Aldi, des centres de soins, une économie minimale vouée à la gestion du dénuement, à l'extinction d'une espèce. Fantomatiques, on les voyait errer de la CAF à la ZUP, du bistrot au canal, des sacs en plastique au bout des bras, munis d'enfants et de poussettes, les jambes comme des poteaux, des bides anormaux, une trogne pas croyable. De temps en temps, une fille naissait là-dedans, qui était particulièrement belle. On imaginait alors des choses, des promiscuités, des violences. Elle était chanceuse pourtant. Ce physique lui servirait peut-être de laissez-passer pour un monde meilleur. Ces familles donnaient aussi naissance à des teigneux formidables, qui ne se résoudraient pas à leur sort et rendraient les coups. Ils feraient de brèves carrières déviantes et finiraient morts, ou en prison. Il n'existait pas de statistiques pour mesurer l'ampleur de cet effondrement, mais les Restos du Cœur annonçaient une activité exponentielle et les services sociaux croulaient. On se demandait tout de même quelle vie pouvaient mener ces gens, dans leurs médiocres logis, à manger gras, s'intoxiquant de jeux et de feuilletons, faisant à longueur de temps des gosses et du malheur, éperdus, rageux, résiduels. Il valait mieux éviter de se poser la question, de les dénombrer, de spéculer sur leur espérance de vie ou leur taux de fertilité. Cette engeance marinait sous les seuils, saupoudrée d'allocs, vouée à finir et à faire peur.

Victor proposa des desserts, mais les trois femmes étaient repues. Elles avaient encore partagé une carafe de côtes-du-rhône avec les pizzas. Elles se sentaient vraiment détendues, lasses et lourdes. La mère annonça qu'elle ne pouvait plus bouger. Les deux gamines ne valaient pas mieux. Les cafés vinrent avec l'addition. La mère posa dessus sa Visa Premier. Pendant qu'elles causaient et riaient, la terrasse s'était vidée. Il ne restait qu'un couple venu tard, des Anglais et quelques ados qui fumaient des Chesterfield en faisant durer un Monaco. Dans la torpeur de ce début d'après-midi, il était doux, vraiment, de contempler le vide de juillet.

— Tiens, fit Clem en désignant un point dans la perspective de la rue des Trois-Épis.

Le père de Steph venait. Son ventre, qu'il portait très bas, cachait désormais sa ceinture et tendait une chemisette Eden Park à carreaux bleu et blanc. Il avançait en fixant ses chaussures, un cartable à la main. Il regarda sa montre et pressa le pas. La mère de Steph se mit debout pour lui faire signe.

— Houla, fit-elle en s'appuyant au dossier de sa chaise.

— Ça va aller ?

— Oui oui. J'en ai vu d'autres.

Elle leva la main et ses bracelets glissèrent sur son avant-bras, émettant leur aimable cliquetis. Le père, aussitôt, répondit d'un geste vif et rappliqua. Il affichait sa tête des mauvais jours et commença tout de suite à raconter ce qu'il avait sur le cœur. Les trois femmes firent mine d'écouter.

Pierre Chaussoy revenait de la plage américaine où il avait jeté un œil aux derniers préparatifs du bal. Le feu d'artifice n'était pas encore installé. Les pompiers l'emmerdaient, les employés municipaux pareil. Ces derniers exigeaient d'être payés triple, puisque ce 14 juillet était en même temps un dimanche. Le maire l'attendait pour un débrief. Tout en parlant, il piquait des croûtes de pizza dans l'assiette de sa fille. Steph le regardait faire ; à ce train-là, il ne ferait pas long feu.

— Vous venez ce soir, hein. Y aura du monde.

Steph et Clem firent des mines. Pour tout dire, elles le sentaient moyennement. Les flonflons, la bagarre, c'était pas exactement l'idée qu'elles se faisaient d'une bonne soirée. Mais le père insista tant et si bien qu'elles finirent par promettre. Puis il reprit son chemin, boudiné, le souffle court, son cartable à la main, le maire l'attendait, et toute cette ville, d'une manière ou d'une autre, avait besoin de lui.

— Bon…

À présent, la mère et les deux filles se retrouvaient sans plus rien à se dire. Leurs regards s'évitaient. La mère comprit le message. Elle se leva, ramassant la note.

— T'es en voiture Clémence ?

— Oui.

— Je vais vous laisser, alors. J'ai encore plein de trucs à faire.

Elle demanda à Clem de passer le bonjour à ses parents et alla régler à l'intérieur. Elle ne marchait pas très droit, mais de toute façon, elle ne voyait pas très bien non plus. Sa voiture la conduisait plutôt que l'inverse. Steph et sa copine sourirent en la voyant faire, volubile, faussement blonde, la peau mate et de l'or partout. Au moment de disparaître, elle leur adressa un dernier petit coucou de la main.

— Qu'est-ce que tu veux faire ? dit Clem.

— Je sais pas.

— Ouais. C'est toujours la même misère ici.

— Trop.

Elles demeurèrent silencieuses encore quelques minutes. Elles goûtaient l'engourdissement de 15 heures, le travail du vin dans leur tête, de la nourriture dans leur estomac.

— T'aurais pu appeler, quand même.

— J'ai pas arrêté depuis que je suis rentrée. Ma mère me trimballe dans tous les coins.

— Ouais, enfin bon.

Elles décidèrent de marcher un peu pour se dégourdir les jambes. Toutes les boutiques étaient fermées, les quelques restos et bars remballaient. Des fenêtres restées ouvertes laissaient voir des intérieurs modestes, un rez-de-chaussée où un couple regardait la télé, une chambre d'ado avec des affiches de *Top Gun* au mur.

Clem commença à raconter sa vie, les études, Nancy. Après des débuts ratés en prépa à Lyon, elle s'était rabattue sur des études de médecine et elle venait de valider sa première année. Globalement, ça allait plutôt pas mal. En revanche, le premier semestre, elle en avait vraiment bavé. Arrivée en cours de route, perdue dans la masse, mille six cents étudiants avant l'écrémage, le mépris méthodique des profs, le boulot phénoménal, affreux. Jusqu'en mars, les jours s'étaient succédé sans lumière ni plaisir, un tunnel de gris, sans compter la fatigue, la compète et cette ville qui n'était qu'une succession de façades prétentieuses et de bars lamentables. Elle avait fini sous Prozac. Depuis, elle avait pris le rythme et s'était constitué une petite bande de camarades bosseurs et solidaires, Capucine, Marc, Blanche, Édouard et Nassim. Ils allaient à la bibli ensemble, ils faisaient la teuf ensemble, ils baisouillaient un peu tous. Ça créait des liens. En août, elle irait faire du camping deux semaines avec eux dans les Cévennes.

— T'as un mec dans le tas ? demanda Steph.

— Pas vraiment. On a tellement de boulot de toute façon.

Puis ce fut le tour de Steph de raconter. Elle demeura évasive. Pourtant, elle et Clem ne s'étaient plus vues depuis l'été du bac. Il y avait beaucoup à dire.

Après sa mention, Steph avait été prise d'une illumination. Tout à coup, il n'avait plus été question pour elle de faire du droit. Elle avait pressenti que pour les gens de son espèce, la fac autorisait trop de libertés, d'occasions de se perdre. Et puis il entrait dans ce refus *in extremis* un rien de snobisme. Elle ne pouvait se résoudre à passer cinq ans dans des amphis monstres, confondue parmi des centaines de glandus montés de leur cambrousse.

Seulement, à l'inverse de Clem et d'autres camarades mieux cornaqués qui depuis l'enfance s'armaient pour de profitables carrières académiques, Steph n'avait rien prévu. Du CP à la terminale, elle s'était contentée d'en faire le moins possible et sur la fin, sa lubie pour Simon était presque devenue une occupation à plein temps. Au moment d'accomplir les choix qui pèsent, elle se retrouvait le bec dans l'eau. Elle le regrettait et en faisait le reproche à ses parents.

Eux-mêmes, qui menaient la vie confortable de petits-bourgeois démerdes et sans trop de culture, n'avaient pas fourbi de plan précis pour leur fille unique. Pierre Chaussoy avait simplement eu cette exigence excentrique, la mention au bac. Pour le reste, on imaginait que Steph ferait du commerce, on lui trouverait des stages, un job, on l'aiderait à acheter deux ou trois apparts dans le coin, des garages, ça se loue bien, et progressivement, comme eux, elle ferait sa pelote. Or Steph ne voulait pas se résoudre à ces ambitions relatives. Elle avait saisi le fonctionnement général, sur le tard, mais quand même. L'école faisait office de gare de triage. Certains en sortaient tôt, qu'on destinait à des tâches manuelles, sous-payées, ou peu gratifiantes. Il arrivait certes que l'un d'entre eux finisse plombier millionnaire ou garagiste plein aux as, mais dans l'ensemble, ces sorties de route anticipées ne menaient pas très loin. D'autres allaient jusqu'au bac, 80 % d'une classe d'âge apparemment, et puis se retrouvaient en philo, socio, psycho, éco-gestion. Après un brutal coup de tamis au premier semestre, ils pouvaient espérer de piètres diplômes, qui les promettaient à d'interminables recherches d'emploi, à un concours administratif passé de guerre lasse, à des sorts divers et frustrants, comme prof de ZEP ou chargé de com dans l'administration territoriale. Ils iraient alors grossir cette acrimonieuse catégorie des citoyens suréduqués et sous-employés, qui comprenait tout et ne pouvait rien. Ils seraient déçus, en colère, progressivement émoussés dans leurs ambitions, puis se trouveraient des dérivatifs, comme la constitution d'une cave à vin ou la conversion à une religion orientale.

Enfin, il y avait les cadors, qui se prévalaient d'une bonne mention et d'un dossier béton, véritable rampe de lancement pour les carrières désirables. Ceux-là emprunteraient des canaux étroits et, mis sous pression, iraient vite, grimperaient très haut. Les mathématiques étaient un avantage majeur pour mener ces cursus accélérants, mais il existait également quelques bonnes filières pour les esprits abstraits, les historiens, les songeurs, les artistes, ce genre de clowns. Steph voulait faire partie de cette troisième catégorie.

Malheureusement, avec son dossier, il était exclu de prétendre à une prépa dans un bahut public. Son père s'était mis à chercher une solution de secours. Sur les conseils d'un concessionnaire Mercedes de Reims, ils s'étaient décidés pour une boîte privée qui préparait aux concours de l'Essec, HEC, Sciences-po, ce genre de truc. Problème : l'établissement en question se trouvait à Paris, dans le 6e, et coûtait une blinde. Un peu plus de 3 000 balles par mois, somme à laquelle il faudrait encore ajouter les frais pour la bouffe, le logement, les transports. Steph avait donc eu droit à un ultimatum : on raquait, mais à la moindre connerie, elle rentrait direct au bercail.

Début septembre, le père avait loué un petit utilitaire pour l'installer dans sa studette. Ils avaient fait la route ensemble, pour une fois qu'ils se trouvaient seuls. Son père lui avait parlé de la vie, de sa jeunesse. Il lui avait même raconté de vieilles histoires de cœur. À un moment, Steph lui avait demandé s'il aimait toujours sa mère.

— Plus tellement.

Il avait dit ça sans amertume et Steph l'avait adoré d'en finir pour quelques secondes avec les faux-semblants. Elle s'était sentie considérée. En revanche, elle s'était bien gardée de lui demander pourquoi ils restaient ensemble, ou ce genre de questions débiles. Être adulte, c'était précisément savoir qu'il existait d'autres forces que le grand amour et toutes ces foutaises qui remplissaient les magazines, aller bien, vivre ses passions, réussir comme des malades. Il y avait aussi le temps, la mort, la guerre inlassable que vous faisait la vie. Le couple, c'était ce canot de sauvetage sur le rebord de l'abîme. Le père et sa fille n'en avaient pas dit plus. Dans l'habitacle, lui se disait qu'il était fier, et Steph se sentait grande. Ils avaient fait une pause dans un McDo à la Ferté-sous-Jouarre et Steph avait insisté pour payer l'addition.

Son premier automne parisien avait été abominable. L'établissement qu'elle fréquentait s'appelait l'EPP, l'École préparatoire de Paris. C'était plein de petits cons friqués qui ne pensaient qu'à gober des X et rien branler. Dans sa classe, on comptait un fils d'ambassadeur béninois, le rejeton d'un ministre thaïlandais, des filles avec des prénoms composés, toute sorte de gosses de riches chevelus et dédaigneux. Aux yeux de ses nouveaux camarades, Steph faisait figure de plouc achevée. Ils s'étaient notamment foutus de sa gueule parce qu'elle portait des chaussettes Achile. C'était la classe, pourtant, à Heillange. Dès sa première colle, le prof lui avait conseillé de se débarrasser de son accent, ça pouvait gravement la désavantager au concours. En plus, elle devait faire les courses, cuisiner, s'occuper du ménage, même si dans un seize mètres carrés, c'était vite fait. Le week-end, quand elle ne bossait pas ses cours, elle s'autorisait une balade dans Paris. Elle avait toujours pensé qu'entre elle et cette ville, ce serait l'idylle. Elle en était pour ses frais. Bien sûr, Paris gardait cet aspect de religieuse au chocolat, avec ses rotondes, son côté débordant, gorgé et trop riche – enfin, dans les arrondissements du centre. Certes, c'est là seulement qu'on bénéficiait du sentiment d'être au cœur des choses. Mais dans ce déluge de corps, cette explosion de façades, de vitrines, de lumières, dans le feu des trajectoires automobiles, des allées et venues dans les couloirs du métro, en proie à la beauté des monuments et à la hideur des rues, Steph n'avait pu que constater son impuissance à posséder cette ville. Il restait entre elle et Paris un fossé irrémédiable. Il aurait fallu y être née. Ou alors, il faudrait y réussir. C'est ce que Steph comptait faire.

Aussi se mit-elle à potasser comme une folle. Elle avait débarqué sans se faire d'illusions, mais elle ne pensait pas non plus être plus à la ramasse qu'un autre. Or, dès les premiers cours, elle avait eu le sentiment de se retrouver dans un pays étranger. Les références, le vocabulaire, les attentes, elle ne comprenait rien. La première semaine, elle avait pleuré dans son oreiller tous les soirs. En plus, elle n'avait ni télé, ni téléphone. Elle devait descendre dans une cabine dehors pour appeler sa mère. Elle se sentait lasse, trouvait les profs hautains et prétentieux, et les autres élèves à moitié demeurés. Elle qui avait toujours dormi ses huit heures sans problème se réveillait deux fois par nuit, en nage et les mâchoires endolories. Elle perçait ses boutons devant le miroir de la salle de bains, sous la lumière terrible du néon. Quand elle en avait fini, son visage était moucheté de rougeurs. Elle se trouvait laide, ses cheveux avaient perdu de leur éclat. En plus, elle avait pris la mauvaise habitude de grignoter en rédigeant ses fiches. En un rien de temps, son cul avait doublé de volume, ses bras pareil. Fin décembre, le bilan était lourd : elle avait foiré toutes ses colles, était pâle à faire peur et la balance annonçait sept kilos superflus. C'est alors qu'un samedi matin, à l'occasion d'un devoir sur table de six heures, elle était tombée sur ce sujet de culture gé :

> *Les progrès de l'insomnie sont remarquables et suivent exactement tous les autres progrès.*
>
> Paul Valéry

Elle avait senti sa gorge se serrer. Cette phrase nue, ce sentiment d'évidence.

Steph se rendait compte qu'elle avait eu beaucoup de chance jusqu'à présent. Elle était née au bon endroit, à une période plutôt clémente de l'histoire du monde. De toute sa vie, elle n'avait eu à craindre ni la faim ni le froid, pas la moindre violence. Elle avait fait partie des groupes souhaitables (famille bien lotie, potes à la coule, élèves sans difficultés majeures, meufs assez bonasses) et les jours s'étaient succédé avec leur lot de servitudes minimes et de plaisirs réitérés. Aussi avait-elle toujours envisagé l'avenir avec une sorte de bonhomme indifférence. Et voilà qu'une fois à découvert, loin d'Heillange, elle se retrouvait totalement inapte, impréparée, avec pour tout bagage quelques idées naïves venues de l'école primaire, de l'orgueil et la carapace trop fine d'une enfant gâtée.

Elle avait relu la phrase de Valéry et cherché son plan en trois parties. Puis elle s'était levée sans un mot pour se rendre aux toilettes. Le surveillant avait l'habitude. Lui-même était passé par là et n'avait eu qu'un sourire entendu en voyant passer cette jeune fille au chignon bancal. Elle s'était enfermée dans une cabine de l'étage pour pleurer un bon coup. Elle ne pouvait plus. Et là, assez sérieusement, elle s'était demandé ce qui serait le plus simple, se jeter dans la Seine ou sous un RER.

Sauf qu'elle y était retournée. Le surveillant lui avait demandé : ça va mieux ? Oui, ça irait. Sur son passage, quelques rictus, des inquiétudes. Chacun se savait plus ou moins menacé par le même drame, les coups de pompe se multipliaient, les petits malins n'allaient plus rester longtemps, il fallait s'y mettre, tenir ou bien plaquer. Noël serait le cap Horn de cette année scolaire.

Et Steph avait tenu.

Elle avait même commencé à sérieusement cartonner en maths, ce qui n'était pas totalement une surprise, puisqu'elle avait toujours excellé dans ce domaine, mais enfin : quelle bouffée d'oxygène.

Après les vacances de Noël, elle tenait son rythme de croisière. Elle ne se posait plus de questions, elle abattait sa besogne sans rechigner, jusqu'à 1 heure du mat' au besoin. Elle trouvait moins le temps d'être coquette. Elle regardait moins les mecs. Elle faisait des fiches. Et en juin, elle avait tenté des concours, pas ceux des meilleures écoles d'ailleurs, plutôt comme un galop d'essai, et les avait tous foirés. C'était normal. Personne n'y arrivait du premier coup, on les avait prévenus depuis le départ et ses vieux étaient préparés. Ils n'avaient donc rien dit. Ils admiraient au contraire la transformation, reconnaissant à peine leur petite fille. L'ambition avait donc cet aspect-là, ramassé et contraint, l'air de dire continuellement "Laissez-moi, vous voyez bien que je n'ai pas le temps."

Durant les grandes vacances, elle avait poursuivi ses efforts, se tapant une bonne partie de la biblio conseillée par les profs. *Race et histoire*, le Winock sur les années 1960, Aron, *L'Histoire des droites en France*, même Robbe-Grillet et Giono. Cela dit, elle avait calé sur Proust. Tout ce cinéma sur les fleurs, les vitraux, la moindre oscillation du cœur, n'importe quoi. Ensuite, elle avait passé trois semaines à Bristol, dans une famille qui faisait profession d'accueillir les étudiants étrangers. La maison était vaste, avec de la moquette dans tous les coins, même dans la salle de bains. Un truc qui laissait songeur quand on se retrouvait assis sur les chiottes. Les autres *guests* venaient pour la plupart du Japon ou de Corée. Ils se comportaient selon les clichés, polis, travailleurs, les filles se cachant la bouche pour glousser, et puis tout le temps à opiner du chef, comme s'ils voulaient clouer chaque mot qu'ils disaient avec leur front. Steph s'était bien entendue avec les Asiatiques. Ils se trouvaient là comme en sursis. Une fois rentrés au pays, après un an passé à visiter l'Europe et à parfaire leur maîtrise de la langue des businessmen, il leur faudrait devenir manager. Yuki, un garçon avec lequel elle avait couché à trois reprises, lui avait parlé de cet avenir de *salaryman*. À chaque fois, ils avaient baisé sur les coups de 6 heures du mat', en rentrant de boîte. Le garçon avait les cheveux très raides et teints, comme le voulait apparemment la mode à Tokyo ou Osaka. Il était touchant à force de se donner du mal pour la faire jouir. De grosses gouttes de sueur lui tombaient du front, Steph était obligée de fermer les yeux. Une fois, elle lui avait dit de se calmer, il avait débandé direct. Quand c'était fini, ils causaient. Les parents de Yuki avaient investi une bonne partie de leurs économies pour qu'il obtienne l'équivalent nippon du TOEIC. Tout le monde comptait sur lui. Bientôt, il aurait un bon salaire et des responsabilités, une cravate, des journées de quatorze heures. Pour lui, au fond, c'était plié. Steph s'était dit qu'en Europe, on avait encore la chance de pouvoir décevoir les gens qui vous aimaient.

Du coup, au cours de cet été studieux, elle n'avait vu aucun de ses anciens potes d'Heillange. Elle s'était tenue à l'écart, craignant les interférences, et puis de se montrer avec ses cuisses de catcheuse. Elle s'était planquée.

La deuxième année s'était caractérisée par sa platitude, son étalement neutre, cet aspect de Canson gris. Steph avait eu le sentiment de creuser un tunnel à travers un Himalaya de travail. Elle ressentait le découragement de cette tâche absurde, mais aussi le bénéfice de chaque mètre gagné sur la roche. Elle savait qu'au bout, elle trouverait son éden, une carrière. Elle prendrait alors sa part, et à belles dents. Au-dessus de son bureau, elle avait épinglé des cartes postales. Des reproductions de Sisley, *Judith et Holopherne* du Caravage, un portrait de Virginia Woolf, Belmondo torse nu dans *À bout de souffle*.

Elle s'était trouvé des potes aussi, Renata et Benoît. Depuis le départ, les profs préconisaient l'émulation comme remède à tout. Il y avait ainsi toutes sortes de martingales pour réussir. Des dictons même. "Prépa maquée, prépa ratée." Il fallait soigner son sommeil, bosser en binôme de préférence, s'acoquiner avec les plus motivés, se réserver du temps libre pour décompresser. Steph et ses potes avaient mis au point une méthode : ils écrivaient les titres de chapitre à réviser sur des petits bouts de papier, les mettaient dans une boîte à chaussures et tiraient à tour de rôle. Le samedi après-midi, ils allaient faire quelques parties de ping-pong dans une petite MJC des environs.

Progressivement, cette organisation avait fait son œuvre. Les résultats de Steph étaient bons, elle progressait dans tous les domaines, même en philo, et surtout, ses efforts lui coûtaient de moins en moins. La discipline, peu à peu, avait fait son chemin à travers elle et disposé ses facultés en ordre de bataille. Elle ne se réveillait plus à 5 heures du mat', elle pouvait abattre douze heures de taf sans rechigner, et en plus, elle avait perdu du poids. Une seule ombre au tableau : cette langueur résiduelle, quand elle avait un peu de temps libre, une sorte de brume d'angoisse, d'à quoi bon trouble. Mais elle n'avait pas tant de temps libre que ça, de toute façon.

Surtout, au cours de cette seconde année, son don pour les mathématiques s'était affirmé. Au collège et au lycée, elle n'avait jamais eu de problème pour suivre, malgré son dilettantisme. Mais en prépa, elle s'était découverte. Elle était ce qu'il est convenu d'appeler une bête en maths. Le pire, c'est qu'elle n'avait même pas à se donner du mal. Les mathématiques semblaient s'écouler d'elle, de manière quasi miraculeuse. Un peu comme dans ces histoires où des impies touchés par la grâce se mettent à parler en langues. Et dans le monde auquel se destinait Steph, les maths tenaient lieu de sabir universel. Les mathématiques faisaient non seulement voler des avions et fonctionner des ordinateurs, mais elles ordonnaient notre civilisation, attestaient votre intelligence, fondaient l'innovation.

M. Moineau, le premier, lui avait fait mesurer l'étendue de sa chance. C'était son prof d'éco. Il l'avait prise à part à la fin d'un cours et ils étaient allés prendre un expresso dans un petit café rue Notre-Dame-des-Champs. Il lui avait posé des questions. Ses méthodes de travail, le temps qu'elle passait sur ses DM. Il voulait s'assurer qu'elle ne recevait pas d'aide extérieure. Il lui avait également demandé ce que faisaient ses parents et si elle avait un petit copain. Il avait employé le mot *boyfriend*, pour minimiser le caractère intrusif de sa question sans doute. Ça avait amusé Steph, c'était tellement pas le personnage, où il était allé pêcher une expression pareille ? Moineau était un type sanglé, les cheveux en brosse, lunettes Afflelou sans monture, genre négligé, qui faisait cours avec un détachement sarcastique et corrigeait à l'encre verte. Des rumeurs couraient selon lesquelles il avait eu des problèmes d'alcool. Apparemment, il avait fait X, dirigé la branche "Immobilier" de la BNP, et puis la dégringolade. La chute avait dû durer un moment, parce qu'il leur avait dit une fois qu'il lui faudrait encore vingt-cinq ans de cotisation pour prétendre à une retraite à taux plein. Or il ne pouvait pas avoir moins de quarante-cinq ans. Le jour où ils avaient pris un café, M. Moineau portait une veste d'un tissu écossais très beau qui le faisait ressembler à un pivert, et une cravate de tricot bleu. Cette dernière soulignait le rebond de son ventre. Il semblait brumeux, disposé à prendre un congé sabbatique. À l'aile de son nez, Steph voyait de minuscules veinules mauves et se disait qu'elle ne pourrait jamais coucher avec un type qui avait cette peau, ce nez, ces pores dilatés. Si jamais il la draguait, elle ferait son possible pour esquiver. Au pire, elle était disposée à quelques concessions pour maintenir sa moyenne en éco, le branler ou se laisser peloter. Elle n'irait pas jusqu'à le sucer en revanche. De toute façon, sa vie sexuelle se réduisait à si peu de chose. Mais elle se trompait sur son compte. Après un moment d'intense réflexion, Moineau avait seulement dit :

— Bon, bon... Dans ce cas, visez haut, mademoiselle Chaussoy. Visez haut.

En mai, Steph avait pu visiter le campus de HEC avec un petit groupe de ses congénères, histoire de se mettre dans l'ambiance. Elle avait vu les locaux lumineux, les parterres soignés, l'apparat high-tech et les profs, sémillants et prophétiques, mieux payés que des directeurs marketing. Ce qui avait retenu son attention surtout, c'était les étudiants, affûtés comme des athlètes, voués à la puissance, et beaux, à force de se savoir les meilleurs.

Pour elle, cette visite avait fait office de confirmation. C'était exactement ça qu'elle voulait faire. C'était exactement comme ça qu'elle voulait être.

Elle avait toujours eu le sentiment qu'il n'existait en dehors de Paris que des vies de second ordre. La même impression lui était venue en considérant cette caste de jeunes affamés. Eux seuls savaient, eux seuls étaient convenablement formés pour comprendre le fonctionnement du monde et en actionner les leviers. Tout le reste, c'était de la foutaise, les physiciens, les caïds de l'EHESS, les agrégés, les politiques, les philosophes, les avocats, les vedettes, les footballeurs, tous aveugles, impuissants, des cons. Ceux qui comprenaient intimement la machine et parlaient la langue de leur temps, ceux qui embrassaient exactement une époque perpétuellement accélérée, exponentielle par nature, dévorante, infusée de lumière, de vitesse et d'argent, ils étaient là, princes économistes, meneurs d'affaires, avec leurs chemises bleues, leurs corps lisses, flûtés, leur épouvantable allant.

Elle avait repassé ses concours au printemps et reçu ses résultats début juillet. Les courriers étaient arrivés les uns après les autres. Elle était prise à Lille, Lyon et à l'Essec. Voilà. La rampe de lancement. Elle pouvait se détendre.

À Clem, Steph se contenta de dire qu'elle avait eu son concours pour l'Essec, sans même sourire, limite blasée.

— La pute ! fit Clem.

— Ouais, j'avoue.

— Quand on pense au bahut. T'en foutais pas une rame.

— C'est clair. Ça me paraît, mais tellement loin.

— Qu'est-ce qui t'a pris ?

— Je sais pas. Je voulais pas revenir ici. Je reviendrai jamais.

— Tu m'étonnes.

— Y a un moment, faut se donner les moyens.

— Ouais, trop.

— Je m'en fous, je sais ce que je veux, j'ai pas honte de réussir.

Elles marchèrent encore un peu pour rejoindre la 106 blanche que Clem conduisait quand elle était de passage. C'était la voiture à tout faire de ses parents, assurée au tiers, une petite essence cabossée mais tenace. Son père la prenait parfois pour aller dans les bois. Le reste du temps elle pourrissait dans le garage. Les sièges restaient imprégnés d'une désagréable odeur de moisi. Elles ouvrirent les fenêtres pour faire entrer un peu d'air.

— On va où ?

— Je sais pas.

— Y a une piscine chez moi maintenant, dit Steph.

— Bah voilà.

— Cool.

Steph était contente. Depuis deux ans, elle n'avait plus éprouvé cette sorte de délassement, le sentiment que rien ne pèse. Elle n'avait rien à réviser, aucune contrainte dans la journée. Ses parents ne la faisaient même plus chier pour ranger sa piaule ou laver la vaisselle. L'avenir s'annonçait complet, idéal. Il lui suffisait de se laisser porter jusqu'à la rentrée. Elle goûtait cet état d'apesanteur inaccoutumé, quand elle dit :

— Franchement, ça tombe bien le bal là.

— Pourquoi ?

— Meuf, ça fait des mois que j'ai pas baisé.

Clem frappa le volant du plat de la main et éclata de rire.

— T'es sérieuse ?

— Mais ouais. Je bossais comme une folle. Et les mecs dans ma classe, c'était même pas la peine, des déchets.

— Ouais, mais quand même.

— Je sais pas. J'avais même plus envie. Ma libido s'était complètement envolée.

— Et là, ça revient bien ?

— Putain…, répliqua Steph avec un air entendu.

Une fois encore, Clem se marra.

— Enfin, en même temps, un 14 juillet à Heillange, tu vas te taper quoi ? Un bidasse, un manouche ?

— Ah j'en ai rien à foutre, fit Steph. Même ton père, au pire.

4

Patrick Casati avait voulu faire les choses comme il faut. Il s'était levé de bonne heure pour aller chercher des appâts à la fraîche chez Lamboley. Il en était revenu avec sa boîte de Nesquick à moitié pleine de vers de farine. Ça grouillait là-dedans, un vrai dégueulis. Il avait remis le couvercle percé en se marrant, il se souvenait comme ça dégoûtait le gosse quand il était petit, et puis il avait préparé ses cannes. Ces boîtes d'asticots, elles avaient presque quinze ans maintenant. L'époque où Anthony buvait encore son chocolat, le bol à deux mains, l'épi sur la tête.

Il ne l'avait jamais beaucoup emmené pêcher. C'était une bonne idée, juste avant son départ.

Ensuite, il n'avait pas fait grand-chose de sa matinée, à part attendre. C'était plutôt facile de pas picoler avant midi. Il s'était collé devant la télé et s'était mis à rouler des clopes pour sa semaine. Il les faisait d'avance, puis les rangeait dans une boîte hermétique en fer. Il finit par s'assoupir, le tabac, la rouleuse sur les genoux. Il avait mis une serviette en dessous pour pas en foutre partout. Il dormit comme ça un bon moment, la bouche ouverte, le menton sur la poitrine. C'est finalement le défilé qui le réveilla. À la télé, les chars descendaient les Champs-Élysées. Les fanfares passaient, les avions dans le ciel, l'habituel piétinement de la troupe, la géométrie en marche. Voyant Chirac, benêt et droit dans sa Jeep, il ne put s'empêcher de rigoler.

— Ah ! Le grand !

Il habitait maintenant un studio prétendument au rez-de-chaussée. En réalité, il fallait descendre cinq marches pour arriver chez lui et ses fenêtres ressemblaient à des soupiraux. Il disposait en tout et pour tout d'une pièce de trois mètres sur quatre qui lui tenait lieu de salon, de cuisine et de piaule. Une salle de bains y était accolée. Le chiotte était dans la douche. Comme il était bricoleur, il avait un peu aménagé l'endroit, et s'était notamment installé des étagères, ça libérait de la place. Il dormait dans un lit de quatre-vingt-dix qui faisait également canapé.

Pour déjeuner, il prit une boîte, la première qui lui tomba sous la main. Le placard au-dessus de l'évier en était farci. Cassoulet, bœuf bourguignon, couscous, raviolis, la base. Il versa les raviolis dans une casserole et fit réchauffer ça sur sa gazinière portative. En deux minutes, c'était prêt. Pratique. Presque pas de vaisselle. Il ne mangeait pas dans la gamelle, mais c'était limite. Il sala et poivra copieusement, puis se versa un grand verre de vin rouge. Le repas ne prit pas beaucoup plus de temps que la préparation. Il engloutit tout ça devant la télé, sur un plateau. Comme il avait égaré la télécommande et qu'il avait la flemme de se lever, il dut se farcir tout le JT. Pour le dessert, il mangea une pomme et s'octroya un autre verre de vin, à ras, c'était un petit verre. Selon le petit réveil posé à côté de la tête de lit, il était presque 14 heures. Le môme n'allait plus tarder. Il vida son verre, en prit un troisième pour la route et s'assoupit une nouvelle fois.

Il menait ainsi dans son studio une vie engourdie et sous assistance. Il s'était dégoté un petit boulot pépère auprès d'un syndic privé, douze heures par semaine, payées au smic. Ça consistait à faire le ménage dans quelques résidences calmes, sortir les poubelles, tondre la pelouse quand le temps s'y prêtait, assurer une présence, en fin de compte. C'était pas grand-chose, mais de temps en temps, des vieilles lui demandaient un coup de main. Il leur faisait des travaux de menuiserie, des bricoles, elles lui donnaient la pièce. Au début, il l'avait eu mauvaise, parce qu'il lui arrivait de croiser là des gens qu'il connaissait d'avant. Passer la serpillière devant un ancien copain d'école restait malgré tout une épreuve existentielle. Mais en somme, ce job en valait d'autres. Il avait des dettes, des revenus minuscules, touchait les APL, et avait obtenu de la ville de cultiver un bout de terrain derrière les stades de foot de la Renardière. Là, il tâchait de faire pousser des patates et des oignons, du persil, il avait même semé des fraises. En réalité, à chaque fois qu'il se pointait là-bas, il emportait un pack. À la troisième bière, il reposait sa bêche et finissait dans une chaise de camping, à fumer du gris en contemplant la terre retournée. Il pouvait rester comme ça longtemps sans rien dire, à ne faire que boire. Le soleil plongeait derrière les gradins du stade. Il ne restait que lui, avachi, secoué d'un rire intermittent, ses canettes vides répandues autour. Il était bien.

Du coup, quand venait l'heure de récolter les patates, le résultat n'était pas brillant. Il mangeait surtout des boîtes, de toute façon. Il allait pêcher aussi. C'était une vie réduite et anesthésiée sur laquelle il ne se posait pas trop de questions. C'était comme ça.

Il se réveilla bientôt, la bouche pâteuse. Le téléphone était coincé dans son fauteuil. Il l'extirpa en râlant. Son humeur avait viré de bord. Tout ça l'énervait. À la télé, un mec faisait de la retape pour SFR devant le Mont-Saint-Michel. Apparemment, il y avait du réseau partout maintenant. Patrick ne pensait pas plus à s'acheter une de ces cochonneries de portables que de partir en voyage sur la Lune. Il baissa le son et composa le numéro de son ex. Il se boucha l'oreille pour mieux entendre.

— Allô ?

— C'est moi, fit Patrick.

Hélène fit oui, elle l'avait reconnu, elle avait l'habitude. Depuis qu'ils n'étaient plus en froid, il l'appelait souvent. Il lui demandait de remplir sa feuille d'impôt ou de lui prendre un rendez-vous chez l'ophtalmo. Chez les hommes de sa génération, les rapports avec le monde extérieur passaient par les femmes. Ces mecs-là pouvaient couler une dalle ou faire deux mille bornes en bagnole sans dormir, mais il leur était presque physiquement impossible de lancer une invitation à dîner.

— Alors, il vient ou pas ?

— Mais oui, puisqu'il te l'a dit.

— Non, mais parce que je l'attends, moi.

— Je sais. Arrête de t'inquiéter.

— Je m'inquiète pas.

— Bon…

Un silence suivit.

— T'as regardé le défilé ? demanda Patrick.
— Oui.
— Les légionnaires.
— Ben oui. J'ai vu.
— Ça fait drôle quand même.
— De quoi ?
— Qu'y parte, là.
— Je sais, oui. J'ai pas dormi de la nuit.

Hélène avait toujours une bonne raison, des soucis, à moins que ce soit la lune. À l'en croire, elle n'avait plus dormi depuis mai 1991.

Après avoir raccroché, Patrick reprit un verre de vin. Il fit la vaisselle. Comme il attendait Anthony, il avait rassemblé les bouteilles, cinq sacs pleins, et il s'était rendu au container en bagnole. L'appartement était nickel. Ensuite, il ouvrit les fenêtres et fuma une cigarette sur son lit, le cendrier posé sur sa poitrine. La télé fonctionnait toujours en sourdine. C'était un bel été qui se déroulait au-dehors. Patrick en avait connu suffisamment pour le savoir. Il ne pleuvait pas. Dans le ciel limpide, de rares nuages passaient, avec pour seule fin d'indiquer le sens du vent. Aujourd'hui était semblable à hier et à demain. Il se souvenait des étés de son enfance, un véritable continent où il emménageait avec ses frères et les copains pour n'en plus sortir avant la rentrée. Avaient suivi ces étés en hachures, les jobs, les filles, les mobylettes. Puis ces étés adultes, presque insoupçonnables, réduits aux trois semaines de congés payés obligatoires, qui semblaient toujours ratées, insuffisantes. Avec le chômage, il en avait connu d'autres, des étés coupables et lents, à mariner et se faire du mauvais sang. Et puis maintenant. Il ne savait plus. Il se sentait en dehors des choses. C'était à la fois un soulagement et une colère.

Ce qui pour lui surtout était intolérable, c'était le gâchis de sa force. Son père n'était pas allé à l'école au-delà de douze ans, sa mère guère plus. Lui-même l'avait quittée à quatorze, et s'était consolé plus tard en affirmant à chaque fois qu'il le pouvait que son certif valait mieux qu'un bac. Toute son enfance, ses parents l'avaient dressé dans la hantise de l'inaction, le mépris du farniente. Il avait appris à couper du bois, faire du feu, poser du carrelage, réparer un robinet, refaire une toiture, entretenir une maison, un jardin, et même des rudiments de menuiserie. Avec ses frangins, ils avaient passé toute leur jeunesse au grand air, à cueillir des champignons, des myrtilles, ramasser les mirabelles. Il avait appris à skier grâce à la JOC, même s'il n'allait pas à l'église. Dans son monde, on n'avait jamais cru beaucoup aux occupations d'intérieur. On préférait mener des existences de plein air, collectives et besogneuses. L'usine même, dans son fonctionnement gigantesque, s'apparentait à un en-dehors. Tout plutôt que le bureau, tenir un stylo, s'anémier en pensant.

Et voilà qu'à présent, il se retrouvait chez lui, seul la plupart du temps. Il passait des soirées mornes à siroter du Picon-bière et s'endormait la bouche ouverte devant la télé. Il se réveillait à 3 heures du mat', en sursaut, une barre glacée en travers des reins. Le lendemain, il peinait à se lever et ensuite, il fallait tirer sa journée. Après ça, il n'avait envie de rien, si ce n'est de rentrer chez lui. Et là, rebelote. Un verre, un seul, c'est la promesse qu'il se faisait. Et puis sa volonté se débandait et il enquillait les canettes les unes après les autres. Cette répétition casanière formait maintenant le plus clair de sa vie. Parfois, le cul vissé à son fauteuil, il regardait ses mains. Elles étaient restées belles, épaisses. Sur le dessus, quelques taches brunes avaient paru. Il se sentait vide, épuisé. Il n'avait pas envie de sortir, ni de voir des gens. De toute façon, il s'était fâché avec presque tout le monde. Il aurait voulu donner un emploi à ces mains vides. Il aurait voulu y mettre un manche. Elles étaient faites pour employer des outils, pour façonner la matière. Il lui montait alors des fièvres et des détresses qui le muaient en assassin.

Mais pour une fois, Patrick Casati était content. Son fils allait venir le voir et il était fier. Le gamin serait bientôt sous l'uniforme, en Allemagne. Il ne se disait pas que le môme devenait "soldat". Il pensait encore moins à la guerre. Un seul mot trottait dans sa tête : militaire. Il s'y mêlait un parfum d'héroïsme modéré, de maintien et de discipline, et surtout une solidité de fonctionnaire.

Au fond, ce pauvre gosse était mal tombé. Avec Hélène, ils l'avaient eu très tôt. Ensuite, il y avait eu les problèmes à l'usine. La peur du lendemain s'était instillée dans leur vie. Et puis le manque de fric, les tracasseries, cette lutte menée sur la frontière qui départageait les gens modestes des pauvres établis. Cette envie de boire, enfin, qui avait toujours été là.

Quand il avait rencontré Hélène, elle avait dix-sept ans. Avec sa frangine, elles se prenaient pour les coqueluches de la vallée. Elles se faisaient des idées. La fille Kleber était plus jolie et Chantal Durupt aussi. Elle était d'ailleurs montée à Paris, on l'avait même vue dans un Scopitone de Petula Clark. On ignorait ce qu'elle était devenue par la suite, mais avec des jambes pareilles, il n'était pas interdit de présumer un beau mariage ou une carrière d'hôtesse de l'air. Seulement, Hélène avait quelque chose de pire, d'alléchant et de dangereux. La regarder, c'était déjà faire un peu l'amour. À l'époque, tous les mecs lui tournaient autour et elle menait son chenil d'idiots à la baguette. Ce manège avait duré des décennies. Au fond, Hélène n'avait pas voulu renoncer à son pouvoir sur les hommes. À présent, Patrick rigolait. Le sortilège s'était dissipé complètement. Elle avait coupé ses cheveux, ses bras devenaient mous, ses joues dévalaient. Sans parler de ses seins. Il était content. Hélène était désamorcée.

Et dire qu'ils n'avaient même pas cinquante piges.

Leur tour était passé vite, ils n'avaient pas beaucoup profité. Ce sentiment de retraite produisait entre eux une entente d'un type nouveau, qui n'était plus de l'amour, mais un genre de tendresse lasse, une fidélité par dépit. Ils ne se feraient plus de mal à présent. C'était trop tard.

Au bout d'un moment, Patrick alla chercher son cadeau dans le placard sous l'évier. Il le posa sur le minuscule plan de travail et retourna s'asseoir sur une chaise. Il était presque 15 heures. Ce môme se foutait de la gueule du monde. Patrick resta là à fixer le papier brillant, le frisottis de ruban. Sa chaise n'était pas très confortable, mais il n'osait pas retourner dans son fauteuil, de crainte de s'endormir encore. Après une demi-heure, il se leva et arracha une canette au pack qui était destiné à leur virée entre hommes. Il en vida trois, finit par s'allonger et le sommeil tomba, comme un coup de masse.

Quand il revint à lui, il était 20 heures passées, il se sentait tout ankylosé et la journée était foutue. Les vers, pendant ce temps, avaient poursuivi leur inlassable grouillement dans la boîte de Nesquick. Le ciel délavé ne proposait plus rien que du vide, il ne faisait plus si bon. Il ferma la fenêtre, se dirigea vers la kitchenette. Ses lèvres étaient pincées, on l'entendait respirer à trois mètres, un souffle encombré, lourd de trente ans de tabac et plein de cailloux. Il fixa un moment le cadeau. Puis déchira le papier brillant, ouvrît la boîte rectangulaire et empoigna le beau couteau de chasse qui s'y trouvait. C'était une arme véritablement superbe, avec une lame presque noire, large, qui dans sa forme, oblongue et pansue, rappelait un peu la feuille d'un arbre de Judée. Il l'avait testée sur son avant-bras. Le fil était parfaitement aiguisé. Il glissa le couteau dans son étui, puis l'étui dans sa ceinture. Puisqu'il n'était pas venu, il irait le trouver.

Avant de quitter son studio, Patrick emporta deux bières pour la route. Il monta à bord de sa 205 et prit la direction du lac. Il allait lui donner son cadeau, de gré ou de force. Son putain de fils.

5

Ils étaient donc là, peut-être pas tous, mais nombreux, les Français.

Des vieux, des chômeurs, des huiles, des jeunes en mob, et les Arabes de la ZUP, les électeurs déçus et les familles monoparentales, les poussettes et les propriétaires de Renault Espace, les commerçants et les cadres en Lacoste, les derniers ouvriers, les vendeurs de frites, les bombasses en short, les gominés, et venus de plus loin, les rustiques, les grosses têtes, et bien sûr quelques bidasses pour faire bonne mesure.

Sur les bords du lac, ils étaient venus en masse, s'étaient garés le long de la départementale, sur trois kilomètres, ou dans les champs, jusque dans les bois. Ils allaient par grappes, transhumants, hilares, épouvantablement divers, irréconciliables et pourtant côte à côte, et bien copains finalement.

Tous allaient dans la même direction, vers la plage américaine, qu'on appelait ainsi sans plus savoir pourquoi. Cette appellation remontait à loin, quand un type, qui tenait un surplus militaire et vendait des jeans d'importation, avait décidé d'installer là un *drive-in*, dans les *sixties*. Il prétendait venir du Texas et portait des bottes de cow-boy. Il n'en fallait pas plus. Son ciné n'avait pas fait long feu, mais le nom était resté.

En arrivant, Steph et Clem avaient trouvé les choses déjà bien en place. Une estrade avait été dressée pour les discours et, de temps en temps, un employé municipal occupé à régler la sono lâchait par-dessus la foule un larsen indifférent. Cette année, il n'y aurait pas d'orchestre, c'était trop cher et puis ringard. Un DJ ferait aussi bien l'affaire. Il y avait aussi une large buvette, de longues tables flanquées de bancs en bois et, sous un dais en plastique, un type qui vendait des frites et des saucisses. En théorie, il avait le monopole, puisqu'il était le seul à disposer d'un fonds de caisse et des autorisations nécessaires. Dans les faits, il en viendrait d'autres, avec un petit barbecue, une friteuse et un transfo, qui tâcheraient de faire leur beurre à la sauvette. Les autorités, de toute façon, n'étaient pas très regardantes.

Certains spectateurs étaient venus tôt, pour avoir les bonnes places. Ils s'étaient installés sur la rive, avec des chaises et des transats. Ils attendaient le spectacle en buvant des bières glacées sorties de glacières de couleur. Un peu plus loin, au large, une barge chargée de fusées flottait. Le ciel clair se reflétait encore à la surface du lac, mais la lumière déjà se repliait en désordre, laissant une impression de pagaille, d'ombre, un froufrou d'arbres qui encerclait le fourmillement des spectateurs. Il flottait là-dessus une bonne odeur de viande grillée, un parfum d'été. Les gens semblaient patients et profitaient. Steph et Clem rôdaient.

— On se met où ? fit Steph.

— Je sais pas. On a qu'à se balader.

— J'ai pas trop envie que mon père nous capte.

Avant de venir, les filles étaient passées chez Lamboley pour acheter un peu de picole. Un dimanche, les magasins étaient tous fermés, et le vieux était le seul recours. Il avait d'ailleurs prévu le coup. Son garage, qui offrait les denrées les plus improbables et ne fermait jamais, débordait ce soir-là de victuailles et de bouteilles d'alcool. On ne savait pas au juste s'il avait le droit de faire commerce de tout ça. En bleu de travail et maillot de corps, avec son fils et sa fille, il servait la clientèle, le jour comme la nuit. Même quand le rideau de fer était fermé, il suffisait de sonner, il y avait toujours moyen.

Quand les filles étaient arrivées, elles avaient trouvé tous les étourdis de la région occupés à faire la queue, des jeunes surtout, mais pas que. Le rendement était exemplaire. Un type prenait son tour, demandait un pack et du guacamole. Le vieux Lamboley disait bien sûr. Son fils allait fouiller dans la réserve derrière, organisée sommairement, des congélos, des étagères en métal, il revenait avec les produits, le client prenait son coup de fusil, au suivant. Quand ç'avait été leur tour, Steph et Clem avaient demandé un pack de douze. 35 balles.

— C'est cher !

— C'est comme ça.

Le vieux, son bleu, ses deux mômes. Elles avaient payé.

Sur le chemin, elles n'avaient écouté qu'un seul et même titre, en boucle, ça faisait "Pendant des heures, mais elle m'a mis la fièvre". Elles étaient d'humeur ravageuse et vidaient des bières en roulant. Steph était chargée de la touche *rewind.* À chaque écoute, les paroles les rendaient encore plus dingues. Un peu avant d'arriver, elles avaient encore bu deux bières sur un petit chemin vicinal qui serpentait dans les bois. Puis le soir était venu et la forêt, devenue fraîche, s'était mise à les inquiéter. Elles étaient reparties, abandonnant le pack sur place. Ensuite, il avait fallu trouver une place pour se garer, manœuvrer, Clem avait tamponné les bagnoles devant, derrière. Les filles riaient toujours. Leurs cheveux envolés se prenaient dans leurs bouches. Elles avaient fini par atteindre la plage, déjà comble. Elles peinaient tout de même un peu à marcher droit.

— Putain, laisse tomber si je croise ma mère dans cet état.

— On risque rien, avec tout ce monde.

— Ouais, c'est ouf tous les beaufs que ça draine.

— Non mais là, ils sont tous venus. C'est carnaval quoi.

— Trop. Je me demande ce qu'on fout là.

— Ben, tu voulais pas baiser ? ironisa Clem.

Steph grimaça. Tout à coup, ce n'était plus si clair. Elle se sentait inquiète, compromise. Elle se dit qu'elle allait lever le pied sur la binouse. Un petit tour, et puis elle demanderait à Clem de la ramener.

Peu à peu, elles se fondirent dans la masse. Il y avait l'odeur, la musique, le brouhaha, le clignotement incessant des visages. Les filles avançaient, ensemble, ne se parlant plus. Tout leur était un spectacle. Bientôt, elles achetèrent des frites et allèrent s'asseoir sur des rondins pour manger. Une bande de mecs passa en les reluquant, des péquenauds avec les cheveux ras, des Rangers. Ils portaient des vestes en jean sans manches sur des t-shirts de metal. Certains essayaient de se laisser pousser la barbe, sans trop de succès. Comme ils insistaient, Clem leur fit un doigt et ils passèrent leur chemin.

— Ils sont marrants, les hardos. Dès que tu les branches, y a plus personne.

— Ouais, c'est un peu tout le monde pareil. Allez viens, on bouge. J'en ai marre.

— Oh là là, t'es relou d'un coup.

Steph ne répondit pas. C'est vrai qu'elle se sentait bizarre.

— Y a trop de monde.

— Tu veux qu'on se casse ?

— Je sais pas.

Clem se leva, tira sa copine par le bras, elle pesait une tonne. Et elles y allèrent, reprenant leur lente dérive à travers la foule.

Coralie et Hacine se promenaient avec leur chien, main dans la main. Autant dire que Hacine était au plus mal. Il se dit qu'après la buvette, il se dégagerait. Ils passèrent devant. Il n'osa pas. Ils avaient croisé des potes d'avant en plus, il en avait eu un coup de chaud. Il ne savait pas très bien pourquoi, mais le truc d'être un couple, se balader, les bisous dans la rue, il ne s'y faisait pas. Les meufs c'était quand même un drôle de business. Vous aviez envie de les baiser, et puis ensuite elles arrivaient à vous convaincre de rester dormir et, de fil en aiguille, vous commenciez à signer des papiers, faire des projets, et un beau jour, vous ne reconnaissiez plus rien autour. Vous ne fréquentiez plus aucun des endroits où vous aviez vos habitudes. Des copains d'enfance devenaient de parfaits étrangers. Et vous commenciez à faire bien gaffe de rabaisser la lunette avant de quitter les chiottes.

Pour être honnête, Coralie n'avait rien demandé, et elle était plutôt très cool. D'ailleurs, la preuve, les potes avaient joué à la console chez eux la moitié de la nuit. Non, mais il s'était produit une sorte de lente glissade et, peu à peu, Hacine s'était détaché de mille habitudes. Il ne regrettait pas. Sa vie était meilleure, sans aucun doute. Quand il avait un coup de cafard, il ne se retrouvait plus tout seul à se demander si son existence était moins bonne qu'elle aurait pu, si les autres étaient mieux lotis qu'il ne l'était. Grâce à elle, il n'éprouvait plus ce sentiment glauque de ratage total, de vie gâchée. Elle lui changeait les idées, et le cul était génial avec elle. Même ses beaux-parents étaient chouettes. Seulement, quand ils allaient en ville, il craignait toujours d'être surpris, comme s'il avait un truc à se reprocher. Cette histoire d'amour lui faisait l'effet d'une mascarade une fois qu'elle paraissait au grand jour, et il se trouvait piètre acteur, mal fait pour le rôle. Lui s'était rêvé caïd. Il ne se faisait pas à cet emploi de compagnon.

Parfois, il se demandait ce que pouvaient bien faire tous ces gens qu'il avait perdus de vue, Mouss, Radouane, la bande. Sans doute qu'ils poursuivaient sans lui leur existence de traîne-savates, de hors-la-loi minables. Le petit Kader avait fait un peu de taule, deux ans pour des violences. Une histoire idiote d'altercation à un feu. Hacine aurait bien aimé le revoir.

Coralie voulut manger des frites et prendre une bière. Hacine paya. Il comptait. Tout devenait cher une fois qu'il fallait gagner son fric honnêtement. Le salariat avait eu quelque chose de rassurant au début, par rapport aux aléas du business. Et puis il avait bientôt compris que ces sommes dérisoires n'étaient pas un début, mais le rythme de croisière des honnêtes gens. Vous commenciez alors à calculer en caddies, ou à comparer le montant de votre assurance habitation et le prix d'un séjour aux Baléares. La vie devenait cette suite de prévisions, de rognages minuscules, de privations sans douleur compensées par des plaisirs toujours insuffisants. Par exemple, depuis un moment, Coralie lui cassait les couilles avec une histoire de thalasso. Le week-end coûtait presque 5 000 balles à deux. Hacine gagnait 7 240 francs par mois. Comment profiter de deux journées en peignoir et claquettes, s'il fallait se crever le cul pendant deux ans pour se l'offrir ? Rien que d'y penser, il en avait des bouffées de chaleur. Et Coralie qui lui répétait : tu verras, ça nous fera du bien.

Vers 21 heures, la musique s'interrompit et Coralie entraîna Hacine vers l'estrade. Le maire s'était hissé dessus. Il était flanqué d'une femme élégante au visage de rongeur et d'un type gonflé, circulaire, manifestement de très bonne humeur, Pierre Chaussoy. Derrière l'estrade, on voyait la surface étale du lac et sur l'autre rive, la silhouette déchiquetée des arbres. Les enceintes crachèrent.

— S'il vous plaît…

Le silence se fit et le maire put commencer son discours. Il était content que les gens soient venus si nombreux. Il était content de tout ce qui se passait dans le coin. Pendant l'hiver, le marché de Noël, le nouveau gymnase couvert, le salon de l'auto qui cette année avait battu des records d'affluence. L'été, Heillange bénéficiait bien sûr de son patrimoine naturel et, à l'en croire, on venait de loin pour en profiter. Saint-Tropez n'avait qu'à bien se tenir. Mais au-delà de ça, il y avait le parcours de canoë aménagé en ville, le skatepark, les tennis, la piscine rénovée, le minigolf, le camping, etc. Toutefois, il ne comptait pas s'arrêter en si bon chemin. La ville avait d'autres ambitions, puisqu'il fallait aller de l'avant. Pierre Chaussoy prit alors le micro et annonça la grande nouvelle. L'été suivant, Heillange aurait sa régate. L'annonce laissa le public assez circonspect. Quelques curieux demandèrent d'ailleurs ce que c'était, une régate.

— Je sais que ça peut paraître prétentieux, fit Pierre Chaussoy, terriblement enthousiaste. Ce n'est pas trop la culture de notre région. Mais je suis convaincu que nous avons tout ce qu'il faut pour accueillir un événement de prestige. Je suis allé voir à Annecy, à Lugano, sur le lac de Côme. Nous n'avons rien à leur envier.

Le maire, pince-sans-rire, nota qu'on pouvait peut-être envier le régime fiscal du lac de Côme, tout de même. L'homme rond reprit, en insistant sur les retombées que ne manquerait pas de susciter un tel événement, mais Hacine n'écoutait plus. Il s'était mis à regarder autour de lui. Les autres spectateurs n'étaient pas tellement plus attentifs. Sur les visages, on lisait un amusement poli. Des petits malins gloussaient. À un moment, un homme pris de boisson gueula "À poil !", ce qui fit bien rire ses voisins, mais pas sa femme. Les gens, après tout, se foutaient pas mal de la vie sociale et culturelle d'Heillange. Ils étaient venus pour le bruit, la lumière, et boire. Civils, ils attendaient que les discours s'achèvent. Soudain, quelque chose frappa le regard de Hacine. Mais il n'eut pas le temps de comprendre. Déjà, ce visage familier, cette paupière lasse avaient disparu.

Anthony était venu seul. Il ne voulait pas voir son père, et aucun pote en particulier. Il avait simplement envie de profiter pour une fois de cette certitude d'en avoir fini avec Heillange. C'était une sensation nouvelle, aller les mains dans les poches, en touriste quasiment, dans un paysage, une foule qui ne le concernaient plus. Demain il partait, enfin.

Tandis qu'il écoutait les derniers mots du père de Steph, il s'était surpris à la chercher. Il aurait bien aimé qu'elle soit là. C'était le moment idéal pour une dernière rencontre. Ils joueraient d'égal à égal cette fois. Pierre Chaussoy souhaita une bonne soirée à tout le monde. Le maire l'imita. La femme au visage de rongeur n'avait pas prononcé une parole et on devinait sa déception.

— En attendant le feu d'artifice, je vous laisse entre les mains expertes de notre DJ, conclut le maire en présentant un jeune type relativement obèse qui portait un t-shirt blanc et un casque autour du cou. Ce dernier commença à passer de la musique de bande FM, passe-partout et archi-connue. Anthony et cinq mille personnes reprirent leur déambulation. Il terminait une bière tiède. C'est alors qu'il aperçut le cousin.

Ce dernier se trimballait en compagnie de sa frangine et du mec de cette dernière. Ils étaient flanqués d'une poussette et de deux gosses. Julie avait dix-huit mois, Killian trois ans. Anthony serra la main aux hommes, embrassa Carine et les enfants. Ils échangèrent des paroles simples, des maladresses. Ça faisait tout de même plaisir de se voir.

— Alors ça y est ? Tu pars…

Carine lui disait ça avec un air de reproche et de compliment, sa fille sur une hanche, une main sur la poussette. Anthony la retrouvait drôlement changée. Ses grossesses avaient eu sur elle un rôle de révélateur. On avait pu penser que c'était une feignasse définitive. Elle appartenait en fait à cette catégorie des mères intégrales. Dès le premier enfant, elle s'était abîmée dans son nouveau rôle, et il ne restait plus rien de l'adolescente, la fille avait disparu en couches. Désormais, à seulement vingt-deux ans, elle était cette puissance de résignation et de tendresse, cette hémorragie inlassable, débordante de lait, de larmes, d'amour et de fatigues. Sans prévenir, elle avait coupé les ponts avec sa vie d'avant pour se vouer sans remords à sa progéniture, devenue en un claquement de doigts une femme d'intérieur à temps plein. Toutes ses journées obéissaient au même rythme, de repas en siestes. Elle levait les gosses, faisait chauffer le lait, lavait, langeait, puis le repassage. La cocotte sifflait bientôt midi. Il y avait des patates, des haricots, du porc. Elle buvait son café en regardant les jeux d'un œil distrait. Vers 14 heures, elle s'octroyait un mince répit tandis que les mioches faisaient la sieste, avalant des chocolats devant son feuilleton. L'après-midi contenait son nouveau lot de servitudes, de répétitions : lever les mômes, les nourrir, les promener, rentrer, préparer le repas. Ses sorties la menaient immanquablement de la maison au cabinet médical, du Leclerc à l'aire de jeu. Chez elle, la télé restait allumée douze heures par jour. On comptait trois postes dans l'appartement. Micka, son mec, bossait dans le transport, absent au moins trois nuits par semaine. Quand il rentrait, épuisé, il se laissait tomber sur le canapé et les enfants venaient se pelotonner tout près. C'était une tradition, on avait alors droit à une glace. La famille réunie regardait l'écran avec ce bon goût de vanille dans la bouche. Qu'est-ce qu'on pouvait espérer de mieux ?

Rien qu'à la regarder, Anthony se sentait mal. Ces femmes qui, d'une génération l'autre, finissaient toutes effondrées et à moitié boniches, à ne rien faire qu'assurer la persistance d'une progéniture vouée aux mêmes joies, aux mêmes maux, tout cela lui collait un bourdon phénoménal. Dans cette obstination sourde, il devinait le sort de sa classe. Pire, la loi de l'espèce, perpétuée à travers les corps inconscients de ces femmes aux fourneaux, leurs hanches larges, leurs ventres pleins. Anthony détestait la famille. Elle ne promettait rien qu'un enfer de reconduction sans but ni fin. Lui ferait des voyages et des miracles. Il s'autoriserait des choses ; il ne savait pas quoi au juste.

En attendant, ils s'étaient mis à causer avec le cousin. C'était sympa de pouvoir un peu discuter, même s'il avait toujours des nouvelles par sa mère. Au bout d'un moment, on convint de boire un coup. Tout le monde prit place à l'extrémité d'une de ces longues tables qui s'étalaient devant la buvette. Comme les places manquaient, on se tassa. C'est Micka qui se dévoua pour aller chercher à boire. Il était gentil, avec des mollets comme des poteaux qui lui sortaient d'un short coupé dans un survêt trois bandes. Le cousin était assez bavard pour une fois. Il avait eu pas mal de déboires depuis un an et racontait tout ça d'un ton détaché, du mec revenu de tout. Ce qui cachait mal le dépit de fond. Avec son idiote, ils avaient fini par se séparer. Anthony pensa c'était sûr, mais garda cette observation pour lui. À part ça, il avait un nouveau job au Luxembourg, qui consistait à livrer leurs déjeuners à des cadres qui prenaient des décisions dans des tours en verre.

— Là-bas, tout le monde roule en BM, fit le cousin. Ils ont tout compris.

Anthony abonda. Comme tout le monde dans la vallée, il entendait sans arrêt parler du Luxembourg et de ses salaires astronomiques, des charges dérisoires qui s'y appliquaient et de ce truc formidable des bagnoles de fonction. Le besoin de main-d'œuvre dans le duché était tel que les autorités avaient mis en place des dispositions qui permettaient aux salariés transfrontaliers de se transporter en Mercedes, en BMW série 5 ou en Audi Quattro sans avoir à débourser un centime. Vu d'Heillange, ça ressemblait assez au paradis sur terre.

Le cousin, malheureusement, n'en était pas là. Il vivait près de la frontière, dans un petit deux-pièces, et devait se rendre au boulot par ses propres moyens. Micka revint avec les bières. Les enfants, excités par l'imminence du feu d'artifice, étaient intenables. Carine alternait les menaces et les promesses, commençant toutes ses phrases par je vous préviens, sans grand résultat. Au moment de trinquer, elle vida presque son gobelet cul sec. Chacun y alla de sa tournée et Anthony insista pour payer des frites aux gosses. Les adultes piochèrent dans les barquettes. Bientôt la table fut couverte de bouffe et de gobelets. Tout le monde était de bonne humeur, même si les enfants chouinaient et se tortillaient. Anthony et le cousin regardaient le lac avec un peu de nostalgie. Il s'était passé là des moments importants. Anthony eut envie de pisser. Il était ivre. Il avait de plus en plus soif.

— Je reviens, dit-il.

— Dépêche-toi, ça va plus tarder.

Il se leva et tâcha de marcher droit jusqu'aux chiottes chimiques qu'on avait installés un peu plus loin pour l'occasion. Le type chargé de la sono était manifestement un grand fan d'Indochine, Anthony avait déjà reconnu *L'Aventurier*, *Trois nuits par semaine* et *Canary Bay* passait pour la deuxième fois. Il pensa que c'était sa dernière nuit.

Patrick avait fait un petit tour avant de trouver Rudi à la buvette, et ils s'étaient mis à boire côte à côte. Comme Rudi n'avait pas tellement de moyens, c'est Patrick qui rinçait. Bientôt, le coiffeur les avait rejoints. Les trois hommes, accoudés au comptoir, profitaient du spectacle en buvant sans se presser, regardant les autres clients, le mouvement aquatique de la multitude, et puis la jeune femme brune qui tirait la bière. Elle se déplaçait vite, habillée en noir, répondait aux vannes d'un sourire, pas si belle, mais gaulée, et puis au centre de l'attention, barmaid quoi. Rudi surtout s'obsédait. À un moment, alors qu'elle posait trois nouveaux gobelets devant eux, il toucha son poignet. Elle retira vivement son bras et alla glisser quelques mots à l'oreille du patron.

— T'es con, fit le coiffeur.

— Ben quoi ? dit Rudi.

Le patron leur demanda de surveiller leur petit copain, sinon ça irait mal. Patrick promit.

— Je vous préviens, handic ou pas handic, s'il remet ça, c'est mon poing dans la gueule.

— Je suis pas handicapé, fit Rudi.

— Ouais, ben hein.

Le patron portait une grosse moustache, on voyait à peine ses lèvres en dessous. Patrick le connaissait du rugby, le type entraînait les poussins, Anthony avait été licencié trois ans quand il était petit. Il promit :

— On l'a à l'œil, pas de soucis.

Le coiffeur fit héhé et on en resta là.

— Arrête un peu tes conneries. T'es pas bien ou quoi ?

— Elle me regardait.

— Elle te regardait de rien du tout.

— Mais, t'emmerdes pas les filles d'habitude. C'est quoi ce cirque ?

— Je sais pas. J'ai cru qu'elle me regardait.

— On a tous besoin d'amour, fit le coiffeur, en levant philosophiquement son verre.

— C'est ça, ouais.

Patrick avait tourné le dos au bar et s'était remis à fouiller la cohue du regard. Il jouissait maintenant de son état, beurré, amer, tout-puissant. En tout cas, dans ce torrent de visages et de lumière, il ne risquait pas de trouver son gamin. Il grogna et prit une autre gorgée de bière. Rudi s'était retourné lui aussi. Dans son visage de hérisson, les pupilles fixes brillaient comme le plomb. Il scrutait, éperdu, la bouche entrouverte.

— Là-bas ! fit-il en tendant le doigt.

Patrick tâcha de suivre. Une silhouette qui pouvait bien être celle d'Anthony venait effectivement de quitter une tablée. Rudi gardait le doigt en l'air. Patrick ne prit même pas la peine de lui demander comment il savait. Les ivrognes, les abrutis, les saints, tout cela participait d'un même ordre de la nature au fond.

— Je reviens.

Il vida son verre et entreprit de se frayer un chemin. C'était pas évident. Il grommelait tandis que les gens venaient à contre-courant, sans cesse. Il vérifia que le couteau était toujours là, coincé dans sa ceinture, sous son polo. Au bout, il trouva le cousin et Carine, avec des gosses et un petit gros de type vaguement hispanique.

— Tiens, fit-il.

— Salut.

Le cousin lui proposa de s'asseoir. Carine avait un enfant à cheval sur une cuisse. L'autre gars avait un bon sourire et s'occupait d'un autre gosse. On fit les présentations. Patrick découvrait l'étendue de cette famille qui s'était continuée en son absence. Il restait debout, le cœur pincé. Les mômes étaient mignons, même si leur nez coulait et qu'à force de traîner sous la table, ils avaient pris un aspect peu ragoûtant. Il fit semblant de voler le nez de la petite Julie entre ses doigts.

— Hop !

La môme fit de grands yeux. Patrick vit que Carine tiquait. Il n'était qu'un ivrogne, après tout.

— Qu'est-ce que vous devenez ?
— Pas grand-chose. Et toi ?
— On fait aller.
— Y a du monde hein.
— Ouais.
Patrick chercha ses clopes dans ses poches. Le cousin lui en tendit une.
— Tiens.
Il lui donna du feu. Merci. De rien. Patrick ne savait plus par quel bout prendre le problème. Il avait soif, déjà.
— Et ta mère ?
— Toujours pareil, dit le cousin.
Patrick tira pensivement sur sa cigarette et opina lentement.
Ces mômes, il les avait connus hauts comme ça. Ils avaient joué chez lui. Il leur avait payé des tours de manège et s'était baigné avec eux à la piscine. Il se racla la gorge.
— Et vous auriez pas vu Anthony ?
Il s'opéra alors un drôle de jeu de regards par-dessus la table. Personne ne voulait parler. Le cousin se jeta tout de même à l'eau.
— Si, il était là y a cinq minutes. Il est parti pisser.
— Il devait passer me voir, expliqua Patrick.
Les jeunes demeurèrent sans réaction. Évidemment, qu'est-ce que ça pouvait leur foutre ? Patrick se sentait un peu claqué soudainement. Il écrasa sa clope et sourit.
— Bon, je vais vous laisser.
— Bonne soirée.
— Si vous voyez Anthony…
— On lui dira, pas de problème.
Il regagna la buvette en prenant garde d'ancrer chacun de ses pas dans le sol. Il ne voulait pas tanguer devant eux. Tout cela commençait à sérieusement le gonfler. Arrivé au comptoir, il retrouva Rudi et le coiffeur, et sa boîte à clopes. Il en alluma une et fit signe au moustachu de lui remettre une bière. Il ne demanda pas aux deux autres s'ils prenaient quelque chose.

Anthony avait eu vite fait de comprendre. Pour pisser, la plage disposait en tout et pour tout de trois chiottes, des cabines en plastique bleu, et une queue de vingt-cinq mètres devant chaque. Des meufs pour l'essentiel. Constatant la file d'attente, les mecs se rabattaient dans les bois. Anthony les imita. Il voulait se trouver un coin peinard, mais même là, ça fourmillait. Il s'enfonça plus loin entre les arbres. Bientôt, l'ombre du bois se referma sur lui. Dans son dos, la fête n'était plus qu'une pulsation jaune, assourdie. Il fit encore quelques pas. Le feuillage bruissait à peine. Il ouvrit sa braguette.

À chaque fois qu'il se retrouvait dans ce genre de situation, c'était plus fort que lui, il se mettait à penser aux grosses têtes. Quand il avait dix-douze ans, ils avaient passé des après-midis entiers à mater des films d'horreur avec le cousin. Ils fermaient les volets, s'asseyaient par terre, les yeux levés vers l'écran. Le jeu consistait à tenir. Parfois, la peur devenait si intense qu'Anthony fermait les yeux. Ne restait que la bande son et, dans sa tête, l'épouvante prenait alors une dimension superlative. Après ça, il faisait des cauchemars pendant des nuits. Et même à l'école, ou chez lui, il sentait des présences, devinait des choses tapies dans les coins sombres. Il tressaillait pour des riens, ne voulait plus aller aux toilettes tout seul. Sa mère avait même parlé de l'emmener voir un psy. Heureusement, le père avait mis le holà. Ensuite, ils en étaient venus aux films de cul, le cousin les enregistrait sur Canal, Ashlyn Gere et Christy Canyon, son sommeil s'en était trouvé mieux.

Mais là, dans ce sous-bois, la bite à l'air, il retrouvait ces hantises flottantes. Un frisson passa sur sa nuque. Il ne faisait pas vraiment froid pourtant, mais il y avait dans l'air une humidité piquante, qui tombait des branches et vous glissait sur la peau par le col. Devant lui, entre les troncs espacés, il crut voir passer une forme. Les yeux écarquillés, il épiait le vide. Une nouvelle fois, une sorte de pâleur accrocha son regard. Son scrotum, aussitôt, se contracta. Les poils se hérissèrent tout le long de ses avant-bras. Alors, il reconnut le bruit, humide, familier, de l'urine qui frappait le sol tendre de la forêt.

Pourtant, lui ne pissait pas.

Le souffle coupé, il remonta sa braguette. Il n'osait plus un geste.

— Hé !

Anthony sursauta et se détourna vivement pour voir d'où venait cette voix. Un type était tout simplement occupé à pisser derrière un arbre, à quelques mètres à peine.

— Oh putain, comment j'ai flippé.

— Héhé, fit le type.

Rien que de l'entendre, c'était comme si on avait rallumé la lumière. Du coup, Anthony put reprendre ce pour quoi il était venu. Et il pissa longtemps, avec délectation, rassuré par la présence de cet autre homme, occupé tout comme lui à se soulager contre un arbre. Quand l'autre eut fini son affaire, il fit un pas en direction d'Anthony.

— Je peux pas blairer cet endroit, dit-il.

— La plage ?

— Non, la forêt là. Je sais pas, j'ai pas confiance.

— C'est clair.

Il ne pouvait pas le voir précisément, mais à son intonation, Anthony l'imaginait jeune, amical, et un peu pété, tout comme lui. Au loin, on entendit monter les premières mesures de *La Bamba*. Anthony secoua les dernières gouttes, remonta sa braguette. L'autre attendait. Par courtoisie, en quelque sorte. Anthony essuya ses mains sur son jean et le rejoignit.

— Merde.

Hacine et lui tombaient nez à nez pour la première fois depuis longtemps. Ils demeurèrent interdits un long moment, un peu sonnés. Au fond, ils ne savaient pas très bien quoi faire de cette rencontre.

— Qu'est-ce qu'on fait ? demanda Hacine.

Anthony n'en avait pas la moindre idée. Heureusement, la musique s'interrompit et la plage plongea dans l'obscurité. Les deux garçons se retrouvèrent dans le noir complet. Un murmure parcourut la masse immobile des spectateurs tandis que la première fusée s'envolait au-dessus du lac, dessinant à travers le ciel une longue courbe pétillante d'étincelles. Elle explosa très haut, très loin, superbe. Les premières paroles de *Who Wants to Live Forever* retentirent pompeusement. Et Anthony découvrit qu'il était à nouveau seul. Hacine s'était tiré. Derrière lui, la forêt pesait comme une mémoire. Il se dépêcha de rejoindre son cousin et les autres.

6

Sur la plage, mille visages s'étaient tournés vers le ciel. On y voyait des reflets rouges, du bleu, des éclats blancs. Les chandelles fusaient à travers la nuit, pétillantes et raides, avant d'éclater dans les poitrines et de crever les tympans. C'était tout un fourmillement de lumière, une cascade de couleur et de tonnerre. Cette fois, la mairie avait mis les moyens.

Même Steph et Clem ne trouvaient plus matière à ricaner, malgré l'ambiance profondément grégaire, malgré Céline Dion et Whitney Houston. Le son et lumière les avait prises, et elles oubliaient d'être singulières. Près d'elles, un père portait sur son bras une gamine qui disait la belle rouge, la belle bleue, un doigt pointé vers le ciel. Les flics aussi avaient le nez en l'air. Un seul regard pour une vallée. C'était le 14 juillet.

Le bouquet final fut lancé sur *Que je t'aime*. Steph sentit sa copine se presser contre elle. Leurs yeux brillaient du même éclat mouillé et dans leur ventre, ce remuement des paroles, et *mon corps sur ton corps*, une émotion de bête, brute, un irrésistible serrement.

Puis ce fut fini, il y eut des sifflets, des applaudissements, et tout le monde se précipita pour boire un coup. Une soif considérable s'était emparée du public. Le bal pouvait commencer.

Très vite, l'ambiance changea. De la bonhomie promeneuse du début, on en vint à une sorte de frénésie. Les corps chauffés par l'alcool, le bruit et la fatigue s'aimantaient et se dispersaient sans plus savoir. Sur la piste, des danseurs commencèrent à se démener sous les guirlandes d'ampoules. Le DJ avait ouvert avec les Jackson Five, puis Gloria Gaynor. Il connaissait ses classiques. Dans les décolletés, l'œil dénichait des moiteurs. Des anciens regardaient tout ce désordre avec un œil attendri. Certains piquaient même du nez. Les ados en revanche ne risquaient pas de s'endormir. Engoncés, faussement cool, ils s'épiaient sur le bord de la piste, l'œil en forme de poignard. À chaque génération, l'envie avait toujours cette même timidité à vaincre. C'était quand même chiant de ne pas savoir s'y prendre.

Steph et Clem avaient elles aussi rejoint la piste. De retour du bois, Anthony tomba dessus. Elles dansaient, super-jolies, pas très nettes, en échangeant des mimiques, les bras en l'air, tout un cinéma. Au bout de deux chansons, elles se susurrèrent quelques mots à l'oreille et Clem abandonna la piste.

Ça semblait le bon moment.

— Salut.

Steph se tourna vers lui. Il lui fallut facile deux secondes pour le remettre.

— Oh bah merde.

Elle souriait largement. Ils tentèrent de se parler, mais la musique était trop forte. C'est elle qui prit l'initiative de quitter la piste.

— Alors, qu'est-ce que tu deviens ?

— Je suis à Paris, maintenant.

— Ah cool.

— Tu parles, je bosse comme une dingue. J'ai pris dix kilos.

Le garçon la considéra de haut en bas. Une bonne partie de ce surpoids se trouvait manifestement dans ses seins. À l'épaule, la bretelle du débardeur mordait profondément la peau. Comme les ficelles, autrefois, sur ses hanches.

— Oh, fit Steph, en lui claquant les doigts sous le nez.

— T'es belle.

— Mais qu'il est con…

Cela dit, elle était plutôt contente et avait bien du mal à le cacher. Clem déboula à ce moment-là, deux gobelets pleins de bière dans les mains.

— Je te trouvais plus. T'étais où ?

— J'étais là.

Steph ne savait pas quoi dire. Anthony se taisait. C'était mal barré.

— Je vous dérange, peut-être ? fit Clem.

— Mais non.

Il ne se passait rien. La musique tonnait. Anthony se sacrifia.

— Bon, je vais chercher un truc à boire. Je reviens.

— C'est ça, dit Clem.

Voilà, c'était mort, une fois de plus. Il s'éloigna en tâchant de rester cool, même s'il était complètement dégoûté. Il était venu là pour profiter, prendre une dernière bouffée de cette ville de merde avant de se barrer pour toujours, et Steph foutait tout en l'air, comme d'habitude. Il ne pouvait même pas se retourner, elles devaient le mater avec sa connasse de copine. Il prit son tour dans la queue de la buvette. Ça le démangeait de regarder par-dessus son épaule, mais il n'osait pas. Tout ça donnait envie de cogner. De se faire mal. Il s'était pourtant cru sorti de ces histoires. Les meufs, décidément, quelle plaie…

— Ho !

Il se retourna. Steph venait toute seule. Sa copine volatilisée. Un miracle.

— Tu serais OK pour me ramener un peu plus tard ? demanda la jeune fille.

— Bien sûr.

— Clem devait rentrer. Ça me saoulait de partir maintenant.

— Pas de problème.

— Ouais, ben te fais pas trop de films non plus.

Trop tard. Anthony espérait tout. Il récupéra sa bière et ils allèrent se mettre un peu à l'écart, à l'orée du bois, pour discuter. En réalité, la discussion consista surtout à attendre assis dans l'herbe. Steph lui posait des questions. Il répondait par oui ou par non, évasif, presque incapable de la regarder. À son tour, il essayait de savoir ce qu'elle avait fait ces deux dernières années. Elle n'était pas tellement plus causante. Tout cela ne se passait pas du tout comme il aurait fallu.

— T'es chiant, dit Steph.

Alors il se tourna vers elle et l'embrassa. Leurs dents s'entrechoquèrent. C'était un baiser rude, de dernière chance. Elle eut mal et l'attrapa par les cheveux. Ils faillirent perdre l'équilibre. Ils avaient fermé les yeux, leurs langues tournaient, le cœur battait vite. Peu à peu, la maladresse se replia. Ils basculèrent, lui sur elle, dans l'herbe piquante. Le garçon embrassa ses joues, ses pommettes, respira son cou. Il pesait lourd et

Steph se sentait céder sous ce poids d'homme, s'ouvrir comme un ventre. Pour une fois, elle ne pensait plus à rien. Et lui non plus. Ils avaient envie et c'était le bout du monde. Mais, comme il commençait à tripatouiller dans sa culotte, la jeune fille se ravisa.

— Attends.

— Quoi ?

— Mes parents sont là. J'ai pas envie qu'ils me chopent en train de rouler des pelles à un mec.

— Ils peuvent pas nous voir. On est peinards. On fait rien de mal.

— Même…

Et pour s'en sortir, elle dit la première chose qui lui venait à l'esprit.

— J'ai envie de danser de toute façon.

— T'es sérieuse ?

— Allez, j'adore cette chanson.

— J'ai pas envie de danser, moi.

Mais c'était déjà décidé. Elle l'avait repoussé sur le côté et se rajustait en vitesse.

— Allez, viens. Il est pas tard, tu me baiseras plus tard.

Dans sa carrière de buveur, Patrick Casati avait connu diverses époques. Celle des copains et des fiestas, qui laissaient la mémoire mitée et se réglaient au matin avec deux aspirines et un Coca. Plus tard, il avait vécu des cuites de plusieurs jours, suivies de repentirs apitoyés, où il allait jusqu'à faire la morale à ses potes et envisageait de reprendre le chemin de l'église. Il avait également connu cette phase de l'ivresse continuelle, de moyenne intensité, les bouteilles planquées dans le vestiaire et les chewing-gums pour l'haleine, les milles boulettes que les copains couvraient au boulot, le bon temps à rigoler au bistrot et les retours mornes à la baraque ; ça finissait en engueulades, à dormir sur le canapé du salon, et le môme qui voyait tout ça… Après la fermeture de Metalor, il y avait eu la boisson thérapeutique, pour se détendre, se donner du courage, oublier ses emmerdes, même les chômeurs ont le droit à un peu de bon temps, bordel. Il y avait eu les moments de rémission encore, quand il arrêtait de boire pour de bon, même plus un canon le week-end. Ce qui au fond revenait à attendre les récidives, un verre venant toujours le détromper à la fin, un doigt de porto et c'était le plongeon. À ces moments-là, de continence, il ne voulait plus sortir, ni recevoir, Noël devenait une menace, il craignait les amis et chaque soir, l'heure de l'apéro. Vers 19 heures, le besoin se faisait sentir, invariable. Pas de quoi se rouler par terre, mais la tentation d'un verre, juste un. Ça ne pouvait pas faire de mal. L'apéro avait son moment, et une voix aussi. Celle de l'ami qui sait que la vie est courte, qu'on finira tous dans le trou. Autant profiter. Alors Patrick s'autorisait un écart et se retrouvait le lendemain complètement bousillé, tout à refaire.

Ces phases s'étaient succédé, à répétition, dans le désordre, il les avait toutes connues. À présent, ça n'avait plus rien à voir. Il buvait en athlète, cherchant sa limite, comme le culturiste qui poursuit la charge qui le laissera vide et brisera son effort. Et tout le long de cet effort, jusqu'au sommeil, il vivait à la manière d'un roi. Tout-puissant, brutal, suscitant la peur et l'effroi. Car il suffisait de le regarder pour savoir qu'il était capable de tout et que cette soif n'avait d'autre fin que le cimetière.

— Bon, dit-il, c'est pas tout ça.

Rudi et lui s'étaient trouvé un petit coin d'où ils pouvaient mater la piste à l'abri des regards. Là, ils avaient tranquillement vidé une bouteille volée sur une table. Il n'en restait presque rien. Étendus, appuyés sur les coudes, jambes croisées, ils n'attendaient rien, ils étaient juste là.

— Je vais y aller, moi.

— Où ça ? demanda Rudi.

— Nulle part. Si je reste là, je vais m'endormir.

— Et alors ?

— Je veux pas m'endormir. C'est tout.

Patrick s'était redressé tant bien que mal. Il tanguait sur ses talons. Il se palpa.

— Qu'est-ce que tu cherches ?

— Mon couteau.

— Tu l'as mis où ?

— Rhaaa.

Il s'agenouilla et finit par mettre la main dessus. Une fois encore, il le glissa dans sa ceinture, rabattit son polo par-dessus. Puis empoigna la bouteille.

— Je finis.

Rudi ne broncha pas. C'est pas comme s'il avait le choix. De toute façon, Patrick tirait cette gueule des mauvais jours. Sa bouche avait repris ce pli amer, la peau tendue sur ses pommettes, cet air de cadavre. Il ne lui restait plus beaucoup de verres devant lui. Il comptait bien les boire tous. Il porta la bouteille à ses lèvres et la sécha.

— Toujours ça que les boches n'auront pas.

C'est une ivresse terrible qui le tenait à présent, de bourdonnement et de métal. Il regarda l'idiot, les cheveux en pétard, les rides déjà profondes, son hébétude poignante. Ce pauvre môme qui ne servait à rien, tournait à vide et n'aurait jamais le consentement des filles. Il aurait aussi bien fait d'être crevé.

— Rentre bien, fit Rudi.

Patrick ricana et se mit en route. Il tenait toujours la bouteille et respirait fort, voûté. Bientôt il se faufila entre les tables. Il devait se servir de ses épaules et de ses mains pour se frayer un passage. Les gens ne voulaient pas bouger leur cul. On lui marcha sur les pieds. Des gamins le bousculèrent. Des petits bicots en plus. Besoin d'un dernier canon, et puis rentrer. Il trouverait bien quelqu'un pour le ramener. Il s'arrêta un moment à une table, s'asseyant à cheval sur un banc. Il y avait un monde fou et cette musique qui beuglait. Regarde-moi ces cons, ça va, ça vient, ça sent, ça fait du bruit. Il chercha sur la table. Des gobelets abandonnés avec des fonds de bière, de rouge. Il but ce qu'il trouvait. Il s'aperçut que des gens le regardaient faire. Toute une famille, avec les grands-parents, et des petits.

— Quoi ?

Rien. Ils n'avaient rien à dire. Ces lâches. Il voulut se lever, mais ses jambes s'emberlificotèrent dans le banc, et avant de comprendre, il perdit l'équilibre et se ramassa la gueule par terre. Le père de famille se précipita.

— Attendez, bougez pas.

Patrick avait le visage écrasé sur le sol, les jambes en l'air. Il était pris. Il se laissa faire.

Une fois debout, il porta la main à son front. Il ne sentait rien, mais le sang avait commencé à couler sur son t-shirt et ses pompes. Son nez était éraflé tout du long. Avec son doigt, il chercha et sentit que ça s'enfonçait. Le type en face fit une grimace qui en disait long.

— Vous êtes bien amoché, dites donc.

— C'est profond ?

Le bonhomme attrapa le poignet de Patrick et retira sa main pour mieux voir.

— Ouais. Quand même.

Patrick vérifiait ses dents avec sa langue. Il y avait ce goût de métal dans sa bouche, il saignait. Mais apparemment, pas de dégâts.

— C'est rien, dit-il.

Il regardait ses mains, ses vêtements. La femme du type avait sorti un paquet de mouchoirs de son sac à main, et le mari les tendit à Patrick.

— Ça va aller, dit ce dernier.

— Ça saigne quand même drôlement.

Patrick se sentait un peu con, les guiboles en coton. Il tendit la main pour voir si elle tremblait. Demain, il n'aurait aucun souvenir, que des bleus et des plaies. Sa main tremblait bien.

— On va aller voir les pompiers.

— Non. C'est bon. J'en ai vu d'autres.

Il s'épongeait à l'aide d'un mouchoir. Quand il fut gorgé de sang, il le fourra dans sa poche et en prit un autre. Il en fallut deux de plus avant que ça se calme. Le type insistait pour aller voir les secours. C'était un homme aimable et corpulent, le visage grêlé, la tignasse grise. Toute sa famille le regardait faire. Tu parles d'un héros.

— Foutez-moi la paix, dit Patrick.

Il se dégagea d'un geste brusque. Il ne tenait pas très bien sur ses cannes.

— Je vais me débrouiller.

Et il partit, un pas après l'autre.

Le choc l'avait quelque peu ranimé. Il déambula jusqu'à la piste de danse. La lumière devenue bleue accompagnait les slows et il s'abîma dans la contemplation des couples enlacés qui piétinaient sur le contreplaqué. Ses mains pesaient comme des enclumes au bout de ses bras et, de temps en temps, il portait le mouchoir à son front. Ce geste seul lui coûtait ses dernières forces. Minuit avait passé. On était loin.

C'est alors qu'il vit son gamin qui dansait avec une fille. Le garçon la tenait serrée et les deux mômes bougeaient avec une langueur de méduse. La voix nasale d'Eros Ramazzotti chantait le mal d'aimer et chaque couple, en se serrant, semblait gagné par le sentiment grave de son destin. Les femmes se souvenaient de chagrins imprécis. Les hommes mêmes avaient baissé la garde, et on lisait sur leur visage une conscience contrariée, comme un dépit. À la faveur de cette pauvre mélodie, la vie leur apparaissait tout à coup pour ce qu'elle était, un brouillon, une suite de faux départs. La chanson triste de l'Italien leur soufflait à l'oreille ce secret des existences mal faites, diminuées par les divorces et les deuils, criblées de travail, rognées partout, ces insomnies et ces solitudes. Ça laissait songeur. On s'aimait, on crevait aussi, on était maître de rien, pas plus de ses élans que de sa fin.

Mais ce genre d'idée n'avait pas de place dans la tête d'Anthony. Avec sa copine, collés, indiscernables, ils dansaient, mêlant leurs cheveux et leur sueur. Patrick vit la main du garçon remonter dans le dos de sa cavalière. Son fils parla à l'oreille de la jeune fille. La chanson s'acheva. Et ils s'éclipsèrent, sans se tenir par la main ni rien.

Le père resta un moment comme ça, pantelant, incapable de bouger. Il n'avait même plus soif. Il ne savait qu'une chose, il ne voulait pas dormir.

7

Hacine en avait plus que ras le bol. Coralie était tombée sur des collègues de boulot, plus moyen de s'en défaire. Il avait fallu s'asseoir avec eux et boire des coups. Trois couples et, s'il y avait bien un truc que Hacine détestait dans sa nouvelle vie, c'était d'avoir à fréquenter d'autres couples. À un moment ou à un autre, les mecs se retrouvaient toujours à papoter entre eux. Il fallait jouer le jeu. Un type avec une chemise Mise au Green et des chaussures bateaux commençait à te raconter de quelle manière il comptait faire une plus-value sur son appart pour en racheter un plus grand. Qu'est-ce qu'il en avait à foutre, sérieux ? En plus, Soizic et Romain venaient de s'acheter un chien, un carlin archi-con qui n'arrêtait pas d'emmerder Nelson. Hacine n'avait qu'une envie, lui coller un coup de chevrotine pour voir l'effet. Il ne pouvait même pas picoler, le lendemain c'était la reprise. Coralie, qui devait bien sentir que quelque chose clochait, avait posé une main sur son genou. De temps à autre, d'une pression, elle le rappelait à l'ordre. Le message passait bien.

Il était d'autant plus véner qu'en allant pisser, il était tombé sur ce petit con à l'œil tordu. Il voulait bien que cette vallée soit exiguë, renfrognée, consanguine, mais c'était tout de même abusé. En plus, il avait dû s'esquiver, comme un lâche. Bien obligé, puisqu'il devait retrouver les autres zozos à leur table. Depuis, il se sentait bizarre, en sursis, honteux aussi, épié pardessus tout. Il regardait sa montre sans arrêt, et autour, voir si quelqu'un n'allait pas lui tomber dessus. Pendant ce temps-là, Rémi et sa meuf voulaient les convaincre, lui et Coralie, de partir au ski. L'enfer.

— Juste un week-end.

— Franchement, j'ai des plans avec le CE de ma boîte. Le chalet, trois jours, ça revient même pas 500 balles par tête de pipe.

— Mais je skie même pas, avait fait observer Hacine.

— C'est pas grave. Tu verras, c'est beau la montagne.

Coralie insistait et les réticences de Hacine semblaient de moins en moins audibles. À croire qu'il était devenu fou de passer à côté d'une si belle occasion de se geler les couilles.

— Non, mais en vrai, vous irez sans moi.

— Mais c'est deux jours.

— C'est rien, deux jours. On fera de la fondue. Tu boiras du vin chaud.

Et ça se poursuivit comme ça pendant un long moment, à tel point que Hacine en vint à se demander s'ils ne le faisaient pas exprès pour l'emmerder. Il finit par décrocher de la discussion et laissa ses yeux divaguer au hasard. Il y avait moins de monde déjà. Sur la piste, le DJ enchaînait les slows, pour faire danser autant que pour calmer les ardeurs. Sur le bord de la piste, un bonhomme tanguait.

— Non…, fit Hacine.

— Quoi ? dit Coralie

Hacine s'était levé. Il l'avait reconnue, là-bas, cette silhouette qui hésitait à tomber. C'était l'homme qui lui avait détruit la bouche.

— Oh ! fit Coralie en voulant attraper sa main.

La physionomie de son mec avait changé du tout au tout. Presque, il lui foutait les jetons.

— Y a un problème ? demanda Soizic.

Hacine ne voyait pas vraiment le visage de l'homme, c'était d'ailleurs inutile. Cette dégaine était gravée, cinq semaines d'hosto et quatre mois de convalescence, il pouvait la reconnaître partout, dans le noir, les yeux fermés, c'était là dans ses tripes.

À table, tout le monde s'était tu. Les deux autres couples échangeaient des regards de circonstance. Dans un murmure, Coralie tenta de rattraper le coup :

— Arrête ça ! Qu'est-ce qui te prend ?

Sur le bord de la piste de danse, la silhouette sembla hésiter une fois encore entre la station debout et la position couchée, puis elle se mit en marche. Aussitôt, Hacine enjamba le banc. Coralie voulut le retenir. Sa main ne trouva que le vide.

— C'est rien, dit-elle, avec un pauvre sourire.

Et chacun fit comme si.

En attendant, l'homme s'était mis à marcher à bonne allure malgré son ivresse et Hacine eut au départ quelque peine à le suivre. Puis ils s'éloignèrent du bal et peu à peu, la fête s'estompa dans leur dos. Ils furent bientôt seuls, et il ne resta plus de la fête qu'un bruit de fond monotone et lointain. Ils poursuivirent encore, en direction du sud, séparés d'à peine vingt ou trente mètres. L'homme s'était rapproché du rivage, et ses embardées l'amenaient par moments à faire quelques pas éclaboussés dans l'eau. Mais inlassable, obstiné, il poursuivait sa route, toujours en avant, vers le bout de cette plage qui était la plus longue du lac, presque trois kilomètres en tout. Il y avait dans sa détermination, sa lourdeur d'ivrogne, quelque chose qui rappelait une bête de somme, l'impression d'une tâche s'accomplissant presque malgré lui.

Au bout de dix minutes, ils atteignirent ce point où le sable devenait de la boue, une sorte d'imbroglio marécageux, de joncs, de ronces et d'herbes hautes. Alors seulement Hacine osa un coup d'œil derrière lui. Sans même s'en rendre compte, ils avaient parcouru pas mal de chemin. De son côté, l'homme avait poursuivi sa route et s'était trouvé une pierre plate sur laquelle il s'était assis. Jambes pliées, les bras étendus sur ses genoux maigres, il contemplait le lac et la nuit. Hacine approcha courbé, puis s'agenouilla pour l'épier. Entre les herbes et les joncs, il voyait cette silhouette d'Indien, immobile. L'homme ne faisait rien. Un coassement épisodique contrariait le silence. Hacine attendait son moment.

Puis l'homme sembla piquer du nez. Sa tête devenue trop lourde s'était affaissée sur sa poitrine. Hacine pensa que c'était là, maintenant. Mais l'autre revint presque aussitôt à lui et se mit à s'ébrouer en maugréant. Il se redressa sans cesser de grogner. Ça ressemblait à des injures, des reproches. Sa plainte se poursuivit tandis qu'il se déchaussait, avec du mal, avant de retirer sa chemise, son pantalon et ses chaussettes. Son slip, enfin. Une fois nu, il s'avança dans l'eau avec précaution et s'y enfonça jusqu'à la taille. Il s'étendit à la surface, sur le dos tout d'abord, flottant comme une loutre. Puis sans prévenir, il se mit à nager en direction du large.

— Qu'est-ce qu'il fout ?

Ses bras blancs exécutaient des mouvements de brasse maladroits, désordonnés, mais enfin il nageait. Hacine se redressa pour mieux voir. Mais déjà cette forme était presque hors de vue, se défaisait au loin, dans l'absence d'horizon, dans ce mélange de nuit et d'eau. Il vit encore un genre de zébrure blanchâtre, puis plus rien.

Il se précipita alors sur la pierre plate où les vêtements reposaient en tas. L'eau clapotait doucement à ses pieds. Il ne voyait absolument rien. Tout était d'une profondeur d'encre. Son cœur battait rudement contre ses côtes. Il cria :

— Hé !

Et puis, encore, enfantin, dérisoire :

— Monsieur !

Mais ses appels sonnaient faux. Il attendit un bon moment, usant ses yeux à fouiller le drap d'eau et de nuit tendu devant lui. Il aurait voulu partir, mais il n'arrivait pas à se décider. Quelque chose en lui résistait, un espoir incongru. Il finit par fouiller dans les affaires que l'homme avait abandonnées sur le caillou plat. Il n'y avait pas grand-chose, pas de montre, pas de portefeuille, ses nippes et un couteau. Un beau couteau de chasse que Hacine glissa dans sa ceinture. Puis il regagna la route à travers les bois. De toute façon, il n'avait rien à se reprocher. Tout le long, il pensa à cet homme et à son fils. Il se sentit l'âme d'un assassin et ça n'était pas si désagréable.

8

L'Opel Kadett était garée loin et Anthony et Steph marchaient le long de la départementale, fatigués et moins ivres. De temps en temps, ils devaient se ranger sur le côté quand une voiture passait. La nuit était bien avancée maintenant, les bas-côtés déserts. Parfois, leurs mains s'effleuraient. Tout devenait grave et précieux. Ils se taisaient en pensant à la suite. Ni l'un ni l'autre n'avait envie que ça finisse comme ça, à blanc.

— Ça y est, dit Anthony.

Il venait d'apercevoir sa caisse au loin, isolée sur le bord de la route. Ils firent ces derniers mètres en traînant les pieds. Steph prit place du côté passager, Anthony s'installa derrière le volant. Il allait mettre le contact.

— Attends, dit la jeune fille.

Il attendit. À travers le pare-brise, on ne voyait rien. Ils auraient aussi bien pu être perdus en pleine mer. Steph voulut abaisser sa vitre pour faire entrer un peu d'air. Il fallait pour cela actionner une manivelle qui couina. Le ciel pesait sur le toit carré de la petite automobile, sans lune, indifférent. On entendait venir de la campagne environnante des bruissements minimes et têtus.

— On étouffe.

— Oui, dit Anthony.

— Tu pars à quelle heure, demain ?

— J'ai un train un peu après 10 heures.

— Viens.

Elle se pencha vers lui. Leurs bouches se trouvèrent au-dessus du levier de vitesse. Anthony, qui avait fermé les yeux, chercha la poitrine de Steph. À travers le soutif, il sentit sa chair, presque solide. Il pressa, et Steph gloussa.

— Quoi ?

— Rien.

— Mais quoi ?

— Mais rien. Tu me touches les seins comme si c'était du plastique.

— On dirait un peu du plastique.

— Connard.

— Non, mais ils sont super-durs.

— Ils sont fermes.

Elle s'était cambrée et pavoisait.

— Viens voir.

Il toucha encore.

— Alors ?

Il palpait à travers le débardeur, puis, du bout des doigts, il pressa la peau dans le décolleté.

— Là, c'est moelleux.

De la main, il parcourut l'espace nu entre les bretelles du débardeur, glissa l'index dans le sillon entre ses deux seins.

— Tu transpires…

Steph passa les mains dans son dos et dégrafa son soutien-gorge. Elle fit glisser les bretelles sur ses épaules, retira le truc par le côté, puis fit passer son débardeur par-dessus sa tête. La maigre lumière venue des étoiles laissait à peine deviner l'ovale de l'épaule, le poids de sa poitrine. Depuis le temps qu'il avait envie de voir ça. Il les prit. La sensation était incroyable et presque aussitôt insuffisante. Il se mit à l'explorer, pressé, le souffle court, puis mordit un téton. La jeune fille réprima un petit cri. Il lui avait fait mal. Sa culotte, déjà, se trempait. Elle espérait qu'il n'allait pas perdre trop de temps à la peloter. Les mecs avaient tendance à se perdre là-dedans, elle préférait qu'on glisse une main dans sa culotte, qu'on la caresse pour de bon. Elle avait envie d'ouvrir les jambes en grand. Elle attrapa le visage du garçon entre ses mains et les baisers reprirent. Pour une fois, elle avait besoin de vitesse, de bâcler. C'était aussi pour ensevelir cette bizarre envie de pleurer qui venait. Il n'y avait pas de raison pourtant. Il était tard, la fatigue, elle s'arrima à lui et Anthony la prit dans ses bras. Enfin, il essaya, parce qu'ils étaient tout de même très emmerdés par le levier de vitesse. Peu à peu, ils s'énervèrent, gagnés par une grande fringale, s'embrassant comme des collégiens, les mains baladeuses, l'habitacle plein de froissements et de soupirs. Leurs joues, leurs fronts se trouvaient. Elle le mordit. Elle en crevait d'envie. Elle eut un sanglot.

— Ça va pas ?

— Si si. C'est rien. Je suis fatiguée.

Elle passa par-dessus le levier de vitesse pour s'asseoir sur lui à califourchon.

— Hé…

Il murmurait, consolant, effaçant ses larmes du pouce. Du front, elle le cogna.

— Arrête. Ça va, je te dis. J'ai envie. Baise-moi maintenant.

Elle s'était attaquée à son jean, c'était des boutons, une vraie merde.

— Aide-moi.

Il s'arc-bouta pour ouvrir sa braguette et Steph manqua de se prendre le plafond. Mais elle s'en moquait, elle se frottait contre lui, elle n'en pouvait plus.

— Dépêche-toi.

Elle plongea sa main entre eux, toucha sa queue à travers le tissu du caleçon. Elle ondulait sur lui avec complaisance. Il était dur contre sa culotte. Elle dégagea son sexe. Ils y étaient presque. Un bruit les déconcentra.

— C'est quoi ?

— Attends.

Un vrombissement enflait derrière eux, nasal d'abord, continu, qui prenait de l'ampleur.

— C'est quoi ? insista Steph.

— Des mômes. Bouge pas.

Elle se plaqua contre lui. Il en profita pour retirer l'élastique qu'elle avait dans les cheveux.

— Ho !

— Chut, fit le garçon.

Les phares se précisaient dans le pare-brise arrière. Leur lumière infusait tout l'habitacle. C'était délicieux et flippant. Des mobylettes passèrent, suraiguës, insultantes, avant de disparaître au loin sur la départementale. Il ne resta que le flottement rouge des feux arrière dans le lointain. Qui disparurent à leur tour.

— C'était chelou, non ?

— Ils nous ont pas vus.

— Ouais, mais je sais pas. T'as pas eu l'impression qu'ils ralentissaient ?

— Mais non.

— C'était qui ?

— C'était rien, t'en fais pas.

N'empêche, ça les avait un peu refroidis. Steph réfléchissait.

— Je vais enlever mon short, ça sera toujours ça de fait.

Anthony éclata de rire. C'était effectivement une bonne idée. Il fallut pour l'exécuter surmonter un certain nombre d'obstacles, l'exiguïté de l'habitacle pour commencer, le manque de lumière, la mauvaise volonté du levier de vitesse enfin, mais Steph parvint à se mettre sur les genoux, elle fit glisser son short, sa culotte en dessous était en coton et toute simple. Son ventre rebondissait au-dessus de l'élastique.

Il toucha ses cuisses. La peau était douce. La chair par en dessous onctueuse, vaste. Ses doigts y entraient profondément.

— Arrête.

— C'est bandant.

— Bon, ben tant mieux. Mais arrête. Je me sens comme une grosse vache.

Elle reprit sa position sur lui et il attrapa ses hanches.

— T'as des capotes ?

— Dans ma poche.

Il lui donna le préservatif et pendant qu'elle se débrouillait pour l'ouvrir, il plongea une main derrière elle, contourna la fesse et trouva, plus bas, le renflement de sa chatte. À travers le tissu de sa culotte, il sentait le sexe de la jeune fille qui, progressivement, s'ameublissait. Écartant la culotte, il vérifia. C'était bouillant et visqueux. Le visage de Steph était dissimulé par ses cheveux. Il devinait pourtant tout le travail que le plaisir accomplissait dans son ventre, et le rouge de ses joues. Ses doigts se trempaient loin. Elle avait fini par extraire la capote de son emballage. Elle la pinça entre ses lèvres, attrapa sa culotte à deux mains et déchira la couture.

— Baisse ton jean, dit-elle.

Il se cabra pour décoller ses fesses du siège et fit glisser son pantalon.

— Doucement, arrête, dit Steph qui avait la tête au plafond. Bouge pas.

Il ne pouvait pas voir son pubis, mais sentait le picotement des poils contre sa queue, à la limite du désagréable. La sensation de chaleur était incomparable. Elle lui enfila le préservatif, sans difficulté malgré l'obscurité, en pinçant le réservoir, comme dans les manuels. Tout à coup, elle se souleva et il fut à l'intérieur. Une impression de plongeon qui dura à peine une fraction de seconde. Elle l'avait pris à fond en retombant, pesant de tout son poids, ouverte et lourde, le ligotant avec ses bras, ses cheveux répandus sur son visage. Anthony en avait jusque dans la bouche et souffla pour recracher une mèche. Il pouvait à peine bouger. Elle le tenait dans son corps comme dans une poigne.

Au loin, le bruit des pétrolettes reparut. C'était formidablement aigu. Dans l'obscurité, on aurait dit la fraise d'un dentiste. Steph se serra plus près.

— Bouge pas, dit-il.

Elle ne répondit rien. Et il l'enferma dans ses bras.

Elle avait peur. Contre son ventre, Anthony sentait sa respiration à elle. Il se dit qu'il allait débander avec tout ça. Les deux-roues approchaient. Ils passèrent au ralenti et leur lumière, un instant, remplit l'habitacle d'une clarté poussiéreuse. Le bruit rentrait par la vitre baissée. C'était comme s'ils avaient été là. Anthony craignit qu'ils ne s'arrêtent. Puis ils s'éloignèrent à nouveau.

— C'est pas bon. Je suis sûr qu'ils nous ont matés.

— Je m'en fous, dit Steph.

— J'aime pas ça.

— Tais-toi.

Mais elle sentait bien qu'il n'était plus tellement dans l'ambiance. D'un geste, elle ramassa ses cheveux, fit un nœud. Son cou et son visage étaient dégagés. Elle se cambrait au-dessus de lui. Il vit l'angle de sa mâchoire, le dessin de l'oreille. C'est si plein de détails une fille. En attendant, son érection foutait le camp pour de bon. Elle se pencha pour l'embrasser et il posa les mains au creux de ses reins. Tout le long de sa colonne, il pouvait suivre le sillon humide que faisait sa sueur. Il sentait l'odeur de sa chatte, il parcourait son buste et ses mains étaient sans cesse surprises par un rebond, un pli inattendu. Et puis sous la peau, il y avait le roulement moelleux de la chair, le travail de chaudière, intense, puissamment rotatif. Des gouttes de sueur avaient dégouliné le long de ses côtes. Lui-même avait les fesses collées au siège. Il monta jusqu'à ses aisselles détrempées, profondes. Steph débordait. Il avait envie de la mordre, de faire craquer la peau et boire son jus. Il voulait sentir le sel de sa sueur. Il prit ses fesses à deux mains, les écarta. Steph ne put retenir un soupir. Elle commença à aller et venir sur lui très vite. Elle le mouillait abondamment. Elle était si remplie, effondrée, béante qu'il ne savait même plus s'il bandait dur. Il se souleva pour accompagner le mouvement. Ils baisaient. C'était officiel, maintenant. À peine croyable. Steph s'était mise à gémir en cadence et lui, les bras tendus, arc-bouté, cognait. Sa chatte était un bain. Elle lui dit de venir, elle lui dit gicle. Elle disait d'autres mots qui étaient comme des gifles. Mais il n'était pas prêt, il s'activa davantage. Un bruit sourd retentit sur le toit de la bagnole.

Ils se figèrent.

Des silhouettes faisaient le tour. Il y avait un visage collé à la vitre côté passager. Le type renifla par l'entrebâillement. Et gueula :

— Ça sent le cul là-dedans !

Steph se replia pour chercher son soutif par terre. D'autres coups tombaient sur le toit, le capot. Et toujours ces silhouettes qui disparaissaient et revenaient. Impossible de savoir combien ils étaient. Ça résonnait dans toute la bagnole. Anthony s'assura que les portes étaient bien fermées. La petite Opel tanguait dur à présent.

— Remonte la vitre, fit le garçon en se reboutonnant.

Mais Steph était nue, à la merci des regards, elle se terrait maintenant sur le sol. En boule.

— Hiiiiiiiiii ! gueula une voix.

Des doigts passaient par l'entrebâillement. Les assaillants, qui étaient peut-être trois, peut-être dix, bramaient, émettaient des bruits porcins, des râles. La petite voiture semblait prête à se soulever. On ne savait plus où donner du regard.

— Arrêtez ! gueula Anthony.

Des doigts passaient par la vitre entrouverte. On actionnait les poignées de part et d'autre. Un visage se plaqua à la vitre du côté d'Anthony. On aurait juré un gros poisson pâle pressé sur la paroi d'un aquarium. Les traits étaient fondus ; mais on voyait clairement les oreilles décollées de chaque côté du crâne, qui donnaient à cette tête de cauchemar une amplitude assez fantastique. Anthony mit alors le contact et klaxonna.

Une longue plainte asphyxiée monta de la petite voiture, répercutée loin dans la nuit majuscule. Aussitôt, le désordre cessa. Il ne restait rien de ces envahisseurs. L'obscurité, rendue à elle-même, semblait démentir les événements.

— Rhabille-toi, dit Anthony. Vite.

Steph fit comme elle put, elle grelottait. Anthony alluma les phares avant de sortir. Dehors, il n'y avait plus rien. Tout était vide, abandonné. Elle sortit de la voiture à son tour. Elle n'avait même pas pris le temps de remettre ses pompes et sentit le grain épais de la chaussée sous ses pieds. L'asphalte restait tiède tandis que l'air avait beaucoup fraîchi. On ne voyait pas à trois mètres et les bois environnants s'étaient tus. Le paysage qu'elle devinait sans le voir semblait attendre.

— Je veux que tu me ramènes.

Il fixait un point au loin.

— Tout de suite.

Il retourna à la voiture, ouvrit le coffre, prit là-dedans une manivelle, au cas où. Puis ils remontèrent à bord de l'Opel.

— C'était des grosses têtes, à tous les coups.

— Je suis gelée.

Elle grelottait sur le siège passager. Il trouva sur la banquette arrière un sweat qui traînait et le lui donna. Steph ne savait pas exactement ce que c'était, les grosses têtes. Bien sûr, elle connaissait l'expression. Chez elle, on l'employait pour qualifier ces drôles de gens, les familles tuyaux de poêle dans des bleds, les camps-volants, les gamins ahuris qui faisaient de la mob, brutaux, la nuque rase, la morve au nez.

C'était le fond, le niveau le plus bas, sous le cassos, même. Ces gens-là, dans leur manière de vivre, leur éloignement rustique et cette physionomie brouillonne, semblaient procéder d'un genre d'état de nature. On les imaginait forcément reclus, dans des fermes, à se mélanger telles des bêtes. Elle frissonna encore.

— On y va, s'il te plaît.

— Je sais. Je te ramène maintenant.

Ils n'échangèrent plus un mot. Anthony regardait régulièrement sa montre. Son sac était dans le coffre et son train partait dans quelques heures. Il avait enfin réussi à baiser Stéphanie Chaussoy et il ne restait que ça, cette amertume, cette fatigue, personne auprès de qui s'en vanter. Personne n'avait joui.

Arrivés à cent mètres de chez elle, Steph lui demanda d'arrêter la bagnole.

— C'est bon. Je vais faire le reste à pied.

Il immobilisa la voiture sans prendre la peine de se garer. Les rues étaient désertes. Il n'avait pas croisé âme qui vive de tout le trajet.

— T'habites loin ?

— Non.

Il n'en demanda pas plus. Steph avait déjà ouvert la portière et posé un pied par terre. Elle avait besoin d'une douche et de dix heures de sommeil. Elle pensa à sa piaule. Les draps frais, le décor de son adolescence. Il restait encore un poster de Luke Perry épinglé sur un mur. Et près du lit, un crucifix avec du buis séché.

— Attends, fit Anthony.

— Quoi ?

— Je sais pas. Ça fait chier de se quitter comme ça.

— Qu'est-ce que tu veux ? On va pas en faire toute une histoire.

— Je pourrais t'écrire, dit Anthony.

— Si tu veux.

Elle était toute proche.

— Je suis désolé, dit-il.

— Salut.

Elle claqua la portière et il la regarda s'éloigner. Elle marchait pieds nus, ses baskets à la main. Elle ne fit même pas l'effort de se retourner. Il l'avait baisée au moins. Il se consola comme ça en faisant son demi-tour, et rentra.

IV

1998

I Will Survive

1

Le Leclerc avait bien grandi. Il bénéficiait maintenant d'un rayon textile, d'une poissonnerie remise à neuf et, surtout, d'un coin hi-fi-électroménager digne des plus beaux hypers. En tout dix mille mètres carrés de surfaces commerciales. Le magasin n'avait même pas fermé pendant les travaux, qui avaient été réalisés derrière des cloisons en contreplaqué tandis que les consommateurs continuaient à faire leurs courses.

Une fois les aménagements menés à leur terme, toute la vallée avait été inondée de prospectus "Les Exceptionnelles". Du fer à repasser au lecteur de laser disc, c'était de la folie. Les gens s'étaient précipités en masse. Les flics avaient même été envoyés pour réguler la circulation. Depuis, on avait construit deux ronds-points européens. Chaque samedi, il y avait la queue dans le parking, aux caisses, au nouveau McDo. Ce succès, alors que les esprits chagrins voyaient partout le spectre de la crise et les effets néfastes de la mondialisation, avait de quoi réchauffer le cœur.

Cela n'allait pas sans créer quelques inconvénients par ailleurs. Anthony par exemple se trouvait bien indécis dans le rayon des produits d'hygiène. Avec une telle offre, on ne pouvait pas choisir un dentifrice sans avoir l'impression de louper un truc. Il finit par jeter son dévolu sur un tube de Colgate puis se remit en route. Son caddie était raisonnablement plein. Autour de lui, les gens allaient et venaient, de bonne humeur, nombreux, surtout pour un mercredi. Tout le magasin était pavoisé. Depuis des jours, la France entière était tricolore et les mêmes mots ricochaient à travers tout le pays. Dès 8 heures du mat', il l'avait entendu sur son radio-réveil, la France était en demi-finale.

Ça ne l'empêchait pas de faire ses courses, tâchant de se dépêcher pour passer entre les gouttes. Parce que dans ce bled, on finissait toujours par croiser quelqu'un. Il fallait alors donner des nouvelles. Et comment va ta mère ? Et qu'est-ce que tu deviens ? Anthony avait vingt piges, il était jeune, il avait la vie devant lui. C'était la seule chose qu'on trouvait à lui dire.

— Et le travail ?

— Je cherche.

Les baby-boomers se montraient compréhensifs. De leur temps, c'était quand même plus facile.

— Et ta mère, comment ça va ? Tu passeras le bonjour.

Elle faisait aller. Oui, il transmettrait. Bonne continuation.

Depuis qu'il était rentré, Anthony ne faisait rien de bon. Il était jeune pourtant, assurément. C'est en tout cas ce qu'on n'arrêtait pas de lui répéter. Il fallait qu'il se bouge. T'as qu'à partir au Canada. Ou reprendre une formation. Chacun y allait de son conseil. Les gens étaient doués pour régler la vie des autres. Anthony n'avait pas de mots pour leur expliquer.

Il acheta encore des boîtes, haricots, petits pois, des sardines. À part ça, on trouvait dans son caddie les mêmes produits que d'habitude, jambon, saucisson, des steaks hachés, des nouilles. Du Coca, des croissants pour le petit-déj'. Du café, des bananes, des yaourts.

Enfin, il déboucha sur le rayon picole. Là, il se choisit deux bouteilles de rouge, un pack de 24 et une bouteille de Label 5. Il avait rendez-vous chez le cousin en fin d'après-midi pour voir le match. Il prit un cubi de rosé, histoire de ne pas arriver les mains vides. Il le mettrait dans le casier congel avant d'y aller.

La France était en demi-finale. Une voix le rappela une fois de plus à l'aimable clientèle et annonça que pour l'occasion, le magasin faisait une promo exceptionnelle sur les téléviseurs. Anthony retraversa aussitôt le Leclerc pour se rendre compte.

Effectivement, dans le fameux rayon télé, de gros écriteaux fluo annonçaient des prix cassés. Des consommateurs allaient d'un écran à l'autre, inquiets de trouver leur bonheur et de plus en plus nombreux. La même voix tombée des haut-parleurs rappela que la France était en demi-finale, qu'il n'y en aurait pas pour tout le monde. Anthony fut vite fixé. Un Sony de 110 centimètres à

12 000 balles, une aubaine. Le truc fonctionnait avec un rétroprojecteur dedans. C'est bien simple, quand on regardait le match, on avait l'impression d'être sur le terrain. Le vendeur avait un petit gilet bleu, une tête molle de prélat. Il ne prit pas la peine de faire l'article. De toute façon, les télés partaient comme des petits pains, et pas seulement à cause des promos. Vu le contexte, cet achat devenait presque un acte patriotique. Anthony essaya de marchander pour la forme, mais le type ne voulut rien savoir, à ce prix-là, c'était même pas la peine. Pendant qu'il lui préparait sa facture, Anthony s'absorba dans la contemplation du mur d'écrans qui rediffusait des extraits du match contre l'Italie. Des mômes assis en tailleur par terre en prenaient plein les yeux. Même de loin, on reconnaissait chaque silhouette. Liza, Desailly, Zidane, Petit avec sa queue de cheval. Comme cinquante millions d'autres connards, Anthony s'était pris au jeu, son malheur temporairement suspendu, son désir fondu dans la grande aspiration nationale. Les patrons du CAC 40, les mômes de Bobigny, Patrick Bruel et José Bové, tout le monde était d'accord, à Paris ou à Heillange, c'était pareil. Du haut en bas des grilles de salaires, du fond de la campagne jusqu'à la Défense, le pays bramait à l'unisson. La chose, au fond, était simple. Il suffisait de faire comme en Amérique, se croire la nation la meilleure du monde et se tourner la tête interminablement.

Anthony régla le premier versement avec un chèque du Crédit Mut. Il était déjà à découvert, mais son écran était payable en six fois sans frais, et au pire, sa mère le dépannerait. Ensuite, il passa à la caisse, rangea ses courses dans le coffre de la Clio, alla retirer sa télé neuve à l'entrepôt derrière le magasin. Il rentra chez lui sans se presser, c'était une magnifique journée, il ne bossait pas. À la radio, on parlait encore de la demi-finale. La Croatie semblait évidemment prenable. Il fallait rester concentré néanmoins, à trop prendre la confiance, on s'exposait au risque d'une mauvaise surprise. Il était presque midi quand il arriva chez lui. Il fit les branchements de son nouvel achat et programma les chaînes. Pour fêter ça, il s'octroya un petit whisky. Sur la Une, Jean-Pierre Pernaut s'exaltait sans faiblir. La Croatie avait certes des qualités techniques et quelques grands joueurs. Et puis cette nation toute récente était pleine d'allant, elle avait tout à prouver. Sauf que la France était une grande nation de foot, qu'elle jouait à domicile et bénéficiait d'une ferveur populaire absolument inédite, tous les commentateurs s'accordaient là-dessus, et sur le reste. Et tout le monde s'accordait sur tout d'ailleurs, pourvu que Zidane reste debout. Il y avait eu le baptême de Clovis, Marignan, la bataille de la Somme. Et là, France-Croatie. Un peuple avait rendez-vous avec son histoire. C'était cool.

Anthony reprit un whisky, un peu mieux servi cette fois. Les effets de l'alcool commençant à se faire sentir, il ouvrit un paquet de chips, coupa quelques tranches de saucisson et commença à grignoter devant son écran neuf. Il était content de sa nouvelle acquisition. La qualité de l'image laissait un peu à désirer, mais le format de la chose compensait largement cet inconvénient. Le mec du Leclerc le lui avait dit, avec ce genre de matos, on avait l'impression d'y être. En attendant, les reportages se succédaient, son excitation grimpait. Ça allait être un grand match. Des reporters étaient allés à la rencontre des Français. Tous étaient bariolés, braillards et confiants. Leurs mômes ne tenaient plus en place. Ils avaient des visages sympathiques, des accents de nos régions. Puis il y eut une coupure pub. Anthony éteignit, se disant qu'il allait peut-être se bouger, faire à manger. Il voyait son reflet dans l'écran noir, son verre sur le genou, les jambes ouvertes. À la moindre occasion, ça remontait. Il ralluma la télé.

À l'armée, Anthony s'était justement blessé en jouant au foot, après ses classes. Le ménisque. Ça semblait bénin, et il avait d'abord passé une semaine à l'infirmerie avec un bandage autour du genou et du Doliprane, à se faire chier comme un rat et souffrir continuellement. Une fois, l'infirmier l'avait retrouvé évanoui en bas de son lit, entortillé dans ses draps. On lui avait alors prescrit de la codéine. Il avait enfin pu lire des magazines sans tourner de l'œil. Quand même, le médecin chef était rentré de congés et l'avait examiné. C'était un petit homme soigné avec une chevalière au petit doigt et qui utilisait des mots comme corniauds ou branleurs. Il avait étrillé tout le service et Anthony avait été rapatrié en France illico pour être opéré dans la foulée à l'hôpital militaire de Saint-Mandé. Six mois de rééducation avaient suivi, puis il était reparti en Allemagne. Après une série de tests physiques destinés à mesurer son aptitude au service, on lui avait expliqué que ce n'était plus tellement la peine d'insister. Il s'était retrouvé dans un bureau de trois mètres carrés, face à un mec en civil qui lui avait annoncé la nouvelle : il recevrait ses deux ans de solde et pouvait rentrer chez lui. Signez là. Sur le coup, ça semblait une bonne opération.

C'est ainsi qu'Anthony s'était retrouvé un beau jour sur un quai de gare, avec un chèque de presque 20 000 balles dans la poche, ses affaires dans un sac. Il faisait gris, un peu frisquet. C'était une gare allemande. Les destinations ne lui disaient rien. Dortmund, Munich, la Pologne. Est-ce qu'il allait rentrer directement à Heillange ? De toute façon, il fallait passer par Paris. Il verrait bien là-bas. Peut-être qu'il y resterait un jour ou deux pour passer du bon temps.

En débarquant gare de l'Est, son cœur s'était serré. Il y était, pour la première fois de sa vie. Tout de suite, l'ampleur de la chose lui avait déplu. Cette ville gorgée de nègres, de menaces, de boutiques, tout ce passage, les voitures. Il avait confusément l'impression que chaque habitant qui se trouvait là était voué à lui faire les poches. Il s'était réfugié dans le rade le plus proche, rue d'Alsace, et s'était mis à jouer au flipper en vidant des demis. Au moins là, il était peinard, un petit bar punk, le patron portait un reste de banane, genre Elvis défraîchi. Il passait du ska et servait de la bière belge à la pression. Anthony avait payé quelques tournées et s'était fait des copains. À 1 heure, le patron avait annoncé la fermeture et Anthony s'était retrouvé bourré sur le trottoir. Il avait demandé au patron s'il avait pas besoin d'un coup de main. Le mec portait des bagouses à chaque doigt et un col en fourrure sur sa veste en jean. Il avait l'air cool et avait dit non non c'est bon.

— Qu'est-ce qu'on fait maintenant ?

— Moi je rentre, mon pote, j'ai fini ma journée.

— Tu sais pas où je pourrais dormir ?

— À l'hôtel, pardi.

Le type avait fait tomber le rideau métallique et mis un cadenas. Le boulevard Magenta descendait loin vers le cœur de la ville, parcouru d'ombres rapides, avec ses enseignes de couleur, son bouillonnement contenu. Anthony le sentait moyen. Il avait besoin qu'on le guide. Il avait les jetons.

— S'il te plaît mec, j'étais militaire. Je connais rien à Paris, moi.

Le patron l'avait considéré un moment, vaguement rigolard. Manifestement, il ne voyait pas trop le rapport.

— Je peux rien pour toi, mon vieux. J'ai une famille, moi. On m'attend.

Anthony fouillait ses poches. Il trouva son chèque et lui montra, comme si sa solvabilité réglait tout

— Ouais, cool. Et alors ?

— Tu veux pas m'héberger, juste une nuit ?

— Mais arrête avec ça.

— Je te paierai.

Anthony lui avait posé une main sur l'épaule. L'autre s'était dégagé aussi sec.

— Mon pote, je te connais pas. Si tu veux que je te colle un coup de manivelle dans la gueule, tu continues comme ça.

Anthony avait fait un pas en arrière. Le type avait pourtant l'air cool et Anthony lui avait payé des coups, à lui, à tout le monde.

— Allez, salut.

Il avait fait résonner ses santiags sur le pavé avant de disparaître derrière la gare. Anthony s'était retrouvé seul dans Paris. Même de loin, elle semblait compliquée leur ville, avec ses dix mille rues, ses lumières menteuses, le mélange des genres généralisé, les immeubles, une église, le pognon ruisselant par-dessus la misère, cette impression de veille, d'aguets continus, les immigrés à chaque pas, incroyablement nombreux et divers, frisés, noirs, chinois, des millions. Il descendit vers République. De part et d'autre, il n'y avait que des coiffeurs pour Africains et des marchands de valises, des snacks étroits éclairés au néon devant quoi des hommes jeunes parlaient fort en buvant de la bière bon marché. Personne ne le regardait. C'était un soir de semaine et les rues, sans être jamais tout à fait désertes, restaient tout de même assez calmes. Anthony se demandait où pouvaient aller tous ces gens. Il les trouvait différents, sans savoir pourquoi. Les filles, peut-être, étaient plus jolies qu'ailleurs. Les types faisaient parfois un peu pédés, mais se trimballaient quand même avec leur copine. Globalement, c'était tout de même un lieu de mélange et de menace. Progressivement, son ivresse s'estompa. Il marcha encore. De temps en temps, il vérifiait que son chèque se trouvait toujours dans sa poche. Paris lui faisait envie. Il avait envie de ces filles, de boire dans ces cafés, et de vivre dans un de ces appartements dont il apercevait depuis le trottoir un lustre, une moulure. C'était tentant, prometteur. Mais imprenable. Par quel bout fallait-il commencer ? À un moment, il demanda où se trouvait la tour Eiffel à deux jeunes qui avaient des blousons de cuir et des mèches.

— C'est tout droit.

— Et après tu continues, tu verras la mer.

Les petits cons.

Craignant de se paumer, de faire de mauvaises rencontres, il était revenu sur ses pas et avait patienté aux abords de la gare. C'était le mois de novembre. Ça caillait. Des clodos étaient venus le taper d'une clope. Comme il n'en avait plus, ils avaient commencé à le faire chier. Il était quand même en bonne forme physique et c'était tentant d'en exploser un pour l'exemple. Les mecs puaient, tenaient à peine debout. Ce serait facile. Mais il avait préféré se casser et s'était mis à tourner dans le coin en soufflant dans ses mains, se posant un moment, repartant. Les hôtels l'intimidaient. Il était trop tard. L'aube n'était plus si loin. À quoi bon claquer 100 balles ? Les premières brasseries avaient rouvert, il avait pris un café au comptoir et assisté au ballet des camions poubelles, des balayeurs. L'armée noire de la propreté. À la première heure, il s'était pris un billet pour Heillange, *via* Nancy. Il avait débarqué chez sa mère en début d'après-midi.

— Qu'est-ce que tu fais là ? avait-elle dit.

Elle n'avait pas semblé tellement surprise pour autant. Son lit était fait. Il restait du gratin de chou-fleur, des pâtes, elle avait cuisiné une escalope à la crème. Il avait dévoré puis était monté se coucher pour dormir vingt heures non-stop.

Par la suite, il avait enchaîné les missions en intérim, sans toucher à ce chèque que lui avaient signé les militaires. Il n'osait pas, il avait l'impression qu'une fois entamé, il n'en resterait rien dans la seconde. Aussitôt, ce serait le manque, la galère et il dépendrait à nouveau de sa mère, redevenu pauvre, un enfant. Il avait donc cherché du taf. L'intérim, c'était bien, tous ses potes en faisaient. À la clinique Saint-Vincent, il s'était occupé des sanitaires. Même chose pour les abattoirs. Ensuite, il avait fait le ménage dans les écoles. Il s'était bientôt retrouvé à faire équipe dans les cuisines de la préfecture. Le problème, c'est que c'était pas la porte à côté, toute la paye passait en carburant ou quasiment. Il en avait parlé à la meuf qui le suivait chez Manpower. Elle lui avait conseillé de ne pas flancher, ça ferait mauvaise impression. Pendant huit semaines, il s'était donc levé tous les jours à l'aube, pour faire cent bornes en bagnole, bosser quatre heures, rentrer et tout ça pour gagner à peine 4 000 balles par mois. C'était crevant et ça vous tapait sur le ciboulot. Mais au moins, quand il rentrait, sa mère ne l'emmerdait pas. Il avait pour lui de se tuer à la tâche, ce qui dans sa famille passait pour la norme. Il n'était pas loin de se faire à l'idée, d'ailleurs. Au moins, il avait la morale de son côté. Il pouvait à son tour se plaindre des impôts, des immigrés, des politiciens. Il ne devait rien à personne, il était utile, il gueulait, exploité, confusément conscient d'être le plus grand nombre, la masse qui pouvait tout, et profondément convaincu qu'il n'y avait rien à faire.

Par la suite, il s'était spécialisé dans les maisons de retraite. Il s'occupait du linge, du nettoyage, il en avait enquillé cinq en trois mois. C'était un business déjà florissant. Après ça, l'entrepôt Vivarte, LiquiMolly, l'imprimerie Merax et enfin l'usine Gordon, où il avait trouvé un job plus ou moins fixe dans un atelier. Le travail consistait à empiler des plaques de métal, des baguettes, des bouts de grille, en suivant un plan précis. À la fin, il en résultait un genre de sarcophage cubique et inoxydable que de prodigieux chariots élévateurs enlevaient pour les mettre à cuire dans des fours non moins sidérants. Il se déchaînait là-dedans des chaleurs de 1 000 °C et plus. C'est comme ça, apparemment, qu'on obtenait un climatiseur. Gordon en vendait dans toute l'Europe, quoiqu'avec de plus en plus de difficultés. Quelques contremaîtres soucieux surveillaient les ouvriers et des norias d'intérimaires qui se retrouvaient sur le carreau à la moindre difficulté économique. Au-dessus, il y avait les chefs, les ingénieurs, les bureaux. On les croisait à la cantine. C'était un autre monde.

Au boulot, Anthony s'était fait quelques bons copains. Cyril, Krim, Dany, le Zouk et Martinet. Il était content de les retrouver le matin. Ils bouffaient à la cantine ensemble et fumaient des pet' en cachette pendant les pauses, assis sur les palettes dans la petite cour derrière l'atelier C. Il les voyait aussi après le taf. Tous partageaient le même genre de loisirs, un même niveau de salaire, une incertitude identique quant à leur avenir et cette pudeur surtout, qui leur interdisait d'évoquer les vrais problèmes, cette vie qui se tricotait presque malgré eux, jour après jour, dans ce trou perdu qu'ils avaient tous voulu quitter, une existence semblable à celle de leurs pères, une malédiction lente. Il ne pouvait admettre cette maladie congénitale du quotidien répliqué. Cet aveu aurait ajouté de la honte à leur soumission. Or, ils étaient fiers, et notamment de ne pas être des branleurs, des profiteurs, des pédés, des chômeurs. Et de réciter l'alphabet en rotant aussi, pour ce qui concernait Martinet.

En tout cas, à force, Anthony avait réussi à louer un petit appart. Il l'avait meublé chez Confo, s'était payé une petite caisse, une Clio Williams neuve, son chèque y était passé. Depuis, il faisait des dettes, mais comptait quand même se payer une moto pour l'été. Sa mère lui reprochait ces dépenses inconsidérées, mais tant qu'il bossait, elle n'avait rien à dire. En revanche, niveau gonzesse, c'était pas la fête.

Évidemment, il lui arrivait de lever une meuf, un samedi soir dans une teuf ou au Papagayo, quand ils sortaient avec ses potes. Mais ces histoires ne comptaient pas. C'était des caissières, des aides-soignantes, des puéricultrices ou des filles qui avaient déjà deux mômes et s'offraient une parenthèse dans le week-end pendant que les grands-parents gardaient les petits. Lui avait un autre idéal.

Il n'en parlait pas. Mais de temps en temps, quand il se faisait tard, et qu'il avait picolé plus que de coutume, il descendait les deux étages qui séparaient son F1 du parking, il emportait une bière avec lui et montait à bord de sa Clio. Il cherchait quelque chose de bien à la radio, s'allumait une clope et puis il prenait la direction du nord. Du côté de chez Steph.

C'était son plaisir de conduire bourré dans la nuit d'Heillange, de se faire monter les larmes en écoutant RFM. Il roulait sans forcer, suivant les quais le long de la Henne, reprenait sans fin les rues archi-connues de sa ville natale. La lumière des lampadaires ponctuait cette trajectoire sans à-coup. Peu à peu, il sentait monter les grands sentiments que procurent les chansons tristes. Il se laissait prendre. Johnny avait sa préférence. Il chantait les espoirs déçus, les histoires qui tombent à l'eau, la ville, la solitude. Le temps qui passe. Une main sur le volant, l'autre sur sa bière, Anthony refaisait le paysage. L'usine titanesque, à la croisée des projecteurs. Les abribus où il avait passé la moitié de son enfance à attendre les transports scolaires. Son ancien bahut, les kebabs qui fleurissaient, la gare d'où il était parti, la même où il était revenu la queue entre les jambes. Les ponts d'où il avait craché dans la rivière pour tromper son ennui. Les PMU, le McDo et puis le vide des courts de tennis, la piscine éteinte, le lent glissement vers les zones pavillonnaires, la campagne, le rien. Les paroles de *J'oublierai ton nom*. Bientôt, il se retrouvait tout près de chez Steph sans presque l'avoir voulu. Il montait le son, prenait une gorgée de bière. Il fixait au loin la belle maison des Chaussoy, avec sa grille et le portail télécommandé. Il se demandait si elle était là. Sans doute pas. Il allumait une clope et la fumait en laissant ses pensées se dévider. Et puis il rentrait comme un con.

Mais tout ça ne comptait pas, puisque la France était en demi-finale. Vers 17 heures, il prit son cubi, monta dans sa voiture et fila chez le cousin.

2

Depuis que Hacine et Coralie étaient rentrés de la maternité avec la petite, leur vie était devenue une suite ininterrompue de corvées. Il fallait se lever la nuit, enchaîner les bibs sur vingt-quatre heures, le change, les promenades, continuer à aller au taf. Les journées filaient, toutes semblables, exténuantes. Avec Coralie, ils n'arrivaient même plus à se parler sans que ça finisse en engueulade. Ils se croisaient plus qu'autre chose, des zombies, des associés dont l'entreprise était de maintenir cette vie chétive à l'eau. La gosse. Elle s'appelait Océane, un Verseau, elle aurait six mois début août.

Pour parfaire le tableau, Coralie était déprimée par sa prise de poids. Elle conservait de sa grossesse douze kilos dont elle n'arrivait pas à se défaire. Elle pleurait pour un oui ou pour un non, et quand Hacine essayait de relativiser, c'était pire.

Sans compter les beaux-parents qui s'étaient inventé de nouveaux droits sur leur vie depuis qu'ils étaient papi-mamie. Ils se sentaient désormais autorisés à venir quand ça leur chantait, en coup de vent, pour voir la gosse et donner un coup de main, tiens j'ai fait de la soupe, je vous en ai apporté un petit peu. Rien ne semblait pouvoir faire obstacle à cette invasion de tendresse. La mère de Coralie avait laissé chez eux un tablier et quelques produits de nettoyage, puisqu'elle aidait pour le ménage, autant avoir le bon matériel. Elle avait même réorganisé les tiroirs de la cuisine, les mômes n'y connaissaient rien.

Parfois, quand il se retrouvait sur le canapé du salon à mater les infos avec son beau-père, Hacine se demandait ce qui avait bien pu se passer pour en arriver là. Il avait le sentiment d'habiter sa vie en passager clandestin. Rien ne lui plaisait, rien ne lui ressemblait, il se tenait à carreau, il attendait. De son côté, Coralie enchaînait les siestes. Ils ne baisaient plus.

Hacine était déchiré. D'un côté, il était reconnaissant, bien sûr. Ces gens-là l'avaient adopté. Pourtant, il détestait leurs manies, leur mode de vie. Les horaires absolument immuables pour bouffer, midi, 19 heures. Leur manière de tout compter, rationner, couper en morceaux, les journées comme les parts de tarte. Le père qui déboutonnait après le repas. Leurs idées sur tout, simples, honnêtes, d'éternels cocus. Cette probité benoîte, qui les laissait toujours interdits devant le cours du monde. Les trois ou quatre idées fortes qu'ils tenaient de l'école communale ne leur servaient à rien pour comprendre les événements, la politique, le marché du travail, les résultats truqués de l'Eurovision ou l'affaire du Crédit lyonnais. Avec ça, ils ne pouvaient que se scandaliser pauvrement, dire c'est pas normal, c'est pas possible, c'est pas humain. Les trois couperets qui chez eux tranchaient toutes les questions ou à peu près. Et pourtant, alors que la vie contredisait sans cesse leurs pronostics, décevait leurs espérances, les dupait mécaniquement, ils restaient vaillamment dressés sur leurs principes de toujours. Ils continuaient à respecter leurs chefs, à croire ce que leur racontait la télé, ils s'enthousiasmaient quand il faut et s'indignaient sur commande. Ils payaient leurs impôts, mettaient les patins, aimaient les châteaux de la Loire, le Tour de France et achetaient des voitures françaises. Sa belle-mère lisait même *Point de vue*. C'était à se flinguer.

Ce qu'il aurait fallu à Hacine, c'est quelqu'un à qui parler de tout ça, un allié. Il bossait maintenant à l'entrepôt Darty de Lameck, en CDI, et à chaque fois qu'il osait dire devant les collègues qu'il n'en pouvait plus, il se trouvait toujours quelqu'un pour répliquer qu'avoir un môme était la plus belle chose sur terre. Au travail comme ailleurs, les idées reçues gouvernaient, qui ne servaient qu'à enrober, s'intoxiquer de bonheur pour ne pas crever de l'évidence des faits.

Quant à Coralie, il était exclu de seulement vouloir lui en toucher un mot. C'était bizarre, parce qu'au fond, elle n'avait jamais été ce qu'il croyait. Depuis qu'Océane était venue au monde, il l'avait redécouverte et n'en revenait pas. Lui, il avait toujours adoré sa gaieté, sa force de caractère, cette facilité pour nouer la conversation avec n'importe qui. Coralie ne se disait pas, comme lui, ce truc-là, c'est pas pour moi. Contrairement à lui, elle ne se sentait pas calculée d'avance. Tout était à faire, à tenter. Il suffisait de vouloir. Cette fille adorait s'amuser, la bouffe, passer du temps avec ses potes. À Noël, elle devenait carrément incontrôlable. C'était son grand moment, la joie obligatoire, faire les courses pendant des semaines, penser à des milliards de détails, des petites attentions, les cadeaux minuscules pour chacun, elle en redemandait même. Et Hacine adorait ça, la voir rougir ou danser, ou se resservir trois fois du rôti. Sa gaucherie, ses vannes un peu lourdes, son côté licorne et ours en peluche, ses vernis de toutes les couleurs. Elle faisait le lien. Sans elle, il trouvait la vie au-dessus de ses moyens. Il n'osait pas. Il serait resté dans son coin.

Mais en réalité, depuis la petite, il avait compris autre chose. Au dedans, Coralie avait toujours souffert d'un vide. Une place, tout ce temps, était restée vacante dans son for intérieur. Océane, en arrivant, avait pris cette place, la première, l'avait comblée complètement. Tout, dès lors, s'était organisé à partir de là. L'enfant était la mesure de tout, elle justifiait l'ensemble.

Hacine n'était pas jaloux. Il ne se sentait pas particulièrement négligé. Il n'en voulait pas à la petite. Il ne se disait pas qu'il avait mieux à faire que de se consacrer à un bébé. Simplement, lui n'avait pas eu ce vide, cette place disponible. Océane venait en prime, en plus du reste, de ses névroses, de son mal, de cette rage qui ne le quittait pas. Pour lui, la vie ne suffisait pas, et la petite n'y changeait rien. Au contraire. Enfin, c'était plus compliqué que ça. Il n'aurait pas su dire.

Alors quand un des vendeurs du magasin où il bossait avait mis une annonce pour vendre sa Suzuki DR, Hacine était allé le trouver direct. Il lui avait fait un chèque sans réfléchir. Coralie avait vraiment gueulé ce soir-là. Niveau thune, ils étaient déjà dans une merde noire. Ils ne partiraient pas en vacances cette année. Et où on allait la mettre cette bécane, ils n'avaient pas non plus de garage. Pour finir, la moto tuait les motards, c'était archi-connu putain.

— Mais t'as quel âge ? avait-elle dit.

La petite s'occupait alors en déchirant les pages de prêt-à-porter masculin du catalogue de La Redoute, accroupie dans son parc. Coralie, les bras croisés, semblait plus très loin de chialer. Ses yeux étaient cernés à faire peur. Elle venait de faire une teinture, la troisième ce mois-ci. Avec le déchaînement des hormones, ses ongles, ses cheveux, sa peau, sa libido, tout avait changé. Elle tâchait de reprendre la main, non sans mal.

— Et t'as même pas le permis.

— Y a pas besoin. C'est une petite.

— Tu l'as payée combien ?

— Pas cher.

— Combien ?

— 1 000 balles.

— Et l'assurance ?

— Je me débrouillerai.

Elle avait fermé les yeux, repris son souffle. Ne pas s'énerver devant la gosse. Rester calme.

— Mes parents viennent encore de demander quand on allait leur rendre le pognon qu'on leur doit. Je leur dis quoi ?

La petite s'attaquait maintenant aux pages sous-vêtements. Hacine n'avait pas grand-chose à dire. Coralie s'était repliée dans leur chambre à coucher. Lui avait choisi de faire un tour en bécane. Le ciel était d'une pâleur extrême. Il tremblait en passant les vitesses. Il s'était fait des frayeurs, avait voulu s'enfuir. Manque de pot, le réservoir était presque vide, et il n'avait pas pris sa carte bleue. Il était donc rentré à la maison un peu avant 22 heures.

— T'es content ? avait fait Coralie.

La petite était couchée. Il était content, oui.

Depuis, il faisait des efforts. Coralie ne comprenait pas, mais elle transigeait. Leur couple prenait progressivement cette allure de guerre de position. Elle lui reprochait de n'en faire qu'à sa tête, de se conduire comme un gamin. Hacine gardait les reproches dans son ventre. Le soir, il allait rouler. Sans casque. C'était rassurant. Dans l'ensemble, les choses semblaient stabilisées. C'était sans compter sur la Coupe du monde.

Déjà à la base, son beau-père avait commencé à le charrier parce que le Maroc était qualifié et que si par malheur cette piètre nation rencontrait la France, ce serait une déculottée sans pareille. Il se marrait ce con, tout son bide et ses deux mentons en étaient secoués comme de la gélatine. Quand le Maroc avait pris trois buts contre le Brésil, les sarcasmes avaient redoublé. Heureusement, les Lions de l'Atlas avaient mis trois buts à zéro à l'Écosse quelques jours plus tard, l'affront était lavé. Toujours est-il qu'ils n'étaient jamais arrivés en phase finale.

Les choses s'étaient gâtées pour de bon quand, au lieu de rentrer direct du boulot comme d'habitude, Hacine était allé au bistrot avec les collègues pour voir France-Danemark. Il en crevait d'envie et, surtout, rentrer chez lui, retrouver le même décor, l'appart, les beaux-parents, les pleurs, il n'avait pas pu. Il avait donc fait l'école buissonnière, commandé un demi comme tout le monde, en regardant le match avec un mélange de satisfaction et de mauvaise conscience. Pas facile de profiter du jeu alors qu'il redoutait par avance la scène à laquelle il aurait droit en rentrant. Ça l'avait tellement occupé qu'il n'avait même pas vu le premier but. C'est en voyant les autres gueuler qu'il s'était rendu compte. Finalement, il avait préféré rentrer à la mi-temps, à la fois fautif et frustré, la pire situation.

Chez lui, il avait trouvé l'appartement désert. Coralie avait laissé un mot sur la table de la cuisine : "Je suis chez mes parents avec la petite." C'était moche à dire, il en avait été soulagé. Il s'était préparé une bonne plâtrée de nouilles qu'il avait dévorée peinard en matant la fin du match. Avant de se coucher, puisqu'il était tranquille pour une fois, il s'était branlé en matant un DVD porno. Il avait pris son temps, il avait joui super-fort.

Sous la douche, il s'était demandé où il en était quand même. L'eau coulait sur son torse, sa queue. Il regardait la mousse à ses pieds. Qu'est-ce qu'il allait faire ? Il était pris au piège. Et la petite. Elle ne demandait rien. Il l'aimait comme un dingue. Il ne pouvait pas rester. Il avait gobé un Temesta et dodo.

Coralie était rentrée le lendemain et ils n'avaient pas échangé trois mots de toute une semaine. Puis la France avait commencé à affoler les commentateurs. Après avoir passé le premier tour, elle éliminait le Paraguay en huitième, puis l'Italie. Tout le monde constatait la montée en puissance. Et une fois l'Italie, dont on connaissait le vice proverbial, hors-jeu, tout devenait possible. Seule Coralie semblait ne pas vouloir prendre part à cet engouement universel. Hacine regardait tout, les matchs, les résumés, les JT, les commentaires, les redifs, il achetait même le journal, tout. C'était passionnant, en même temps que commode. Il s'abîmait dans l'épopée nationale pour mieux oublier son drame quotidien. Et tout le long de cette immersion dans la vague bleue, il sentait la réprobation sourde de Coralie. Elle ne lui faisait pas de reproche. Mais au bruit de ses pas, des tiroirs qui claquaient, à sa manière de refermer le frigo, de manger un yaourt, il savait évidemment qu'elle faisait la gueule. Elle n'était même pas furieuse. Elle était triste, et c'était encore le pire.

Aussi Hacine faisait-il courageusement comme si de rien n'était. La pression montait. Il attendait une explosion. Pour la gosse, il se contentait du minimum syndical, un change sur deux, un biberon de temps en temps, le coucher le soir, éventuellement une chanson, mais vite fait, et pas de rappel. Il s'endormait sur le canapé. Un déserteur.

Et puis le matin de la demi-finale, Coralie était venue le réveiller dans le salon avec son café.

— Tiens.

Il avait pris la tasse tandis que Coralie tirait les rideaux, ouvrait la fenêtre en grand. Il faisait bon. Un clair soleil de juillet se réfléchissait sur le carrelage blanc, un peu aveuglant. La rumeur automobile habituelle venue de l'aqueduc. La bonne odeur du café.

— Elle dort ?

Coralie avait confirmé. Puis elle était venue s'asseoir sur la table basse.

— Tu comptes faire quoi ?

— C'est-à-dire ?

Le garçon s'était redressé et frotté le visage. Tout cela ressemblait fort à un traquenard. Il avait avalé une gorgée de café.

— Ce soir. Ton match. Tu vas où ?

— Je sais pas.

— Tu restes pas là.

— Comment ça ?

Il s'était quelque peu ému. Il était quand même chez lui après tout.

— Je veux pas voir ta tête ici, avait repris Coralie.

— C'est quoi ce délire ? Pourquoi tu me parles comme ça ?

— Hé…

Elle avait passé sa main ouverte devant ses yeux, histoire de s'assurer qu'il était toujours conscient.

— T'as fait un AVC ou quoi ? C'est quoi que tu comprends pas ?

— Je comprends bien que tu me casses les couilles, en tout cas.

Alors, elle l'avait attrapé par l'oreille, et elle avait tiré fort, jusqu'à lui déchirer, à tel point qu'il avait glapi, un cri éventré, ridicule, tout l'appartement en avait résonné. On avait dû l'entendre jusque dehors. Ils s'étaient figés, inquiets de savoir comment la petite allait réagir. Il fallait parfois plus d'une demi-heure pour la rendormir. Hacine allait dire quelque chose, Coralie lui avait fait les gros yeux. Les secondes s'étaient écoulées une à une. La petite dormait toujours.

Alors Coralie l'avait regardé droit dedans, bien au fond, et tout bas, elle avait ajouté :

— Tu vas m'écouter, espèce de petit connard. Soit tu te remets d'équerre, soit je prends mes valises, ma fille, tu nous revois plus jamais de ta vie.

Et elle était sortie, laissant Hacine avec la gosse, alors qu'il devait être au boulot dans une heure. La belle-mère heureusement était arrivée. Elle n'avait pas fait d'histoires, se contentant de lui prendre l'enfant des bras.

— Je vais m'en occuper, ça va aller.

Pendant qu'il se préparait en vitesse pour aller bosser, il avait entendu la femme faire des gouzi gouzi et la petite qui riait aux éclats. Elle était tellement capable de bonheur, si petite, si peu de chose. Il suffisait d'un rien pour alimenter cette vie minuscule. Il aurait suffi d'un rien pour qu'elle finisse aussi. Une mauvaise chute, une voiture qui passe, ils se noient dans leur bain, ils n'en finissent pas de trouver des occasions de mourir, ces petits crevards. Une seconde d'inattention, une négligence et on se retrouve avec un cercueil d'un mètre vingt. Merde. Au moment de se tirer, Hacine l'avait embrassée sur la tête et sur son poing fermé. Puis il avait enfourché la moto, Coralie s'était tirée avec la voiture.

Ensuite il avait eu toute la journée pour ruminer. L'ambiance était tellement bizarre au taf, comme une veille de vacances, tout le monde surexcité et ces mots qui revenaient partout en boucle : La France est en demi-finale. Les clients et les vendeurs parlaient de foot. Les magasiniers et les transporteurs, pareil. Même les actionnaires seraient ravis, les écrans plats partaient comme des petits pains, de même que les machines à bière, frigos et autres barbecues.

À la fin de la journée, tous les collègues étaient partis voir le match sur le grand écran installé au stade de la Renardière. Il n'avait pas voulu les suivre. Au lieu de ça, il avait tourné en ville, à moto. L'ambiance était proprement démente. Les bars dégueulaient de monde jusque sur les trottoirs. Il n'existait plus qu'une chaîne de télé, la Une, et Thierry Roland, Jean-Michel Larqué faisaient partie de la famille. À force de tourner pour se dénicher un endroit sympa, de fil en aiguille, d'un café à l'autre, il s'était retrouvé à l'Usine. Il n'y avait plus foutu les pieds depuis son "accident". Ça faisait une paye.

3

Davor Suker reprit une longue passe d'Assanovic et marqua. C'était net, dans le dos, juste en revenant des vestiaires, à la quarante-sixième.

Le pays, alors, sembla ne plus tenir qu'à un fil.

Davor Suker était ce type au visage osseux, pointu, le menton en avant, les yeux renfoncés. Il ressemblait à un mercenaire, une brute sortie du maquis, un partisan crevant de faim. Il avait l'air d'un salaud, avec sa bouche sans lèvres béant sur un cri de joie. Il était d'une pâleur désagréable, dans son maillot blanc semé de carreaux rouges, il courait, les bras en croix.

Davor Suker. Ce nom à lui seul rappelait de mauvais souvenirs, d'aviation allemande, de vélocité contre laquelle il n'y avait rien à faire. Devant leur télé, des millions de gens avaient les pattes coupées. Anthony reposa sa bière sur le comptoir. Comme d'autres, il porta ses mains à sa tête. Le geste était dramatique. On n'a pas tant d'occasions d'espérer.

Il était arrivé chez le cousin vers 17 heures, en bagnole, son cubi à la main. Le cousin venait de faire construire dans un nouveau lotissement situé à proximité des tennis. Pour lui, les choses avaient été vite. Il avait rencontré Nath un an plus tôt à peu près, dégoté un CDI chez Kleinhoffer, le chauffagiste, fait un emprunt dans la foulée. Nath était enceinte. Le cousin était heureux. Lui aussi avait pris du ventre. Avec Nath, ils étaient bien.

Anthony avait eu droit au tour du propriétaire, comme à chaque fois qu'il passait, histoire de constater l'avancement des travaux. Le pavillon tenait déjà bien debout, au milieu d'un petit terrain qui serait bientôt une pelouse, quatre murs, un toit, du carrelage blanc au rez-de-chaussée, le parquet flottant à l'étage dans les chambres. C'était tout frais. Des fils électriques sortaient encore des murs qui vous faisaient les mains blanches. Pour l'instant, il fallait encore emprunter une échelle pour monter. Nath avait du mal. Ils dormaient donc en bas, le lit dans le salon. Le mobilier en pitchpin semblait dérisoire dans cette maison de six pièces. Le cousin avait vu grand. Il ne restait qu'à gagner la Coupe du monde. Et rembourser la banque.

Nath était une jolie brune avec du jaune dans le regard, qui travaillait à la police municipale. Elle envisageait de reprendre des études ou de passer un concours administratif. On verrait plus tard, quand leur môme irait à l'école. En attendant, la baraque leur bouffait tout leur temps, leur blé, leur énergie. Le cousin était fier, mais sur les genoux. Et angoissé comme un propriétaire.

— J'en peux plus. Je passe mon temps à faire refaire. Les volets étaient pas à la bonne taille. Y a pas une putain de porte qui ferme dans cette maison. C'est vraiment des branleurs.

Après la visite, ils s'étaient installés sur la terrasse, tous les trois, enfin sur ce qui tenait lieu de terrasse, c'est-à-dire un carré de graviers avec du mobilier en plastique. Nath avait les jambes étendues, les pieds posés sur les genoux de son homme. Elle buvait de l'eau. Les garçons enquillaient les canettes. Anthony avait un peu de mal à se faire à cette nouvelle attitude du cousin, le côté soucieux, superviseur, enraciné. En revanche, il aimait bien Nath. Elle était marrante, pince-sans-rire. Ensemble, ils se foutaient de la gueule du cousin. Anthony s'était trouvé une famille un peu. Il venait régulièrement l'été. Ils lui avaient demandé si ça l'intéressait d'être le parrain du gosse. Il avait dit oui.

La conversation avait principalement tourné autour du foot. Nath ne croyait pas du tout à cette histoire "black blanc beur". Pour elle, c'était une lubie temporaire, un opium comique. De par ses fonctions de fliquette, elle en voyait de toutes les couleurs et pratiquait pour se blinder un cynisme de bon aloi. Le cousin n'était pas de cet avis.

— Je crois pas. Si on gagne, il en restera quelque chose.

— Il restera quoi ?

— Savoir qu'on peut s'entendre.

— Mais de quoi tu parles ? avait ricané Nath. Tu gueules après le maçon turc, les ouvriers arabes. T'arrêtes pas de te plaindre du bordel des Portugais à côté.

— Non, mais eux, c'est des malades mentaux. Ils écoutent *I Will Survive* en boucle depuis le début de la Coupe du monde. Ça rend cinglé, sérieux.

— Ouais, et du coup, tu dis : les Portos me font chier.

— C'est pas du racisme ça.

— C'est quoi alors ?

— Le sens de l'observation.

Anthony s'était marré. Par moments, on entendait au loin des klaxons, des pétards. Une fusée qui montait d'une maison voisine. Des mômes passaient en VTT en criant allez les bleus. On devinait dans chaque habitation du lotissement une même hâte. Le cousin avait bientôt mis des côtes de porc et des saucisses à cuire sur le barbecue. Les gens mangeaient dehors. Les télévisions restaient allumées. Tout était calme et fébrile. Les cousins s'étaient versé de grands verres de rosé avec plein de glaçons qui faisaient un beau bruit de clochette dans le soir. Nath s'était éteinte progressivement. Elle était lasse. C'était son troisième mois. Les garçons avaient débarrassé vite, laissant la vaisselle dans l'évier, avant d'aller dans le salon. Ça allait commencer. Le pays retenait son souffle. Les hymnes. C'était parti.

La première mi-temps ne s'était pas trop mal passée, même si les Bleus avaient joué d'une manière timorée et sans allant. Au bout d'un moment, les Croates, qui n'avaient rien à perdre, étaient jeunes, sans complexe, hargneux et gardaient en tête ce match superbe remporté contre l'Allemagne, avaient commencé à devenir vraiment menaçants. Cette situation avait suscité de la part des cousins des observations du type : mais qu'est-ce qu'ils foutent bordel, ou : il est où Guivarc'h, à la buvette. Karembeu blessé, Thierry Henry l'avait remplacé. Puis on avait vu le bloc français se disloquer peu à peu, les Croates le brassant, l'étirant comme une pâte à pain. Au milieu de terrain, d'invraisemblables gouffres avaient paru. Anthony n'osait même plus boire. Il se bouffait les ongles, tandis que le cousin se levait pour se rasseoir, puis se levait à nouveau. Vers la 40e, Nath s'était assoupie. Elle était cuite.

À la mi-temps, le cousin avait donc proposé qu'on aille voir le reste du match au bistrot.

— Là, elle est partie pour douze heures. Je vais la mettre au lit. T'as qu'à m'attendre dehors. J'arrive.

— Magne-toi. Qu'on loupe pas la reprise.

— Oui, t'inquiète.

Anthony avait fumé une clope, assis sur le capot de sa Clio, tandis que le soir venait. Les maisons autour avaient toutes un air de famille, avec leur petit bout de terrain, leur toit roux, la façade neuve, leur haie inachevée, une voiture garée devant. Des rues récentes qui portaient des noms d'arbres sinuaient à travers. Il régnait sur ce petit monde un calme confortable. À mille détails, on percevait le souci que les habitants avaient de leur confort, de leur intimité, du respect de leur propriété. Un homme arrosait sa pelouse à l'aide d'un jet, chemise ouverte, l'air content. De temps en temps, on entendait un éclat de rire au loin, le raclement d'une chaise longue qu'on rentrait pour la nuit. Des hirondelles passèrent très vite au-dessus de sa tête. Le ciel était vaste et rond comme un ventre de femme. Justement, le cousin rappliquait.

— Allez, feu, on y va.

— Elle a rien dit, Nath ?

— Elle s'est même pas réveillée.

Ils avaient donc pris la bagnole et étaient partis à fond de train vers le bistrot le plus proche. Il n'y avait pas une place de stationnement disponible dans toute la ville. Les rues, longues et désertes, étaient surchargées de bagnoles. Chaque bar, chaque terrasse débordait de supporters. On aurait été bien en peine de dénicher un Croate là-dedans. En revanche, on voyait des silhouettes inhabituelles, les cheveux rasés, des dégaines pas possibles. Les campagnes environnantes avaient dégorgé jusque dans le centre-ville. C'était pire que les soldes. Le cousin avait fini par laisser sa caisse en double file, de toute façon, il avait déjà trop picolé pour faire un créneau. Avec Anthony, ils s'étaient cherché un coin où il restait un peu de place. Tout était occupé. Le temps courait. Les pubs tiraient vers la fin. Ils arrivèrent du côté du haut-fourneau et s'engouffrèrent dans l'Usine, se frayant un chemin jusqu'au bar. Anthony reconnut Rudi. Manu aussi était là. Lui et le cousin eurent juste le temps de commander une mousse.

Davor Suker marqua.

Tout se tut, un pays entier, cueilli, déçu.

— L'enculé, fit Rudi.

À ce moment précis, un mec frisé rentrait à son tour dans le rade et se glissait jusqu'au zinc. Il commanda une bière, et puis se tourna pour voir s'il connaissait du monde. Il reconnut Anthony. Anthony le reconnut aussi. Hacine reporta son attention sur le grand écran de télé fixé au mur. C'était la 47e minute du match et Lilian Thuram, qui ne marquait jamais, remonta la moitié du terrain et marqua. Le rade, alors, prit feu. Un seul cri monta de toutes les bouches. Une table fut renversée. De la bière se répandit sur le sol. Les spectateurs se mirent à sauter sur place, gueulant, se prenant dans les bras. Hacine avait dressé ses deux poings vers le ciel, il sentit qu'on le secouait. C'était Anthony, hors de lui, devenu amnésique, terriblement français, heureux comme un enfant.

Le match se poursuivit dans une ambiance complètement délirante. La bière coulait à flots, les gens fumaient comme des pompiers, criaient et s'interpellaient de table en table. Anthony s'était lui-même mis à boire autant qu'il pouvait. Avec le cousin, ils se payaient des tournées, rinçaient Rudi qui, plus hagard que jamais, hurlait cocorico à chaque action des Bleus. Hacine aussi picolait sec. Il avait de bonnes raisons.

À la 70e minute, Thuram planta un second but et il ne fut plus question de rien. Le peuple se trouva tout à coup fusionné, rendu à son destin de horde, débarrassé des écarts et des positions, tout entier. Ce qui voulait demeurer en dehors devint incompréhensible. Tout ce qui se trouvait pris dedans résonna du même glas. Le pays entier venait d'accoster en plein fantasme. C'était un moment d'unité, sexuel et grave. Plus rien n'avait jamais existé, ni l'histoire, ni les morts, ni les dettes, effacées comme par enchantement. La France était bandée, immensément fraternelle.

À un moment, n'en pouvant plus, Anthony voulut aller pisser. Il y avait la queue devant les chiottes. Il préféra sortir. Il avertit le cousin.

— Je sors cinq minutes.

Le boucan était tel qu'il dut montrer sur ses doigts cinq minutes. Le cousin fit une moue d'incompréhension. Il allait louper la fin du match, mais c'était ça ou se pisser dessus.

— Je reviens.

Dehors, le garçon profita de l'air du soir pour reprendre un peu ses esprits. La rue était calme. Des bouffées de joie, des cris jaillissaient par instants du café. C'était des coups de chaud dans le crépuscule, de la vapeur crachée d'une cocotte-minute. Il se choisit un coin un peu à l'écart et commença à pisser contre le mur d'enceinte de l'usine Metalor. La formidable présence du haut-fourneau pesait sur lui. Il leva le nez et injuria ce millier de tonnes, tandis qu'il dessinait des arabesques sur la brique.

Quand il revint dans le bar, son cousin l'alpagua.

— Je dois y aller.

— Ah bon ?

— Ouais. Je veux pas attendre que tout le monde se mette en route. Ça va être l'embouteillage du siècle.

— Tu veux pas fêter ça ?

— Non, je préfère rentrer.

Anthony comprenait, bien sûr. Nath et le bébé, c'était normal.

— On fêtera ça le jour de la finale, dit-il.

— C'est ça. Allez…

Et ils se prirent dans les bras, se prodiguant de grandes tapes dans le dos. C'était un moment singulier. Ils auraient presque pu se dire qu'ils s'aimaient. Ce n'était pas le genre.

— Allez, dit Anthony.

— Ouais, on se voit vite, salut… Et pas de conneries.

D'un mouvement de la tête, le cousin avait désigné Hacine qui, un coude sur le zinc, fixait la télé comme n'importe qui d'autre.

— Ouais, c'est pas ce soir qu'on va se prendre la tête, dit Anthony.

Et le cousin quitta les lieux au pas de course. Anthony retourna au bar et commanda un demi. La France l'emporta. La France était en finale.

4

Après le coup de sifflet, Heillange se souleva. Les rues s'emplirent aussitôt d'une infinie procession de voitures qui se mirent à klaxonner dans tous les sens. Les fenêtres étaient pavoisées, on agitait des drapeaux fixés à de longues tiges flexibles. Il en résultait un spectacle flou, de voilage, qui faisait penser à des exercices de gymnastique au sol. Les visages mêmes avaient trois couleurs. Des jeunes couraient, sifflaient, allumaient des pétards. On trinquait sur les trottoirs avec de grandes canettes de métal. Quelques petits cons se juchaient sur les capots et remontaient l'embouteillage en sautant d'une voiture à l'autre. Les flics regardaient la chose avec une indifférence bonhomme. Des passants s'arrêtaient d'ailleurs pour les embrasser. La ville ne se savait pas toute cette force, cette énergie. Elle se redécouvrait après trois décennies de déveine, la victoire balayant la crise. À la mairie, on avait sabré le champagne. Sur la place centrale, un localier recueillait quelques réactions à chaud. Le journal du lendemain serait plein de commentaires lénifiants. Un certain pronom était dans toutes les bouches. *On* a gagné, *on* est en finale, *on* est les champions. Quelques drapeaux algériens s'aventurèrent à leur tour dans les rues. D'ailleurs, un carrossier du centre, Aubertin, avait fixé depuis plusieurs jours déjà une banderole sur sa devanture qui disait : "Zidane président". Le local du FN avait tiré son rideau de fer, temporairement.

Vers minuit, 1 heure, Anthony et Hacine se retrouvèrent sur le trottoir devant l'Usine. On n'entendait plus au loin que des explosions sporadiques, un coup de klaxon au hasard. Les bars fermaient et renvoyaient chez eux leur cargaison de viande saoule. Anthony tanguait drôlement, d'ailleurs, et il dut s'adosser au mur pour s'allumer une cigarette. Tout au long de la soirée, il avait parlé et bu avec quantité de gens, Rudi notamment, tellement bourré qu'il avait fini allongé sous une table, des gosses s'amusant à lui barbouiller le visage à l'aide de bouchons carbonisés. Pour autant, lui et Hacine avaient tâché de s'éviter au maximum. Il fallait l'heure tardive, l'alcool et la victoire, et puis ce puissant sentiment d'amnistie qui flottait dans l'air pour qu'une parole s'aventure entre eux. Hacine venait, les mains dans les poches. C'est lui qui la prononça.

— C'est un beau bordel, dit-il.

— Ouais.

La carcasse illuminée du haut-fourneau était là. Ils ne savaient pas trop quoi se dire. Hacine se lança.

— Tu bosses dans le coin ?

— Ouais. Chez Gordon.

— Ah. C'est bien.

— Non.

La réponse amusa Hacine.

— C'est partout pareil.

— T'es où toi ?

— Le Darty, à Lameck.

— C'est drôle quand même.

— Quoi ?

— De se retrouver comme ça.

— Ouais.

Quelques secondes s'écoulèrent encore avant qu'Anthony reprenne la parole.

— Mon père est mort. Y a deux ans pile.

Il chercha l'effet que cette annonce produisait sur le visage de Hacine. Il en fut pour ses frais. Au moins, ça posait bien les choses. C'était fini. Tout ça appartenait au passé.

— Qu'est-ce qui lui est arrivé ?

— Il s'est noyé.

— Dans le lac ?

— Ouais.

Anthony tira pensivement sur sa cigarette. Hacine se souvenait.

Son vieux n'était pas très reluisant non plus, cela dit. Insuffisance respiratoire. Il refusait de revenir en France pour se faire soigner et se trimballait désormais partout avec une bouteille d'oxygène montée sur des roulettes. Hacine était allé lui rendre visite au pays et il n'avait pas aimé ce qu'il avait vu. Le vieux vivait comme s'il était en porcelaine, ne sortant plus, restant à l'ombre, comptant ses mouvements, à l'écart, continuellement assis devant son poste de télé. Et pour une raison ou une autre, on lui badigeonnait le visage et les mains avec une espèce de pommade qui donnait à sa peau livide un aspect luisant. Il ressemblait à une bestiole vivant au fond d'une grotte, loin du soleil, aveugle et molle. Sans parler de cette odeur.

— J'ai acheté une bécane.

— Sans dec ? fit Anthony.

Son visage, tout à coup, s'était illuminé, comme celui d'un môme. Il reprit :

— C'est marrant quand même.

— Ouais. C'est marrant.

— C'est quoi ?

— Suzuk'. 125 DR.

Anthony s'esclaffa. Tout ça pour ça. La vie était une drôle de comédie, quand on y réfléchissait. Il en était tout ragaillardi.

— Tu me laisses essayer ?

— Je crois pas, non.

— Je monte derrière. On fait un tour.

— Non, non. C'est bon.

— Azy, fais pas l'enculé.

Dans un appartement au-dessus de leur tête, quelqu'un se mit à chanter la Marseillaise. C'était une voix de femme, elle chantait juste, mais ne devait pas très bien connaître les paroles, et son chant s'interrompit juste après "Qu'un sang impur abreuve nos sillons".

— Allez mec, insista Anthony. En plus, mon cousin m'a planté. Je vais devoir me taper cinq bornes à pied.

Hacine finit par céder. Et puis il était plutôt fier. Alors qu'il rejoignait la bécane, il demanda :

— Il avait quel âge, ton vieux ?
— Je sais même pas, en fait.

Anthony se tenait au porte-bagage tandis que Hacine zigzaguait entre les débris abandonnés sur la chaussée. Heillange était une petite ville, et l'explosion de joie de 23 heures avait vite cédé la place au calme sinistre d'après-fête. Il restait dans les rues des papiers gras, des canettes broyées, des traces d'explosions, quelques retardataires qui titubaient. Hacine conduisait vite, tout en nerf, par à-coups : accélérateur, frein, accélérateur. À l'arrière, Anthony profitait du paysage et de la nuit. Sur son visage, le vent était caressant. L'odeur d'échappement, le bruit adolescent du petit moteur le ramenaient loin. Il avait envie de conduire. Quand ils s'arrêtèrent à un feu, il demanda encore une fois.

— Sérieux, laisse-moi l'essayer, je ferai gaffe.
— Y a pas moyen, mec.
— On s'arrête sur un parking. Je fais juste deux allers-retours. Vite fait. Juste essayer. Mec je conduis les yeux fermés.
— Ouais, mais non.

Anthony le saoula encore. Tant et si bien qu'à la fin, ils finirent par se rendre du côté de la nouvelle ZAC des Montets. L'endroit était encore à l'état d'ébauche, un des grands projets de redynamisation économique de la ville. Quelques hangars se dressaient ici et là, une Halle aux Vêtements, un magasin Connexion et des bureaux récents qui ressemblaient à des empilements de containers. Il s'agissait à chaque fois de bâtiments fonctionnels, des murs montés en deux jours, des coursives, des escaliers, un air de fragilité générale, comme si le premier coup de vent allait tout foutre par terre. On trouverait là un cabinet de compta, des médecins, toutes sortes d'activités, des *open spaces* et des ordinateurs, des machines à café, des photocopieurs. L'avenir. Et d'ores et déjà des parkings, vastes comme des prairies, entrecoupés de butées de béton, semés de lampadaires. La nuit venue, on aurait dit la mer, un océan de places vides.

Hacine posa un pied à terre à l'entrée ouest du parking. De là, la vue était parfaitement dégagée. Les garçons avaient devant eux cinq cents mètres de ligne droite. Anthony descendit de la bécane. Hacine coupa le contact, mit la béquille. Il hésitait. On n'était pas aux pièces après tout.

— T'as une clope ?

Anthony lui tendit son paquet. Il devenait nerveux. Il conduisait tellement mieux que Hacine, il lui semblait impensable que l'autre refuse de lui prêter la Suzuki pour faire un tour. De plus en plus, il avait le sentiment que Hacine le lui devait.

Ce dernier alla s'asseoir sur le rebord d'une platebande. Il fumait, les avant-bras sur les genoux, très calme. Anthony, resté debout, le fixait. C'était drôle d'avoir si peu à se dire. Après tout, ils avaient grandi dans la même ville, s'ennuyaient aux mêmes jobs, avaient fréquenté les mêmes écoles, quittées trop vite. Leurs pères avaient bossé chez Metalor. Ils s'étaient croisés cent fois. Pourtant, ces points communs ne leur étaient rien. Une épaisseur demeurait entre eux. Anthony perdait patience. Le besoin de conduire le brûlait comme une envie de pisser.

— Allez, mec, fit-il encore.

Hacine leva les yeux. L'humeur entre eux tournait. Anthony approcha et tendit la main.

— Allez…

Hacine fouilla ses poches, lui lança la clef.

— Tu vas au bout, tu reviens.

— OK.

— Un aller-retour, basta.

Anthony fit une mine. Cette insistance l'irritait. Il répondit, mais il y avait quelque chose de narquois dans son œil.

— Pas de problème.

— Sérieux, mec…, dit encore Hacine.

Cette fois, c'était une menace.

Anthony lui tourna le dos, enfourcha la Suzuki et appuya sur le démarreur. Dans le calme idéal de cette nuit d'été, le moteur pétarada cruellement. Anthony joua des gaz et sentit la vibration spéciale de la 125 monter à travers ses cuisses, dans son bassin, jusque dans sa poitrine. C'était bon. Il entrait là-dedans un plaisir cosaque. Depuis toujours, des hommes comme lui, jeunes, incultes, la poitrine large, avaient chevauché et détruit. Leurs cuisses épaisses serrant des montures odorantes, ils avaient déferlé, et parfois défait des empires. Il avait suffi pour cela de ne se soucier de rien que de son élan. Il accéléra et la bécane répondit au quart de tour. Il fila tout droit, se grisant, emplissant la nuit du bruit concentré que fait le métal sous la poussée du feu.

Il décéléra au bout du parking, vira, un pied au sol. À l'autre bout, Hacine s'était levé. Il lui faisait signe de la main. Une fois encore, Anthony partit, plus vite cette fois, en *wheeling*, tonitruant, toujours ivre, adroit à faire peur. La roue avant reprit contact avec l'asphalte et il gagna encore en vélocité. Il se précipitait sur Hacine, affolant, à près de 90 kilomètres-heure. Hacine tourna sur lui-même, la moto le contournant, Anthony était précis, au centimètre près, il repartit à fond, plein gaz, déchirant le mince tissu de la nuit. Hacine se mit à lui courir après.

— Reviens, bordel !

Anthony s'amusa à le défier encore un peu, s'éloignant à fond de train pour mieux revenir. C'était un genre de corrida assez navrant. Hacine cavalait comme un dératé, en nage, ridicule, battant l'air de ses deux bras. Anthony devenait absolument familier avec son engin. Il l'évitait sans mal, il ne craignait rien.

Finalement, il décampa. Sans même y penser, il prit la route qui menait chez Steph. Son cœur battait plus fort que celui de la moto. Il allait plus vite que sa vitesse.

La bécane s'immobilisa avec un gracieux mouvement de ressort devant la maison des Chaussoy. C'était une belle baraque avec un étage et les combles, vaste, dotée d'un balcon sous l'avancée de toit. Il n'avait jamais osé venir si près et la découvrait. Des pierres de taille décoraient les angles. Des marches menaient à une lourde porte garnie d'un heurtoir en fonte. La pelouse était semée de parterres de fleurs qui ressemblaient assez exactement à ceux qu'on voyait sur le rond-point en face de la mairie. On trouvait aussi deux saules, un bouleau pleureur, un bougainvillier. Une BM série 7 et une vieille Golf décapotable étaient garées sur le gravier.

Il n'y avait pas de lumière, pas un bruit. Anthony essuya ses mains sur son jean. Les maisons voisines étaient elles-mêmes tapies dans leurs écrins de pelouse et de thuyas. Comment savoir si Steph était là ? Il n'aurait pas dû venir, c'était évidemment une connerie. Pourtant, il ne pouvait se résoudre à décamper.

C'était une nuit spéciale. Il suffisait de regarder le ciel. Les étoiles vous piquaient le cœur.

Il mit la béquille et avança vers la maison. Elle était vraiment haute, imposante. Ce n'était pas une de ces grandes demeures bourgeoises à l'ancienne, comme il en voyait du temps où il taillait les haies avec son père. Celle-là était plus récente. Il tâchait de deviner l'intérieur. Quand il était plus jeune et qu'il dealait du shit, il avait fréquenté pas mal de fils à papa et avait eu l'occasion de voir le fonctionnement de ces familles. Il avait envié leurs frigos américains et les tapis qui amortissaient vos pas, les tables basses lourdes avec des livres d'art à 500 balles, les tableaux sur les murs. Les parents n'étaient jamais là. Souvent, il n'y avait même pas de télé dans le salon. Chez Steph, il imaginait plutôt un truc du genre bric-à-brac cocooning, le fauteuil Stressless juste à côté du canapé Roche Bobois, le sauna bricolé dans le garage. Il fit encore un pas, les mains dans les poches, hésitant. Toujours ivre, mais de moins en moins. Il progressait un peu de travers. Soudain, la lumière l'aveugla.

— Merde…

Une rangée de spots de 50 watts fixés sous le toit le tenaient dans leur éclat blanc. Une main levée pour se protéger les yeux, il n'osait plus bouger. Finalement, la lumière s'éteignit.

Il resta quelques instants sans bouger. Dans le doute, il agita la main. La lumière, aussitôt, revint, toujours aussi blessante. D'une blancheur carcérale. Un petit soupir amusé lui échappa. C'était un de ces trucs qui détectent les mouvements, et font flipper les chats et les voleurs. Il en était pour ses frais. Il se dit qu'il ferait mieux de rentrer. Après quelques secondes, la lumière s'éteignit encore. Il retournait à la moto, ce fut encore une fois comme en plein jour.

— Oh oh !

Une silhouette l'interpellait en haut des marches.

— Qu'est-ce que tu fais là ?

C'était Steph. Même à contre-jour, il la reconnaissait sans mal.

— Salut, répondit le garçon.

— Attends-moi.

Elle bricola quelque chose à l'intérieur, puis referma la porte pour le rejoindre. Cette fois, la lumière s'éteignit pour de bon.

La jeune fille dévala les marches deux par deux, en jean, chemisier, pieds nus. Ses cheveux étaient moins longs qu'avant.

— T'as de la chance que mes parents soient pas là.

— Ils sont où ?

— Partis.

Le garçon cherchait son visage, mais ne le trouvait pas. Il ne restait pour se voir que la pâleur du ciel, et l'éclat morne des lampadaires venu de la rue. C'était très insuffisant.

— Alors ?

— Rien, je suis passé comme ça.

— T'as vu l'heure ?

— On est en finale.

— C'est ça, ouais…

Ils se tenaient debout, bleus et proches dans l'obscurité. Autour d'eux, l'été patient faisait son doux bruit d'herbe. Il baissait les yeux. Elle s'impatienta.

— C'est tout ?

Il se redressa.

— T'as pas envie de faire un tour ?

— Un tour de quoi ?

— De moto.

— Pour aller où ?

— Nulle part. Juste comme ça.

— Tu pues l'alcool.

Il ne pouvait pas répondre grand-chose à ça. Anthony aurait voulu lui poser deux ou trois questions. Savoir ce qu'elle faisait, où elle vivait, si elle avait un mec. Mais le cœur n'y était plus. Pourtant, il insista encore.

— T'es sûre que tu veux pas faire un tour ? Dix minutes. Je te ramène direct après.

— Non.

Le garçon porta la main à sa paupière gauche. Un vieux réflexe. Il n'aurait plus d'autres occasions. Les mots se bousculaient.

— Je suis désolée, fit Steph. C'est fini tout ça.

Le garçon enfonça les mains dans les poches arrière de son fute, et inspira profondément. C'était déjà demain. La situation lui glissait entre les doigts. Il aurait voulu prendre sa main ou quelque chose. Il se contenta de dire :

— Je pense à toi sans arrêt.

Il se produisit dans la silhouette de la jeune fille comme un ressac, un raidissement.

— Tu te fais des idées, dit-elle. Je vais rentrer maintenant. Je me lève tôt demain.

Elle lui tourna le dos et rentra. Quelques jours plus tard, elle prenait un avion pour le Canada. Son mec l'attendait là-bas. Il venait de finir le CFJ et s'était déniché un stage dans un petit canard local, à Ottawa. Officiellement, Steph devait n'y rester que trois semaines, mais elle nourrissait le projet secret de s'inscrire à l'université quand elle serait sur place. Elle ferait serveuse à côté. Les gens étaient généreux en pourboires, apparemment on pouvait très bien vivre comme ça. Un pays vaste et tout neuf. Elle se sentait lancée, transatlantique, plus rien de tout ce qui concernait Heillange n'avait de sens pour elle. Elle grimpa les marches deux par deux. Anthony n'avait même pas vu son visage.

— Salut, dit-il.

Elle leva la main en guise d'adieu. Depuis le temps que ça durait, que ça avait grandi en lui. Une vie à peu près. Il revoyait sa queue de cheval un jour de juillet. Sa silhouette se dessina une dernière fois dans l'encadrement de la porte, qui se referma. Il ne toucherait plus jamais ses seins.

Avant de démarrer la moto, il prit soin de s'éloigner de la maison. Puis il pressa le démarreur, et le moteur obéit. La mécanique, au moins, était fiable. Chaque élément remplissait une fonction précise, d'une majestueuse simplicité. Une étincelle enflammait le mélange gazeux. La combustion entraînait le piston, qui montait, descendait, organisant tour à tour l'admission, la combustion et l'échappement. Les gaz frais chassaient les gaz brûlés. Le mouvement se reproduisait, plus vite, plus fort, increvable. C'était une rotation parfaite, pour peu que la mécanique tourne, que l'essence coule, on pouvait ainsi produire de l'énergie jusqu'au bout, et de la vitesse, et de l'oubli, à l'infini.

Il tourna un moment dans la nuit d'Heillange puis décida de planquer la bécane chez lui, dans son garage. En refermant la porte de métal, il songea qu'il devrait retourner chez le cousin avant d'aller au boulot pour récupérer la Clio. C'était chiant. À moins qu'il y aille en bécane. Il verrait.

Puis il monta jusqu'à son appartement. Il retrouva la bouteille de Label 5, se versa un grand verre, prit deux glaçons dans le casier congel et les fit tourner. Tout était calme. Les glaçons tintaient. Dans le salon, la lumière venue des lampadaires dessinait des losanges pâles sur le canapé en cuir. Il regarda dehors. Des voitures entre deux âges stationnaient dans le réconfort des réverbères. L'immeuble était plein du sommeil de ses habitants. Ils attendaient la sonnerie du réveil. Anthony alluma la chaîne hi-fi. À la radio, une fille imaginait ce qu'aurait pu être sa vie si elle avait été capitaine. Le whisky était dégueulasse, il en prit un autre. La douleur avait quelque chose de délectable. Il se sentait détaché. Au milieu des choses. Sa bouche avait pris un pli amer. Il regarda sa montre. Il reprenait le boulot dans trois heures. Il devait dîner avec sa mère. Gordon fermait complètement entre le 14 juillet et le 15 août. Il n'avait pas de projet pour les vacances, aucune envie. Il se dit que c'était fini. Il se sentait délié de toute dette.

Il se rendit dans la salle de bains pour prendre une douche. Une fois dévêtu, il fixa son image dans le grand miroir au-dessus du lavabo. Puis il fit couler l'eau très chaude. Sous le jet brûlant il s'ébroua, ouvrant la bouche, passant les doigts à travers ses épais cheveux noirs. Il resta là longtemps, jusqu'à ce que l'eau devienne tiède, puis fraîche. Steph laissait un vide physique. Il le sentait dans sa poitrine, son ventre. La vie allait se poursuivre. C'était le plus dur. La vie se poursuivrait.

Il alla se coucher encore mouillé et s'endormit aussitôt.

5

Le lendemain matin, Anthony décida de prendre le bus pour aller bosser. Il était en retard, il ne serait sans doute pas le seul. En traversant le parking de chez Gordon, il constata d'ailleurs que pas mal de places étaient restées vacantes. Il alla prendre son poste sans se presser. Malgré les deux comprimés d'aspirine qu'il avait gobés au saut du lit, il se sentait vaseux, les jambes lourdes, la tête prise dans un étau. C'était pourtant une matinée superbe. Le ciel était d'un bleu de Sicile. Les oiseaux chantaient. Il faisait bon. Sur le chemin, il avait vu des filles en jupe, des mères et des poussettes, les éboueurs qui ramassaient les restes de la fête. Il s'attendait à voir Hacine paraître à chaque instant. Il le devinait. Il fut presque déçu de ne pas le trouver à l'arrêt de bus en arrivant. Après tout, ce dernier savait où il bossait.

À l'empilage, il trouva ses collègues dans les meilleures dispositions. Les traits tirés, mais radieux. Tous avaient encore en tête le match de la veille qui les avait propulsés en finale. L'espèce de pesanteur qui d'ordinaire avait cours dans les ateliers s'était complètement volatilisée. Leur entrain n'allait toutefois pas jusqu'à accélérer les cadences. Parce qu'au boulot, le jeu consistait à tenir le rythme sans en faire trop, faute de quoi le mois suivant, les objectifs étaient revus à la hausse, et comme ça, petit à petit, une pression après l'autre, une prime de productivité suivant un coup de vis managérial, vous étiez pris par la machine, dévoré, tondu. Les contremaîtres rôdaient toujours, l'air de rien, faisant la chasse au temps mort, à la glande masquée. Ils savaient ce stratagème du moindre effort, mais ne pouvaient rien prouver. La ruse pour les ouvriers consistait à bosser sans cesse, mais avec une lenteur étudiée, à l'économie, en s'inventant des pauses minuscules, des souffles entre deux mouvements, des suspensions, en prenant de l'avance en douce, pour mieux se reposer ensuite, toujours clandestinement. De ce trucage infini et de l'errance fureteuse des chefs dans les ateliers, il ressortait une impression de méfiance continue, de solidarité sans faille aussi. Et malheur à l'abruti qui ferait du zèle.

À l'heure de la pause, on refit le match autour de la machine à café. Martinet était particulièrement enthousiaste. Il répétait qu'il n'avait jamais vu ça, jamais. Le vieux Schlinger n'était pas de cet avis. Il sortait sa science. Mexico, Kopa, Piantoni, Fontaine, et comme ça jusqu'à la préhistoire.

— C'est toi, la Fontaine, dit le Zouk.

Assis dans son coin, sur une poubelle, il était coutumier du fait, laissant toujours tomber une vanne laconique alors qu'on le croyait endormi. Il s'était fait plusieurs fois péter les arcades sourcilières, et le nez. Son visage avait un drôle d'aspect mâché, et c'est à peine si on voyait encore ses yeux. À vingt-cinq ans, il en paraissait quarante. Le fait qu'il fume dix pet' par jour n'aidait pas à lui donner bonne mine. Il était drôle néanmoins, dans un genre intempestif et sans imagination.

La conversation se poursuivit. Une fois n'est pas coutume, les agents de maîtrise, les contremaîtres s'étaient joints aux ouvriers. De l'avis de tous, Lilian Thuram méritait une médaille et venait de faire son entrée dans l'histoire de France, quelque part entre Napoléon et Platini. On évoqua aussi les primes de match et la petite santé de Ronaldo. Le Brésil était un gros morceau, mais les équipes sud-américaines remportaient rarement une Coupe du monde en dehors de leur hémisphère. Avec Zidane, de toute façon, la France pouvait tout, il suffisait d'y croire. Karim se demandait quand même ce que pouvait contenir ce gros carnet noir qu'Aimé Jacquet trimballait partout avec lui. Des stats sûrement. On présumait aussi des martingales, des sortilèges. L'entraîneur, jadis, avait lui aussi travaillé en usine, à Saint-Chamond, dans une aciérie. Comme quoi, faisait Cyril, brièvement mélancolique. La sonnerie retentit, comme à l'école, c'était le moment de retourner bosser. Anthony n'avait pas décroché un mot. Martinet s'en émut.

— Ça va pas ?
— Fous-moi la paix.
— Ouh bah si c'est comme ça.
Chacun retourna à son poste, le pied léger. Les choses, ce jour-là, semblaient plus faciles, temporaires. Seul Anthony tirait la gueule. Personne n'en avait rien à foutre.

À la cantine, on remit ça. Pour bouffer, il fallait acheter des tickets. Rouges pour la nourriture, bleus pour le vin. Chaque mec avait droit à dix tickets bleus par mois. Il en fallait quatre pour obtenir une bouteille de pif. La direction avait trouvé ce moyen pour limiter les dégâts. Elle avait bien essayé à un moment d'interdire la vente d'alcool. Cette tentative avait provoqué un tel tollé, il avait fallu se rabattre sur cette astuce des tickets.

Ce jour-là, les gars mirent les tickets pinard en commun. Toutes les bouteilles furent raflées. Il régna tout au long du repas un brouhaha extraordinaire. Les gens riaient, parlaient et faisaient de grands gestes. Dimanche, ce serait le grand jour. Les pronostics allaient bon train. Personne n'imaginait de défaite. Ça ne se pouvait plus. L'âge des miracles avait débuté. Pour preuve, Karim monta sur une chaise et entonna la Marseillaise. Les ouvriers la reprirent en chœur, pour déconner surtout, ce chant produisant un raffut insupportable, révolutionnaire quasi. Sous couvert de patriotisme, ça restait tout de même du bordel et un bon moyen de faire chier les cadres qui mangeaient dans leur coin.

Anthony, lui, ne chanta pas. Il ne toucha pas à son verre de vin, et avala son repas en vitesse, du bœuf, des carottes, des pommes de terre. Et une Danette au chocolat pour finir. Ça avait le goût de l'enfance. Sa mère en achetait toujours quand il était gosse. Et au café pour son père. Sauf que le vieux les mangeait deux par deux, et quand il avait fini son stock, il se rabattait sur les Danette au chocolat. Anthony se souvenait des repas pris à trois. Des années à s'aimer sans rien se dire, à se détester pareil. À la fin, tout ça revenait au même. Le père était mort. Quant à sa mère, elle refaisait sa vie. Elle voyait des types. Elle avait les cheveux auburn maintenant, coiffés en pétard. Elle serait à la retraite dans quinze ans, si le gouvernement ne pondait pas une connerie d'ici là. C'était loin encore. Elle comptait les jours. Le week-end, elle voyait sa sœur. Elle rendait visite à des copines. C'était fou le nombre de femmes seules qui voulaient profiter de la vie. Elles faisaient des balades, s'inscrivaient à des voyages organisés. C'est ainsi qu'on voyait des bus parcourir l'Alsace et la Forêt Noire, gorgés de célibataires, de veuves, de bonnes femmes abandonnées. Elles se marraient désormais entre elles, gueuletonnaient au forfait dans des auberges avec poutres apparentes, menu tout compris, fromage et café gourmand. Elles visitaient des châteaux et des villages typiques, organisaient des soirées Karaoké et des cagnottes pour aller aux Baléares. Dans leur vie, les enfants, les bonshommes n'auraient été qu'un épisode. Premières de leur sorte, elles s'offraient une escapade hors des servitudes millénaires. Et ces amazones en pantacourt, modestes, rieuses, avec leurs coquetteries restreintes, leurs cheveux teints, leur cul qu'elles trouvaient trop gros et leur désir de profiter, parce que la vie, au fond, était trop courte, ces filles de prolo, ces gamines grandies en écoutant les yéyés et qui avaient massivement accédé à l'emploi salarié, s'en payaient une bonne tranche après une vie de mouron et de bouts de chandelle. Toutes ou presque avaient connu des grossesses multiples, des époux licenciés, dépressifs, des violents, des machos, des chômeurs, des humiliés compulsifs. À table, au bistrot, au lit, avec leurs têtes d'enterrement, leurs grosses mains, leurs cœurs broyés, ces hommes avaient emmerdé le monde des années durant. Inconsolables depuis que leurs fameuses usines avaient fermé, que les hauts-fourneaux s'étaient tus. Même les gentils, les pères attentionnés, les bons gars, les silencieux, les soumis. Tous ces mecs, ou à peu près, étaient partis par le fond. Les fils aussi, en règle générale, avaient mal tourné, à faire n'importe quoi, et causé bien du souci, avant de trouver une raison de se ranger, une fille bien souvent. Tout ce temps, les femmes avaient tenu, endurantes et malmenées. Et les choses, finalement, avaient repris un cours admissible, après le grand creux de la crise. Encore que la crise, ce n'était plus un moment. C'était une position dans l'ordre des choses. Un destin. Le leur.

Justement, Anthony devait voir sa mère le soir même. Elle faisait toujours ses courses le jeudi, ils se donnaient maintenant rendez-vous au self du Leclerc vers 19 heures. Le steak frites coûtait 20 balles, c'était clean, Anthony prenait un quart de côtes et des îles flottantes. Ils en étaient venus à cette solution pour en finir avec les engueulades domestiques. Dès que le garçon mettait un pied chez sa mère, elle retrouvait aussitôt ses instincts de louve et commençait à lui donner des conseils, voulait régenter sa vie, faisait des drames. Pour défendre son pré carré, lui refusait tout en bloc, la provoquait. Au moins, au Leclerc, on était forcé de se tenir. Chacun réglait l'addition à tour de rôle. On n'avait pas le droit de fumer à table, et après le café, ils sortaient s'en griller une sur le parking. Hélène parlait beaucoup. Elle avait la voix éraillée, les dents jaunies. Sous ses yeux, des cernes flétris gardaient le souvenir des chagrins d'avant. À présent, elle ne se faisait plus tant de bile. Le môme était casé, le mari dans le trou. Les hommes qui venaient à elle savaient tout de suite à quoi s'en tenir. Elle était tranquille.

Après le dessert, Anthony quitta la cantine sans attendre. Les autres se demandèrent ce qu'il pouvait bien avoir encore.

— Il est jamais content.

— C'est les intérimaires, ça, estima le vieux Schlinger.

— C'est toi l'intérimaire, répliqua le Zouk, qui était lui-même missionné par Manpower.

Anthony fuma une clope sur le parking qui séparait le réfectoire de son atelier. La chaleur avait beaucoup grimpé pendant le déjeuner et l'air vibrait sur les capots. Il regarda sa montre. Il avait vingt minutes d'avance. Le tabac avait un goût acide. Ses mains étaient moites, ses ongles crasseux. Il avait vraiment du mal à se remettre. Et puis il y avait cette anxiété de fond. Hacine allait venir. C'était une question de temps. Il était même surpris qu'il ne soit pas déjà là. Il n'avait pas la moindre idée de ce qu'il ferait alors. Tout ça durait depuis tellement longtemps. Il était fatigué, c'est tout.

Bientôt, le troupeau des collègues sortit de la cantine, alourdi d'alcool, nettement moins guilleret déjà. Les pas traînaient dans le gravier. On reniflait. Encore quatre heures à tirer. Pas de clim dans les ateliers. Ils s'y attelèrent malgré tout. Déjà, le bonheur du matin s'effilochait. À la pause de 15 heures, il y eut des silences, des bâillements. La machine à café ronfla sans discontinuer. On parla des vacances. Cyril était en congé le soir même. Il emmenait les gosses chez ses beaux-parents, dans le Jura, il avait des travaux à faire chez lui, de la tapisserie. Ensuite, ils iraient voir la mer, ça ferait du bien.

Les deux dernières heures de la journée étaient les plus longues. Elles s'étirèrent dans un silence de plomb. Enfin, on vit rappliquer les types de l'équipe de nuit. Au moment de pointer, Anthony constata qu'il lui manquait deux heures, à force d'arriver à la bourre. Quand on bossait en trois huit, c'était impossible de rattraper. Il était bon pour une retenue sur salaire et un courrier du service RH. L'agence intérim lui passerait un savon. Il sentit son estomac se serrer. Il vivait déjà sur le fil du rasoir. Chaque mois, il gagnait 7 000 balles. Son logement lui coûtait déjà la moitié de cette somme. Il avait sa voiture, l'essence, les clopes, les courses et divers crédits. Au total, ça faisait 4 000 balles. Chaque mois s'achevait sur un découvert de 500 balles minimum. Il suffisait qu'il fasse un écart, un resto, une soirée trop arrosée dans un bar, et il creusait le trou, sans espoir de le combler. Le jour de la paie, il se remettait à flot, se promettait de faire des efforts, de se serrer la ceinture. Mais très vite, le pognon filait, il revenait à zéro, puis de nouveau le découvert. Il avait négocié avec la banque pour éviter les agios. N'empêche, son autonomie était sans cesse compromise. Vingt jours par mois, il vivait des largesses de son banquier. Alors il retournait bosser, jour après jour. Il fallait bien payer la bagnole, le frigo, son lit, le canapé cuir et le nouvel écran Sony de 110 cm.

Dans le bus, au retour, il fut pris d'un drôle de sentiment. Il n'y avait pas grand monde. Beaucoup de gens étaient partis pour les vacances. La circulation était fluide, l'air doux. Deux vieilles dames bavardaient juste devant lui. Il écoutait leur discussion d'une oreille distraite. Il était question des tomates qui ne venaient plus comme avant, des gelées qui n'étaient pas à l'heure. Le bus traversa la ville, une station après l'autre : Pont-de-Lattre, Rue-Combes, Hôtel-de-Ville, Piscine-Debecker, Collège-Louis-Armand, Route-d'Étange. Il descendit à Trois-Épis, c'était un peu loin mais il avait envie de marcher. La lumière de cette fin de journée était reposante, diffuse. Il marcha, son sac sur l'épaule, sans penser à rien. Il se rendit compte qu'il se sentait bien.

Une fois chez lui, il appela chez sa mère, pour lui faire part d'une idée qu'il avait eue.

— Tu vois la Déchetterie, la plage où on allait tout le temps avec le cousin ?

— Oui ?

— Je me disais, on pourrait manger là.

— Un pique-nique ?

— Ouais.

La mère resta indécise une seconde. Ça ne lui ressemblait guère, ce genre d'initiative.

— Pourquoi pas ?

— T'as de quoi faire ? demanda le fils.

— Oui oui, j'ai un reste de taboulé et des cuisses de poulet.

— Je prendrai des chips et à boire.

— Bon… Rien de grave ?

— Non, non, dit Anthony. T'inquiète.

Elle raccrocha la première. Anthony n'était pas mécontent de son petit effet. Il remplit son sac à dos, des gobelets, une bouteille de rosé, des chips, une tablette de chocolat. Ensuite, il se rendit dans le garage et enfourcha la Suzuki de Hacine. L'ayant démarrée, il goûta ce merveilleux bruit de dentelle mécanique, crachotant et pointu comme des i. Le moteur réagissait au quart de tour. Il le laissa chauffer un moment. Sa décision était prise. Plus tard dans la soirée, il déposerait la bécane devant le Darty de Lameck où bossait Hacine. Il laisserait les clefs dans la boîte aux lettres du magasin. Ce n'était pas plus compliqué que ça. Il rentrerait à pinces ou ferait du stop. Il se mit en route.

Le soir tombait sur la vallée et il fonçait à travers les bois, bras écartés, jambes ouvertes. Les arbres faisaient un défilé changeant, saccadé. Juillet était une béatitude où il rentrait tête la première, douloureux et sauf, tout juste vingt ans, à sa place au cœur de la vitesse. Il accéléra et l'irritante sonorité de la Suzuki griffa l'air opalin et léger.

Anthony se sentait libre, malgré tout.

Il trouva sa mère qui l'attendait sur la plage. Elle avait disposé des assiettes en carton sur un drap à carreaux. Un gros saladier fermé par du papier d'alu contenait le taboulé. Les cuisses de poulet étaient dans un Tup'. Elle avait même pensé à prendre des serviettes en papier. Le garçon se gara tout près. Un peu plus loin, au bord de l'eau, un petit groupe de mômes s'était réuni autour d'un feu. Ils avaient quoi ? Quinze, seize ans. Trois filles, cinq garçons, des bières et une guitare.

— C'est quoi cette moto ?

Il embrassa sa mère, avant de retirer ses baskets pour s'asseoir.

— C'est un pote qui me l'a prêtée.

— Ah bon.

Un des mômes s'était mis à jouer *No woman no cry*. Il déboucha la bouteille de vin. Un peu plus bas, le lac étendait ses profondeurs et son mystère.

— Allez tchin !

— Santé.

Ils burent. Hélène le regardait avec une mine à la fois bienveillante et soupçonneuse, comme si elle s'attendait à des confidences, une annonce, quelque chose d'important.

— Ben alors ?

— Alors quoi ?

— Tu m'as quand même pas fait venir ici par hasard.

Aussi curieux que ça puisse paraître, il n'avait même pas fait le rapprochement. Il avait juste voulu un truc différent. Il faisait beau. Ça faisait longtemps qu'il n'avait pas fait de pique-nique. C'est tout.

— Je pensais que tu voulais parler de ton père, moi.

Et de sa main qui tenait le gobelet, elle avait ébauché un geste en direction du lac. La mère et son fils contemplèrent la surface quelques instants. Quand le soir tombait, on aurait pu croire à une nappe de pétrole. De l'autre côté, une rive et puis le vert diffus des arbres. Le ciel enfin, qui recouvrait tout.

Après la disparition, ils n'avaient pas eu vraiment l'occasion d'en discuter. Anthony faisait son service en Allemagne. Sa mère avait choisi de lui apprendre la nouvelle par courrier. Il était rentré pour les obsèques, mais ils avaient été pris par les formalités, la paperasse, le débarras de l'appartement.

— Qu'est-ce qu'on va faire de toutes ses affaires ? avait demandé Anthony.

— Oh, pour ce qu'il y a.

Effectivement, le père vivait dans un logement minuscule, ne possédait rien, deux jeans, trois t-shirts, une télé, quelques casseroles. Depuis longtemps déjà, il réduisait la voilure. Cette disparition était la conclusion logique d'un lent effacement. Les semaines avaient passé. Les mois. Ni Anthony ni sa mère ne se posaient la question du deuil, ou ce genre de trucs de feuilleton américain.

Désormais, quand Hélène évoquait son ex-mari, elle ne disait plus ni bien ni mal. Les souvenirs tombaient comme de la petite monnaie. Elle avait remis les épisodes dans l'ordre et conçu une histoire qui lui convenait. Après tout, ils avaient eu de bons moments. C'était une partie de sa vie qu'elle ne regrettait pas. Personne n'était responsable, sûrement pas la crise. L'alcool à peine. C'était le destin, leur vie, elle n'avait pas honte. De temps en temps pourtant, quand Anthony se montrait trop dur ou borné, elle lui disait tu es bien comme ton père. Ce n'était pas un compliment. Il était fier.

— Il est aussi bien là où il est.

— Ouais, convint Anthony.

Puis Hélène changea de sujet. Sa sœur devait bientôt faire des examens pour sa glande thyroïde. Elle en attendait beaucoup. D'après son nouveau médecin, ça pouvait expliquer pas mal de choses.

— Elle imagine que tout vient de là. Elle a pas attendu après ça pour être chiante.

Ils dirent du mal des gens qu'ils connaissaient en mangeant de bon cœur. C'était un passe-temps agréable. Au moins, on pouvait trouver là des points d'accord. La bouteille fut vite sifflée. Les mômes plus bas avaient de grands éclats de rire. Le soir tombait.

— J'aurais dû prendre une deuxième bouteille, dit Anthony.

— Non. C'est bien comme ça. De toute façon, il est tard déjà.

C'était l'heure, le feuilleton de l'été allait bientôt commencer sur la Une. Anthony préférait rester encore un peu. Il l'aida à remballer ses affaires. Hélène lui jetait des regards en coin. Il n'avait pas l'air dans son assiette, quand même.

— Bon allez, bisous, dit-elle.

— Ouais. À bientôt.

Elle lui effleura la joue. Presque rien.

— T'es sûr que ça va ?

— Ouais, ouais, t'en fais pas.

— Allez, demain est un autre jour.

Elle regagna sa voiture sur ses nu-pieds à semelles compensées, la démarche indécise, son lourd cabas à la main. Elle était toujours mince. Ses coudes avaient l'air de fruits secs. Son jean flottait un peu aux hanches.

Resté seul, Anthony alluma une cigarette. Il pensait à son vieux. Cette vie qu'on leur faisait. Il regrettait vraiment de n'avoir plus rien à boire. Il fouilla ses poches pour voir s'il n'avait pas un peu de blé, histoire d'acheter une ou deux canettes aux mômes qui se trouvaient plus bas. Mais ses poches étaient vides. Il regarda le soleil glisser vers l'ouest. L'horizon, bientôt, flamba. Le garçon qui avait apporté une guitare jouait maintenant un truc compliqué et sans doute espagnol. Deux filles tapaient dans leurs mains. Puis deux ados du groupe décidèrent d'aller se baigner. Ils se déshabillèrent tandis que les autres les charriaient un peu, pour la forme. Le garçon avait un corps très beau, long et fuselé, sculpté par la natation. Sa copine était d'un genre plus robuste, gros mollets, peu de poitrine, très jolie aussi, le modèle randonneuse hyper-saine avec toujours le sourire et l'avenir grand ouvert. Une fois, dans l'eau, ils s'amusèrent un moment à s'éclabousser et à faire des plongeons. Puis le type à la guitare les mit au défi de traverser le lac.

— Vous êtes malades, il va faire nuit.

— C'est tout droit, c'est facile.

— Allez !

— Tu paries quoi ?

— 100 balles, dit le type à la guitare.

Et ils se mirent à nager en direction du large. Tous les autres se pressèrent au bord de l'eau pour les applaudir, siffler et lancer des encouragements. Ils étaient enthousiastes, absolument jeunes et leurs deux amis fendaient l'eau avec une grâce parfaite, dérangeant à peine de leurs battements réguliers le lourd repos du lac.

Anthony préférait ne pas voir ça. Il enfourcha la Suzuki et regagna très vite la départementale. Dans ses mains, il retrouva la trépidation panique du moteur, ce sentiment d'explosion imminente, le bruit infernal, le délicieux parfum des gaz d'échappement. Et une certaine qualité de lumière, onctueuse, quand juillet à Heillange retombait dans un soupir et qu'à la tombée du jour, le ciel prenait un aspect ouaté et rose. Ces mêmes impressions de soirs d'été, l'ombre des bois, le vent sur son visage, l'exacte odeur de l'air, le grain de la route familier comme la peau d'une fille. Cette empreinte que la vallée avait laissée dans sa chair. L'effroyable douceur d'appartenir.